Frau Holle ist tot

1 Weingut Fromm
2 Sankt Vincenz-Stift
3 Niederwalddenkmal
4 Krankenhaus St. Josef
5 Familie Lachners Haus
6 Maries Wohnung
7 Bachmühle
8 Mapper Schanze
9 Weingut Leberlein
10 Kloster Eberbach
11 Kisselmühle
12 Bastis Haus
13 Bubenhäuser Höhe
14 Kultur- und Tagungshaus
15 Praxis Dr. Holler
16 Hochstätters Villa
17 Kevins Wohnung
18 Schloß Freudenberg
19 Horst-Schmidt-Kliniken
20 Polizeipräsidium Wiesbaden

------------ Rheinhöhenweg

0 2 4 6 8 10km

Regine Spohner

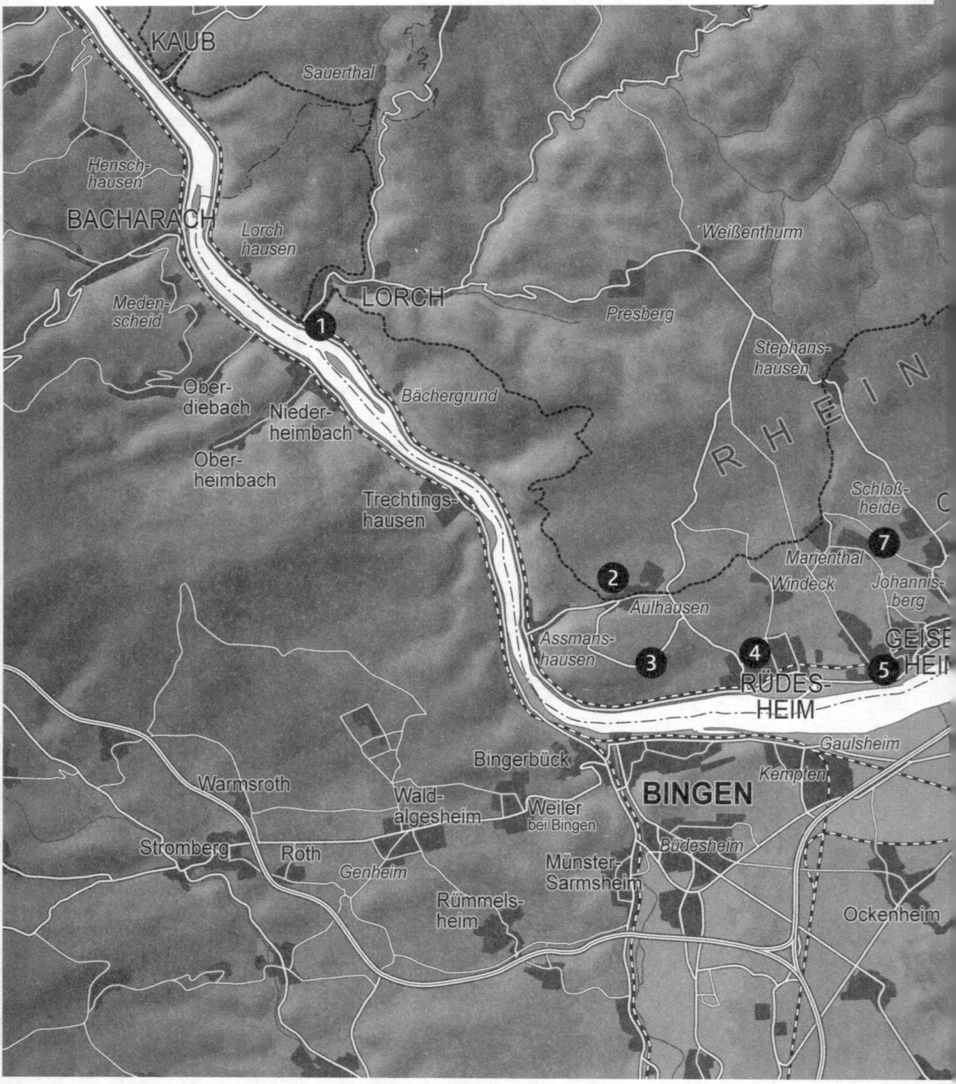

BAD SCHWALBACH
TAUNUSSTEIN
Wehen
Ramschied
Hettenhain
Bleidenstadt
Langen-
seifen
Seitzenhahn
Wambach
Fischbach
Bärstadt
Georgenborn
Klarenthal
Schlangenbad
Hausen v.d. Höhe
Kohlheck
Dotzheim
WIES-
BADEN
Frauenstein
Rauenthal
Martinsthal
Walluf
ELTVILLE am Rhein
Kiedrich
Erbach
Hallgarten
Hattenheim
Budenheim
Mombach
Oestrich
Winkel
Heidenfahrt
Gonsenheim
MAINZ
Zahlbach
Ingelheim-Nord
Heidesheim
Finthen
Ingelheim-Mitte
Wackernheim
Ingelheim-West
INGELHEIM
Drais
Bretzenheim
Ingelheim-Süd
Lerchenberg
Marienborn
GAU-ALGESHEIM
Ober-Olm
Appenheim
Schwabenheim an der Selz
U G E B I R G E
6
9
10
11
12
13
14
15
16
17
18
19
20

Roland Stark, geboren 1956, ist Arzt und Psychotherapeut. Er ist verheiratet, hat eine Tochter und lebt im Rheingau. Im Emons Verlag erschienen seine Kriminalromane »Tod bei Kilometer 512«, »Tod im Klostergarten« und »Tod in zwei Tonarten«.

Dieses Buch ist ein Roman. Handlungen und Personen sind frei erfunden. Ähnlichkeiten mit lebenden oder toten Personen sind rein zufällig.

ROLAND STARK

Frau Holle ist tot

RHEINGAU KRIMI

emons:

Bibliografische Information der Deutschen Nationalbibliothek
Die Deutsche Nationalbibliothek verzeichnet diese Publikation in der Deutschen Nationalbibliografie; detaillierte bibliografische Daten sind im Internet über http://dnb.d-nb.de abrufbar.

MIX
Papier aus verantwortungsvollen Quellen
FSC® C083411

Umschlagmotiv: photocase.de /rokit_de
Umschlaggestaltung: Tobias Doetsch
Druck und Bindung: CPI – Clausen & Bosse, Leck
Printed in Germany 2012
ISBN 978-3-95451-015-3
Rheingau Krimi
Originalausgabe

Für Ingrid

Es sind nicht die Dinge,
die uns beunruhigen,
sondern die Meinungen,
die wir von den Dingen haben.
Epiktet, 50–130

Just because you're paranoid,
don't mean they're not after you.
Kurt Cobain, 1967–1994

Prolog

Ich wollte, dass mir's gruselte, aber niemand kann mich's lehren.

Das Sonnenlicht hatte seine Kraft verloren. Die Kälte kroch den Berghang herunter und nistete sich überall ein. In seinem Parka, im Wollpulli, den Mama für ihn gestrickt hatte, und unter dem spitzen Filzhut, den er von Opa geerbt hatte. Überall die Kälte.

Der große Junge hatte sich in der Baumkrone auf der Plattform aus Brettern niedergekauert. Von hier oben konnte er das Haus gut beobachten.

Mama hatte gesagt, er solle zu Tante Sylvia gehen. Mama war vom Wolf gebissen worden, und jetzt war er ganz allein.

Ein Vater hatte zwei Söhne, davon war der älteste klug und gescheit und wusste sich in alles wohl zu schicken, der jüngste aber war dumm, konnte nichts begreifen und lernen: und wenn ihn die Leute sahen, sprachen sie: »Mit dem wird der Vater noch seine Last haben!«

Wenn er an seinen Vater dachte, wurde er ganz böse. Der Fromm hatte ihn geschlagen und ihn ins Heim stecken wollen. Deswegen hatte Mama den Fromm allein gelassen und war mit ihm in das Haus im Wald gezogen. Doch jetzt war sie vom roten Wolf gebissen worden.

Seit Stunden saß er im Baumhaus, das Frau Holle für ihn hatte bauen lassen, damals, als er sie noch häufiger besuchte. Er wartete darauf, dass etwas passierte, dass sie endlich kamen. Er überlegte, ob er die Leiter runterklettern und noch einmal in das Haus gehen sollte oder nicht. Mama hatte gesagt, er solle zu Tante Sylvia gehen. Aber er wollte lieber oben im Baum sitzen und das Haus beobachten. Frau Holle konnte ihm nicht mehr helfen.

Er dachte daran, was er an diesem Tag erlebt hatte. Am Morgen hatte er Frau Holle besucht. Er hatte nichts Böses tun wollen.

Wenn du alle Arbeit im Hause ordentlich tun willst, so soll dir's gut gehn. Du musst nur achtgeben, dass du mein Bett gut machst und es fleißig aufschüttelst, dass die Federn fliegen.

Nun wartete der Junge auf die Polizei, Stunde um Stunde.

Was sind das für gottlose Streiche, die muss dir der Böse eingegeben haben.

Statt der Polizei kam ein Mädchen zu Frau Holle.

Endlich kam es zu einem kleinen Haus, daraus guckte eine alte Frau, weil sie aber so große Zähne hatte, ward ihm angst, und es wollte fortlaufen.

Er war sicher, dass das Mädchen bald wieder gehen würde. Aber das Mädchen blieb.

Weil die Alte ihm so gut zusprach, so fasste sich das Mädchen ein Herz.

Frau Holle bekam oft Besuch von Mädchen. Das Mädchen, das Frau Holle an diesem Tag besuchen wollte, war ein besonders hübsches. Der große Junge änderte seine Pläne. Er wartete, bis es dunkel wurde, und dann noch eine ganze Weile, bis die Lichter in den Nachbarhäusern verloschen. Dann ging er hinunter zum Haus, um nach dem Mädchen zu suchen. Er fand es vor der Eingangstür und nahm es mit. Er war groß und stark und das Mädchen leicht und schmächtig. Es war ganz einfach.

Danach machten sie sich alle zusammen auf den Weg nach dem Wald.

Im Wald war es dunkel, aber das störte ihn nicht, denn er kannte alle Wege. Beleuchtete Straßen wollte er lieber nicht benutzen. Oben auf dem Berg machte er eine Pause. Er setzte sich neben das Mädchen auf eine Bank und schaute ins Tal. Das Mädchen war ganz kalt und rührte sich nicht.

Wart, sprach er, ich will dich ein bisschen wärmen. Und weil ihn fror, machte er sich ein Feuer an: aber um Mitternacht ging der Wind so kalt, dass er trotz des Feuers nicht warm werden wollte.

Schließlich brach er wieder auf. Er nahm das Mädchen, warf es über seine Schulter, lief über die Wiese und dann den Hang hinunter zu seinem Haus im Wald.

Sonntag, 23. Oktober

Irgendjemand hatte ein Kissen aufgeschlitzt und Daunenfedern über der Szenerie verteilt.

Die zierliche Frau saß auf einem Sofa, das mit rotem Plüsch bezogen war. Bekleidet war sie mit einem Nachthemd, ihre Arme waren angewinkelt und wurden auf beiden Seiten von weißen Kissen gestützt. Die Hände waren vor dem Bauch wie zum Gebet gefaltet. Um ihren Hals schlängelte sich ein violett-braunes Band von Blutergüssen, der Kopf war zur Seite gekippt. Die weit aufgerissenen Augen schienen aus den Höhlen treten zu wollen und blickten ins Leere. Das Gesicht der toten Frau hatte einen bläulichen Schimmer und wirkte aufgedunsen.

Rechts und links der Leiche saßen Stoffpuppen: Kasper und Gretel, Räuber und Polizist, Rotkäppchen und der Wolf, die sieben Geißlein. Vor dem Sofa waren Tierfiguren aus Kunststoff aufgebaut, die Bewohner eines ganzen Zoos. Esel, Hund, Katze und Hahn. Löwe, Tiger, Zebra und Giraffe. Fuchs und Wolf und Hase. Direkt vor der Frau standen ein kleiner Apfelbaum aus Plastik und die Miniatur eines Backofens, daneben lag ein Brot aus Knetmasse.

Hauptkommissar Robert Mayfeld erhob sich aus der Hocke. Er war vor einer Viertelstunde von seinen Kollegen verständigt worden und gerade eben am Fundort der Leiche eingetroffen, einem Haus im beschaulichen Martinsthal im friedlichen und idyllischen Rheingau. Mayfeld musterte den Raum. Das rote Sofa hatte seinen Platz sonst vermutlich an der Stirnseite des Zimmers, unter einem Fenster, das den Blick auf den Waldrand hinter dem Haus freigab. Links und rechts des Fensters standen zwei bequem wirkende Sessel, an den Seitenwänden niedrige Regale und Tische im Wechsel mit Sitzkissen. In den Regalen lagen Stofftiere, Handpuppen und kleine Tierfiguren aus Plastik. Außerdem kleine Faller-Häuschen, wie sie Mayfeld von seiner eigenen Modelleisenbahn aus Kindheitszeiten kannte, und Playmobil-Arrangements wie die, mit denen seine Tochter Lisa bis vor wenigen Jahren mit Begeisterung gespielt hatte. Links der Tür, durch die er in das Zimmer gekommen war, war ein Sandkasten aufgebaut, in der gegenüberliegenden Ecke hing ein großer Gong von der Decke, darunter standen mehrere Klangschalen.

Daneben war ein Plakat an die Wand gepinnt, das ein Foto von der Toten und einem jungen Mann mit Harfe zeigte. »Frau Holle und die Märchenharfe«, lautete die Überschrift. »Sylvia Holler und Sandor Weisz entführen Sie mit Harfe und Klangschalen in das Reich der Märchen«, lockte das Plakat, das zu einer Veranstaltung im Kultur- und Tagungshaus Rauenthal einlud.

»Bei der Toten handelt es sich um Dr. Sylvia Holler, Kinder- und Jugendpsychotherapeutin. Eine Nachbarin hat sie vor zwei Stunden gefunden. Eigentlich wollte Frau Holler über das Wochenende verreisen, und die alte Dame sollte die Katze füttern.« Kriminalkommissarin Heike Winkler sprach mit rauer Stimme. Sie schnäuzte sich, ihre Nase war gerötet, die Augen tränten.

Sie gehörte ins Bett und nicht an einen Tatort, dachte Mayfeld.

Winkler fuhr mit ihrem Bericht fort. »Gestern Morgen ging bei der Polizeistation in Eltville ein Anruf ein, in dem eine männliche Stimme mitteilte, Frau Holle sei tot. Die Kollegen hielten das für einen Dummejungenstreich und sind der Sache nicht weiter nachgegangen.«

»Von wo kam der Anruf?«, fragte Mayfeld seine Kollegin.

»Die Rufnummer war unterdrückt.«

»Ein Verrückter«, brummte Hauptkommissar Paul Burkhard, der aus einem Nebenraum hinzugekommen war.

»Oder jemand, der will, dass wir nach einem Verrückten suchen«, widersprach Mayfeld. »Oder jemand, der die Endsilben verschluckt.« Er mochte keine voreiligen Festlegungen. »Wolltest du nicht ein paar Tage länger Urlaub machen, Paul?«

»Hab es ohne euch nicht ausgehalten«, gab Burkhard zurück. »Und du? Schon fertig mit der Weinlese?«

»Schon seit drei Wochen. So früh lag die Lese noch nie.«

»Ich sage dir, wer das gemacht hat, ist verrückt.«

Wahrscheinlich hatte Burkhard recht. Mayfeld betrachtete die Frau, deren Körper auf so bizarre Art und Weise arrangiert worden war. Vermutlich war sie erwürgt worden. Was für ein übler Tod.

Mayfeld dachte laut nach. »Ich verstehe nicht, was derjenige, der die Leiche so arrangiert hat, zum Ausdruck bringen wollte. Wollte er dem Opfer die letzte Ehre erweisen oder es verhöhnen?«

Kriminaloberkommissar Horst Adler betrat den Raum. In seinem viel zu engen Schutzanzug wirkte er wie eine überdimensionierte Weißwurst. Figurbetontes Outfit, spotteten die Kollegen. Doch der Chef der Spurensicherung wurde allseits respektiert. Mayfeld schätzte ihn wegen seiner Zuverlässigkeit, seiner Präzision und wegen seines analytischen Denkvermögens.

Er begrüßte ihn. »Habt ihr das alles fotografiert?«

Adler nickte.

»Auch dieses merkwürdige Arrangement mit den Puppen und den Stofftieren?«

Adler verdrehte die Augen, so als ob ihn die Frage beleidigen würde.

»Was gibt der Fundort sonst noch her?«

»Wir sind erst am Anfang, Robert. Auf jeden Fall eine Menge Fingerabdrücke und DNA-Spuren. Wir stehen hier im Behandlungsraum der Praxis, nebenan ist das Büro. Der Rest des Hauses ist privat genutzt worden, das Opfer wohnte hier. Der Hintereingang stand offen. Auf den ersten Blick haben wir keine Einbruchsspuren gefunden, aber das Schloss der offenen Tür schauen wir uns noch einmal genauer an. Merkwürdigerweise haben wir nirgendwo Patientenakten oder einen Computer gefunden. Ansonsten schaust du am besten selbst.«

Das hatte Mayfeld auf jeden Fall vorgehabt. Lass den Tatort zu dir sprechen, hatte ihm sein Lehrer Oskar Brandt beigebracht.

»Ist sie hier in diesem Raum getötet worden?«, fragte er Adler.

»Das kann ich noch nicht sagen«, antwortete der Kollege. »Schleifspuren haben wir keine gefunden.«

Sie gingen in die Diele des Hauses. Sie war mit Sitzkissen und Holztischchen als Wartebereich für die jungen Patienten eingerichtet. Zwischen Plüschtieren, Star-Wars-Figuren und kleinen Dinosauriern lagen illustrierte Märchenbücher und Comics.

Zwei Männer mit einem Sarg kamen durch die Eingangstür und drängten sich an ihnen vorbei.

»Kommt niemand von der Gerichtsmedizin?«, fragte Mayfeld.

Adler schüttelte den Kopf. »Der diensthabende Arzt ist in einer anderen Leichensache in Frankfurt unterwegs, sie untersuchen die Leiche morgen.«

»Die Eingangstür war verschlossen?«

Adler nickte.

Mayfeld warf einen Blick nach draußen. Ein hölzerner Vorbau, eine Art geschlossene Veranda, diente als Windfang vor dem Hauseingang. An einer Wand der Veranda waren Garderobenhaken angebracht, in einer Ecke standen ein Schirmständer und ein Schuhregal.

»Und diese Tür?« Er deutete auf die Tür des Vorbaus.

»War nicht abgeschlossen«, antwortete Adler.

Mayfeld ging zurück in die Diele und deutete auf eine weitere Tür. »Wohin geht es da?«

»In die Privaträume von Holler.« Winkler schaltete sich wieder in das Gespräch ein. »Das ganze Haus ist ziemlich verwinkelt. Hinter dem Behandlungsraum, in dem wir die Tote gefunden haben, schließt sich das Büro der Praxis an, von dort kommt man ebenfalls in die Privaträume von Frau Holler.«

»Dann gehen wir erst mal zurück«, schlug Mayfeld vor.

Im Behandlungsraum hievten die beiden Männer gerade die Leiche von Holler in den Sarg. Durch eine weitere Tür gelangten die Beamten in das Büro der Praxis. Ein Fenster gab den Blick auf die herbstlichen Farben des Waldrands hinter dem Haus frei, dunkle Bücherregale füllten die Wände des Büros. In der Mitte des kleinen Raums stand ein alter, kunstvoll gedrechselter Schreibtisch aus Nussbaumholz.

Eine Schreibtischlampe beschien die blank polierte Tischplatte. Hinter dem Tisch saß Burkhard und durchsuchte die Schubladen.

»Hier gibt es auch keine Patientenakten«, sagte er.

Mayfeld warf einen Blick auf die Bücher in den Regalen. Bücher über Psychoanalyse, über die Psychologie und Behandlung von Kindern und Jugendlichen, literaturwissenschaftliche Bücher über Märchen und Mythen. Ein Buch hatte Sylvia Holler selbst geschrieben: »Märchenhafte Heilung – Über die Verwendung von Märchen und Mythen in der Psychotherapie«.

In das Bücherregal hinter dem Schreibtisch war eine Tür eingelassen. Sie führte die Beamten in das Wohnzimmer von Frau Holler. Fenster in drei der vier Wände öffneten den Raum nach draußen, zum Waldrand hin, zum Garten und zur Straße.

Links der Tür stand ein Kachelofen. Ein beeindruckendes Kunstwerk, das vom Holzdielenboden bis unter die Decke reichte. Jede einzelne Kachel war bemalt. Ein Esel, ein Hund, eine Katze, ein Hahn. Ein Lebkuchenhaus. Ein Brotofen, ein Apfelbaum. Ein Tisch voller Leckereien, ein Esel und ein Knüppel. Ein Kater in Stiefeln. Ein Frosch mit einer Krone auf dem Kopf und einer goldenen Kugel zwischen den Schwimmhäuten. Viele Märchen der Gebrüder Grimm waren mit ihren Protagonisten vertreten. Um den Kachelofen waren drei schwere, mit grünem Leder bespannte Sessel gruppiert. Mayfeld setzte sich auf einen der Sessel und ließ den Blick durch das Zimmer wandern.

In der Ecke rechts hinten hing ein riesiger Gong von der Decke herab, darunter lagen mehrere wuchtige Klöppel. Gegenüber stand ein schwarzer Stutzflügel von Grotrian-Steinweg. Die Balken des Fachwerks waren teilweise offen gelegt, auf den hellen Holzdielen lagen Perserteppiche, rund um den gesamten Raum liefen dunkle, halbhohe Holzregale, überbordend mit Büchern beladen. Lediglich an der Stirnseite des Zimmers, zwischen Gong und Flügel, war Platz für ein Sideboard gelassen worden, auf dem eine Musikanlage stand.

»Der CD-Player fehlt«, bemerkte Winkler und wies auf die Lücke zwischen Plattenspieler und Receiver.

»Dr. Holler hat einen Einbrecher überrascht und wurde von ihm getötet«, vermutete Burkhard und setzte sich Mayfeld gegenüber.

»Oben im Schlafzimmer liegt eine leere Schmuckschatulle«, berichtete Adler.

»Wann wurde Frau Holler ermordet, Horst?«, fragte Mayfeld.

»Die Leichenstarre hat sich schon wieder gelöst. Ich schätze, in der Nacht von Freitag auf Samstag.«

»Das würde von der Zeit her passen.«

»Es wurde einiges geklaut«, ergänzte Winkler. »Ein PC oder ein Notebook, wenn man davon ausgeht, dass Frau Dr. Holler so etwas hatte, außerdem ein CD-Player und Schmuck.«

»Die Teppiche hier sind mehr wert als der ganze Elektronikplunder«, sagte Adler. »Aber schwerer wegzutransportieren.«

Oder ein Einbruch sollte vorgetäuscht werden, überlegte Mayfeld. »Gibt es wirklich keine Patientenakten in der Praxis?«, fragte er.

»Wie man es nimmt«, sagte Burkhard. »Ich habe eine Mappe mit Überweisungsscheinen gefunden. Aber keine Aufzeichnungen von Sitzungen oder Untersuchungsergebnissen.«

Das war merkwürdig. Mayfeld erhob sich, ging zurück in den Büroraum, Winkler und Burkhard folgten ihm. Dort setzte er sich hinter den Schreibtisch. Links des Schreibtischs hing eine kleine Telefonanlage einschließlich DSL-Splitter an der Wand. Dr. Holler musste einen Computer in ihrer Praxis gehabt haben. Mayfeld nahm das schnurlose Telefon, das auf dem Schreibtisch lag, und drückte die Wahlwiederholungstaste. Es waren keine Nummern gespeichert. Auch das war merkwürdig. Das Display zeigte eine gespeicherte Nachricht vom Vortag auf dem Anrufbeantworter an. Mayfeld spielte sie ab. Eine besorgt klingende Frau, die sich als Verena meldete, fragte, wo Sylvia denn bleibe, und bat um Rückruf.

»Wo sind die Unterlagen, von denen du gesprochen hast, Paul?«

Burkhard griff nach einer Mappe in einem der Regale und legte sie auf die Schreibtischplatte. Mayfeld warf einen kurzen Blick hinein, schob sie dann beiseite und öffnete die Schubladen des Schreibtischs.

»Hab ich schon durchsucht«, sagte Burkhard. »Da ist nichts von Interesse drin.«

»Vier Augen sehen mehr als zwei«, entgegnete Mayfeld.

In der rechten obersten Schublade lagen Bleistifte, Buntstifte, Kugelschreiber, Heftklammern und weitere Büroutensilien bunt durcheinander, darunter Briefpapier, Briefmarken und Briefumschläge. Eine Etage tiefer fand Mayfeld Kaugummis, Gummibärchen, Fruchtbonbons, Schokolade in verschiedenen Geschmacksrichtungen und eine Tüte mit Weingummis aus der Lage Martinsthaler Wildsau vom Weingut Leberlein aus Kiedrich. Mayfeld lächelte. Die Leckereien seines Schwagers fanden immer mehr Liebhaber. In der untersten Schublade lagen ein paar Zeichenblöcke, Wachsmalstifte, Pastellkreiden.

In den Schubladen auf der linken Seite lagen Mappen, die alle mit einem Namen gekennzeichnet waren und Bilder unterschiedlichster Motive enthielten, offensichtlich von Hollers jungen Patienten gefertigt.

In der mittleren Schublade unterhalb der Tischplatte fanden sich ein Kassenarztstempel, ein Stempelkissen, Formulare. Er schob alles beiseite und tastete bis in den hintersten Winkel. Er zog einen USB-Stick hervor und zeigte ihn den Kollegen.

»Das ist möglicherweise die Datensicherung ihres Computers.«

»Bis dahin war ich vorhin noch nicht gekommen«, räumte Burkhard etwas kleinlaut ein. »Ich schau mir den Datenträger gleich an, wenn wir hier fertig sind.«

»Besorg zuvor einen richterlichen Beschluss. Wenn es um vertrauliche Patientendaten geht, brauchen wir den.«

»Schaut mal, was ich gefunden habe!« Winkler wedelte mit einer Briefhülle, die sie zwischen Ordnern aus einem Regal hervorgezogen hatte. »Der Umschlag hat die vielversprechende Aufschrift ›Irre Briefe‹.« Sie reichte Mayfeld das Kuvert.

In dem Umschlag lagen zwei Briefe. Der erste war in einer ungelenken Schrift mit Kugelschreiber auf liniertem Papier geschrieben.

Mayfeld las vor:

Frau Holler,
du bist genauso böse und verlogen wie alle anderen! Und dir hab ich mal vertraut! Miese Märchentante! Meinst, du bist was Besseres, machst auf Menschenfreundin und lässt am Ende doch alle im Stich!
Ich hasse dich genauso wie das Heim!
Und deinen jungen Freund wirst du nie und nimmer behalten, der ist nur auf dein Geld aus und wird dir kein Glück bringen mit seinen lockigen Haaren und seinen falschen Engelsaugen!
Könntest schon mal grüßen, wenn man dir einen Guten Tag wünscht, und Danke für die Blumen sagen! Aber für mich bist du dir wohl zu fein und lässt einen einfach im Stich!
Ich hasse dich, ich hasse dich auf ewiglich!!!

An den Rand des Briefs hatte jemand mit Bleistift notiert: »Knuth S. aus Aulhausen?«

Der zweite Brief war in einer zwanghaft exakten und eckigen Schrift verfasst worden, mit blauer Tinte auf schwerem Papier mit Wasserzeichen.

Sylvia!
Ich weiß nicht, wie du die Schuld, die du auf dich geladen hast, jemals abtragen willst. Du hast das Schlimmste getan, was man überhaupt tun kann

vor Gott und den Menschen: Du hast eine Familie zerstört. Genau genommen hast du zwei Familien zerstört, meine und unsere gemeinsame. Als der Herr unseren ersten Sohn zu sich nahm, da dachte ich, eine schlimmere Prüfung kann er uns nicht mehr schicken. Aber er hat uns dich geschickt, und du hast nie Ruhe gegeben, immerfort hast du Zwietracht gesät.
Schon als kleines Kind hauste das Böse in dir.
Dann hat uns der Herr ein weiteres Kind geschenkt, eine erneute Prüfung. Vielleicht war ich manchmal zu streng, aber ich habe immer in bester Absicht gehandelt. Wer sein Kind liebt, der züchtigt es, heißt es schon in der Bibel.
Du hingegen, du falsche Schlange, hast nicht geruht, bis du meine im Grunde herzensgute, aber schwache Frau so gegen mich aufgestachelt hattest, dass sie mich verließ.
Gott hat sie bestraft, und auch du musstest für dein frevelhaftes Tun büßen.
Aber das hast du in deiner Verblendung nicht erkannt. Du freust dich noch heute an dem Geld, dass dir der Tod deines Mannes eingebracht hat, statt seinen Tod als Strafe für dein gottloses Tun zu verstehen.
Du hast sogar die Boshaftigkeit besessen, meine Frau mit diesem Geld für ihre Untreue zu bezahlen. Das ist dein schlimmstes Teufelswerk gewesen. Aber am Ende wendet sich das Böse immer gegen seine Verursacher.
Dem Weingut geht es schlecht, das müsstest du wissen. Du müsstest auch wissen, dass es deine Pflicht wäre, alles zu tun, was du zu seiner Rettung beitragen kannst. Es standen dir stets alle Türen offen, auch wenn du sie immer wieder zugeschlagen hast. Aber dir gefällt es, einen selbstsüchtigen und zerstörerischen Weg zu gehen und lachenden Auges zuzusehen, wie alles, was in unserer Familie einmal wertvoll und wichtig war, zugrunde geht.
Kehre um! Tu Buße! Tu deine Pflicht!
Ansonsten wird dich der Mammon vernichten!
G.

»›Irre Briefe‹ ist eine ganz treffende Bezeichnung«, sagte Winkler. »Ich schau mal, ob ich in Hollers Unterlagen einen Hinweis finde, dass sie mal im Vincenzstift in Aulhausen gearbeitet hat.«

»Du meinst, dieser Knuth, der mit Holler offensichtlich noch eine Rechnung offen hatte, kannte sie von dort und hat jetzt seine

Drohungen wahr gemacht?«, fragte Burkhard. »Lassen sie die Bekloppten dort überhaupt jemals wieder raus?«

Auf Burkhard war irgendwie Verlass, dachte Mayfeld grimmig, sein Denken war immer ein bisschen schlicht. »Das sind keine Bekloppten, das sind kranke Leute, Paul. Und natürlich entlassen die immer wieder Patienten. Früher wurde man viel schneller und leichter in so ein Heim gesperrt, als das heute der Fall ist. Später wurden viele Bewohner wieder in die Freiheit entlassen.«

»Der anonyme Briefeschreiber ist offensichtlich auf den Freund von Holler eifersüchtig«, sagte Winkler. »Wer das wohl ist?«

»Und dieser G. scheint ebenfalls eine ordentliche Macke zu haben«, bemerkte Burkhard. »Irgendwas mit Gott. Und er scheint Geld von Holler gewollt zu haben. Was meint der wohl mit dieser Beschuldigung: Du hast meine Familie kaputt gemacht?«

Adler betrat das Büro. »Außer der leeren Schmuckschatulle und zwei durchwühlten Kleiderschränken ist im oberen Stockwerk so weit alles unauffällig. Wir haben keinen PC gefunden, keine Patientenakten, kein Handy, kein Adressbuch. Bloß Kleider, Theaterkostüme und Masken. Und die übliche Ausstattung von Frauen, Schminksachen, Kosmetik und so weiter.«

»Immerhin haben wir mit den zwei Briefen Anhaltspunkte, wo wir ansetzen können«, sagte Burkhard.

»Ich schau mich draußen vor dem Haus und im Garten um«, sagte Adler.

»Ich sehe mir das obere Stockwerk an und rede dann mit der Nachbarin, die die Tote gefunden hat«, entschied Mayfeld.

***

Vierundfünfzig, fünfundfünfzig, sechsundfünfzig, siebenundfünfzig. So viele Sommersprossen! So viele Sommersprossen hatte er noch nie bei einem Mädchen gezählt. Bei einem Mädchen mit schwarzen Haaren!

Schwarzhaarig wie Ebenholz.

Er hatte auch noch nie so lange Zeit zum Zählen gehabt. Wenn man ganz nah ran ging, erkannte man auch die kleinen Sommersprossen. Und die hinter den Ohren. Das Mädchen war ganz blass.

Er nahm den Lippenstift, den er aus Mamas Schlafzimmer geholt hatte. Mama brauchte den jetzt nicht. Mit dem Lippenstift malte er die Lippen des Mädchens schön rot an.

So weiß wie Schnee, so rot wie Blut und so schwarzhaarig wie Ebenholz.

Hatte Schneewittchen Sommersprossen? Davon hatte er noch nie gehört. Er rieb fest an einer, die sich vorwitzig auf die Nase von Schneewittchen gesetzt hatte. Nichts zu machen, die ging einfach nicht weg. Er versuchte es noch mit ein paar anderen, dann gab er auf. Er könnte die Theaterschminke holen, die von der Märchenaufführung übrig geblieben war. Dann wäre es richtig. Aber dann könnte er die Sommersprossen nicht mehr zählen, und das machte viel Spaß.

Ob Schneewittchen nur im Gesicht Sommersprossen hatte? Er hätte gerne nachgesehen, aber dann hätte er das Mädchen ausziehen müssen, und dann fror es vielleicht.

Ei du mein Gott, ei du mein Gott, was ist das Kind so schön. Das können wir nicht in die schwarze Erde versenken.

Das Mädchen hatte Jeans an und einen schwarzen Kapuzenpulli. Er fand Mädchen mit Röcken schöner. Aber dieses hatte nun mal Jeans an. Da konnte man nichts machen. War vielleicht ganz gut so. Mit Rock wäre es vielleicht noch schneller kalt geworden. Das Mädchen schlief jetzt schon lange auf seinem Bett.

Nun lag Sneewittchen lange lange Zeit in dem Sarg und verweste nicht, sondern sah aus, als wenn es schliefe.

Wo sollte er bloß einen Glassarg hernehmen? Er musste sich etwas anderes einfallen lassen. Wenn er nur wüsste, warum sie so lange schlief.

Sneewittchen hatte kein Arg, stellte sich vor sie, und ließ sich mit dem neuen Schnürriemen schnüren: aber die Alte schnürte geschwind und schnürte so fest, dass dem Sneewittchen der Atem verging, und es für tot hinfiel.

Dass er nicht gleich auf die Idee gekommen war! Die Schnürriemen! Er schob den Pulli des Mädchens hoch. Darunter trug es ein grünes T-Shirt. Das schob er auch hoch. Keine Schnürriemen da. Aber Sommersprossen. Sommersprossen am Bauchnabel, Sommersprossen auf den Brüsten. Nicht so viele wie im Gesicht, aber immerhin. Sollte er von Neuem anfangen zu zählen oder bei achtundfünfzig weitermachen? Er schüttelte aufgeregt die Hände.

Ei du mein Gott, ei du mein Gott, was ist das Kind so schön.

Mädchen hatten heutzutage keine Schnürriemen mehr. Sie hatten Gürtel um ihre Jeans.

Sie hoben es in die Höhe, und weil sie sahen, dass es zu fest geschnürt war, schnitten sie den Schnürriemen entzwei.

Er ging zu seinem Schreibtisch und kramte eine Schere aus der Schublade. Er musste sich ganz schön anstrengen, aber nach vier Versuchen hatte er es geschafft, der Gürtel war entzweigeschnitten.

Da fing es an, ein wenig zu atmen, und ward nach und nach wieder lebendig.

Er wartete. Es kam ihm so vor, als ob es tatsächlich anfing, ein wenig zu atmen, aber es wurde nicht wieder lebendig.

Und fanden den giftigen Kamm, und kaum hatten sie ihn herausgezogen, so kam Sneewittchen wieder zu sich.

Vielleicht war das des Rätsels Lösung. So schönes Haar hatte das Mädchen, seidig und schwarz. Er untersuchte Strähne für Strähne, danach wuschelte er fest über den ganzen Kopf, aber er fand keinen giftigen Kamm. Nicht einmal sonst einen. Eieieieiei.

Und von dem Schüttern fuhr der giftige Apfelgrütz, den Sneewittchen abgebissen hatte, aus dem Hals. Und nicht lange, so öffnete es die Augen.

Wie sollte er das nun wohl anstellen? Er stand auf, schob seinen Stuhl weg. Dann rollte er Schneewittchen vom Bett herunter, sodass es mit einem Plumps auf den Holzboden fiel. Warum machte es jetzt die Augen nicht auf? Er versuchte, ihm zu helfen, griff sich die Wimpern eines Auges und zog das Lid nach oben. Aber er sah nur das Weiße des Augapfels, sonst passierte nichts.

Einen Versuch wollte er noch unternehmen. Er räumte den Schreibtisch leer. Die Zeichenblöcke, die Farbstifte und das Märchenbuch stapelte er auf dem Boden, die toten Insekten, die er noch nicht in die Glasvitrine einsortiert hatte, steckte er in einen Schuhkarton, den er unter dem Schreibtisch stehen hatte. Dann packte er das Mädchen und legte es auf den Schreibtisch. Aus der Schreibtischschublade holte er die Taschenlampe, die ihm Mama zum vorletzten Geburtstag geschenkt hatte. Eine ganz besonders helle Taschenlampe für deine Streifzüge im Wald, hatte sie gesagt.

Kurz überlegte er, was Mama wohl zu dem sagen würde, was er gerade machte. Egal, Mama hatte der rote Wolf gebissen. Er schob einen Finger zwischen die Zähne des Mädchens und presste die

Kiefer auseinander. Irgendetwas knackte. Immer schön vorsichtig sein, ermahnte er sich. Dann leuchtete er in die Mundhöhle. Gar nicht so einfach, die Kiefer auseinander zu halten und die Zunge wegzudrücken. Aber er fand den Apfelgrütz nicht. Keinen giftigen und nicht einmal sonst einen.

Einen allerallerletzten Versuch wollte er noch unternehmen. Vom Schreibtisch aus war der Plumps größer. Er rollte Schneewittchen nach vorn und ließ es auf die Holzdielen fallen. Das war wirklich ein großer Plumps. Aber das Mädchen hielt die Augen geschlossen.

War das Mädchen am Ende gar nicht Schneewittchen?

***

Die Nachbarin von Sylvia Holler wohnte in einem kleinen Fachwerkhaus auf der gegenüberliegenden Straßenseite. Ihr Haus und das von Holler waren die beiden einzigen in der kleinen Stichstraße, die von der Oberen Kirchstraße den Hang hinauf zum Waldrand führte. Es dauerte eine ganze Weile, bis sie auf das Klingeln reagierte und die Haustür öffnete. Frau Russmann war in eine graue Kittelschürze gekleidet. Sie mochte zwischen achtzig und fünfundachtzig Jahre alt sein, war klein und hutzelig und hatte einen Buckel. Die Gesichtszüge waren scharf geschnitten und passten nicht so recht zu den glasigen Augen. Das weiße Haar war bis auf eine Strähne von einem karierten Kopftuch bedeckt. Ein Rabe auf der Schulter hätte gut ins Bild gepasst, fand Mayfeld, oder wenigstens eine schwarze Katze, die um ihre Beine strich.

Die beiden Kommissare folgten der Alten in die Küche.

»Die arme Frau, die arme Frau«, brabbelte Frau Russmann vor sich hin, als Mayfeld und Winkler sich zu ihr an den groben Küchentisch setzten.

»Die arme Frau! Wollen Sie was zu trinken?«

Winkler und Mayfeld schüttelten beide den Kopf.

»Im Fernsehen sagen die Kommissare, dass sie im Dienst nicht trinken dürfen. Gilt das auch bei uns im Rheingau? Na ja, ich brauch jedenfalls ein Schlückchen.«

Die Alte stand, ohne auf eine Antwort zu warten, auf, holte aus dem Kühlschrank eine Literflasche mit Weißwein und stellte sie zusammen mit drei Gläsern vor sich auf den Tisch. Nachdem sie die Gläser gefüllt hatte, schob sie den beiden Beamten jeweils ein Glas hin und nahm aus dem dritten einen großen Schluck. Mayfeld schaute auf die Uhr. Entschieden zu früh für Wein, fand er. Aber das sah hier in der Gegend nicht jeder so.

»Die arme Frau, die arme Frau«, jammerte Frau Russmann weiter.

»Es war bestimmt ein großer Schock für Sie, die Tote zu entdecken.« Winkler versuchte, das Gespräch mit einer einfühlsamen Eröffnung einzuleiten.

»Die arme Frau, die arme Frau«, antwortete Frau Russmann, leerte das Glas und schenkte sich neu ein. Man hätte die alte Frau nach dem Schock nicht allein lassen sollen, dachte Mayfeld. Wenn sie so weitermachte, wäre sie betrunken, bevor sie mit ihrer Befragung zu Ende waren.

»So eine arme Frau. Und dabei so eine gute Frau. Auch wenn sie etwas eigen war, die Frau Dr. Holler. Eine gute Frau!«

»Sie sollten übers Wochenende die Katze Ihrer Nachbarin füttern?« Mayfeld hoffte, mit konkreten Fragen bei Frau Russmann weiterzukommen.

Sie schien irgendeinem Gedanken nachzusinnen und schwieg eine ganze Weile. »Die arme Katze! Wer kümmert sich denn jetzt um sie? Sie ist Frau Holler erst vor drei Jahren zugelaufen, eine schwarze Katze mit weißen Pfoten. Natürlich hat die Frau Doktor sie aufgenommen, sie war ja so eine gute Frau!« Tränen liefen über die faltigen Wangen der Alten und tropften ins Weinglas.

»Wo wollte sie denn hin?«

»Die Katze? Ich weiß es doch auch nicht! Wahrscheinlich in den Wald, dorthin, woher sie vor drei Jahren gekommen ist!«

»Ich meinte Frau Dr. Holler«, präzisierte Mayfeld seine Frage.

Frau Russmann nahm noch einen Schluck aus ihrem Glas. »Hält Leib und Seele zusammen«, behauptete sie mit einem tapferen Lächeln. »Wohin die Frau Doktor wollte, das weiß ich nicht so genau, ich meine, sie hat was von einem Treffen mit Kollegen in Berlin gesagt, wo sie jedes Jahr hinfährt. Am Samstag wollte sie morgens weg, da konnte sie den Kater noch füttern. Er bekommt nur morgens Dosenfutter, abends holt er sich Mäuse aus dem Wald. Am Sonntag sollte ich ihm Futter geben, und montags wollte sie wieder zurück sein, weil doch all die kranken Kinder zu ihr kommen, die Zappelphilippe und die verstörten Mädchen. So hat sie sie genannt. Die armen Kinder! Wer soll sich denn jetzt um sie kümmern? Das mit der Katze, das kann ich ja übernehmen, aber wer kümmert sich um die kranken Kinder?«

»Wann haben Sie Frau Dr. Holler zuletzt gesehen?«, hakte Mayfeld nach.

Frau Russmann dachte eine Weile nach. »Am Freitagmittag, als sie mich bat, die Katze zu füttern«, antwortete sie dann.

»Was für einen Eindruck machte sie auf Sie?«, fragte Mayfeld. »War sie anders als sonst?«

Die Alte fing wieder an zu weinen. »Ganz lebendig war sie da noch. Ein bisschen in Eile, sie hatte gar keine Zeit, ein Gläschen mit mir zu trinken. Und jetzt ist sie tot!« Sie holte sich ein Taschentuch aus der Kittelschürze und schnäuzte sich.

»Ist Ihnen am Samstag irgendetwas aufgefallen?«

»Ich dachte, die Frau Doktor wäre weggefahren. Die Garage war zu. Als ich am Samstagabend im Anbau saß und zufällig zu ihrem Grundstück rübergeschaut habe, da hab ich ein Mädchen in ihr Haus gehen sehen. Das hat mich gewundert, wo sie doch gar nicht da war, die Frau Holler. Aber es war schon dunkel, und ich dachte mir, ich habe mich geirrt. Meine Augen sind nicht mehr die besten.« Genauer beschreiben konnte Frau Russmann das Mädchen nicht.

»Können wir mal in diesen Anbau gehen?«, schlug Mayfeld vor.

Frau Russmann nickte, stand auf und griff nach ihrem Weinglas.

»Soll ich Ihnen ein Glas Wasser holen?«, fragte Winkler in fürsorglichem Ton.

Die Alte winkte unwirsch ab und wackelte von der Küche durch die »Gut Stubb« in den »Anbau«, eine Art Wintergarten, der auf drei Seiten von halbhohen Mauern und Holzfenstern begrenzt war. Der Anbau war mit Kübelpflanzen, einem Tischchen und Korbsesseln eingerichtet. Frau Russmann setzte sich auf einen der Sessel und bat die beiden Beamten, sich ebenfalls zu setzen.

»Hier sitz ich oft mit meinem Schöppchen und schau in den Wald.« Sie deutete auf den Waldrand oben am Hang. »Oder zur Frau Doktor.« Sie deutete über die Straße. Von ihrem Beobachtungspunkt hatte sie einen direkten Blick auf den Vorbau vor Hollers Haus.

»Ich habe gesehen, wie das Mädchen ins Haus gegangen ist, jedoch nicht, wie es wieder herausgekommen ist. Aber vielleicht habe ich von dem Mädchen auch nur geträumt, so wie von dem Mann.«

»Was für ein Mann?«

»Na, der Mann im Baum.« Sie schüttelte den Kopf, als wunderte sie sich, was für dumme Fragen die Polizei doch stellen konnte.

»Ein Mann im Baum?«, fragte Mayfeld skeptisch.

»Im Baumhaus«, präzisierte die Alte.

»Was für ein Mann? Welches Baumhaus?« Mayfeld trat an ein Fenster und spähte nach draußen zum Nachbargrundstück. Hollers Haus war ein stattliches Fachwerkhaus, das auf einem Hanggrundstück mitten in einem großen Garten lag. Der Garten war ziemlich verwildert und ging fast unmerklich in den Wald oberhalb von Martinsthal über.

Die alte Frau Russmann war Mayfeld gefolgt und deutete auf den Wald. »Da ist das Baumhaus. Können Sie es erkennen?«

Der Waldrand lag mittlerweile im Schatten, die Farben des Laubs waren fahl geworden. Doch in der Krone einer Eiche konnte man eine Plattform aus Brettern erkennen, zu der man über eine Leiter Zugang hatte.

»Da saß am Samstag ein Mann.« Frau Russmann sagte das jetzt sehr bestimmt.

»Wie lange hat der da gesessen?«

»Hab nicht auf die Uhr geschaut. Ich sitz oft hier und lass die Zeit vorbeiziehen. Manchmal schlafe ich ein, wache irgendwann wieder auf.«

Das waren nicht gerade perfekte Bedingungen für eine Zeugenaussage. Aber im Moment mussten sie für jeden noch so vagen Hinweis dankbar sein.

Es sei ein großer Mann gewesen, behauptete die Nachbarin. Wie sie darauf komme, wenn sie ihn nur undeutlich und aus der Ferne gesehen habe, konnte sie nicht sagen. Vielleicht sei es ja derselbe Mann gewesen, der am Freitagabend um Hollers Haus geschlichen sei, meinte sie. »Ich habe da etwas im Wald gesehen, das sich bewegt hat. Es kam mir vor wie ein großer Mann. Ich wollte schon zu Frau Holler hinübergehen, aber dann bin ich wieder eingeschlafen. Das passiert mir in letzter Zeit immer öfter.«

»Dass Sie einschlafen?«

»Ja, und dass ich meinen Augen nicht mehr so recht trauen kann. Aber da war ein großer Mann in ihrem Garten. Am Freitag oder Samstag.« Mehr konnte sie über den Mann, der um Hollers Haus geschlichen sein sollte, nicht sagen.

»Ist Ihnen in der letzten Zeit irgendetwas Besonderes im Umfeld von Frau Dr. Holler aufgefallen?« Eine letzte Chance, bei der Befragung einen Zufallstreffer zu landen.

Die Alte nickte bedächtig mit dem Kopf. »Vor drei Jahren ist Findus eingezogen.«

»Findus?«

»Der Kater. Vorher war die Frau Doktor allein. Und seit einem Jahr kommt ein junger Mann zu Besuch.«

»Der Mann aus dem Baumhaus?«

Jetzt musste Frau Russmann kichern. »Ich glaube nicht, dass es der Frau Doktor recht gewesen wäre, wenn der junge Mann im Baumhaus übernachtet hätte. Dann hätte sie ja gar nichts von dem Burschen gehabt.«

»Kennen Sie seinen Namen?«

»Nein, sie hat mir den Namen nicht gesagt. Und ich hab nicht gefragt. Man will schließlich nicht als neugierig gelten.«

»War der junge Mann, der die Frau Doktor seit einem Jahr besucht, die letzten Tage auch bei ihr?«

Die Alte nickte eifrig. »Der kam in letzter Zeit fast jeden Tag.« Plötzlich hielt sie inne. »Aber ob er am Donnerstag oder Freitag zuletzt bei ihr war, das weiß ich gar nicht.« Frau Russmann nahm einen weiteren tiefen Schluck aus dem Weinglas. Ihre Zunge wurde schwer.

»Und ist Ihnen sonst noch etwas aufgefallen?«, fragte Winkler.

»Anfangs der Woche war noch ein weiteres Mädchen bei Frau Holler zu Besuch, den genauen Tag kann ich Ihnen aber nicht mehr sagen.«

»Was war denn so besonders an dem Besuch?«, wollte Mayfeld wissen. »Frau Holler bekam doch andauernd Besuch von Kindern oder Jugendlichen, die bei ihr Therapie machten.«

Frau Russmann schüttelte den Kopf, als könne sie so viel Unverstand nicht fassen. »Aber doch nicht während der Ferien. Wir haben Herbstferien. Da kommen keine Patienten zu Frau Holler.«

Genaueres zu der jungen Besucherin konnte Frau Russmann nicht sagen.

»Ich glaube, ich brauche jetzt ein kleines Nickerchen«, bemerkte sie abschließend.

Weitere Fragen hatten wohl keinen Sinn.

Ein paar Stunden später war Mayfeld im Keller des Weinguts Leberlein bei seinem Wein. Seit Jahren bewirtschaftete er einige Morgen Weinberge im Rauenthaler Rothenberg, die Julia geerbt hatte. Den Wein baute er im Weingut der Schwiegereltern aus.

Von der Decke des alten Gewölbes hing eine matte Glühbirne herab und warf ihr warmes Licht auf die alten Weinfässer. In einer anderen Ecke des Kellers hörte er seinen Schwiegervater Jakob hantieren. Mayfeld stellte die Holzleiter an ein Halbstück und stieg ein paar Sprossen hinauf. Er schob den Probierschlauch durch das Spundloch und stieg die Leiter wieder hinunter, saugte den Wein an und füllte zwei Glaskolben, die auf dem kleinen Tischchen vor dem Halbstück bereitstanden. Den Inhalt des ersten Glases schüttete er durch das Loch an der oberen Wölbung des Fasses wieder zurück.

Zuerst bestimmte er mit einem Thermometer die Temperatur des gärenden Weins im zweiten Glas, achtzehn Grad Celsius. Dann ließ er die spindelförmige Oechslewaage in den Messzylinder gleiten und las die Oechslegrade ab, zwanzig Grad Oechsle. Er notierte die Werte mit Kreide auf dem Holzfass. Zum Schluss trank er die weißtrübe Flüssigkeit in bedächtigen Schlucken.

Das Ritual wiederholte er bei den beiden anderen Halbstück-Fässern. Mayfeld war zufrieden, der Federweiße war auf einem guten Weg. Heute Nacht würde es kalt werden. Sämtliche Öffnungen, Fenster und Luftschächte des Weinkellers waren geöffnet, um die Gärungsgase abzuleiten. Das sollte reichen, um die Fässer abzukühlen. Die Hefepilze wollten es weder zu warm noch zu kalt haben. Er stieg die Treppe aus dem stillen Keller hinauf und ging in die Küche des Weinguts.

Dort bereiteten sich seine Frau Julia und Hilde, die Hausherrin und Mayfelds Schwiegermutter, auf den Ansturm der Gäste vor. Seit dem Wochenende hatte die Straußwirtschaft der Leberleins geöffnet. Julias Kochkünste waren weit über Kiedrich hinaus bekannt.

»Kommst du, um uns zu helfen?«, begrüßte ihn seine Frau lachend.

Hilde nickte ihm flüchtig zu und rührte weiter in einem Topf auf dem Herd.

»Ich habe einen Mord in Martinsthal«, sagte Mayfeld und setzte sich an den großen Holztisch in der Mitte des Raums.

Wenn ihn ein Fall beschäftigte, redete er gern mit Julia darüber. Das half ihm, sein seelisches Gleichgewicht zu bewahren oder wiederzugewinnen, und manchmal half ihr unbefangener Blick bei der Lösung des Falls.

Auf dem Tisch lagen Forellenfilets, Blutwürste und parierte Hasenrücken auf Platten, gewürfeltes Schmorgemüse, Rote Bete, gekochte Kartoffeln, Feldsalat und Apfelstücke in Schüsseln. Alle Zutaten warteten auf ihre weitere Verarbeitung. Julia hauchte ihm einen Kuss auf die Wange, setzte sich zu ihm und gab ihm ein Messer und ein Holzbrett.

»Schneide die Kartoffeln in feine Scheiben und verteile sie fächerförmig auf die Teller«, wies sie Mayfeld ein. Sie griff selbst nach einem Brettchen und einem Messer und begann zu schneiden. »Etwa einen Viertelzentimeter dick. Das gibt Kartoffel-Carpaccio mit Trüffelsoße. Was ist passiert?«

Mayfeld erzählte ihr von dem neuen Fall. »Kennst du Dr. Holler?«, fragte er am Ende seines Berichtes.

Julia hatte mit dem Schnippeln aufgehört. Sie nickte. »Eine liebe und interessante Kollegin, Psychologin und Jungianerin.«

»Was ist das, eine Jungianerin?«

»Jung war neben Freud und Adler einer der Begründer der Psychoanalyse. Ein Schwerpunkt seiner Arbeit war das kollektive Unterbewusste, wie es sich zum Beispiel in Märchen und Mythen zeigt, während Freuds Interesse stärker auf das persönliche Unterbewusste gerichtet war.«

»Und die Meinungsunterschiede, die die Gründerväter vor hundert Jahren hatten, spielen heute noch eine Rolle?«, fragte Mayfeld skeptisch. Das klang ihm weniger nach einem wissenschaftlichen Streit als nach einer Glaubensfrage.

Julia lächelte und hob die Schultern, als wollte sie sagen, dass es nicht an ihr liege.

»Mit Märchen hat sich Frau Holler intensiv befasst.« Mayfeld erwähnte das Plakat im Behandlungsraum und die Bücher im Arbeitszimmer von Dr. Holler.

»Ja, sie ist in ihrer Freizeit als Märchenerzählerin aufgetreten. Und beruflich hat sie Märchen in ihre Therapien mit einbezogen. Sie lässt die Klienten ausgehend von Motiven aus Märchen imaginieren. Dieses Verfahren, man kann es sich als eine Art begleiteten Tagtraum vorstellen, soll nach ihren Erfahrungen eine sehr direkte Brücke ins Unterbewusstsein darstellen.«

»Ich dachte, eure Patienten erzählen schon von alleine genug Märchen, und es geht in der Therapie darum, sie zurück auf den Boden der Tatsachen zu holen.«

»Natürlich spielt das, was du die objektive Wahrheit nennen würdest, in der Therapie eine wichtige Rolle. Aber das ist nur die eine Seite. Was Psychotherapeuten genauso stark interessiert, das ist die subjektive Wahrheit. Die kann der objektiven Wahrheit sehr ähnlich, sie kann aber auch ganz weit von ihr entfernt sein.«

»Aha.«

»Es sind nicht die Dinge, die uns beunruhigen, sondern die Meinungen, die wir von den Dingen haben.«

»Sagte Epiktet, der griechische Philosoph und Stoiker.« Mayfeld war es gelungen, seine Frau zu überraschen. »Das steht auf dem Plakat, das du in deinem Arbeitszimmer aufgehängt hast«, erinnerte er Julia. »Ich bevorzuge die objektiven Fakten.«

»Von denen du in diesem Fall noch nicht allzu viele hast.«

»Ich habe die bizarr arrangierte Leiche einer Psychologin. Es kann sein, dass der Täter, um in deinen Worten zu bleiben, uns etwas über seine Meinung, die er von den Dingen hat, mitteilen will. Ich habe aber auch Hinweise auf einen Einbruchsdiebstahl. Es kann sein, dass der Täter mit dem Arrangement unsere Meinung, die wir von den Dingen haben, beeinflussen will.«

»Habt ihr Bilder von der ganzen Szene gemacht?«

»Na klar.«

»Zeig sie jemandem, der sich mit Märchen auskennt, der Hollers Arbeitsweise kannte. Er wird dir sagen können, ob da jemand eine Botschaft hat oder ob es sich um eine Art Ablenkungsmanöver handelt.«

»Vielleicht sind das nicht die einzigen Alternativen, verrückte Botschaft oder Ablenkungsmanöver«, gab Mayfeld zu bedenken. Es waren allerdings die beiden einzigen Alternativen, die ihm momentan einfielen. »Entweder hängt der Mord mit Hollers Arbeit zusammen, oder jemand will, dass wir das glauben.«

»Würde sich ein einfacher Einbrecher die Mühe machen?«, fragte Julia.

»Wohl nicht«, gab Mayfeld zu. »Wir haben kaum Patientenunterlagen in der Praxis gefunden. Ihr Praxiscomputer ist verschwunden. Es gibt bloß einen USB-Stick. Hoffentlich finden wir auf dem etwas, das uns weiterbringt, Aufzeichnungen über die Patienten zum Beispiel.«

»Datenschutz ist da wohl nicht so wichtig?«, wandte Julia ein.

In diesem Moment wurde die Küchentür aufgerissen.

»Das ist voll peinlich!« Lisa Mayfeld, schwarzer Rock, schwarzes T-Shirt, schwarz gefärbte Haare und fünfzehn Jahre alt, stürzte herein und fläzte sich neben ihre Mutter auf einen Stuhl. »Das geht ja wohl gar nicht.« Sie ließ eine Kaugummiblase zwischen ihren dunkelrot geschminkten Lippen entstehen und platzen.

»Wenn du nicht willst, musst du nicht mehr bedienen. Ab morgen gehst du ja wieder zur Schule«, warf Julia ein.

»Das meine ich doch nicht«, protestierte Lisa und ließ ihren Stuhl bedenklich nach hinten kippen. »An die Kinderarbeit habe ich mich schon gewöhnt, und solange es mit dem Trinkgeld stimmt, ist das voll korrekt. Ich meine die Ahnengalerie draußen. Hast du dir das ausgedacht, Oma?«

Lisas Stuhl kippte zurück nach vorn, sie stand auf und schlenderte zu Hilde, die sich weiterhin darauf konzentrierte, in dem Topf, der vor ihr auf dem Herd stand, herumzurühren. Sie näherte sich ihrer korpulenten Großmutter von hinten, umfasste ihre Schultern und schmiegte ihre Wange an die von Hilde.

»Warst du das, Oma?«

»Willst du mal probieren?«, fragte Hilde, wandte sich zu ihrer Enkelin und hielt ihr einen Löffel mit einer dampfenden Flüssigkeit unter die Nase. Lisa spitzte den Mund und schlürfte den Löffel laut hörbar aus.

»Super! Was ist das?«

So schnell würde er seine Tochter auch gern besänftigen können, dachte Mayfeld.

»Die Fleischsoße für die Wildschweinlasagne.«

»Du bist die Größte, Oma.« Sie gab ihr einen Kuss auf die Wange.

»Das ist ein Rezept von deiner Mutter.«

»Ach so. Du bist trotzdem die Größte. War das deine Idee mit der Ahnengalerie?«

»Du meinst die Fotos, die ich im Eingangsbereich aufgehängt habe? Wir sind nun mal ein Familienbetrieb, da fand ich das passend. Die Bilder von dir hat mir deine Mutter gegeben. Ich fand sie ganz bezaubernd. Passt dir irgendeines nicht?«

Lisa ging zurück zu ihrem Stuhl und tippte ihrer Mutter, die wieder Kartoffeln in Scheiben schnitt und fächerförmig auf Tellern anrichtete, an die Schulter.

»Letzte Woche hast du mir einen Vortrag gehalten wegen Facebook. Wie hieß das noch mal, worüber du geredet hast?«

Julia seufzte. »Informationelles Selbstbestimmungsrecht.«

»Genau, über dieses Recht hast du gepredigt. Dass man das Recht an seinen Bildern und auf seine Privatsphäre nicht leichtfertig preisgeben soll, weil man nie sicher sein kann, was andere mit diesem Wissen machen und ob sie einem damit schaden können. Hab ich mir das richtig gemerkt?«

Julia nickte.

Jetzt konnte es eng werden für Julia, dachte Mayfeld und überlegte, wie er seiner Frau argumentativ aus der Bredouille helfen könnte.

»Es war mein Fehler«, rief Hilde vom Herd aus. »Ich wollte ein paar Bilder von euch. Julia hat mir eine ganze Mappe gegeben, und ich habe mir welche ausgesucht. Und was soll man denn mit einem Bild aus der Seepferdchengruppe des Schwimmvereins unternehmen, das dir schaden könnte?«

Mayfeld fiel es schwer, ein Lachen zu unterdrücken. Wenn Lisa derzeit etwas überhaupt nicht ertragen konnte, dann waren es Bilder, die sie als kleines Kind zeigten. In ein paar Jahren, wenn sie sich sicher sein würde, erwachsen zu sein, wäre das bestimmt wieder anders, aber im Moment war Oma Hilde womöglich die Einzige, die ein solches Bild öffentlich ausstellen und diese Aktion überleben konnte.

»Du hättest mich fragen müssen«, giftete Lisa ihre Mutter an, aber Oma Hilde hatte mit ihrem Schuldeingeständnis der Anklage jeden Schwung genommen. Wahrscheinlich würde sich Lisa jetzt ein neues Opfer suchen, vermutete Mayfeld und wusste auch schon, wen es als Nächsten treffen würde.

»Bist du mal wieder im Polizistenstress?« Lisa wandte sich an ihren Vater, blies eine weitere Kaugummiblase auf und ließ sie platzen. Sie wusste, dass er das nicht leiden konnte, und zauberte ein besonders unschuldiges Lächeln auf ihre Lippen. »Ich war heute Mittag bei Opa. Er meinte, sein Sohn könnte sich ruhig mal um ihn kümmern, statt sich den Hintern für die Bullerei aufzureißen. Finde ich übrigens auch.«

Erst verschwieg ihm der Vater seine gesundheitlichen Probleme, dann erfuhr Mayfeld zufällig, dass er im Krankenhaus lag, und nun erwartete er, dass er sich umgehend bei ihm meldete, und beschwerte sich auch noch bei seiner pubertierenden Enkeltochter über ihn. Wirklich allerliebst, was sein Vater da veranstaltete. Ich wäre schon noch hingefahren, wollte er antworten, aber das klang zu sehr nach einer der Ausreden, die seine Tochter in letzter Zeit andauernd gebrauchte.

»Danke, dass du nach Opa geschaut hast, Lisa. Wie geht es ihm?«

»Brauchst dich nicht bei mir zu bedanken. Das ersetzt nicht den eigenen Besuch. Ich war nicht wegen deines schlechten Gewissens dort, sondern wegen Opa.«

Mayfeld wusste nicht, ob er sich über die Frechheit seiner Tochter ärgern oder auf ihre Schlagfertigkeit stolz sein sollte. »Was fehlt ihm denn nun?«

»Frag ihn doch selbst! Ich kann mit dem Ärztekauderwelsch nichts anfangen. Irgendetwas mit Herzrhythmusstörungen. Weißt du eigentlich, dass er auf der Intensivstation liegt?«

Mayfeld hielt den Atem an. Er suchte im Gesicht seiner Tochter Anzeichen dafür, dass sie nur einen makabren Scherz machte, konnte aber zu seiner Bestürzung keine entdecken.

»Das ist kein Scherz, Papa«, sagte sie und kaute auf ihrem Kaugummi herum, ließ sich dabei demonstrativ viel Zeit, während sie die Reaktion ihres Vaters beobachtete. Irgendwann schien sie genug gesehen zu haben.

»Montag oder Dienstag kommt er auf Normalstation, und in ein paar Tagen wird er entlassen«, erlöste sie ihren Vater schließlich.

Mayfeld atmete auf. »Dann geht es ihm also wieder gut?«

»Das willst du doch bloß hören, damit du ihn nicht zu besuchen brauchst«, rief Lisa empört.

»Nenn es mitmenschliches Interesse.«

»Ich glaub schon, dass es ihm wieder besser geht. Ich musste ihm Zigaretten mitbringen.«

»Auf die Intensivstation?« Mayfeld schüttelte ungläubig den Kopf. »Seit wann machst du denn, was man dir sagt?«

Mayfelds Schwägerin Elly kam in die Küche. »Es geht los, die ersten Gäste sind da. Zweimal Kartoffel-Carpaccio mit Hasenrücken und zweimal Rote-Bete-Carpaccio mit Forellentatar.«

Julia stand auf, nahm zwei Hasenrückenfilets und ging zum Herd. Sie bat Lisa, das vorbereitete Forellentatar aus dem Kühlschrank zu holen.

Mayfeld stand ebenfalls auf. Ab jetzt würde er in der Küche nur stören. »Was sagtest du gerade über Herbert?«, fragte er seine Tochter.

Lisa grinste. »Ne Woche war der Opa krank, jetzt raucht er wieder, Gott sei Dank.«

***

Hundertvierundvierzig, hundertfünfundvierzig, hundertsechsundvierzig, hundertsiebenundvierzig. Fertig. Er hatte alle Sommersprossen des Mädchens gezählt. Zumindest fast alle. An ein paar Stellen hatte er sich nicht getraut nachzusehen. Er schob den Pulli und das T-Shirt wieder runter und zog die Jeans wieder hoch. Ganz schön viele Sommersprossen. Das Mädchen schlief immer noch. Aber es war nicht noch kälter geworden. Vielleicht sogar etwas wärmer. Und es atmete ein wenig. Zumindest kam ihm das so vor.

Nun lag Sneewittchen lange lange Zeit in dem Sarg und verweste nicht, sondern sah aus, als wenn es schliefe, denn es war noch so weiß als Schnee, so rot als Blut und so schwarzhaarig wie Ebenholz.

Er musste warten. Es war schade, dass er so wenig über Mädchen wusste. Lass die Finger von den Mädchen, davon verstehst du nichts, hatte Mama gesagt. Aber Mama war nicht da, die musste weg, weil sie der rote Wolf gebissen hatte. Schon ein paarmal hatte er heute gedacht, dass es gar nicht so schlecht war, wenn Mama nicht da war. Sie kümmerte sich um alles, aber er war doch schon ein großer Junge, auf den man nicht mehr so aufpassen musste wie früher, als er noch zur Schule ging. Immerhin konnte er lesen und schreiben und sogar ein bisschen rechnen. Und sehr, sehr gut kochen. Und er vergaß nichts. Niemals, nie und nimmer. Er konnte sich alles merken. Am liebsten die Märchen aus dem Märchenbuch von Jacob und Wilhelm Grimm. Die versteht er sogar, hatte Mama einmal zu Tante Sylvia gesagt. Ja, die Märchen verstand er. Aber nicht die Mädchen. Mit denen kannte er sich nicht aus.

Früher hatte ihn die Mama eingesperrt, weil sie Angst hatte, dass er was Dummes machen könnte. Aber Tante Sylvia hatte ihr gesagt, dass das nicht recht war, und da hatte Mama ein Einsehen gehabt. Seitdem verbrachte er jede freie Minute im Wald und sammelte alles ein, was ihm gefiel, wenn er Mama nicht beim Kochen half oder in einem Märchenbuch las.

Das mit dem Plumps war vielleicht keine so gute Idee gewesen. Ein Fußknöchel des Mädchens war dick geworden, und ein Handgelenk war angeschwollen. Am Kopf hatte das Mädchen jetzt eine hässliche Beule. Dummer Junge, dummer Junge. Er schlug sich fest auf den Kopf, mit beiden Händen. Früher hatte das sein Vater gemacht, der Fromm.

Der Opa hatte immer gesagt, dass der Fromm ein Scheinheiliger wäre. Dabei hatte der Fromm gar keinen Schein. Nie hatte er einen gesehen, und er konnte sich an alles erinnern und vergaß nie etwas. Tante Sylvia hatte Mama gesagt, dass es nicht recht war, dass der Fromm ihn schlug. Niemand dürfe ihn schlagen, hatte sie gesagt. Und niemand dürfe ihn einsperren. Und dann hatte Mama den Fromm sitzen lassen, und später war sie mit ihm in das Haus im Wald gezogen, wo er ihr beim Kochen half. Bis der Wolf gekommen war und sie gebissen hatte.

Er hatte Mama versprechen müssen, dass er Tante Sylvia besuchen würde. Aber das hatte jetzt keinen Zweck mehr. Und so, wie es war, war es gut, mit ihm und dem Mädchen. Wenn sie nur wieder wach würde.

Er haute sich noch mal mit beiden Händen auf den Kopf. Der Fromm hatte einmal gesagt, vielleicht würde das helfen. Aber meistens half es nicht.

Es war spät, und draußen war es ganz still geworden.

Und alles war so still, dass einer seinen Atem hören konnte, und endlich kam er zu dem Turm und öffnete die Türe zu der kleinen Stube, in welcher Dornröschen schlief. Da lag es und war so schön, dass er die Augen nicht abwenden konnte, und er bückte sich und gab ihm einen Kuss.

Wieso war er darauf nicht früher gekommen? Märchen Nummer fünfzig, nicht Nummer dreiundfünfzig. Das war nicht Schneewittchen, das war Dornröschen! Er musste sie nur küssen.

Wie er es mit dem Kuss berührt hatte, schlug Dornröschen die Augen auf, erwachte, und blickte ihn ganz freundlich an.

Er beugte sich vorsichtig zu ihr herunter. Er wusste nicht, wie ein Prinz küsste, aber er gab sich Mühe, alles richtig zu machen.

»Bäh«, schrie das Mädchen und schlug ihm ins Gesicht.

Dornröschen war aufgewacht. Aber so hatte er sich das nicht vorgestellt. Niemand durfte ihn hauen. Er schlug zurück. Blut sickerte aus ihrer Nase. Das hatte sie jetzt davon.

Montag, 24. Oktober

Die Morgenbesprechung des K10 fand im Konferenzzimmer statt, einem hellen Raum im ersten Obergeschoss des Polizeipräsidiums, von dem aus man den Blick über die Schrebergärten der Kolonie »Unter den Nussbäumen« schweifen lassen konnte. Und was für ein Blick das an diesem Tag war. Für Tage wie diesen war der Ausdruck »Goldener Oktober« erfunden worden. Das Laub der Bäume hatte die unterschiedlichsten Herbstfarben angenommen, von braun, ocker und beige über leuchtend goldgelb und orange bis hin zu scharlachrot, rostrot und rotbraun. Der Himmel über Wiesbaden leuchtete.

Mayfeld hatte die Besprechung auf den späten Vormittag verlegt, in der Hoffnung, dass seine Mitarbeiter bis dahin einige Fakten zusammengetragen hätten. Er besah sich die Runde. Winkler sah blass und mitgenommen aus. Sie steckte in einem flauschigen blauen Pullover und hatte sich einen roten Schal umgebunden. Nase und Augen waren noch stärker gerötet, sie schniefte noch lauter als am Vortag. Burkhard trug wie immer seine Lederjacke. Er wirkte konzentriert und aufgeräumt und blätterte in einem Aktenordner. Wann war dieser Mensch eigentlich nicht braun gebrannt, überlegte Mayfeld, aber dann fiel ihm ein, dass der Kollege gerade aus dem Urlaub zurückgekommen war. Kriminaloberkommissar Hartmut Meyer, der nach einem Schlaganfall vierzig Kilo abgenommen, im vergangenen Jahr aber sein altes Kampfgewicht von hundertfünfunddreißig Kilo wieder erreicht hatte, packte drei Plundertaschen aus einer Papiertüte, faltete die Tüte sorgfältig zusammen und legte die süßen Teilchen darauf. Daneben platzierte er sein Blutzuckermessgerät und die Insulinspritze. Adler trommelte ungeduldig mit den Fingern auf einem Stapel Papier.

»Schön, dass Sie auf mich gewartet haben!« Staatsanwalt Dr. Peter Lackauf betrat den Besprechungsraum und setzte sich zu der Runde. Wie immer war er in einen dunkelblauen Nadelstreifenanzug gewandet und wirkte mit weißem Hemd, gedeckter Krawatte, maßgefertigten Schuhen und goldenen Manschettenknöpfen wie aus dem Ei gepellt.

Als Erstes würde der Staatsanwalt vermutlich eine Bemerkung darüber machen, wie schmerzlich er Kriminalrat Brandt, den Vorgesetzten von Mayfeld, vermisste. Nicht, dass ihn Oskar Brandt, der sich nach einem Herzinfarkt in einer Rehaklinik befand, im Geringsten interessierte, die beiden hatten sich nie sonderlich leiden können. Lackauf wollte auf diese Art und Weise lediglich zum Ausdruck bringen, wie wenig er Mayfeld schätzte.

»Kommen Sie zurecht, Mayfeld? Ich meine, Brandt war doch so was wie ein väterlicher Mentor für Sie.« Lackauf versuchte jovial zu lächeln, aber das misslang ihm wie alles, was er tat, wenn er leutselig wirken wollte.

Winkler schnäuzte sich, Meyer legte sein Plunderteilchen mit einer Geste weg, als ob ihm gerade der Appetit vergangen wäre, Adler studierte demonstrativ die Schönheiten des herbstlichen Tages in der Gartenkolonie gegenüber, und sogar Burkhard, nicht gerade als Freund Mayfelds bekannt, rollte mit den Augen.

Mayfeld ignorierte Lackaufs Frechheit.

»Kommen wir zu den Fakten«, eröffnete er die Runde. Das würde Lackauf bestimmt ermüden. Er wandte sich an Winkler. »Was wissen wir über die Tote?«

Winkler berichtete: »Dr. Sylvia Holler, geboren am 8. März 1952 in Rüdesheim als Sylvia Fromm. Verwitwet, keine Kinder. Nächster Angehöriger ist ihr Bruder Georg Fromm aus Lorch. Frau Holler ist promovierte Psychologin und hat von 1978 bis 1990 im Vincenzstift in Aulhausen gearbeitet. Danach hat sie sich als Kinder- und Jugendtherapeutin in Eltville-Martinsthal niedergelassen, wo sie bis zuletzt eine Praxis betrieben hat. Sie hat Bücher über Märchen und ihre Verwendung in Unterricht und Therapie verfasst und tritt in ihrer Freizeit als Märchenerzählerin auf. Den Kontoauszügen zufolge, die wir in der Wohnung gefunden haben, besaß sie ein Vermögen von mehreren hunderttausend Euro. Von ihren Praxiseinnahmen kann sie das nicht haben, und von den Erlösen aus den Buchverkäufen oder ihren Auftritten auch nicht, zumindest nicht, wenn man ihren Steuererklärungen Glauben schenken will. Vielleicht von einer Erbschaft? Oder einer Lebensversicherung des verstorbenen Mannes? Ich werde versuchen, das zu klären.«

»Prima, wie schnell du das alles zusammengetragen hast.« Mayfeld klopfte anerkennend auf den Tisch.

»Ich hatte Bereitschaft, und der Rest der Nacht war ruhig.« Das hieß, Winkler hatte trotz Erkältung die ganze Nacht durchgearbeitet und war nach ihrem Bereitschaftsdienst bis zur Besprechung im Präsidium geblieben. Und er hatte die Besprechung auch noch ein paar Stunden nach hinten verschoben. Aber bevor er deswegen ein schlechtes Gewissen bekommen konnte, fiel ihm ein, dass die junge Kollegin mittlerweile zweiunddreißig Jahre alt war und durchaus wusste, was sie tat. Und dass er sie Anfang des Jahres Oskar Brandt zur Beförderung empfohlen hatte.

»Wann war der Todeszeitpunkt?«, wollte Mayfeld wissen.

»Das kann dir Dr. Enders nach der Obduktion sagen«, antwortete Adler. »Die beginnt in zwei Stunden am Südfriedhof. Fährst du hin?«

Mayfeld nickte.

»Bis dahin musst du dich mit meiner Schätzung zufriedengeben: zwischen ein und sieben Uhr morgens.«

»Was gibt der Fundort der Leiche her, Horst?«

Adler öffnete seinen Aktenordner und begann in trockenem Ton zu referieren. »Wie nicht anders zu erwarten, gibt es in den Praxisräumen jede Menge Fingerabdrücke und DNA-Spuren. Keinen der Fingerabdrücke findet man in unseren Dateien. In der Privatwohnung haben wir nur wenige Fingerabdrücke und DNA-Spuren gefunden, die Fingerabdrücke von Holler natürlich und die Abdrücke von zwei weiteren Personen. Auch die sind in keiner Datei. Einer dieser unidentifizierten Fingerabdrücke befindet sich auf einem Drahtlos-Telefon, das in der Praxis im Behandlungsraum lag, in der Nähe der Toten. Die Basisstation dazu steht im Schlafzimmer. Von dort stammt vermutlich auch das Kissen, das aufgeschlitzt wurde, um die Daunen über der Leiche zu verteilen. Zumindest liegt dort ein zweites solches Kissen. Kampfspuren haben wir nirgendwo im Haus gefunden, auch der Körper des Opfers hat bei einer orientierenden Untersuchung keine aufgewiesen.«

»Ist der Fundort der Leiche auch der Tatort?«

Adler überlegte einen Moment, zuckte dann mit den Schultern und fuhr mit seinem Referat fort. »Das ist eine der zentralen Fragen, die wir gerne am Anfang jeder Ermittlung klären möchten,

Übereinstimmung von Fundort und Tatort: ja oder nein. Leider können wir keine eindeutigen Aussagen zu dieser Frage machen. Holler hatte keine blutenden Wunden, entsprechend haben wir nirgends Blut von ihr gefunden. Schleifspuren haben wir ebenfalls nirgendwo gefunden, aber das ist auch nicht unbedingt zu erwarten. Frau Holler war eine zierliche Person, ein kräftiger Mann könnte sie ohne Weiteres getragen haben. Trotzdem solltest du Dr. Enders nachher fragen, Robert, ob er an den Fersen Hinweise für Abrieb gefunden hat.«

Mayfeld machte sich eine Notiz.

»Wir haben die Tür zum Garten genauer unter die Lupe genommen«, fuhr Adler fort. »Die stand offen, wie ihr wisst. Am Türschloss wurde definitiv manipuliert. Das Schloss ist alt, für jemand, der sich mit solchen Sachen auskennt, ist es kein Problem gewesen, es zu öffnen.«

Wahrscheinlich ist der Täter durch den Hintereingang in das Haus eingedrungen, dachte Mayfeld. »Und was ist mit dem Baumhaus, Horst?«, fragte er.

»Geduld, Geduld«, mahnte Adler. »An der Tür zum Garten haben wir nur die Fingerabdrücke einer Person gefunden, und das sind nicht die Abdrücke von Frau Holler, die man dort erwarten würde, sondern die von jemand anderem. Und dieser Jemand war auch in dem Baumhaus, das sich am Waldrand an der Grenze zu Hollers Garten befindet. Wir haben dort entsprechende Fingerabdrücke gefunden.«

»Also könnte jemand erst in diesem Baumhaus das Grundstück beobachtet haben und dann über die Hintertür in Hollers Haus eingebrochen sein?«, fragte Burkhard nach.

»So könnte es gewesen sein.«

»Wie steht es mit DNA-Spuren?«, wollte Mayfeld wissen.

»Ergebnisse kommen heute Abend, spätestens morgen früh«, war Adlers knappe Antwort. »Aber lasst mich weiter berichten. Die Fingerabdrücke aus dem Baumhaus finden sich nicht nur an der Hintertür des Hauses, sondern auch auf dem schnurlosen Telefon, im Schlafzimmer der Toten und auf den Armlehnen des Sofas, auf das die Leiche von Frau Dr. Holler platziert worden war.«

»Und was ist mit den Figürchen, die um sie herum aufgestellt waren?«

Adler seufzte. »Gib uns noch etwas Zeit, Robert. Wir arbeiten mit Hochdruck an der Sache. Aber die Fingerabdrücke an den Figürchen haben wir noch nicht verarbeitet. Die Ergebnisse kommen im Laufe des Tages.«

»Welche Rolle spielt denn dieses Baumhaus?«, fragte Lackauf gereizt. Er klopfte auf das Glas seiner zweifellos sehr teuren Armbanduhr, so als wollte er alle Anwesenden daran erinnern, dass seine Zeit viel wertvoller und knapper bemessen war als die ihre. Die Diskussion lief bislang komplett an ihm vorbei.

»Darauf kommen wir gleich, Herr Staatsanwalt. Bitte gedulden Sie sich noch einen Moment«, fertigte ihn Mayfeld ab. »Was ist euch noch im Haus aufgefallen?«, fragte er in die Runde.

»Das verrückte Szenario«, bemerkte Burkhard.

»Das Fehlen von Praxiscomputer und Praxisunterlagen«, warf Winkler ein.

»Die leere Schmuckschatulle im Schlafzimmer und die geplünderte Audioanlage im Wohnzimmer«, ergänzte Adler.

»Apropos Patientenunterlagen: Wer hat sich den USB-Stick angesehen, den ich im Schreibtisch von Holler gefunden habe?«, fragte Mayfeld.

Burkhard hielt den Datenträger hoch.

»Ich hab schon mal einen Blick hineingeworfen. Es sind Textdateien, die Aufzeichnungen über Therapiesitzungen enthalten, und darin eingebettete Audiodateien. Bislang hab ich nichts gefunden, was uns in dem Fall weiterhelfen würde.«

»Gibt es auf dem Stick Adressdateien oder einen Kalender?«, fragte Mayfeld.

Burkhard schüttelte den Kopf.

»Oder Abrechnungsdateien? Sie muss doch irgendwo notiert haben, wer wann bei ihr war.«

»Ich habe nur Word-Dateien gefunden. Da steht natürlich drin, wer wann bei ihr war«, antwortete Burkhard.

Das war merkwürdig. Mayfeld hätte gedacht, dass Holler für die Abrechnung relevante Daten auf jeden Fall gesondert gespeichert hätte.

»Heike soll sich den Inhalt des Sticks noch mal ansehen, und ich will auch noch einen Blick drüber werfen. Vier oder sechs Augen sehen mehr als zwei.«

»Kein Problem.« Burkhard schob Winkler den Stick zu.

»Und ich hätte anhand der vorliegenden Unterlagen gerne eine Liste der Patienten, Name, Alter, Anschrift. Außerdem möchte ich umgehend über alles informiert werden, was der Polizei im Rheingau und in Wiesbaden im Zusammenhang mit Kindern oder Jugendlichen bekannt wird. Hältst du den Kontakt zu den Revieren, Hartmut?«

Meyer nickte, legte seine zweite Plundertasche beiseite und machte sich eine Notiz.

»Wissen wir schon etwas über die Telefonate von Holler in den Tagen vor ihrem Tod?«

Adler griff nach einer Liste in seinem Papierstapel. »Wir konnten die Festnetzverbindungen aus der Telefonanlage auslesen, das ging schneller als die Nachfrage beim Provider. Frau Holler hatte zwei Apparate mit verschiedenen Nummern. Die meisten Telefonate hat sie von ihrem Büro aus geführt. Sie hat am Freitag mit Eva Felsen telefoniert, das ist eine Kollegin aus Wiesbaden, bei der ich bisher nur den Anrufbeantworter erreicht habe. Danach hat sie mit Oliver Grewe gesprochen, das ist ein Sozialarbeiter vom Jugendamt des Rheingau-Taunus-Kreises. Am Samstag hat sie einen Anruf von einer Kollegin aus Berlin bekommen, der vom Anrufbeantworter aufgezeichnet wurde. Mit Verena Finke habe ich bereits gesprochen. Frau Holler wollte zu einem jährlichen privaten Weiterbildungstreffen nach Berlin fliegen. Die Flugtickets haben wir übrigens im Schlafzimmer gefunden. Frau Finke war sehr verwundert, dass ihre Kollegin nicht kam, und hat deswegen versucht sie anzurufen. Außerdem wurde am Samstagmorgen kurz nach acht Uhr von ihrem privaten Anschluss aus mit der Eltviller Polizeistation telefoniert. Das ist der Zeitpunkt, an dem die Kollegen den Hinweis bekamen, die Frau Holle sei tot. Die Rufnummer wird im Gegensatz zum Praxistelefon nicht angezeigt, deswegen konnten die Kollegen die Sache nicht weiterverfolgen. Einen Verbindungsnachweis für Gespräche mit dem Mobiltelefon konnten wir noch nicht anfordern, weil wir bislang kein Handy und keinen Handyvertrag gefunden haben.«

»Sie wollten wissen, was es mit dem Baumhaus auf sich hat, Herr Staatsanwalt«, wandte sich Mayfeld an Lackauf. »Das wissen wir zum gegenwärtigen Zeitpunkt noch nicht. Aber es gibt eine Zeugenaussage.« Mayfeld fasste die Aussage von Frau Russmann zusammen. »Wir haben also die nicht besonders zuverlässige Aussage der Nachbarin, dass Frau Dr. Holler in den letzten Tagen Besuch von zwei Mädchen bekommen hat, obwohl die Praxis in der Woche geschlossen war. Darüber hinaus empfing sie regelmäßig Besuch von einem Mann, ein weiterer Mann soll ihr Grundstück ausspioniert haben und dieser oder noch ein weiterer Mann sich längere Zeit in dem Baumhaus an der Grenze ihres Grundstücks aufgehalten haben. Der Mann im Baumhaus war später in Hollers Haus, er ist vermutlich durch die Hintertür hineingekommen. Er könnte der Täter sein, er könnte die Leiche auf diese bizarre Art und Weise arrangiert haben, und er könnte die Polizei benachrichtigt haben.«

»Das klingt ganz nach einem Verrückten.«

Da hatte Lackauf recht. Es *klang* nach einem Verrückten.

»Es ist noch ein bisschen früh für so weitreichende Hypothesen, Herr Staatsanwalt«, sagte Mayfeld in neutralem Ton. Dann wandte er sich wieder seinen Mitarbeitern zu. »Was haben wir gestern noch an Auffälligem gefunden?«

»Es gibt die beiden ›irren Briefe‹ an Holler«, merkte Burkhard an. »In dem einen beschimpft sie ein anonymer Schreiber. Auf dem Brief gibt es eine Notiz in ihrer Handschrift. Sie hat vermutet, dass es sich bei dem Verfasser des Briefs um einen Knuth S. aus Aulhausen handeln könnte. Das Opfer hat im Vincenzstift in Aulhausen gearbeitet, wo vor allem geistig Behinderte und andere Geisteskranke untergebracht sind. Offensichtlich entlassen die manchmal Leute. Auch wenn wir damit in den Bereich der Spekulation geraten: Vielleicht war es ein Fehler, diesen Knuth wieder auf die Menschheit loszulassen.«

Mayfeld nickte zustimmend. »Wir müssen auf jeden Fall herausbekommen, wer das ist, und mit ihm sprechen.«

»Dann gibt es noch den zweiten Brief, der mit G. unterschrieben ist«, meldete sich Winkler zu Wort. »Das könnte ihr Bruder Georg sein. In dem Brief geht es um familiäre Konflikte.«

»Mit dem müssen wir sowieso reden«, sagte Mayfeld. »Er muss die Leiche identifizieren.«

»Auf seinem Anrufbeantworter heißt es, dass er ab morgen wieder im Weingut zu erreichen ist«, sagte Winkler.

»Vielleicht ist es jetzt an der Zeit, sich ein paar Gedanken über mögliche Motive oder Hintergründe der Tat zu machen.« Mayfeld warf dem Staatsanwalt einen kühlen Blick zu. Lackauf gefiel es gar nicht, dass der Kommissar den Gang der Diskussion bestimmte. Das war gut so. »Die Motive für den Mord an Holler können im privaten Umfeld oder in ihrer beruflichen Tätigkeit zu finden sein. Welche privaten Motive könnte es geben?« Er holte eine Tüte mit Weingummis aus seinem Jackett. Eltviller Langenstück.

»Wer erbt eigentlich das Vermögen der Frau Doktor?« Meyer hatte seine zweite Plundertasche verspeist. Der Zeitpunkt für eine Beteiligung an der Diskussion war also günstig. Nach seiner Frage wandte er sich dem dritten Teilchen zu.

»Wenn es kein Testament gibt, dann der Bruder«, antwortete Winkler. »Ich habe allerdings die Rechnung eines Notars gefunden. Da steht etwas von einem Testament. Wir haben bei ihren Unterlagen keines gefunden, aber das kläre ich über den Notar.«

»Der wird Ihnen dazu ohne richterliche Anordnung nichts sagen«, belehrte sie Lackauf. »Und eine solche bekommen wir zum gegenwärtigen Zeitpunkt nicht.«

Winkler zuckte mit den Schultern. »Ich werde in ihren Privatunterlagen weiter nach einer Abschrift suchen.«

»Das Auffallendste an dem Mord ist bislang das merkwürdige Arrangement der Leiche«, warf Adler ein. »Bloß sehe ich nicht, wie uns das momentan weiterhilft, weil wir noch nicht einmal wissen, ob derjenige, der die Leiche so arrangiert hat, auch derjenige ist, der Frau Holler umgebracht hat. Und ob es sich um denselben Mann handelt, der bei der Polizei angerufen hat.«

»Aber das Wahrscheinlichste wäre es schon«, wandte Burkhard ein.

»Gehen wir doch einmal davon aus, dass der Mord an Frau Dr. Holler mit ihrer beruflichen Tätigkeit zu tun hat«, schlug Lackauf vor.

»Sind deren Klienten denn nicht alle noch Kinder?« Meyer hatte seine dritte Plundertasche verspeist. Gleich würde er sich eine Insulinspritze setzen, um den Zucker, den er sich gerade zugeführt hatte, wieder aus dem Blut zu entfernen.

»Nach meiner Übersicht sind die Klienten zwischen vier und zwanzig Jahren alt«, antwortete Burkhard.

»Und die Jugendkriminalität hat in den letzten Jahren besorgniserregend zugenommen«, ergänzte Lackauf.

Mayfeld konnte sich ein Lächeln nicht verkneifen. Der Staatsanwalt diente sich selbst dann bei der politischen Führung an, wenn diese gar nicht anwesend war. Ein ziemlich unökonomisches Vorgehen.

»Es könnte ein Patient gewesen sein, der sich für irgendetwas rächen wollte«, überlegte Mayfeld. »Das müsste dann ein sehr kranker Mensch sein. Oder ein Angehöriger, der sich oder seine Familie durch die Therapie bedroht sieht. Es könnte sonst jemand sein, dem Holler durch ihre berufliche Tätigkeit gefährlich geworden ist. Vielleicht wurde eine ihrer Klientinnen Opfer eines Verbrechens, und sie wusste davon.«

»Dann müsste auch einer Klientin etwas passiert sein«, widersprach Lackauf.

»Ich verstehe nicht, wieso ein Zeugnis vom Hörensagen so gefährlich sein sollte, dass deswegen ein Mord begangen wird«, ergänzte Burkhard.

»Völlig richtig. Das sind alles nur Hypothesen. Denkt daran, dass ich über alle polizeirelevanten Vorfälle im Zusammenhang mit Kindern und Jugendlichen hier in der Nähe informiert werden will.« Mayfeld machte eine Pause. »Ich neige zu der Annahme, dass derjenige, der die Leiche so arrangiert hat, uns etwas sagen wollte, die Märchenfiguren, die Daunenfedern, das passt alles zu Frau Holle.«

»Sag ich doch. Ein verrückter Mörder mit einer Botschaft«, meinte Burkhard.

Die Diskussion drehte sich noch eine Weile im Kreis. Schließlich verteilte Mayfeld die Aufgaben für den Tag. Dr. Lackauf verschwand grußlos. Wenn er vorgehabt hatte, Mayfeld das Leben schwer zu machen, dann war es ihm heute nicht gelungen.

***

Ein stinkender Riese mit schiefen Zähnen und Zottelbart verfolgte sie. Marie rannte durch die kalte Nacht um ihr Leben. Im Wald könntest du Schutz suchen, kam ihr in den Sinn. Gleich hatte sie den Waldrand erreicht.

»Ei du mein Gott, ei du mein Gott, was ist das Kind so schön.

Das können wir nicht in die schwarze Erde versenken«, schrie der Riese.

Sie stürzte, fiel in feuchtes Laub, rappelte sich wieder auf und rannte weiter.

»So rot wie Blut«, brüllte das Monster, »so rot wie Blut.«

Der Riese kam ihr immer näher. Sie hörte ihn keuchen, sie spürte seinen heißen Atem in ihrem Nacken.

»Eieieieiei«, rief er, stürzte sich auf sie und riss ihr die Kleider vom Leib.

Plötzlich war sie wie gelähmt, konnte sich nicht mehr bewegen. Ihre Seele verließ den Körper, flog hoch und schaute wie unbeteiligt von den Baumwipfeln aus zu, was der Riese mit ihr machte. Eine Weile blieb ihre Seele da oben. Dann spürte sie, dass es noch zu früh war zu gehen, und kam zurück. In den Baumwipfeln war es schöner gewesen.

»Vierundfünfzig, fünfundfünfzig, sechsundfünfzig, siebenundfünfzig«, brüllte der Riese und schnitt ihr mit einem riesigen Messer T-Shirt und Jeans in Fetzen.

»So rot wie Blut.« Er zog sie an den Haaren, ganze Haarbüschel riss er ihr aus, entzündete eine Fackel und steckte ihr etwas Hartes in den Mund, sodass sie keine Luft mehr bekam. Dann packte er sie mit seinen riesigen Pranken, hob sie in die Luft und schleuderte sie einen Abhang hinunter. Als sie unten aufschlug, hörte sie ihre Knochen splittern.

Bevor der Schmerz sie erreichen konnte, floh ihre Seele erneut. Lange schwebte sie über dem Wald, wie auf der Suche nach einer Heimat, bis sie endlich ein Licht sah, das aus einem kleinen, versteckt liegenden Haus kam. Dort lag ihr Körper auf einem Bett in einem düsteren, schrecklichen Zimmer.

Der Riese beugte sich über sie und gab ihr einen stinkenden Kuss. Es sollte nicht sein, sie sollte noch nicht gehen, die Qualen hatten noch kein Ende. Sie musste dem Mädchen, das sie einmal gewesen war, zu Hilfe eilen und kehrte zurück. Sie schlug dem Monster voller Verzweiflung ins Gesicht. Das Monster starrte sie wütend an und schlug zurück. Sie hatte ein Gefühl, als ob ihr Schädel platzte.

Später wachte sie auf und weinte.

»Guten Abend, Jungfer Müllerin, warum weint sie so sehr?«

Der Traum schien weiterzugehen, aber irgendwie fühlte er sich jetzt wirklicher an. Sie öffnete die Augen und versuchte, sich die Tränen aus dem Gesicht zu wischen. Die Hand tat weh, der Brustkorb tat weh, jetzt meldete sich auch der Fußknöchel mit Schmerzen. Ihr Kopf pochte und dröhnte, ihr war schwindelig und schlecht. Doch allmählich schärfte sich ihr Blick. Vor ihr saß das Monster aus dem Traum.

»Heißt du vielleicht Rippenbiest oder Hammelswade oder Schnürbein?«, fragte das Monster und fuchtelte mit beiden Händen vor ihrem Gesicht herum.

»So heiß ich nicht«, antwortete sie.

Der Riese lachte, er schien begeistert zu sein. Sie konnte gar nicht verstehen, was an ihrer Antwort so lustig sein sollte.

»Kaspar, Melchior, Balzer?«

Sie spürte, wie sich ihre Angst in Wut verwandelte. Sie hatte nichts zu verlieren. Der Riese wiederholte seine dämliche Frage.

»Was soll der Scheiß? Sehe ich vielleicht aus wie die Heiligen Drei Könige, du Honk?«

Der Riese hörte abrupt auf zu lachen. »Was ist das?«

»Was ist was?«

»Was ist ein Honk?«

»Ein Hauptschüler ohne nennenswerte Kenntnisse. Ein Dämlack, Depp, Dummkopf, Idiot, Trottel.« Hoffentlich war sie jetzt nicht zu weit gegangen.

Der Riese schaute sie finster an. »Ich kann aber schon was!«, brummte er. Er klang beleidigt. »Ich kann schön zeichnen. Sehr schön zeichnen. Die ganzen Märchen von den Gebrüdern Grimm kann ich auswendig aufsagen, und kochen kann ich, ich kann siebenhundertachtunddreißig Rezepte auswendig aufsagen und zweihundert Märchen. Weniger Märchen als Rezepte, weil die Märchen länger sind.«

Der Typ machte ihr Angst, aber irgendwie war er auch komisch. Vielleicht kam sie bei ihm weiter, wenn sie ganz lieb war. Sie spürte ihren Hunger.

»Gibt's hier vielleicht was zu essen?«, fragte sie und guckte ihn mit ihrem Hundewelpenblick an.

Die Frage schien den Riesen zu freuen. Er sprang von seinem Stuhl auf und klatschte in die Hände.

»Heute back ich, morgen brau ich, übermorgen hol ich der Königin ihr Kind«, rief er laut.

»Gibt's vielleicht gleich was zu essen?«

»Ich hab schon gebacken«, sagte der Riese nicht ohne Stolz. »Nussbrot. Rezept Nummer einhundertvierundsechzig. Soll ich es dir verraten?« Ohne auf eine Antwort zu warten, ratterte er das Rezept herunter. »Und dann hol ich dir noch ein Stück Wildterrine, Rezept dreiundachtzig. Ich hab das Wild nicht selbst geschossen, aber die Terrine selbst gemacht.« Wieder folgte das Rezept. »Und Quittengelee. Rezept vier.«

»Auch selbst gemacht?«

»Das hat Mama gemacht.«

Mama! Hier gab es also noch jemanden. »Ist deine Mama da?«

»Die hat der Wolf gebissen.«

Was da wohl für ein Scheiß dahintersteckte, fragte sich Marie beklommen. Kaum war etwas Hoffnung aufgekeimt, fiel sie schon wieder in sich zusammen.

»Kann ich auch was zu trinken haben?«

»Hollersaft! Rezept eins!« Er verließ den Raum, während er ein Rezept für Hollersaft rezitierte.

Die Tür fiel ins Schloss. Sie hörte, wie sich der Schlüssel im Schloss drehte.

***

Als Mayfeld am Südfriedhof ankam, war die Obduktion schon seit geraumer Zeit im Gange. Dr. Enders war gerade dabei, die Schädeldecke der Toten mit einer Kreissäge vom Rest des Kopfes abzutrennen und das Gehirn zu entnehmen. Ein großer Schnitt klaffte von Sylvia Hollers Brustbein bis zum Schambein, das Innere der Körperhöhlung war bereits leer geräumt, die Organe in Schalen und Schüsseln gelegt. Enders nickte Mayfeld nur kurz zu und arbeitete ruhig und systematisch weiter, inspizierte das Gehirn, diktierte seine Befunde und gab es dann an seine Assistentin, eine junge Frau mit walkürehaftem Äußeren, weiter.

Mayfeld war ganz froh, dass der Rechtsmediziner nichts fand, was er ihm unbedingt zeigen wollte. Im Laufe seiner beruflichen Karriere hatte er vielen Obduktionen beigewohnt. Mittlerweile wurde ihm nicht mehr schlecht, aber er erlebte den Rest des Tages wie unter einer Glasglocke, wie betäubt, wenn er sich zu intensiv mit dem Zerschneiden der Leichen konfrontiert hatte. Er wartete, an die gekachelte Wand des Obduktionssaals gelehnt, in einigen Metern Entfernung von der Leiche darauf, dass Dr. Enders seinen Job erledigt hatte.

»Gibt es Hinweise darauf, dass die Tote nach ihrem Tod noch bewegt wurde?«, fragte er schließlich, als der Arzt den Leichnam wieder zugenäht hatte. »Zum Beispiel Schleifspuren an den Fersen?«

Enders schüttelte den Kopf, sah sich zur Sicherheit die Fersen der Toten aber noch einmal an.

»Bewegt wurde sie schon, aber dazu sag ich später noch was, Robert. Ich will dir erst etwas anderes zeigen.«

Er winkte den Kommissar heran.

»Siehst du das?«, fragte er und deutete auf den Bauch der Leiche.

»Du hast den senkrechten Schnitt zur Öffnung des Körpers ziemlich krumm geführt«, war alles, was Mayfeld sagen konnte.

Enders schaute ihn mit einem Blick an, der wohl sagen sollte, dass an ihm kein Pathologe oder Forensiker verloren gegangen war. Aber das hatte Mayfeld bereits vorher gewusst.

»Ich hatte einen Grund dafür.« Er deutete auf zwei unscheinbare dunkle Punkte unterhalb des Rippenbogens, die durch die Schnittführung ausgespart worden waren.

»Das sind keine Injektionsstellen, wie ich zunächst geglaubt habe. Das sind kleine Verbrennungsmarken, im Abstand von zwei Zentimetern. Auf dem Nachthemd der Toten gab es zwei winzige korrespondierende Brandflecke, die ihr am Tatort vermutlich deswegen übersehen habt, weil die Hände der Leiche sie verdeckt haben.«

»Und woher kommen die Brandmarken?«, fragte Mayfeld.

Enders zuckte mit den Schultern. »Vielleicht von einem Elektroschocker. Gestorben ist sie aber daran.« Der Pathologe deutete auf die Strangulationsmerkmale am Hals der Toten. »Der Kerl, der das getan hat, hat ziemlich große Hände, Riesenpranken. Und er hatte Handschuhe an. Er hat Frau Holler erwürgt.«

Er deutete auf kleine, punktförmige Einblutungen um den Mund herum und an den Augenlidern.

»Das sind typische Zeichen beim Tod durch Erwürgen. Der Tod

tritt langsamer ein als beim Erhängen oder Erdrosseln, weil es nicht zu einer Unterbrechung der Blutversorgung des Gehirns kommt, das Opfer erstickt vielmehr. Es kommt allerdings zu einer Stauung des Blutflusses in den Venen. Deswegen die Einblutungen und der aufgedunsene Ausdruck des Gesichts. Das Zungenbein ist gebrochen und der Kehlkopf gequetscht, auch typische Befunde beim Tod durch Erwürgen.«

Mayfeld starrte auf das Gesicht der Toten und grübelte darüber, was Menschen anderen Menschen antun konnten.

»Und was hat es mit dem Elektroschocker auf sich?«, fragte er schließlich.

»Der hat die Frau vermutlich bewegungsunfähig gemacht«, antwortete Enders. »Ich befürchte, er hat ihr nicht das Bewusstsein geraubt. Sie konnte sich bloß nicht mehr wehren, als sie langsam erstickte.«

Der Gerichtsmediziner machte eine Pause.

»Da gibt es noch etwas, das du wissen solltest, Robert«, sagte er dann. »Wagner, helfen Sie mir mal?«

Die Walküre kam an den Tisch und half, die Leiche zur Seite zu drehen. Enders zeigte auf violette Flecke rund um das Gesäß der Toten.

»Das sind Leichenflecken, dort, wo man sie erwartet bei der Lage, in der die Tote gefunden wurde. Die Körpersäfte, insbesondere das Blut, folgen der Schwerkraft und sinken so tief sie können. Dann zersetzen sie sich. Dort, wo der Körper aufliegt, kommt es nicht zu diesen Flecken, sondern an der Grenze der Auflagefläche. Kannst du mir folgen? Geht es noch, Wagner?«

Enders Assistentin nickte.

»Wenn man nun eine Leiche in den ersten sechs Stunden nach dem Tod umlagert, dann wandern die Leichenflecken entsprechend der Schwerkraft. In manchen Fällen, zum Beispiel beim Erstickungstod, kommt es jedoch aufgrund von Verletzungen der kleinen Blutgefäße in der Haut zu Einblutungen in die Leichenflecken, wir nennen das ›Vibices‹. Und diese Vibices wandern logischerweise nicht mit. Und jetzt schau dir das an.«

Enders wandte sich zum Hals der Toten und deutete auf kleine blaurote Pünktchen, die in der Nachbarschaft der Strangulationsmale und an den Schultern zu finden waren.

»Das sind Vibices. Einblutungen in die Totenflecken. Aber siehst du Totenflecken? Nein.«

Enders schaute Mayfeld an, als ob er Applaus erwartete.

»Sie können die Leiche wieder loslassen, Wagner«, sagte er, als der Beifall ausblieb. »Sollen wir an die frische Luft gehen, Robert? Du siehst blass aus.«

Das war eine gute Idee, fand Mayfeld.

Sie gingen nach draußen. Dort schien die warme Herbstsonne durch das bunte Laubdach der Bäume, die um das Friedhofsgebäude herumstanden. Was für ein Kontrast zu der Bedrückung drinnen im Obduktionssaal, dachte Mayfeld und schüttelte sich innerlich.

Enders holte ein silbernes Etui aus seiner Kitteltasche und nahm eine selbst gedrehte Zigarette für sich heraus. Er hielt Mayfeld das Etui hin, aber Mayfeld lehnte ab. Obwohl es ihm bei Selbstgedrehten schwerfiel, besonders im Moment. Er steckte sich stattdessen ein paar Weingummis in den Mund.

»Kein schöner Anblick«, bemerkte Enders und zog lange an seiner Zigarette.

Die beiden Männer schwiegen eine Weile.

»Ich habe unter den Fingernägeln der rechten Hand Gewebespuren gefunden«, sagte Enders dann. »Die werden wir analysieren.«

»Das ist gut«, antwortete Mayfeld. »Eine erste Spur. Was war das gerade zum Schluss?«

»Ich habe versucht, dir zu demonstrieren, dass wir eindeutige Hinweise haben, dass die Leiche post mortem bewegt wurde, und zwar innerhalb der ersten sechs Stunden nach Eintritt des Todes. Die Totenflecken sind gemäß der neuen Position der Leiche nach unten zum Gesäß gewandert. Aber die Einblutungen sind dort geblieben, wo sie waren. Die Leiche lag zunächst auf dem Rücken, bevor sie auf das Sofa gesetzt wurde. Du wolltest doch wissen, ob sie bewegt wurde.«

»Danke.« Eine einfache Mitteilung hätte genügt, dachte Mayfeld, die ausführliche Demonstration wäre nicht nötig gewesen. »Und wann ist das geschehen?«

»Frühestens eine halbe Stunde nach dem Tod, spätestens nach sechs Stunden. Genauer kann ich dir das leider nicht sagen. Wir könnten Gewebeuntersuchungen anstellen, um herauszufinden, ob bei der Umlagerung die Leichenstarre gebrochen wurde. Die zeigt sich später als die ersten Flecken. Damit könnten wir den Zeitpunkt der Umlagerung der Leiche vielleicht etwas genauer eingrenzen. Soll ich das machen? Ist das wichtig für die Ermittlungen?«

»Ja, mach das«, sagte Mayfeld.

So schnell würde der Körper von Sylvia Holler keine Ruhe finden. Es ist nur ihr toter Körper, sagte er sich zur Beruhigung. Enders machte seine Arbeit mit dem größtmöglichen Respekt für die Toten, und diese Untersuchung war für die Ermittlungen wichtig. Dennoch war es plötzlich da, das Gefühl, sich unter einer Glasglocke zu befinden.

»Was kannst du über den Todeszeitpunkt sagen?«, wollte er noch wissen.

»Zwischen zwei und sechs Uhr am Morgen des letzten Samstags.«

Wieder schwiegen die beiden Männer eine Weile.

»War es das?«, fragte Enders schließlich.

Mayfeld nickte. Dann überlegte er es sich anders.

»Hast du mal eine Zigarette für mich?«, fragte er den Arzt.

***

Marie konnte mit selbst gemachtem Ökozeugs eigentlich nichts anfangen, aber das Essen, das ihr der Riese gebracht hatte, war lecker. Sogar der Hollersaft schmeckte besser als die Energydrinks, die sie sonst trank. Der Monsterriese konnte also kochen. Bei dem Hunger, den sie schob, hätte ihr allerdings alles geschmeckt.

Während sie aß, schaute er ihr zu.

»Nussbrot mit Wildterrine und Quittengelee und Hollersaft«, wiederholte er die Speisenfolge zum wahrscheinlich hundertsten Mal.

»Ich weiß. Das Quittengelee hat Mama gemacht, aber die hat der Wolf gebissen.« Immer schön cool bleiben.

»Stimmt. Hast du es dir jetzt gemerkt?«

»War lecker, das Zeugs.«

»Das ist wie bei Schneewittchen. Das ist nicht wie beim Froschkönig«, murmelte der Riese.

»Ich rall gar nichts.«

Der Gesichtsausdruck des Riesen war so hell wie Schwarzbrot.

»Du weißt wohl nicht, was ›rallen‹ heißt?«

»Doch, Rallen sind Wasservögel. Ich hab ein Buch über Vögel gelesen, weil es im Wald so viele gibt. Ein Buch mit gezeichneten Bildern, das mir Opa gegeben hat, damit ich die Vögel erkenne. Ein Teichhuhn hab ich mal gesehen, das ist so eine Ralle. Aber hier gibt es mehr Rebhühner. Das sind keine Rallen.« Der Riese schwieg eine Weile. Er schien nachzudenken. »Märchen Nummer dreiundfünfzig, nicht Nummer eins«, sagte er schließlich.

Der Typ war voll abgedreht. Wenn er ihr bloß nicht so viel Angst einjagen würde. Bloß nichts anmerken lassen und cool bleiben, redete sie sich zu.

»Was ist los mit Schneewittchen und Froschkönig?«, fragte sie.

»Du hast von meinem Tellerchen gegessen und aus meinem Becherchen getrunken. Wie bei Schneewittchen. Beim Froschkönig ist es umgekehrt.« Er starrte sie an, als würde er begeisterte Zustimmung für seine Erkenntnis erwarten. Seine Probleme hätte sie gern.

»Wie die sieben Zwerge siehst du aber nicht aus, du bist eher rübezahlmäßig unterwegs.« Immerhin konnte sie ihn mit dem Spruch zum Lachen bringen.

»Wo hast du meine Sachen hin?«, traute sie sich zu fragen.

»Was für Sachen?«

»Meinen Rucksack, mein Handy.«

»Ist das Handy dein Lieblingsspielzeug?«

»Hast du es?«

»Ich kann wohl Rat schaffen, aber was gibst du mir, wenn ich dein Spielwerk wieder heraufhole?« Er machte eine Pause, dann fügte er hinzu: »Sag doch mal: Was du haben willst.«

»Was du haben willst.«

Er klatschte begeistert in die Hände.

»Deine Kleider, deine Perlen und Edelsteine und deine goldene Krone, die mag ich nicht: aber wenn du mich lieb haben willst, und ich soll dein Geselle und Spielkamerad sein, an deinem Tischlein neben dir sitzen, von deinem goldenen Tellerlein essen, aus deinem Becherlein trinken, in deinem Bettlein schlafen: wenn du mir das versprichst, so will ich hinuntersteigen.«

»Mach hin«, antwortete sie. Und weil ihr das etwas zu unfreundlich vorkam, fügte sie hinzu: »Das wäre sehr nett.« Was er da gerade als Gegenleistung gefordert hatte, darüber wollte sie lieber nicht nachdenken. »Wo willst du denn hinuntersteigen?«

»Eieieieiei«, rief der Riese. »Das stimmt gar nicht. Ich werde gar nicht hinuntersteigen. Ich muss hinaufsteigen, auf den Berg. Als ich dich hierhergetragen habe, ist der Rucksack runtergefallen. Ich such ihn.«

»Das wär echt super.«

Sie schaute ihn wieder mit ihrem Hundewelpenblick an. Vielleicht konnte sie ja die Flatter machen, während er nach dem Handy und dem Rucksack suchte.

Rübezahl klatschte in die Hände. »Jetzt ist es doch wie beim Froschkönig!«

Er stand auf und ging aus dem Zimmer. Er murmelte etwas wie »plitsch platsch, plitsch platsch« und ließ die Tür ins Schloss fallen. Sie hörte, wie er den Schlüssel zweimal umdrehte.

***

Nach der Obduktion machte sich Mayfeld auf den Weg nach Aulhausen. In Rüdesheim bog er von der B42 ab und fuhr durch die welligen Hügel, die sich vom Rhein zu den Wäldern des Taunus hinzogen. Aus den Lautsprechern des Volvos ertönte das »Deutsche Requiem« von Brahms. *»Denn alles Fleisch, es ist wie Gras«*, sang der Chor die düsteren Bibelverse. Die Straße schlängelte sich durch Weinberge der Lagen Klosterlay und Bischofsberg und erkletterte die bewaldeten Höhen des Rheingaugebirges. Vorbei an Obstbaumwiesen und Weideflächen fuhr Mayfeld ins Eichbachtal hinab.

Die Verwaltung des Sonderpädagogischen Zentrums Sankt Vincenzstift war in der Ortsmitte im ehemaligen Zisterzienserinnenkloster Marienhausen untergebracht, in einem prächtigen Gebäude, dessen gelber Putz mit den Fensterbrüstungen aus rotem Sandstein und dem schwarzen Schiefer des Daches kontrastierte.

Er hatte sich telefonisch angemeldet. Vor dem zweiflügeligen Holztor erwartete ihn Anselm Strecker. Der Prälat war ein beeindruckender Mann, um die sechzig, groß gewachsen und durchtrainiert. Lediglich ein kleines Bierbäuchlein minderte die stattliche Erscheinung. Der konservative schwarze Anzug konnte die Vitalität, die aus seinen Bewegungen und seinen funkelnden Augen sprach, nicht verbergen. Er strich sich durch den weißgrauen Rauschebart.

Der Prälat begrüßte Mayfeld mit einem festen Händedruck und führte ihn in sein Büro, wo er sich hinter einem schweren alten Eichenschreibtisch niederließ und den Kommissar bat, auf einem Besucherstuhl davor Platz zu nehmen.

»Es ist etwas mit Frau Dr. Holler geschehen?« Prälat Strecker kam sofort zur Sache.

»Sie wurde in ihrer Praxis in Martinsthal ermordet.«

Aus dem Gesicht des Geistlichen wich alle Farbe. Ein leichtes Zittern befiel seine Hände. Schließlich beruhigte er sie, indem er sie in einer frommen Geste faltete.

»So etwas habe ich befürchtet. Warum sonst sollte sich die Polizei für sie interessieren? Ich werde für ihre Seele beten. Was kann ich für Sie tun?«

Mayfeld hatte sich vorgenommen, erst ganz allgemeine Fragen über Sylvia Hollers Tätigkeit zu stellen.

»Frau Holler hat lange im Vincenzstift gearbeitet. Ich möchte mir ein Bild von ihr machen und frage deswegen alle, die sie kannten: Was war sie für ein Mensch?«

Strecker griff nach einer Kladde auf seinem Schreibtisch und blätterte darin. »Sie hat von 1978 bis 1990 bei uns gearbeitet, zunächst nur in der Betreuung unserer Bewohner, später war sie auch in der Ausbildung der Erzieherinnen tätig. Das ist alles über zwanzig Jahre her.«

»Irgendwo müssen wir anfangen. Erzählen Sie einfach, an was Sie sich erinnern.«

Prälat Strecker schloss die Kladde und faltete die Hände erneut wie zum Gebet. »Sie war eine engagierte Mitarbeiterin, mir hat das immer gefallen. Sie hat sich für die Wiedereingliederung unserer Bewohner in die Gesellschaft eingesetzt. Wir haben es sehr bedauert, als sie uns 1990 verließ.«

»Hatten Sie seither noch Kontakt zu ihr?«

»Sie war ja auch eine begnadete Märchenerzählerin. Sie kam einmal im Jahr hier in unsere Einrichtung und hat einen Märchenabend veranstaltet. Sie verströmte eine ganz besondere Aura. Selbst Bewohner, die den Sinn ihrer Worte kaum verstehen konnten, waren von ihrer Stimme angezogen.« Strecker wischte sich eine Träne aus dem Augenwinkel. »Was für ein Verlust für uns alle!«

»Gibt es irgendetwas Besonderes im Zusammenhang mit Frau Dr. Holler, an das Sie sich erinnern?«

Strecker hob ratlos die Schultern. »Was ich Ihnen gerade erzählt habe, ist doch schon etwas sehr Besonderes.«

»Sie sagten, ihr Engagement habe Ihnen gefallen. Das war aber bestimmt nicht bei allen Mitarbeitern so.«

Streckers Gesicht wurde verschlossener. »Die Zeit, in der sie bei uns gearbeitet hat, war eine Zeit großer Umbrüche in der Heilerziehung und in der Psychiatrie, wenn Sie das meinen. Sylvia Holler war eine charismatische und, wenn ich mir die Bemerkung erlauben darf, auch eine sehr attraktive Frau, die keinen Hehl daraus machte, dass sie die Lebensauffassung der katholischen Kirche nicht in allen Punkten teilte. Natürlich rief so etwas Widerstand hervor. Aber Sie glauben doch nicht, dass der Mord etwas mit ihrer Zeit hier im Vincenzstift zu tun hat?«

»Hatte sie Feinde?«

»Das ist absurd«, rief der Prälat empört. »Es gab Menschen, mit denen sie Meinungsverschiedenheiten hatte, ja. Aber ich kenne niemanden, der ihr Feind gewesen sein könnte.«

»Es gab in der Vergangenheit immer wieder Vorwürfe gegen das Jugendheim Marienhausen und das Vincenzstift«, hakte Mayfeld nach.

»Es kursieren immer noch aberwitzige Gerüchte über die Zustände in unserer Einrichtung, und je weiter Sie in die Vergangenheit gehen, umso absurder werden diese Gerüchte. Prügelnde Nonnen, sexueller Missbrauch durch Erzieher, all das. Ich bin seit über dreißig Jahren hier tätig, und ich kann Ihnen versichern, dass der Großteil dieser Anschuldigungen frei erfunden und der Feindschaft der Leute, die sie erheben, gegen den Träger des Vincenzstiftes, gegen die katholische Kirche, geschuldet ist. Aber ich will nicht hochmütig oder selbstgerecht wirken. Es gab leider auch bedauerliche Verfehlungen. Das, was an den Vorwürfen dran war, haben wir aufgeklärt und in Ordnung gebracht. Und wir sind selbstverständlich auch weiterhin offen für die Aufarbeitung der Vergangenheit. Wir haben sogar eine Kommission eingesetzt.«

»Was war an den Vorwürfen dran?«

»Es tut mir sehr leid. Aber ich glaube nicht, dass ich befugt bin, Ihnen darüber Auskunft zu erteilen. Es geht um sehr sensible und private Dinge. Die betroffenen Opfer haben ein Recht auf Diskretion und Schutz.«

Mayfeld hatte Zweifel daran, wer da geschützt werden sollte.

»Bei den Dingen, die wir aufzuklären die traurige Pflicht hatten, spielte Frau Holler keine Rolle, nicht als Mitarbeiterin, die etwas aufgedeckt hat, und schon gar nicht als Beschuldigte«, fügte der Prälat hinzu.

»Man kann nie ausschließen, dass die Motive für eine Gewalttat weit in die Vergangenheit zurückreichen. Es liegt mir fern, irgendwen zu verdächtigen. Zum jetzigen Zeitpunkt sammelt die Polizei nur Informationen.«

»Und bei uns fangen Sie an«, grollte Strecker und schlug mit der flachen Hand auf die vor ihm liegende Kladde. Dann sammelte er sich und faltete die Hände wieder. »Wir hatten damals schwierige und bewegte Zeiten. Natürlich gab es in einer so großen Institution im Umbruch Konflikte. Und Sylvia Holler mischte sich ein. Sie mischte sich immer ein. Aber allein aus der Tatsache, dass wir sie jedes Jahr zu einem Vortrag eingeladen haben, können Sie ersehen, dass da nichts Böses zwischen ihr und dem Vincenzstift zurückgeblieben ist.«

»Zwischen ihr und dem Vincenzstift nicht. Aber vielleicht zwischen ihr und einzelnen Mitarbeitern?«

Strecker schüttelte unwillig den Kopf. »Sie sind hartnäckig.«

»Oder zwischen ihr und Bewohnern des Stiftes?«

Strecker schüttelte wieder den Kopf. »Die haben sie alle verehrt.«

»Sagt Ihnen der Name ›Knuth‹ etwas?«

»Ein Name aus dem Althochdeutschen. Er bedeutet entweder ›adelig‹ oder ›vermessen‹. Die Onomastik ist mein Hobby.«

Ein gebildeter Prälat, wie schön. »Gibt oder gab es einen Knuth in Ihrer Einrichtung, einen Knuth S.?«

Strecker strich sich wieder durch seinen Bart. »Da muss ich nachdenken.« Nach einer Weile stand er auf, ging zu einem Regal hinter seinem Schreibtisch und griff nach einem Ordner, blätterte eine Weile darin. Schließlich schien er etwas gefunden zu haben.

»Das ist eine ganz traurige Geschichte. Knuth Schneider hätte eigentlich nicht in einem Heim für Behinderte untergebracht werden dürfen. Aber so etwas kam damals des Öfteren vor. Ich erinnere mich an ihn, weil sich Frau Dr. Holler sehr um ihn bemüht hat. Es ist ihr Verdienst, dass er 1985 in ein Leben außerhalb des beschützten Raumes unserer Einrichtung entlassen werden konnte. Wie kommen Sie auf ihn?«

»Wir haben Hinweise, dass er mit Frau Holler Kontakt gehalten hat und ihr feindselig gesonnen war.«

Strecker hob eine Augenbraue. »Auch Knuth Schneider hat Frau Dr. Holler verehrt. Aber er war einer, der die Schuld für seine Lage immer bei anderen suchte. Der zu keinerlei Selbstkritik fähig war. Er hat genug in seinem Leben erlebt, um jede Art von Ressentiment zu entwickeln. Er war kein einfacher Mensch.«

»Wissen Sie, wo er zurzeit lebt?«

»Es muss hier in der Gegend sein. Er hat jedes Jahr den Vortrag von Sylvia besucht.« Strecker blätterte in seinen Unterlagen. »Als wir ihn entließen, zog er nach Rüdesheim, um im Weingut Brauner zu arbeiten.«

»Ich bin überrascht, dass Sie seine Akte hier in Ihrem Büro griffbereit haben. Ich hätte vermutet, dass sie in irgendeinem Archiv verstaubt.«

Strecker lächelte gequält. »Schneider war einer der Bewohner, die uns nach ihrer Entlassung viel Ärger gemacht haben. Seine Anschuldigungen waren völlig überzogen und größtenteils haltlos. Eine Kopfnuss von einer Nonne, ein unangemessen langer Arrest, mehr war da nicht. Es gibt keinerlei Beweise für sexuellen Missbrauch, den er uns vorgeworfen hat. Aber er hatte eine schwere Kindheit, bevor er zu uns kam. Das erklärt vieles.«

»Was genau waren seine Anschuldigungen? Gegen wen haben sie sich gerichtet?«, wollte Mayfeld wissen.

Streckers Miene wurde immer verschlossener. »Ich habe Ihnen wahrscheinlich schon viel zu viel erzählt. Ich sehe keinen Sinn darin, mich mit Ihnen über längst widerlegte Vorwürfe zu unterhalten, über angebliche Vorkommnisse, die mehr als fünfundzwanzig Jahre zurückliegen und sowieso nie stattgefunden haben. Haben Sie sonst noch Fragen?«

Von dem Prälaten würde er nichts mehr erfahren.

»Vielen Dank für Ihre Offenheit«, sagte Mayfeld zum Abschied.

Auf dem Weg zu seinem Auto rief Mayfeld Meyer im Polizeipräsidium an. »Besorg mir alles, was wir über Knuth Schneider aus Rüdesheim haben, und ruf mich sofort zurück!« Meyer versprach, sich umgehend darum zu kümmern.

Bevor sich Mayfeld in seinen Wagen setzte, rief er das Weingut Brauner an. Er müsse wegen einer dringenden Angelegenheit ihren Mitarbeiter Knuth Schneider sprechen, wo er den finden könne?

Schneider arbeitete tatsächlich noch in dem Weingut. Frau Brauner bat um etwas Zeit und teilte dem Kommissar dann mit, Herr Schneider sei mit einem Trupp von Lesehelfern im Rüdesheimer Bischofsberg.

»Lese?«, fragte Mayfeld verblüfft. »Die ist doch seit drei Wochen beendet.«

»Wir haben doch bald die Tage des Federweißen«, erklärte Frau Brauner. »Der Termin steht schon lange fest. Wir können den nicht verlegen, bloß weil die Lese früher stattgefunden hat, schließlich kommen viele Gäste wegen des Festes und haben Hotels gebucht. Deswegen haben wir in ein paar Wingerten die Trauben hängen lassen, und die werden jetzt rechtzeitig zum Fest gelesen.«

Mayfeld bedankte sich für die Auskunft und klappte das Handy zu. Der alte Volvo war von seinem eigenen Ernteeinsatz in den vergangenen Wochen noch mit einer grauen Staub- und Schlammschicht bedeckt, die die ursprüngliche Farbe, die der Hersteller vor vielen Jahren einmal als champagnerfarben bezeichnet hatte, kaum noch erkennen ließ. Er klopfte auf das betagte Blech seiner nunmehr weinbergfarbenen Karosse und stieg ein.

»Auf geht's in vertraute Gefilde!«

Ganz normal waren solche Zwiesprachen mit einem Auto bestimmt nicht. Aber im nächsten Jahr würde sein 240-er Oldtimerstatus erreichen. Da durfte man sich so etwas erlauben, fand der Kommissar.

Er fuhr den Weg, den er gekommen war, zurück. Von der Höhe kommend, bot die Straße einen spektakulären Blick auf Rüdesheim, das Rheintal und die Rochuskapelle, die auf der gegenüberliegenden Seite des Flusses über Bingen thronte. Unterhalb der Jugendherberge bog er rechts in einen geschotterten Feldweg ein. Nach den Schilderungen von Frau Brauner musste er hier Knuth Schneider finden.

An der Kreuzung des Feldwegs mit einem Hohlweg, der von Rüdesheim zur Jugendherberge hinaufführte, hielt er an.

Das Handy klingelte. Es war Meyer.

»Ich bin fündig geworden. Knuth Schneider ist in Rüdesheim in der Hugo-Asbach-Straße gemeldet. Er wurde am 2. April 1961 in Koblenz geboren und ist der Polizei seit 1987 mehrfach aufgefallen. Dreimal wurde gegen ihn wegen des Verdachts auf pädophile Vergehen ermittelt, in einem Fall kam es zur Verurteilung zu einer Geldstrafe, weil er sich vor einer Zehnjährigen entblößt hatte. In späteren Fällen reichte die Beweislage nicht für eine Verurteilung. Ein kleines Dreckschwein mit Hang zu jungen Mädchen.«

»Danke, Hartmut.« Mayfeld beendete das Gespräch, stieg aus dem Wagen und sah sich um.

Im Osten erhoben sich die graubraunen Doppeltürme der Abtei St. Hildegard über den Hügeln in den Himmel, im Westen wachte eine verhüllte Germania über das Rheintal. Die herbstlichen Farben des Laubs von Wald und Weinbergen leuchteten in der Nachmittagssonne. Hundert Meter entfernt von ihm stand ein Transporter des Weinguts Brauner. Eine mollige Frau teilte heiße Getränke an die versammelten Erntehelfer aus. Er ging auf die Gruppe zu.

»Wer von Ihnen ist Knuth Schneider?«

Ein Mann, der deutlich älter als fünfzig aussah, löste sich aus der Gruppe. Er trug verschlissene Jeans, einen ausgebleichten Parka und einen breitkrempigen Lederhut. Sein faltiges Gesicht war unrasiert, unter buschigen grauen Brauen blickten misstrauische Augen auf Mayfeld.

»Das bin ich.«

Mayfeld zeigte Schneider seinen Dienstausweis. »Ich habe einige Fragen an Sie. Vielleicht gehen wir ein paar Schritte.«

»Hört das denn nie auf mit den Belästigungen durch die Polizei?«, fragte Schneider, folgte dann aber der Aufforderung Mayfelds und entfernte sich mit dem Kommissar von der Gruppe der Kollegen. »Sogar am Arbeitsplatz wird man bloßgestellt wegen oller Kamellen, die über zwanzig Jahre zurückliegen. Und die wahren Schuldigen lässt man ungeschoren davonkommen.«

»Sie wissen schon, weswegen ich zu Ihnen komme? Das überrascht mich«, antwortete Mayfeld kühl.

Schneider knurrte etwas Unverständliches. »Na los, rücken Sie schon raus damit. Was wollen Sie mir anhängen?«

Prälat Strecker hatte recht gehabt mit seiner Beschreibung von Schneider. Die Rolle der verfolgten Unschuld schien ihm zu gefallen.

»Was meinen Sie denn mit den wahren Schuldigen?« Sie waren an Mayfelds Volvo angekommen. Auf eine Frage wie diese schien Schneider nur gewartet zu haben. Er begann mit einer ausführlichen Schilderung seines Lebens.

»Meine Mutter war zwanzig, als sie mich bekam. Hatte keinen Mann und keinen Ehering. Können Sie sich vorstellen, was das in einem katholischen Kaff irgendwo hinter Koblenz bedeutet hat? Als ich drei war, hat sie sich vom Acker gemacht, weil sie das Geschwätz und die Verachtung der braven Bürger nicht mehr aushielt.«

Nach dem Freitod der Mutter begann der Leidensweg von Schneider, der ihn über mehrere Pflegefamilien, die sich alle nicht richtig um ihn kümmerten, schließlich ins Jugendheim Marienhausen führte. Die Geschichte, die Schneider vortrug, war eine einzige Anklage gegen Heuchelei, Pharisäertum und sexuelle Übergriffe hinter der Fassade christlicher Barmherzigkeit, vorgetragen in einer eigentümlichen Mischung aus Routiniertheit und Verbitterung.

»Ich habe schon immer gegen diese Ungerechtigkeit angekämpft, aber mir hat nie jemand geglaubt. Ich wurde als Spinner abgetan und diffamiert. Jetzt, in den letzten Jahren, trauen sich mehr Leute, was zu sagen, jetzt werden die Herrschaften da oben etwas kleinlauter. Oder tun erst mal so, bis der Sturm vorüber ist.«

»Und trotz Ihrer schlimmen Erfahrungen sollen Sie mehrfach Kinder sexuell belästigt haben.«

Schneider spuckte vor sich auf den Boden. »Ich wurde ein einziges Mal verurteilt«, sagte er mit rauer Stimme. »Wegen einer Kleinigkeit. Ich hab nie jemandem Gewalt angetan. Alles wurde von hysterischen Eltern aufgebauscht. Wahrscheinlich wurden die von ihren Pfarrern aufgehetzt, die mich alle kennen. Was wollen Sie eigentlich von mir?«

»Diesmal geht es um etwas anderes. Kennen Sie Sylvia Holler?«

»Klar kenne ich die. Was ist mit ihr?«

»Sie ist tot.«

Schneider spuckte nochmals aus und ging den Feldweg weiter Richtung Straße. »Und was habe ich damit zu tun?«

Mayfeld folgte Schneider und musterte ihn von der Seite. Er schien nicht überrascht von der Nachricht, auch nicht betroffen.

»Das weiß ich noch nicht. Sie haben ihr einen unfreundlichen Brief geschrieben, man könnte sagen, er hatte einen drohenden Unterton. Sie hat ihn aufgehoben, und wir haben ihn gefunden.«

»Was für ein Brief?«

Sie blieben stehen. Mayfeld holte eine Kopie des Briefes aus seinem Jackett und las den Text vor. »Er endet mit: ›Ich hasse dich, ich hasse dich auf ewiglich.‹« Er gab Schneider die Kopie.

Der las das Schriftstück noch einmal durch und grinste Mayfeld anschließend breit an. »Und dieses Liebesbriefchen soll von mir sein? Es ist nicht unterschrieben. Mehr haben Sie nicht in der Hand, Herr Kommissar?« Er spuckte wieder aus. »Die Bullen sind auch nicht mehr das, was sie mal waren.«

»Ich habe nicht verstanden, was Sie Frau Holler eigentlich vorwerfen.«

Schneider lachte höhnisch. »Der gute Bulle. Immer einfühlsam und um Verständnis bemüht. Die Masche zieht bei mir nicht, Mayfeld.«

Mayfeld wiederholte seine Frage. Bei seinem ausgeprägten Mitteilungsbedürfnis würde Schneider sich nicht allzu lange mit einer Antwort zieren.

»Der das geschrieben hat, der hat nicht ganz unrecht.« Schneider fuchtelte mit der Kopie des Briefs vor Mayfelds Gesicht herum. »Sie ist eine Heuchlerin. Als sie noch in Aulhausen gearbeitet hat, hat sie mir versprochen, ich könnte mich immer an sie wenden, wenn ich Probleme hätte, sie wäre immer für mich da. Und dann ist sie einfach gegangen. Ich habe alle ihre Auftritte besucht, wollte mit ihr reden. Aber sie hatte keine Lust dazu, ich war der feinen, kultivierten Dame nicht gut genug. Hat mich auf ihre Sprechstundenzeiten in der Praxis verwiesen. Verdammte Nutte. Wollte Geld dafür, dass sie mit mir redet.«

»Das ist ihr Beruf«, wandte Mayfeld ein.

»Sag ich doch«, brummte Schneider. »Verdammte Nutte.«

»Kannte sie Ihren Hang zu kleinen Mädchen?«

Schneider schwieg.

»Wollte sie deswegen nichts mit Ihnen zu tun haben?«

Schneider begann, den Weg zurückzulaufen. »Sie war sich zu fein für jemanden wie mich. Der nicht mehr als einen Hauptschulabschluss geschafft hat. Mit meinen Vorlieben beim Sex hat das gar nichts zu tun gehabt. Ich bin vielseitig. Sie wäre mir nicht zu alt gewesen.« Er grinste anzüglich und beschleunigte seinen Schritt.

»Bleiben Sie gefälligst einen Moment stehen«, herrschte Mayfeld ihn an. Schneider gehorchte, seinem Mienenspiel nach mit äußerstem Widerwillen. »Haben Sie den Brief geschrieben?«

»Nein.«

»Wo waren Sie Freitagnacht?«

»Ich glaub es nicht! Sie wollen mir tatsächlich das mit der Holler anhängen?«

»Beantworten Sie einfach meine Frage.«

»Ich war am Weinprobierstand in Rüdesheim, an dem großen Parkplatz in der Nähe des Rheinufers. Bis in die Nacht. Das können Sie nachprüfen.«

»Bis wann genau?«

»Zwei Uhr, halb drei.«

»Und danach?«

»Bin ich nach Hause gelaufen. Ich war breit wie eine Autobahn.«

»Wären Sie mit einem DNA-Test einverstanden?«

»Vergiss es. Tschüss, Mayfeld!«

Schneider wollte zur Gruppe seiner Kollegen zurück. Mayfeld hielt ihn einen Moment an der Schulter fest.

»Lass mich los«, fauchte Schneider.

»Melden Sie sich morgen früh im Präsidium in Wiesbaden. Ich möchte Ihre Aussage protokollieren. Und wir brauchen eine Schriftprobe von Ihnen.«

»Immer zu einer kleinen Schikane aufgelegt, was?« Schneider schob Mayfelds Hand weg und entfernte sich.

Ein armes Schwein, dachte Mayfeld. Aber eben nicht nur arm, sondern auch ein Schwein.

Mayfeld fuhr durch den herbstlich gefärbten Wald zum Jugendamt des Rheingau-Taunus-Kreises. Es war im Kreishaus in Bad Schwalbach untergebracht, einem fünfstöckigen Gebäudekomplex, der auf der grünen Wiese zwischen der Bäderstraße und der kleinen Kurstadt im Taunus stand.

Er stellte seinen Wagen auf dem Parkdeck vor dem Kreishaus ab und ging die Treppe zum Hauptgebäude hoch. Am Eingang machte ein Plakat auf eine Ausstellung des Künstlerkreises Johannisberg aufmerksam. »Alles in Rot« war deren Motto. Der Portier wies ihm den Weg zur Treppe und den Aufzügen.

In der kleinen Eingangshalle hingen in dichter Folge Bilder, deren gemeinsames Motto unschwer zu erkennen war. Abstrakte Gemälde wechselten sich mit Landschaftsbildern und Porträts ab. Vor einem der Werke, direkt vor dem Treppenhaus, hatten sich einige Behördenmitarbeiter versammelt und diskutierten lebhaft.

»Eine Geschmacklosigkeit sondergleichen«, empörte sich eine Frau mittleren Alters. Sie deutete auf ein Bild, das einen Mann mit verwischtem Gesicht, nacktem Oberkörper und offener Hose zeigte. »Gefangen« hatte der Maler das Werk genannt.

»Das ist halt Kunst, da kannst du nichts machen«, sagte ein älterer Mann.

»Was ist eigentlich so schlimm an dem Bild?«, wollte eine junge Frau wissen. »Ist doch eh nichts zu erkennen.«

»Ich fühle mich dadurch belästigt!« Die Kollegin beharrte auf ihrer ablehnenden Sicht der Dinge.

»Der Kerl macht seine Hose auf, und im Hintergrund ist eine Babytrage zu sehen«, ereiferte sich eine weitere Frau. »So was Perverses muss man sich nicht ansehen.«

Mayfeld fragte nach Grewes Büro.

»Ein Stockwerk hoch, dann links den Gang entlang die vorletzte Tür rechts«, beschied ihn eine der empörten Frauen. »Ich häng das jetzt ab«, hörte er sie im Weitergehen sagen.

»Oliver Grewe« stand auf dem Schild neben der Tür, an die Mayfeld klopfte, bevor er eintrat. Grewes Büro war so zweckdienlich eingerichtet, wie das ganze Gebäude anmutete, wenn man von der Ausstellung des Künstlerkreises absah. Deutsche Bürotristesse. An der Wand hing eingerahmt ein Foto, das eine Familienidylle zeigte: Mama, Papa, zwei Töchter und ein Hund.

Grewe war ein groß gewachsener, kräftiger Mann um die fünfzig, dessen Haar begonnen hatte, grau und schütter zu werden. Das einzig Bemerkenswerte an seiner Erscheinung war das Halstuch aus roter Seide, das unter dem weißen Hemdkragen hervorlugte und das er sich unter dem Kinn zu einem Knoten zusammengebunden hatte.

»Kriminalpolizei? Ich befürchte, Ihr Besuch bedeutet nichts Gutes«, eröffnete Grewe das Gespräch, nachdem Mayfeld sich ausgewiesen und auf dem unbequemen Besucherstuhl vor dem furnierten Schreibtisch Platz genommen hatte.

»So ist es. Ich ermittle im Mordfall Sylvia Holler.«

Grewes Gesicht wurde blass. »Sie wurde ermordet?«, stammelte er. »Das ist ja fürchterlich.« Er lockerte den Knoten seines Halstuchs. »Und warum kommen Sie mit dieser entsetzlichen Nachricht zu mir?«, fragte er dann.

»Sie waren einer der Letzten, der mit ihr telefoniert hat«, erklärte Mayfeld.

»Mein Gott, wer tut denn so was?«, fragte Grewe ratlos, griff nach einem Kugelschreiber und kritzelte etwas auf den vor ihm liegenden Block.

»Das will ich herausfinden. Worum ging es bei dem Gespräch, das Sie mit Frau Dr. Holler führten, und ist Ihnen an ihr irgendetwas aufgefallen?«

»Sie müssen entschuldigen, ich muss diese Nachricht erst mal verdauen.« Grewe dachte einen Moment nach. »Es ging um die Weihnachtsfeier im Kreishaus. Ich kenne Frau Holler schon seit Langem, wir hatten beruflich immer wieder miteinander zu tun. Und da kam ich auf die Idee, sie als Märchenerzählerin zu engagieren. Und natürlich überhaupt zu der Feier einzuladen. Bei so einer Gelegenheit kann man Kontakte pflegen, Leute persönlich kennenlernen, mit denen man sonst nur am Telefon zu tun hat. Solche Dinge waren Frau Dr. Holler wichtig.«

»Um berufliche Dinge, gemeinsame Klienten, ging es bei dem Telefonat nicht?«

Grewe schüttelte den Kopf. Er schien sich wieder beruhigt zu haben.

»Sie sagten, Sie hätten mit Frau Holler immer wieder beruflich zu tun gehabt. Was waren das denn für Berührungspunkte?«

Grewe sah Mayfeld aufmerksam und nachdenklich an. »Glauben Sie, dass ihr Tod etwas mit ihrer beruflichen Tätigkeit zu tun hat?«

»Vielleicht. Vielleicht nicht. Beantworten Sie bitte meine Frage: Was waren das für Berührungspunkte?«

»Wir betreuen unter anderem Familien, die Probleme bei der Erziehung ihrer Kinder haben, ich gehe entweder selbst in die Familien, um zu beraten, überwiegend koordiniere ich jedoch die Arbeit meiner Mitarbeiterinnen. Da kommt es vor, dass ein Kind oder ein Elternteil außerdem zum Psychotherapeuten geht. Das sind dann meine Berührungspunkte mit Frau Dr. Holler gewesen.«

»Aber bei dem Gespräch am Freitag ging es nicht um so einen Fall, sondern um Ihre Weihnachtsfeier?«

»Das habe ich doch schon gesagt«, antwortete Grewe etwas indigniert.

»Herr Grewe, Frau Holler hat Sie angerufen, nicht Sie Frau Holler.«

Einen Moment schien Grewe irritiert. Dann verstand er den Einwand des Kommissars. »Ja und? Ich hatte sie Anfang der Woche angerufen, und sie hat mich am Freitag zurückgerufen, um ihre Teilnahme an der Feier zuzusagen.«

»Im Moment ist keiner Ihrer Klienten Patient bei Frau Dr. Holler?«

»Nicht, dass ich wüsste.«

Mayfeld seufzte. Diese Spur schien ins Nichts zu führen. »Wie wirkte Frau Holler auf Sie? War sie irgendwie anders als sonst?«

Wieder schüttelte Grewe den Kopf. »Mir ist nichts aufgefallen. Ich hatte bloß den Eindruck, dass sie nicht viel Zeit hatte. Wir wollten diese Woche noch einmal miteinander telefonieren.«

»Fällt Ihnen im Zusammenhang mit Frau Holler noch etwas ein, das uns weiterhelfen könnte?« Die Frage war bloße Routine. Mayfeld glaubte nicht daran, von Grewe noch etwas von Belang zu erfahren.

Grewe hob hilflos die Schultern und lockerte den Seidenschal noch einmal. »Muss es denn überhaupt eine Verbindung zu ihrem Beruf geben? Ihre Patienten, das sind doch Kinder und Jugendliche, die begehen doch keine Morde, und verzweifelte Eltern auch nicht.« Er machte eine Pause, bevor er fortfuhr. »Sie war eine großartige Frau. Ihr Tod ist ein schlimmer Verlust für ihre Klienten. Ich kann mir nicht vorstellen, dass so eine Frau derart hasserfüllte Feinde haben soll. Aber es muss ja wohl so gewesen sein.«

»Haben Sie einen Verdacht?«

»Sie sehen mich völlig ratlos, Herr Kommissar. Aber ich werde noch einmal darüber nachdenken.«

Mayfeld gab Grewe seine Karte und verabschiedete sich.

Auf der Rückfahrt von Bad Schwalbach bog Mayfeld am Ortseingang von Martinsthal von der Bäderstraße ab und erklomm auf Serpentinen die Anhöhe von Rauenthal. Das Kultur- und Tagungshaus lag in der Mitte des Orts gegenüber der Kirche. Unter den Fenstern des ersten Stocks hing eine Fahne mit der lachenden Sonne der Antiatombewegung.

Mayfeld klingelte an dem bunt lackierten Holztor, das von der Hauptstraße zum Anwesen führte. Es dauerte lange, bis eine Bewohnerin am Eingang erschien, eine Frau Mitte vierzig in Jeans und dunklem Kapuzenpullover, die sich als Bärbel vorstellte. Mayfeld fragte nach Sandor Weisz. Sie studierte den Dienstausweis des Kommissars gründlich und mit erschrockener Miene.

»Was wollen Sie denn von Sandor?«

Mayfeld entgegnete, dass er ihm das lieber selbst sagen wollte, und die Frau bat ihn, ihr zu folgen. Sie geleitete ihn durch den Hof ins Haus, wo sie eine Holztreppe ins Obergeschoss hinaufstiegen. Vor einer der Türen, die vom Flur abgingen, lauerte ein dicker roter Kater wie vor einem Mäuseloch. Aus dem Zimmer drangen Harfenklänge, die verstummten, als Bärbel an die Zimmertür klopfte.

Ein etwa dreißigjähriger Mann öffnete. Er trug eine helle Leinenhose und einen Norwegerpullover, die dunklen, lockigen Haare und der buschige Vollbart versteckten große Teile des runden und gemütlich wirkenden Gesichts.

»Da ist jemand von der Polizei«, sagte die Mitbewohnerin in besorgtem Ton. Hinter Sandor Weisz erschien ein schwarz-weiß gescheckter Bobtail. Der rote Kater fauchte, sprang aus seiner Lauerstellung auf und raste die Treppe ins Erdgeschoss hinunter, gefolgt von dem wütend bellenden Fellknäuel.

»Ich kümmere mich um Bobby und Mikesch«, sagte Bärbel schnell und folgte Hund und Katze. Weisz bat Mayfeld herein und forderte ihn auf, auf einem silbrig schimmernden Sitzsack Platz zu nehmen. Er selbst setzte sich auf ein besticktes Sitzkissen ihm gegenüber.

Das Zimmer von Sandor Weisz wurde dominiert von einem Hochbett und einer barocken Harfe, um die herum Klangschalen verschiedener Größe gruppiert waren. An den Wänden standen selbst gezimmerte Holzregale, an einer Wand hing das Plakat, das Mayfeld aus Hollers Praxis kannte. Frau Holle und die Märchenharfe. In einer Ecke des Zimmers brannte ein Räucherstäbchen und verströmte Sandelholzduft in den Raum. Voll retro, würde Lisa dazu sagen.

»Ich könnte Ihnen einen Tee anbieten.« Weisz sprach mit einem leichten Akzent, der seine ungarische Herkunft verriet. Er lächelte nervös.

Mayfeld lehnte dankend ab.

»Ich komme wegen Sylvia Holler«, sagte der Kommissar und deutete mit dem Kopf zu dem Plakat.

»Was ist mit Sylvia?« Weisz' sanfte Baritonstimme klang besorgt.

»Sie wurde ermordet.«

Das Überbringen von Todesnachrichten war einer der unerfreulichsten Aspekte seiner Arbeit, fand Mayfeld. Sein Beruf machte es notwendig, nüchtern und sachlich mit dem Tod umzugehen, Betroffene mit kühler Distanz zu beobachten, aber damit wurde man Menschen, die gerade einen schmerzhaften Verlust erlitten hatten, nicht gerecht. So war das auch bei Sandor Weisz.

Über seine dunklen Augen legte sich ein Schleier. Er schien durch Mayfeld hindurch in die Ferne oder ins Leere zu starren, so als ob seine Seele an einem weit entfernten Ort verweilen würde.

»Es tut mir leid. Frau Holler stand Ihnen nahe«, sagte Mayfeld.

Weisz nickte unmerklich. »Eine wunderbare Frau und Künstlerin. Man kann sich keine bessere Partnerin vorstellen«, sagte er mit kaum hörbarer, zittriger Stimme. Seine Augen füllten sich mit Tränen, die in kleinen Rinnsalen über die Wangen flossen, um im dichten Gestrüpp seines Bartes zu versickern.

Er stand unvermittelt auf und holte aus einem Regal eine Flasche mit Aprikosenschnaps und ein kleines Wasserglas, füllte es und leerte es mit einem Zug.

»Stellen Sie Ihre Fragen.« Weisz' Stimme war wieder etwas fester geworden. Er blieb stehen und starrte durch ein Fenster nach draußen.

»Wann haben Sie Frau Holler zum letzten Mal gesehen?«

Weisz überlegte eine Weile, bevor er in schleppendem Ton antwortete. »Am Freitagnachmittag. Ich wollte mich verabschieden. Sie hatte vor, übers Wochenende nach Berlin zu fliegen.«

Weisz wandte sich dem Kommissar wieder zu und setzte sich ihm gegenüber auf sein Sitzkissen.

»Wie lange waren Sie bei Frau Holler?«, fragte Mayfeld.

»Vielleicht zwei Stunden. Oder auch drei. Gegen sechs bin ich mit Bobby wieder nach Hause gelaufen.«

»Sie waren zu Fuß in Martinsthal?«

Vor der Tür bellte und winselte es. Weisz ging zur Tür und ließ Bobby herein. Der Hund beschnüffelte Mayfeld neugierig.

»Es ist nicht weit durch den Wald, ich habe sie oft zu Fuß besucht. Bei der Gelegenheit kann ich Bobby bewegen, auch wenn das im Herbst und Winter eine ziemliche Sauerei ist.«

Bobby hatte draußen offensichtlich die Möglichkeit zu einem Bad ergriffen. Mayfeld bemerkte den Geruch von nassem Hund und verstand, was Weisz meinte.

»Welchen Eindruck machte Frau Holler auf Sie?«

Weisz ging vor Mayfeld auf und ab. »Sie war irgendwie nicht bei der Sache, kam mir unkonzentriert vor, wie abwesend, so als beschäftigte sie etwas.«

»Worüber haben Sie gesprochen?«

»Geht Sie das etwas an?«, fragte Weisz müde.

»Ja«, antwortete Mayfeld bestimmt. »Es geht um Mord. Setzen Sie sich bitte wieder.«

Weisz folgte Mayfelds Bitte widerwillig und setzte sich auf das Kissen. Bobby wandte sich seinem Herrchen zu.

»Also, worüber haben Sie gesprochen?«

»Über unser nächstes Programm.«

Mayfeld wartete eine Weile, aber Weisz schien nicht vorzuhaben, das weiter auszuführen. »Hatten Sie eine Auseinandersetzung?«

Er schüttelte den Kopf. Mayfeld hatte erhebliche Zeifel, ob er der milden Ausstrahlung des Mannes mit der sanften Baritonstimme Glauben schenken sollte. Er wartete wieder, doch Weisz blieb ganz in sich versunken.

»Wo waren Sie in der Nacht von Freitag auf Samstag, zwischen zwei und sechs Uhr?«, fragte er schließlich.

»Ist das die Zeit, in der Sylvia ermordet wurde? Bin ich etwa verdächtig?«

»Diese Fragen sind nur Routine. Ich warte auf Ihre Antwort.«

»Ich habe geschlafen.«

Mayfeld wurde ungeduldig, zog es aber vor zu schweigen. Diesmal bequemte sich Weisz zu einer etwas genaueren Antwort.

»Ich war den ganzen Abend hier im Haus. Ich habe mit Bärbel zu Abend gegessen. Danach habe ich etwas Harfe gespielt, bin zu Bett gegangen und habe die ganze Nacht geschlafen. Dafür gibt es keine Zeugen.«

»Waren Frau Holler und Sie zusammen?«, fragte Mayfeld.

»Wie meinen Sie das?«

Weisz schien eine Vorliebe für Gegenfragen zu haben, stellte Mayfeld mit zunehmendem Ärger fest.

»Hatten Sie ein Verhältnis?«, fragte er, etwas deutlicher als zuvor.

Weisz wiegte den Kopf. Hoffentlich fragte er jetzt nicht gleich, was für eine Art von Verhältnis gemeint sei.

»Wie gesagt, wir standen uns sehr nahe«, sagte er schließlich. »Es war mehr als nur eine Partnerschaft in der Kunst. Was genau wollen Sie wissen?«

»Ob Sie ein Paar waren.«

»Jeder lebte sein Leben. Aber wir mochten uns sehr.«

Aus irgendeinem Grund wollte Weisz sich nicht festlegen.

»Haben Sie des Öfteren bei ihr übernachtet?«

»Manchmal.«

»Und warum letzten Freitag nicht?«

Weisz schwieg eine Weile. »Jeder lebte sein Leben«, sagte er dann noch einmal. »Sylvia hatte noch einiges zu erledigen und musste am nächsten Morgen früh raus.«

Irgendetwas verschwieg Weisz. Mayfeld würde das noch herausfinden. Wenn der Partner von Frau Holler es darauf angelegt hatte, einen unauffälligen Eindruck zu machen, war ihm das jedenfalls gründlich misslungen.

»Was wissen Sie über Freunde oder die Familie von Frau Holler?«

»Ich kenne Sylvia erst seit einem Jahr. Wir haben uns über die Arbeit an ihrem letzten Projekt kennengelernt.« Weisz deutete auf das Plakat, das für Frau Holle und die Märchenharfe warb.

»Und kennen Sie ihre privaten oder beruflichen Freunde?«, hakte Mayfeld nach.

»Sie hat ein paar gute Freunde aus dem Kollegenkreis, mit denen sie sich regelmäßig trifft, für Fallbesprechungen und auch privat. Mit ihrer Familie hatte sie nicht so viel Kontakt, soweit ich weiß. Die Eltern sind tot. Es gibt einen Bruder, Georg Fromm. Er hat den Winzerbetrieb der Eltern in Lorch übernommen. Sie hat sich mit ihm nicht gut verstanden, allerdings weiß ich nicht, worum es bei ihrem Zerwürfnis ging.«

Mayfeld fragte nach Hollers Handynummer, die ihm Weisz nannte. Dann hievte er sich aus dem Sitzsack in die Höhe und gab Weisz eine Karte.

»Wenn Ihnen noch etwas einfällt, melden Sie sich bei mir.« Er öffnete die Tür. Draußen lauerte Mikesch. Mayfeld drehte sich noch mal um. »Wie versteht sich Bobby eigentlich mit Findus?«

Weisz lächelte. »Sie meinen den Kater von Sylvia? Mit dem versteht sich Bobby ungefähr so gut wie mit Mikesch. Wenn Bobby kommt, nimmt Findus Reißaus und flieht. Auf einem Baum im Wald fühlt er sich dann wohler als im Haus oder im Garten.«

Mayfeld verabschiedete sich. In der Küche im Erdgeschoss traf er Bärbel. Sie bestätigte Sandors Angaben für den vergangenen Freitag. Er war gegen achtzehn Uhr fünfundvierzig nach Hause gekommen. Sie hatten zusammen zu Abend gegessen, dann sei jeder auf sein Zimmer gegangen.

Draußen vergoss die Sonne ihre letzten Strahlen über das Land.

***

Kevin Möller legte das Telefon zufrieden auf die Ladestation zurück. Jetzt war er dem Kumpel mit den guten Beziehungen zur Kfz-Meldestelle einen Gefallen schuldig. Aber das Geschäft würde sich lohnen, sehr lohnen. Er hatte die Halter der beiden Wagen.

Den ersten Namen gab er in die Suchmaske von Google ein. Bingo. Der Typ hatte eine Website. Was er dort las, ließ sein Herz höher schlagen. Der Mensch hatte offensichtlich viel Geld. Er betrachtete das Foto des Mannes ganz genau und verglich es mit den Aufnahmen, die er vor ein paar Tagen ausgedruckt hatte. Dann ließ er das Video, das er auf seinem Notebook gespeichert hatte, noch einmal laufen.

An einer Stelle konnte man den Fahrer des Wagens genau erkennen: Es war der Typ mit der Website und dem vielen Geld. Er kopierte die Passage, in der der Wagen in den Wald einbog in eine Extradatei. Von diesem Moment speicherte er ein paar schöne Standbilder. Dann ließ er das alte Video noch einmal laufen. Auch hier erkannte er den Typen, kopierte die deutlichsten Passagen in eine Extradatei und speicherte einige Standbilder.

Kevin schaute sich in dem schäbigen Zimmer um, in dem er hauste. Bald würde er sich etwas Besseres leisten können als das miese Zweizimmerappartement im Rotkäppchenweg: nie mehr Souterrain, nie mehr Möbel aus Schweden oder vom Sperrmüll, nie mehr Essen aus Dosen. Nie mehr Autos knacken. Mit dem Geld, das er verdienen würde, könnte er was Größeres aufziehen.

Aber er musste vorsichtig sein. Mit dem Halter des zweiten Wagens hatte er nicht gerechnet. Er musste sogar ganz verdammt vorsichtig sein. Als Erstes musste er Annika anrufen und sie warnen. Annika war leider ziemlich geschwätzig und redete andauernd irgendwelchen Müll. Jetzt hatte sie eine gute Gelegenheit, mal die Klappe zu halten.

***

Scheiße, Scheiße, Scheiße. Das Monster hatte die Zimmertür abgesperrt, und das Fenster war vergittert. Außerdem öffnete sich das doofe Fenster direkt zum Wald hin, es hatte also wenig Sinn zu schreien. Hier kam wahrscheinlich nur alle hundert Jahre jemand vorbei.

Trotzdem schrie sie, schlug gegen Fenster und Tür, immer und immer wieder. Nichts bewegte sich. Und alles tat weh. Der Fuß, die Hand. Selbst das Atmen tat weh.

Sie schaute sich in ihrem Verlies um: ein Bett, ein Schrank, ein Schreibtisch und Regale an den Wänden. Möbel wie bei Oma und Opa, voll aus dem Mittelalter. In den Regalen standen Bücher, sie las einige Titel. Jacob und Wilhelm Grimm: Kinder- und Hausmärchen, Jacob und Wilhelm Grimm: Deutsche Sagen, Ludwig Bechstein: Deutsches Märchenbuch, Hauffs Märchen. Jede Menge Kochbücher. Neben den Büchern lagen ein großes Fernglas, ein Fernrohr mit der Aufschrift »Nightvision« und ein Skizzenblock.

Daneben standen Einmachgläser mit Fischen, Fröschen, kleinen

Vögeln, eingelegt in einer komischen trüben Flüssigkeit, voll eklig. Daneben lagen Wurzelhölzer, Steine, vertrocknete Blätter. In einem Glaskasten waren Schmetterlinge und andere Insekten aufgespießt. Eine Wand des Zimmers war frei gelassen worden. Auf die Raufasertapete waren jede Menge Zeichnungen gekritzelt, von Blumen, Bäumen, Waldlichtungen und Hütten. Und von Vögeln, Vögeln und noch mal Vögeln.

Es gab Notizen über den Zustand des Waldes: »Nach der Schneeschmelze Wasserläufe neben dem Weg«. »Im Frühsommer viele tote Frösche auf dem Weg zum Teich«. Manche Ansichten von Waldhütten, Bäumen und Lichtungen existierten in verschiedenen Varianten und illustrierten den Wechsel der Jahreszeiten. Dazwischen standen Namen von Vögeln, Kochrezepte und Zitate, vermutlich aus den Märchenbüchern.

»Königstochter, jüngste, mach mir auf, weißt du nicht, was gestern du zu mir gesagt bei dem kühlen Brunnenwasser? Königstochter, jüngste, mach mir auf.«

»Heinrich, der Wagen bricht. Nein, Herr, der Wagen nicht, es ist ein Band von meinem Herzen, das da lag in großen Schmerzen, als Ihr in dem Brunnen saßt, als Ihr eine Fretsche wast.«

»Immer sagen sie: es gruselt mir! es gruselt mir! Mir gruselt's nicht: das wird wohl eine Kunst sein, von der ich auch nichts verstehe.«

»Knuper, knuper, kneischen, wer knupert an meinem Häuschen?«

Na toll, sie war einem Psycho in die Fänge geraten.

Sie warf sich auf das Bett. Schon wieder plagten sie die Scheißschmerzen. Irgendwann musste der Horrorfilm doch ein Ende haben, sie wollte aus dem Traum aufwachen. Sie presste die Augen zusammen und öffnete sie wieder. Aber nichts passierte, sie starrte immer noch auf dieselbe Zimmerdecke mit den Wasserflecken. Tränen liefen ihr über das Gesicht, obwohl sie gar nicht weinen wollte.

Was war bloß passiert? Es blieb ihr wohl nichts anderes übrig: Sie musste versuchen, sich zu erinnern. Film ab. Immer wieder kippten die Bilder weg, dann tauchten neue auf, aber nach einer Weile fügten sich die Filmschnipsel zusammen.

Sie wollten zusammen abhauen. Annika war nicht zum vereinbarten Treffpunkt gekommen, also fuhr sie zu ihr nach Hause. Als sie dort ankam, war Annika so vollgedröhnt, dass sie kaum noch was Verständliches über die Lippen brachte.

»Halte dich von den Scheißbullen fern«, hörte Marie sie lallen, »und von dem Arschloch.«

Klar, ihr Alter war ein Arschloch, aber sie hatte gar nichts kapiert. Annika hatte noch auf eine Stofftasche gezeigt und etwas gemurmelt.

»Nimm das mit. Wir machen sie fertig.« – Oder so ähnlich. Dann war sie weggedreht, und Marie hatte den Notarzt gerufen. Danach wurden die Erinnerungen verschwommener. Sie hatte die Wodkaflasche, die auf dem Tisch stand, in die Tasche gepackt und Annika ein paar Minuten die Hand gehalten. Aber das wurde ihr irgendwann zu öde. Außerdem wollte sie dem Arschloch nicht über den Weg laufen.

Als sie abhaute, hörte sie das Signal des Notarztwagens. Anschließend brach die Erinnerung ab. Was war später passiert? Antwort: Fehlanzeige, Bildstörung. Das Nächste, was ihr in den Sinn kam, waren die völlig kaputten Träume mit dem Monster. Scheiße, Scheiße, Scheiße. Ihre Gedanken verloren sich im Nebel.

Irgendwann wachte sie wieder auf. Jetzt war sie doch schon wieder eingepennt. Das Monster war weg, und sie verschlief die Zeit, statt abzuhauen! Wie bescheuert konnte man denn sein? Hallo? Sie sprang aus dem Bett.

Das hätte sie besser bleiben lassen sollen. Ein fieser Schmerz fuhr vom Knöchel durch das rechte Bein. Sie japste, aber das Luftholen tat immer noch verdammt weh. Sie humpelte zur Tür, drückte die Klinke herunter. Null Reaktion. Sie schlug gegen die Tür. Danach tat die Hand wieder weh. Sie humpelte zum Bett zurück. Das alles hatte sie doch vorhin schon versucht.

Du bist ein toughes Mädchen, hatte Annika einmal gesagt, aber momentan fühlte sie sich überhaupt nicht tough. Eher völlig am Arsch.

Die Zeit verging. Sie weinte.

»Plitsch platsch, plitsch platsch«, hörte sie eine Stimme von draußen. Ein Schlüssel wurde herumgedreht, das Monster kam zurück.

»Ach, du bist's, alter Wasserpatscher«, sagte der Riese, als er durch die Tür trat. Er grinste über beide Ohren. Er hielt ihren Rucksack in die Höhe, griff hinein und holte ihr Handy heraus. »Die Königstochter war voll Freude, als sie ihr schönes Spielwerk wieder erblickte«, rief er aus.

Sehr komisch. Am besten cool bleiben. Oder noch besser: ganz lieb gucken.

»Kann ich den Rucksack haben? Und das Handy?«

»Wie heißt das Zauberwort?« Der Monsterriese kicherte und schüttelte die Hände, als hätte er sie sich verbrannt. »Ouououou-ou.«

»Bitte, kann ich meinen Rucksack und mein Handy haben?«

»So ist's recht, Frau Specht!« Der Riese reichte ihr Handy und Rucksack.

Im Rucksack befand sich eine fast leere Flasche Wodka. Als sie die Flasche bei Annika hatte mitgehen lassen, war sie noch halb voll gewesen. Daher also der Filmriss. Eine Zahnbürste war auch darin, ein Handtuch, ein T-Shirt und zwei Paar Slips. Außerdem steckten in einer Seitentasche ein paar Fotoausdrucke, die Autos in irgendeinem Wald zeigten, eine zusammengefaltete Stofftasche und Annikas Smartphone.

Sie versuchte, ihr Telefon anzuschalten. Der Akku war leer. Vielleicht hatte sie mit Annikas Handy mehr Glück. Das Teil war ziemlich teuer gewesen, man konnte damit fotografieren, filmen, Musik hören und surfen. Sie schaltete es an, Strom war noch welcher da. Dummerweise war der Zugang mit einem Passwort geschützt.

Typisch Annika, immer misstrauisch. Sie dachte nach. Annika schwärmte des Öfteren von einem ziemlich kaputten Sänger, dessen Tod mit einer Überdosis zu tun gehabt hatte. Aufs Geratewohl gab sie ein: »KurtCobain«. Volltreffer.

»Bist du jetzt froh, Königstochter?«

Der Riese konnte ganz schön nerven mit seinem Gelaber von der Königstochter. Aber das sagte sie ihm besser nicht. Der Akku von Annikas Telefon war gleich leer, sie musste sich beeilen. Sie öffnete das Navi-Programm. Wäre nicht schlecht, etwas genauer zu wissen, wo sie festgehalten wurde. In diesem Moment klingelte das Handy.

»Kevin ruft an«, verkündete das Display. Das Monster sprang auf sie zu und starrte auf das Mobiltelefon.

»Kann ich?«, fragte sie den Riesen.

»Kann ich was?«

»Kann ich den Anruf entgegennehmen?«

Der Riese schüttelte die Hände wieder so, als ob er sie sich verbrannt hätte. »Ouououou.«

»Ich verrat dich auch nicht«, versprach sie. »Ich kann auf laut stellen!«

»Ei gut!«, sagte er unwillig und starrte sie voller Misstrauen an.

»Annika?«, fragte die Stimme des Anrufers. Kevin, das Miststück.

»Hier ist Marie.«

»Marie, das kleine Schwesterchen? Wieso geht Annika nicht ran? Kann ich mal Annika haben?«

Der Typ hatte keine Ahnung. Eigentlich war alles wie immer. Mittlerweile hatte das Navi ihren Standort gefunden. Warum zeigte das blöde Teil keine Karte, sondern gab Grad nördlicher Breite und östlicher Länge an? In welchen Menüunterpunkt war sie geraten? Aber vielleicht hatte das sein Gutes. Sie kopierte die Daten.

»Nö. Die hat der Notarzt geholt«, antwortete sie auf Kevins Frage.

»Was ist los?«, blaffte das Miststück.

»Wahrscheinlich liegt sie in irgendeinem Krankenhaus. Die hat sich am Samstag voll die Kanne gegeben.«

Nachricht an Anrufer verfassen. Kann nicht sprechen, bin hier. *Kopierte Daten einfügen*. Brauche Hilfe. Marie. *Nachricht versenden*.

»Nichts schreiben«, brummte der Riese.

»Wer redet da?«, fragte Kevin.

»Alles im grünen Bereich. Fast. Hast du heute schon Nachrichten gesehen?«

Mit einem Hinweis auf die Schwäche des Akkus verabschiedete sich das Handy.

***

Mayfeld war vom Kultur- und Tagungshaus nach Kiedrich gefahren. Gerade als er in den Keller des Weinguts hinabsteigen wollte, um die allabendliche Vermessung und Verkostung des gärenden Weins vorzunehmen, klingelte sein Mobiltelefon. Es war Eva Felsen, die er auf ihrer Mailbox um einen Rückruf gebeten hatte. Sie war zu Hause, erwartete allerdings einige Kollegen als Gäste. Mayfeld verabredete sich mit ihr für den nächsten Tag.

Dann ging er zu den Fässern im Keller, maß Temperatur und Oechslegrade des Federweißen, notierte die Werte mit Kreide auf dem Fass, probierte. Während alldem ging ihm Hollers Gesicht nicht aus dem Sinn. Der Blick, der ins Leere ging. Das bizarre Arrangement, das er gestern in ihrer Praxis vorgefunden hatte. Die nüchterne Art, in der der Rechtsmediziner heute Mittag ihren Körper zerlegt hatte.

Er verließ das Kellergewölbe wieder. Julia hatte den Tag über in der Küche gearbeitet und das Essen für den Abend in der Straußwirtschaft vorbereitet. Jetzt war sie zu Hause. Er fasste einen Entschluss. Auch wenn es seine Pläne für den Abend durcheinanderbrachte, war das Treffen bei Eva Felsen vermutlich eine Gelegenheit, auf einen Schlag mehrere Kollegen von Sylvia Holler zu befragen. Er telefonierte mit seiner Frau, setzte sich in seinen Wagen und fuhr los.

Eva Felsens Haus lag in der Georgstraße in Wiesbaden-Frauenstein, einem kleinen, von Obst und Weinbau geprägten Straßendorf. Die Häuser drängten sich in einem engen Tal, das sich vom Rhein zur Dotzheimer Höhe hinzog. Felsens Haus war ein prächtiges altes Fachwerkhaus am Waldrand, nicht unähnlich dem Haus ihrer Kollegin Holler.

Eine Frau von eleganter Erscheinung, zwischen fünfzig und sechzig Jahre alt, öffnete ihm.

»Was gibt es denn so Dringendes, das nicht bis morgen Zeit hat?«, fragte Felsen mit einer Mischung aus leichtem Tadel und Sorge, lächelte aber versöhnlich, als sie den Kommissar hereinbat. Sie traten in eine große Eingangsdiele, von der drei hohe dunkle Holztüren abgingen. Aus einem der dahinterliegenden Zimmer drangen Stimmen und Geschirrgeklapper.

»Es geht um Ihre Kollegin Sylvia Holler.«

»Was ist mit Sylvia?« Eva Felsens Stimme klang nun alarmiert. »Wir warten auf sie.«

»Wer ist wir?«

»Unsere Intervisionsgruppe. Ein Kollegenkreis, in dem wir schwierige Fälle besprechen. Sylvia hat mich letzte Woche angerufen, dass sie kommen und einen Fall mitbringen wird. Eigentlich wollte sie heute zu Hause bleiben, weil sie gestern erst spät am Abend aus Berlin zurückgekommen ist.«

»Können wir zu Ihren Kollegen gehen? Ich habe einige Fragen an Sie alle. Es ist etwas sehr Schlimmes passiert. Frau Holler wurde am Sonntag tot in ihrer Praxis aufgefunden. Sie wurde ermordet.«

Eva Felsen schlug die Hände vor dem Gesicht zusammen und blieb eine Weile wie erstarrt stehen.

»Kommen Sie mit«, sagte sie dann mit zittriger Stimme.

Sie führte Mayfeld in eine geräumige Wohnküche. Ihre Kollegen saßen an einer großen Tafel, die von einem Kronleuchter beschienen wurde, der mit der rustikalen Einrichtung des Raums um die stilistische Vorherrschaft stritt. Mayfeld hätte eher an ein Gelage als an ein Arbeitstreffen gedacht, als er die dampfenden Schüsseln, die Platten, Flaschen und Gläser sah. Ein rundlicher Mittfünfziger mit dunklem Lockenkopf und Zauselbart pries gerade die Vorzüge des Hirschpfeffers und der sautierten Steinpilze.

»Das ist Herr Mayfeld von der Wiesbadener Kriminalpolizei«, sagte Eva Felsen und stellte die Runde vor. Sie waren einen Tick älter als Julias Freunde, hatten aber denselben Habitus. Alle verstummten und blickten ihn neugierig an.

Schon wieder war Mayfeld der Überbringer der schlimmen Nachricht. »Wir haben Ihre Kollegin Sylvia Holler tot in ihrer Praxis aufgefunden. Sie wurde Freitagnacht ermordet. Wir ermitteln in alle möglichen Richtungen. Erzählen Sie mir von ihr. Kennt sie jemand auch privat? Hat jemand von Ihnen in der letzten Zeit mit ihr gesprochen?«

»Ach du Scheiße«, entfuhr es Rolf Krafft, der gerade noch den Hirschpfeffer gelobt hatte. Er nahm einen kräftigen Schluck Rotwein.

Eine Weile herrschte Schweigen in der Runde. Einige der Kolleginnen von Holler kämpften mit den Tränen, Krafft leerte sein Glas und goss sich nach.

Mayfeld wiederholte seine Fragen. In den letzten beiden Wochen hatte außer Eva Felsen niemand mit Holler gesprochen.

»Was war sie für eine Kollegin?«, wollte Mayfeld wissen.

»Sylvia ist Jungianerin gewesen«, sagte Anton Friedensreich, ein Sechzigjähriger mit lockigem Haarkranz und Nickelbrille. »Die Beschäftigung mit Märchen und Mythen ist eine Spezialität der Jungianer. Sylvia hat wichtige Beiträge zur Verwendung von Märchen in der Kindertherapie verfasst.«

»Sie war eine großartige Märchenerzählerin«, sagte Margaretha von Altenburg-Regen und wischte sich eine Träne aus ihrem runden Gesicht.

»Kennt jemand ihren Partner auf der Bühne, Sandor Weisz?«

»Ein hübscher Kerl«, bemerkte Karla Niklas.

»Und nicht nur der Partner auf der Bühne«, ergänzte Elisabeth van Dyke, die älteste der Runde.

»Davon wusste ich ja gar nichts«, sagte Karla Niklas.

»Seit einem knappen Jahr«, informierte von Altenburg-Regen die Kollegin.

Aber genauer kannte niemand den jungen Freund von Holler.

Margaretha von Altenburg-Regen schien Sylvia Holler am nächsten gestanden zu haben. Sie wusste von ihrer langjährigen Tätigkeit im Vincenzstift in Aulhausen. »Eine unendlich schwere Aufgabe hatte sie da geschultert und mit unglaublichem Engagement ausgefüllt. Sie hat dort heftige Konflikte mit der Heimleitung ausgetragen. Ich glaube, die waren ganz froh, als Sylvia ging. Für die war das ein Störenfried weniger. Als Märchenerzählerin haben sie sie weiter eingeladen. Da hat sie den Betrieb nicht mehr gestört.«

Doch über Knuth Schneider wusste auch von Altenburg-Regen nichts.

»Kennen Sie ihre Familie?«

»Ihr Mann ist vor fünf Jahren verstorben, an einem Herzinfarkt aus heiterem Himmel«, berichtete von Altenburg-Regen. »Das war ein schwerer Schlag für Sylvia. Die beiden hatten leider keine Kinder. Ansonsten gibt es noch einen Bruder, Georg Fromm, ein Winzer aus Lorch. Zu dem hatte sie eine eher schwierige Beziehung.«

»Ein echter Kotzbrocken«, polterte Krafft. »Vom Weinmachen versteht er überhaupt nichts. Sein Weißwein ist oxidativ, der Rotwein dünn. Da kauft die Plörre natürlich niemand.«

»Und was macht Fromm außer seiner Weinqualität so unsympathisch?«, hakte Mayfeld nach.

»Als Sylvias Mann vor fünf Jahren starb, hat sie eine erhebliche Summe von der Lebensversicherung ihres Mannes bekommen«, berichtete Krafft. »Ihr Bruder hatte nichts Besseres zu tun, als sie drei Wochen nach Ferdis Tod, da war seine Urne noch nicht unter der Erde, wegen des Geldes anzugehen. Sie habe eine Verpflichtung der Familie und dem Weingut gegenüber, er wolle den Keller modernisieren, Weinberge zukaufen und so weiter. Sylvia wäre fast weich geworden. Ich habe ihr das ausgeredet. Ich kenne den Mann nicht näher, aber ich kenne seinen Wein, und das reicht in dem Fall völlig.«

»Ihre Kollegin wollte heute einen schwierigen Fall vorstellen. Weiß jemand, worum es sich da gehandelt haben könnte? Hat sie vielleicht in letzter Zeit über einen besonderen Fall gesprochen?«

»Es ist natürlich vom Datenschutz her problematisch, die Polizei über Details aus den Behandlungen zu informieren«, sagte Friedensreich.

»Datenschutz hat in einem Mordfall nicht die erste Priorität«, versetzte Mayfeld.

»Wann hat er die je?«, fragte Friedensreich spitz.

»Sind die schwierigen Fälle denn jetzt alle des Mordes verdächtig?«, meldete sich Rieke Felsenstedt zu Wort.

»Sie hat zuletzt über die magersüchtige Tochter einer Pfarrersfamilie berichtet«, sagte Krafft. »In gärend Drachengift hast du die Milch der frommen Denkungsart mir verwandelt.«

»Wie bitte?«

»Das ist ein Zitat von Schiller, aus ›Wilhelm Tell‹. Das Mädchen wiegt noch dreißig Kilo, die war vermutlich nicht die Mörderin. Und der Herr und die Frau Pfarrer wahrscheinlich auch nicht.«

»Hat sich Ihre Kollegin bedroht gefühlt? Gab es einen Fall, in dem Gewalttätigkeit eine Rolle gespielt hat? Vielleicht ist es hilfreich, wenn sich jeder von Ihnen an sein letztes Gespräch mit der Kollegin erinnert. Was hat sie zum Beispiel gesagt, als sie anrief, um ihr Kommen heute Abend anzukündigen, Frau Felsen?«

Eva Felsen dachte einen Moment nach. »Sie hat gesagt: ›Ich habe einen absolut schwierigen Fall. Die Realität ist in den therapeutischen Raum eingebrochen, und ich brauche eure Hilfe.‹«

Warum redeten diese Leute nicht so, dass man sie als normaler Sterblicher verstehen konnte, dachte Mayfeld in einem leichten Anflug von Ärger.

»Und was heißt das?«, fragte er geduldig.

»Ich habe das so verstanden, dass ein Patient oder eine Patientin oder ein Angehöriger in schwerer und den therapeutischen Prozess behindernder Art und Weise agiert«, versuchte Felsen zu erklären.

»Agiert?«

»Das Setting verletzt«, sprang Friedensreich der Kollegin bei. »Also die Regeln der Therapie verletzt. Oder Konflikte nicht in der therapeutischen Beziehung austrägt, sondern in destruktiver Weise anderswo. Es könnte bedeuten, dass eine Patientin oder ein Patient massive Probleme mit Elternhaus, Schule oder Jugendamt bekommt, es könnte bedeuten, dass jemand von außen in grober Weise in die Therapie eingreift oder dass ein Patient Misshandlungen oder Missbrauch ausgesetzt ist.«

»Und Sie haben keine Idee, mit welchem Patienten oder welcher Patientin das zu tun haben könnte?«

Niemand hatte eine Idee. Niemand nannte einen Namen. Niemand bekam Probleme mit dem Datenschutz.

Mayfeld packte die Fotos vom Tatort aus seiner Jackentasche. »Machen Sie mal Platz?«

Er deutete auf die opulente Tafel, Krafft und van Dyke schoben Hirschpfeffer, Semmelknödel und Steinpilze beiseite. Er breitete die Aufnahmen auf der freien Fläche der Tafel aus, zwischen Zucchini-Röllchen und Gorgonzolafeigen, Spätburgunder und Riesling. Die Aufnahmen, die Holler direkt zeigten, hielt er zurück.

»Wir haben Ihre Kollegin in ihrer Praxis gefunden. Sie saß auf einem Sofa, rechts und links war der Leichnam von Kissen gestützt, ein Kissen war aufgeschlitzt und die Federn über der ganzen Szene verteilt. Um das Sofa herum waren jede Menge Puppen und Tierfiguren gruppiert.« Er deutete auf die Fotos. »Fällt Ihnen dazu etwas ein?«

Es war eine echte Therapeutenfrage, die er da stellte.

»Frau Holle«, sagte Friedensreich. »Die Erdgöttin, die Frau mit den langen Zähnen.«

»Die die Guten belohnt und die Bösen bestraft«, fügte von Altenburg-Regen hinzu.

»Die böse Mutter und die gute Mutter«, ergänzte van Dyke.

»Jemand hat den Brunnen, das Brot im Ofen und den Apfelbaum dargestellt«, sagte Amelia Meinhard und deutete auf drei der Fotoabzüge. »Er oder sie kennt das Märchen ziemlich gut.«

»Die vielen anderen Tierfiguren, die Puppen, die Märchenfiguren, die stehen für Triebrepräsentanten«, meinte Krafft.

»Es ist, als ob ihr jemand ein Denkmal setzen wollte«, sagte van Dyke.

»Vielleicht eine Wiedergutmachung aus Schuldgefühlen heraus«, überlegte von Altenburg-Regen.

»Er oder sie will ein Rätsel aufgeben«, ergänzte Felsen.

»Oder das Ganze hat gar keine Bedeutung«, wandte Felsenstedt ein. »Jemand will bloß eine falsche Spur legen.«

Das Arrangement schien in den Augen der meisten Kollegen von Holler einer Gesetzmäßigkeit zu folgen, der Arrangeur schien das Märchen von Frau Holle genau zu kennen. Aber brachte ihn diese Erkenntnis bei der Aufklärung des Mordes weiter?

Er beschloss, das Thema zu wechseln. »Ich habe noch eine letzte Frage: Wie hat Frau Holler ihre Arbeit dokumentiert? Wie hat sie abgerechnet, wie hat sie Rechnungen geschrieben?«

»Alles natürlich mit Computer«, antwortete von Altenburg-Regen. »Sie war die Erste von uns, die ihre gesamte Praxisorganisation auf PC umgestellt hat. Dokumentation, Terminverwaltung, Berichte an die Gutachter, das hat sie alles auf ihrem Notebook geschrieben. Die Abrechnung müssen wir ja sowieso per EDV und Internet machen.«

»Sie hatte ihr Notebook immer dabei«, ergänzte Meinhard. »Die Protokolle unserer Sitzungen hat sie immer gleich in den Computer hineingetippt.«

»Ich hänge ja noch am Papier«, sagte von Altenburg-Regen, »aber sie war eine Anhängerin des papierlosen Büros. Sie hat das ganz systematisch betrieben, inklusive Datensicherung. Würde man gar nicht vermuten bei jemandem, der sich einen Namen als Märchenerzählerin gemacht hat.«

»Wissen Sie, wie sie ihre Daten gesichert hat?«, fragte Mayfeld.

»Wir haben uns mal drüber unterhalten«, sagte von Altenburg-Regen. »Ich meine, sie hat sie täglich auf einem USB-Stick gespeichert und einmal im Monat auf DVD.«

»Und was hat sie gesichert?«

»Die Dokumentation der Sitzungen, den Kalender und die Abrechnungsdaten, was man halt so braucht in einer psychotherapeutischen Praxis.«

»Brauchen Sie denn gar keine Dokumente in Papierform?«

»Fast gar nichts mehr«, antwortete von Altenburg-Regen. »Überweisungsscheine brauchte Sylvia als Kinder- und Jugendtherapeutin nicht, da bleiben eigentlich nur die Kostenzusagen der Krankenkassen für die Therapien. Die schicken das noch per Post und auf Papier.«

Mayfeld ließ sich das bürokratische Prozedere bei der Beantragung und Abrechnung einer Psychotherapie erklären. Danach verabschiedete er sich von der Gruppe.

»Ich habe nicht den Eindruck, dass wir Ihnen wirklich weiterhelfen konnten«, sagte Eva Felsen bedauernd, als sie ihn zur Tür brachte.

Da war sich Mayfeld nicht so sicher.

Der Kies knirschte unter den Reifen des alten Volvos. Mayfeld stieg aus und tätschelte zum Abschied das Dach des Wagens. Dann ging er zu der alten Villa am Rhein und stieg die Treppen zu seiner Wohnung hoch.

Er öffnete die Wohnungstür. Der Duft von geschmortem Wildbret schlug ihm entgegen. Am großen Esstisch im Wohnzimmer saß Julia und blätterte in alten Fotoalben.

»Anstrengender Tag?«, fragte sie.

Er beugte sich zu ihr hinunter und gab ihr einen Kuss.

»Kann man so sagen. Erst eine Besprechung mit Lackauf. Für heute ist es mir gelungen, das Ekel zu neutralisieren, aber der wird keine Ruhe geben. Dann die Obduktion von Holler und jede Menge Befragungen.«

»Was war denn so wichtig, dass du heute Abend noch mal weg musstest?« Ein leichter Tadel schwang in der Frage mit.

»Ein Treffen von Hollers Kollegen. Ich habe sie alle auf einen Schlag befragen können. Ich weiß noch nicht, ob es sich gelohnt hat. Es hat auf jeden Fall Zeit gespart.«

Er ging in die Küche und warf einen Blick in den Bräter auf dem Herd.

»Ich habe Wildragout aus der Straußwirtschaft mitgebracht. Machst du einen Spätburgunder auf?«, rief Julia.

Mayfeld holte eine Flasche aus dem Weinregal, öffnete sie und brachte sie zusammen mit zwei Gläsern an den Tisch, während Julia in die Küche ging und dort zwei Teller mit Nudeln und Ragout anrichtete.

»Hast du die Kollegen gefragt, was ihnen zu dem Arrangement einfällt, in dem du die arme Sylvia Holler aufgefunden hast?«, fragte sie, als sie sich an den Esstisch gesetzt hatte. Sie drehte sich Nudeln auf die Gabel und aß mit gutem Appetit.

»Sie sind der Meinung, dass da jemand am Werk war, der das Märchen in allen Einzelheiten kennt.« Mayfeld stocherte unentschieden in dem Ragout auf seinem Teller herum.

»Das ist auch meine Meinung gewesen. Hast du keinen Hunger?«

Mayfeld gab sich einen Ruck und probierte von dem Essen. Es schmeckte köstlich.

»Ist dir die Obduktion auf den Magen geschlagen oder Lackauf?«, wollte Julia wissen.

Mayfeld nahm einen weiteren Bissen. »Ich glaube, die Obduktion. Für Lackauf wäre das zu viel der Ehre.«

Seit einigen Monaten war sein Verhältnis zu dem Staatsanwalt völlig zerrüttet, und die Arbeit der Polizei sah Mayfeld seither sehr kritisch, zumindest das, was sich die politische Führung darunter vorstellte.

Im Frühjahr hatte Mayfeld seine Mutter in Stuttgart besucht und war mit ihr zusammen auf eine Demonstration gegen den dort geplanten Tiefbahnhof gegangen. Der Stuttgarter Bahnhof war ihm bis zu diesem Zeitpunkt herzlich gleichgültig gewesen, aber seine Mutter, eine durch und durch bürgerliche Dame, die sich früher nur für ihr Handicap beim Golf und ihre Orchideenzucht interessiert hatte, hatte dermaßen engagiert und beseelt auf ihn eingeredet, dass er gar nicht anders gekonnt hatte, als sie auf die Kundgebung zu begleiten.

Natürlich hatte er auch schon vorher gewusst, dass der Einsatz der Polizei auf Demonstrationen nicht immer so vonstattenging, wie man sich das nach der Lektüre des Grundgesetzes vorstellte. Aber die abstrakte Erkenntnis war die eine Sache, zu erleben, wie Kollegen die eigene Mutter erst mit einem Wasserwerfer niedermähten und dann mit Pfefferspray attackierten, war etwas anderes. Selbstverständlich war Mayfeld seiner Mutter zu Hilfe geeilt und hatte sich dafür eine Anzeige wegen Widerstands gegen die Staatsgewalt und in der Folge ein Disziplinarverfahren eingehandelt.

Auf wenig Gegenliebe war auch sein offener Brief an den Innenminister des Landes gestoßen, in dem er den Einsatz hessischer Bereitschaftspolizisten beim Niederknüppeln von Stuttgarter Demonstranten kritisiert hatte. Polizisten mit einer eigenen Meinung standen hier schon seit Längerem nicht hoch im Kurs.

»Wenn es nach Lackauf ginge, wäre ich schon längst vom Dienst suspendiert. Er wartet auf den kleinsten Fehler, um mich in die Pfanne zu hauen. Wahrscheinlich denkt er, dass er sich damit bei der politischen Führung beliebt machen kann. Wahrscheinlich hat er mit dieser Überlegung sogar recht.«

Julia strich über seine Hand.

»Du hast in dieser Sache alles richtig gemacht. Mein Vater wird sich in den nächsten Jahren von der Arbeit zurückziehen. Nach dem Tod von Onkel Theo hat das Weingut ab dem nächsten Jahr sechs Hektar Weinberge mehr zu bewirtschaften. Dann braucht Franz mehr Unterstützung. Es gibt ein Leben nach dem Polizeidienst.«

Darüber hatte Mayfeld auch schon nachgedacht. »Vor so einem aufgeblasenen Opportunisten wie Lackauf werde ich nicht zurückweichen«, sagte er mit Bestimmtheit.

Julia seufzte. »Ich glaube nicht, dass du noch irgendwem deinen Mut beweisen musst. Mir jedenfalls nicht. Es geht doch nicht darum, wer vor wem zurückweicht, es geht um deine und unsere Lebensqualität.«

»Es geht auch darum, ob einer wie ich vor einem wie Lackauf zurückweicht. Das Signal für die Kollegen, die noch nicht komplett weichgespült sind, wäre verheerend.« Er trank einen Schluck Spätburgunder. »Aber den Abend werde ich mir von dieser Kanaille nicht verderben lassen.«

Er warf Julia einen Luftkuss zu und lächelte.

»Das klingt vielversprechend«, antwortete sie und lächelte zurück.

***

»Und man darf hier auf der ganzen Station nicht rauchen? Ohne Ausnahme?«

Der Pfleger im blauen Kittel schüttelte den Kopf. Das hatte Herbert Mayfeld befürchtet. Er musste hier so schnell wie möglich wieder wegkommen. Intensivstation, so ein Theater!

Als er vergangene Woche mit seiner Harley am Rüdesheimer

Krankenhaus vorgefahren war, um einen Kardiologen nach seinem stolpernden Herzen sehen zu lassen, da hatte er das nur getan, damit sein Hausarzt endlich mit seiner Nörgelei aufhörte und Ruhe gab. Der Kardiologe hatte ein paar Untersuchungen mit ihm angestellt und dann gemeint, es sei gut, dass er gekommen sei. Und hatte ihn auf die Intensivstation gebracht und an ein halbes Dutzend Schläuche angeschlossen. Da lag er nun seit vier Tagen in einer Box und konnte nicht rauchen.

Spätestens in drei Tagen musste er hier wieder raus. Er hatte seinem Freund Egon versprochen, das nächste Wochenende auf dessen Lamas aufzupassen. Als er das dem Arzt gesagt hatte, hatte der ihn angesehen, als ob er nicht ganz richtig im Kopf sei. Aber Herbert Mayfeld hatte ihm die Sache genau erklärt.

Der Pfleger löste den Infusionsschlauch von der Venüle und verschloss diese mit einer Plastikschraube.

»Gibt es ganz bestimmt keine Ausnahme? Ich habe gehört, dass es unter Pflegern und Krankenschwestern viele Raucher gibt. Der viele Stress, die schlechte Bezahlung, ich kann das verstehen. Rauchen Sie?«

Der Pfleger drückte auf verschiedene Knöpfe neben dem Überwachungsmonitor.

»Ja«, antwortete er unwillig.

»Und wie halten Sie die ganze Schicht ohne Flippe aus?«

Der Pfleger seufzte. »Weiter vorne ist ein Lichtschacht. Da kann man rauchen.«

»Gut, dann befreien Sie mich mal von meiner Verkabelung. Die Infusion haben Sie ja schon abgemacht. Schauen Sie nicht so skeptisch, Sie haben den Arzt vorhin doch gehört: Ich werde morgen auf Normalstation verlegt. Da kann es heute Abend doch nicht weiter gefährlich sein, wenn Sie mal zehn Minuten nicht über meine Herzfrequenz informiert sind.«

Das überzeugte den Pfleger. Der Mann löste die Kabel des EKGs und entfernte das Sauerstoffmessgerät von der Fingerkuppe.

»Sie sind ein wahrer Samariter«, rief der alte Mayfeld, sprang aus dem Bett und warf sich einen Bademantel über. »Und nun zeigen Sie mir das Raucherstübchen im Grünen!«

Der Pfleger führte ihn durch einen Gang, vorbei an mehreren Pflegeboxen und an der verglasten Überwachungszentrale, die er

»unser Aquarium« nannte, zu einer Schiebetür. Die Glastür führte nach draußen auf eine kleine Freifläche, die von allen Seiten von hohen Mauern umgeben war.

Es war dunkel geworden und ziemlich kühl. Der Boden des Schachtes war mit dunklem Schotter und ein paar Tretfliesen bedeckt. Das mit dem Grün war wohl ein Irrtum gewesen. Aber immerhin stand neben der Glastür ein Plastikbecher mit Kippen, und zur Verschönerung des heimeligen Ortes hatte ein netter Mensch ein Plastikherz mit der Aufschrift »Welcome« in den Schotter gesteckt, neben ein paar Plastikfiguren, die eine Familie von Erdmännchen darstellen sollten.

»Nett haben Sie es hier«, sagte er zu dem Pfleger. »Aber lausekalt. Trotzdem vielen Dank! Ich find mich hier allein zurecht.«

Im Bademantel steckten ein Feuerzeug und eine Schachtel Zigaretten. Er zündete sich eine an. Gierig sog er den Rauch in seine Bronchien und genoss den Wirbel, den das anflutende Nikotin mit seinen Gehirntransmittern anrichtete. Oder was immer da gerade in seinem Oberstübchen passierte.

Er schaute sich um. Tagsüber diente der Schacht wohl dazu, Tageslicht auf die Station zu lassen, am Abend war es umgekehrt, da wurde der Schacht vom Licht aus der Station, das durch die Glastür und das Fenster einer Pflegebox fiel, erhellt. Vor neugierigen Blicken etwaiger Raucher schützte die benachbarte Pflegebox eine Jalousie, die aber so geneigt war, dass Herbert Mayfeld ungefähr erkennen konnte, was drinnen passierte. Offensichtlich hatte ein Patient Besuch von einem ziemlich groß gewachsenen Mann, der wild herumgestikulierte. Das zeigte der Monitor in der Überwachungszentrale natürlich nicht an.

Irgendwie gefiel Mayfeld nicht, was er da schemenhaft erkennen konnte. Er ging näher an das Fenster heran. Das war zwar ziemlich ungezogen, aber gute Manieren waren noch nie seine Stärke gewesen. Hinter der Jalousie erkannte er eine junge Frau, die halb aufgerichtet in ihrem Bett saß und nach irgendetwas neben dem Bett zu greifen versuchte, und einen großen Mann, der in ihrer Tasche, die in einer Ecke des Zimmers stand, nach etwas suchte. Das schien die junge Frau wütend zu machen.

Mayfeld klopfte kräftig gegen die Fensterscheibe. Der Mann fuhr herum und schaute zum Fenster. Mayfeld meinte ein wütendes

Funkeln in seinen Augen zu erkennen, aber das war natürlich Quatsch bei den schlechten Sichtverhältnissen. Immerhin hörte der Kerl auf, in der Tasche der Frau herumzuwühlen. Die hatte sich mittlerweile der Kabel, mit denen sie an die Apparate der Intensivstation angeschlossen war, entledigt. Jetzt würde gleich einer der blau gekleideten Pfleger kommen und nach dem Rechten schauen.

Der Besucher verließ die Box und entfernte sich. Als er an der Glastür zum Lichtschacht vorbeikam, würdigte er Mayfeld keines Blickes. Gut so. Der Mann hatte bei ihm nicht das Gefühl geweckt, dass er ihn gern kennenlernen würde.

Die Frau im Flügelhemd kam auf das Fenster zu und blickte ihn von drinnen an. Mayfeld hatte sich etwas zurückgezogen und winkte ihr zu. Er erkannte den Pfleger von vorhin, der zu der Frau in die Box kam. Er schien verärgert zu sein. Die Frau deutete zum Fenster hinaus. Mayfeld nahm einen tiefen Zug, nur für den Fall, dass sein Asyl in der Raucherzone gleich wieder beendet sein sollte.

Jetzt ging der Pfleger zur Tasche der Patientin, holte etwas heraus und reichte es der Frau, die es sich überzog. Die Frau verließ die Box, der Pfleger schaltete den Alarm an der Überwachungseinheit aus.

Eine halbe Minute später stand die junge Frau dem alten Mayfeld gegenüber. Sie trug über dem Flügelhemd einen schwarzen Kimono mit bunten Stickereien, die Blumen und Vögel darstellten. Auf dem Kopf trug sie eine dunkle Wollmütze, unter der widerspenstige schwarze Haarsträhnen hervorlugten. Die Frau war höchstens zwanzig, hatte Ringe um die Augen und einen unruhigen Blick.

»Na, du alter Spanner, haste mal 'ne Kippe für mich?«, begrüßte sie Mayfeld.

Der reichte ihr eine Zigarette und gab ihr Feuer, zündete sich selbst eine neue an.

»Ich hatte den Eindruck, Sie wären in Schwierigkeiten.«

Die Frau schaute sich um. »Ist wirklich ein total crazy Ort zum Spannen. Stehst du auf perverse Sachen?«

»Kannst du auch was anderes als Müll reden?«

Mayfeld hatte nicht vor, sich von der Göre auf der Nase herumtanzen zu lassen, und von seiner Enkeltochter Lisa kannte er das passende Vokabular für ein Mädchen wie das, das vor ihm stand.

»Wow!« Die junge Frau schien beeindruckt.

»Ich heiße Herbert. Und du?«

»Annika.«

»Ein schöner Name. Bei Astrid Lindgren war das eine ganz Brave.«

Annika überlegte einen Moment. Dann prustete sie los. »Bei Pippi Langstrumpf, stimmt! Da muss bei mir irgendetwas total schiefgelaufen sein.« Sie zog an ihrer Zigarette und schien nachzudenken.

Als ein Geräusch von der Station nach außen drang, fuhr sie erschrocken herum und starrte durch die Glastür auf den Flur. Aber da war nur der Pfleger, der Annika und Mayfeld zuwinkte.

»Scheinst ganz schön im Stress zu sein.«

Annika nickte. Ihre schwarzen Augen schauten ihn ängstlich an. Ziemlich ängstlich. Die Angst sprang Mayfeld förmlich an.

»Sie sind hinter mir her. Aber das glaubst du mir ja sowieso nicht. Sie wollten mich vergiften, und jetzt stellen sie es so dar, dass ich mich mit Alkohol und Tabletten umbringen wollte. Und morgen kommt ein Psychiater, dann wollen sie mich in die Klapse stecken.«

Sie machte eine Pause zum Rauchen.

»Und, reicht es dir jetzt mit mir? Hast du jetzt Angst vor der kleinen Irren? Scheiße, warum rede ich überhaupt mit dir, vielleicht gehörst du ja zu denen, vielleicht bist du ein Spion.«

Sie schaute wieder ins Stationsinnere. Der Pfleger hantierte in Sichtweite an einem Wagen, auf dem Bettwäsche gestapelt war.

Mayfeld kannte sich aus mit der Psychiatrie. Bis vor einigen Jahren hatte er immer wieder an Schüben einer manisch-depressiven Erkrankung gelitten und war oft zwangseingewiesen worden.

»Wollen Sie dich auf den Eichberg schaffen?«

»Ins Valentinushaus, das soll noch schlimmer sein.«

»Stimmt, da wollten sie mich mal elektroschocken.«

Jetzt war es ihm gelungen, die junge Frau ein zweites Mal zu überraschen.

»Jetzt ohne Scheiß?«

»Voll ohne Scheiß. Aber ich hab mir das nicht gefallen lassen.«

Er hatte einfach nur keine Einverständniserklärung unterschrieben. Das hatte gereicht, aber dieses Detail klang nicht ganz so heldenhaft, deswegen erwähnte er es lieber nicht. Er war damals ziemlich depressiv gewesen und hatte keinerlei Lebensmut mehr verspürt. Vielleicht war es doch heldenhaft gewesen, den Ärzten in so einer Verfassung zu widersprechen.

Annika versenkte ihre Kippe in dem Plastikbecher neben der Tür. »Haste noch eine?«

Mayfeld gab ihr eine weitere Zigarette.

»Ich war früher oft in der Psychiatrie. Manchmal helfen die einem dort sogar. Aber das mit den Zwangseinweisungen ist eine üble Sache.«

»Glaubst du mir?«

Annika zog hastig an der Zigarette und trat unruhig von einem Bein aufs andere. Sie war eindeutig zu dünn angezogen für die Außentemperaturen.

Mayfeld sah sie fragend an. »Was soll ich dir glauben?«

»Dass sie hinter mir her sind?«

»Woher soll ich das denn wissen, wenn du mir nicht mal sagst, wer hinter dir her sein soll?«

»Ich will wissen, ob du glaubst, dass ich spinne. Ich will nicht in die Klapse!«

»Das glaub ich dir aufs Wort. Und ich bin auf deiner Seite.« Das war absolut ehrlich gemeint, obwohl dieses Mädchen ziemlich verrückt zu sein schien. Aber Zwangseinweisungen, das ging für Herbert Mayfeld gar nicht. »Wer war der Besucher, der vorhin den Stress gemacht hat?«

Sie schaute ihn geheimnisvoll an. »Es ist besser, wenn du nicht zu viel weißt.«

Das Mädchen war wirklich ziemlich verrückt. Sie schwiegen eine Weile und rauchten.

»Willst du mir helfen?«, fragte sie dann.

Herbert Mayfeld nickte.

»Ehrlich? Voll krass. Lass uns abhauen. Ich mach dem Pfleger schöne Augen, und du haust ihm von hinten mit der Bettpfanne eins über den Schädel. Wenn du mir hilfst, bin ich ganz lieb zu dir.«

Sie versuchte, ihn wie ein waidwundes Reh anzuschauen, öffnete ihren Kimono etwas und lachte dabei ziemlich schrill. Mayfeld kamen Zweifel, ob es eine gute Idee war, dieser Irren zu helfen.

»Danke für das Angebot, aber vergiss es. Das mit der Bettpfanne.

Ich kann dir ein paar Tipps geben, was du dem Psychiater morgen sagen musst, damit er dich laufen lässt.«

»Die lassen niemand laufen!«

Mayfeld schnippte seine Kippe in den Plastikbecher. »Verhalte dich zur Abwechslung mal klug. Sag dem Doktor nicht, dass sie hinter dir her sind. Sag ihm auch nicht, dass sie dich vergiften wollten. Sag, das hättest du dir ausgedacht, weil du so durcheinander gewesen wärst. Sag, du hättest das erfunden, weil du dich für die Sauferei so sehr geschämt hättest. Und du wolltest dich auch nicht umbringen, du hättest einfach zu viel gesoffen wegen irgendeines Liebeskummers. Das mit den Tabletten sei eine Kurzschlussreaktion gewesen. Aber mittlerweile wüsstest du, dass kein Typ das wert sei. Und frag ihn am Ende noch, ob er einen guten Psychiater kennt, zu dem du ambulant gehen könntest. Schau ihn dabei so an, wie du mich gerade angeschaut hast, aber lach nicht und lass den Kimono zu. Vielleicht gibt er dir dann einen Termin in seiner Klinikambulanz. Und jetzt gehen wir wieder in unsere Boxen. Es ist kalt.«

Wenn sie das hinkriegen würde, dann wäre sie doch nicht so krank, wie er dachte, sagte sich Mayfeld. Diese Überlegung beruhigte ihn etwas.

»Tschüss, mein alter Freund«, sagte Annika. »Und tschüss Erdmännchen!« Sie machte eine Verbeugung zu der Erdmännchenfamilie aus Plastik.

Dienstag, 25. Oktober

Draußen wurde es allmählich hell. Neben ihr arbeitete ein Sägewerk. Viele Raummeter Holz hatte es zersägt, die ganze Nacht über, ohne Pause. Sie war immer wieder hochgeschreckt und hatte immer wieder auf den Brieföffner gestarrt. Der lag auf dem Dielenboden ein paar Meter vom Bett entfernt und wurde von dem Nachtlicht beleuchtet, das der Kerl in die Steckdose gesteckt hatte, bevor er sich neben sie gelegt hatte. Mit dem Brieföffner hätte sie das Monster abstechen können, dann wäre jetzt Ruhe im Karton. Aber sie hatte sich nicht getraut. War vielleicht besser so.

Das Bett stand in einer Nische. Rechts konnte sie durch ein vergittertes Fenster in den düsteren Wald schauen, links lag der Riese. Ein paarmal hatte sie in der Nacht versucht, über den Wulst aus Decken, den er zwischen sie und sich platziert hatte, und über ihn selbst hinüberzusteigen, aber jedes Mal hatte er so furchterregend gegrunzt und geschnieft, dass sie den Versuch abgebrochen hatte.

Der Akku ihres Handys war leer, und sie blöde Kuh hatte das Ladegerät zu Hause liegen lassen. Annikas Smartphone hatte auch keinen Saft mehr. Ganz schön aufgeschmissen war man ohne Handy. Hoffentlich konnte Kevin was mit ihrer Nachricht anfangen. Sie war vermutlich nicht weit von der nächsten Stadt entfernt, aber es kam ihr so vor, als läge sie ewig weit weg vom nächsten zivilisierten Lebewesen in diesem muffigen Bett.

Sie schaute sich das Monster genau an. Ein Riesenkerl mit Riesenpranken, einem Riesenkopf und Riesenpickeln im Gesicht. Er hatte sich mit all seinen Klamotten zu ihr ins Bett gelegt und sie nicht ein einziges Mal angefasst.

»Sei getrost, liebes Schwesterchen, und schlaf nur ruhig ein, Gott wird uns nicht verlassen«, hatte er gesagt, bevor er den ersten Raummeter Holz klein gemacht hatte.

Sie versuchte noch einmal, über das Riesenmonster hinwegzusteigen. Alles tat ihr weh. Die Rippen taten beim Atmen weh, der Fußknöchel bei jeder Bewegung. Mit ihrer Ferse stieß sie an sein

Knie, und der Riese fuhr mit einem Grunzen, das die ganze Hütte erzittern ließ, in die Höhe.

»Steh auf, Faulenzerin, trag Wasser und koch deinem Bruder etwas Gutes, der sitzt draußen im Stall«, rief er im Halbschlaf.

Sie hielt die Luft an, und auch das tat weh. Sie bekam einen Hustenanfall, und die Schmerzen in ihrem Brustkorb explodierten. Der Riese wurde wach. Er schaute auf sie, dann auf sich, dann auf den Deckenwulst zwischen ihnen beiden.

»Lass die Mädels schön in Ruh«, murmelte er vor sich hin. »Die Mama will das nicht.«

Sie bewegte sich nicht und ließ die Minuten verstreichen.

»Willst du Frühstück?«, fragte er nach einer Weile.

»Klar doch«, sagte sie und versuchte tapfer zu lächeln.

Er sprang aus dem Bett. »Pfannenkuchen mit Schinken und Ahornsirup, Rezept einhundertvierundzwanzig.« Er warf sich einen mit Vogelmotiven bestickten Morgenmantel über seine Klamotten und verschwand aus dem Zimmer. Ein Schlüssel drehte sich im Schloss.

Das war schon das zweite Mal, dass sie hier wach wurde, und sie wusste immer noch nicht, wie ihr Entführer hieß. Sie hatte immer noch keine Ahnung, wo sie war. Mit den Daten, die ihr das Navi von Annikas Handy geliefert hatte, konnte sie nichts anfangen. Längen- und Breitengrade, wer brauchte denn so was? Aber was noch schlimmer war: Sie wusste ums Verrecken nicht, wie sie hierhergekommen war.

Sie kramte in ihrem Gedächtnis. Einige Erinnerungen waren gestern schon wieder aufgetaucht. Am Freitagabend hatte sie sich mit Annika in Wiesbaden in den Reisingeranlagen getroffen. Sie wollten am nächsten Tag gemeinsam abhauen, wobei Annika eigentlich gar nicht abhauen musste, sie war ja schon volljährig.

Am nächsten Tag hatte sie am Mittelheimer Bahnhof auf sie gewartet, aber Annika war nicht gekommen, und sie war zu ihr nach Hause gegangen. Dort hatte sie Annika halb bewusstlos angetroffen, hatte den Notarzt gerufen, sich Annikas Tasche geschnappt, die Flasche Wodka und das Handy hineingetan und war verschwunden. Irgendetwas von fertigmachen, von Kevin und dem Arschloch, von ihrem Handy und einem Video hatte Annika gemurmelt. Und dass sie das Handy niemandem geben sollte.

Und dann verschwanden die Scheißerinnerungen genauso, wie sie das gestern getan hatten. Was dann passiert war, tauchte wie in einem Nebel unter. So etwas hatte sie noch nie erlebt, totaler Filmriss. Und das wegen des bisschen Wodkas. Na gut, wegen einer halben Flasche. Aber so war es nun mal, irgendwann war immer das erste Mal.

Fast wäre sie wieder eingedämmert, doch dann schreckte sie auf. Jetzt tat auch noch der Magen weh. Der Schlüssel drehte sich im Schloss, das Monster kam wieder.

»Frühstück ist fertig!«

Mit der einen Hand balancierte er ein Tablett, mit der anderen winkte er sie zu sich an den Schreibtisch. Dorthin stellte er das Tablett. Er hatte tatsächlich Pfannenkuchen gemacht. Vier Stück, je zwei auf einem Teller. Neben den Tellern stand ein Krug.

»Heute back ich, morgen brau ich, übermorgen hol ich der Königin ihr Kind«, sang er vor sich hin. »Pfannenkuchen mit Schinken und Ahornsirup, Rezept einhundertvierundzwanzig. Hollersaft, Rezept eins.«

Er goss Saft aus dem Krug in zwei Becher aus Steingut.

»Setz dich!« Er deutete auf den Drehstuhl vor dem Schreibtisch und zog sich einen Hocker heran.

»Iss!«

Sie tat, was er von ihr verlangte. Die Pfannkuchen schmeckten gut.

»Wie heißt du denn?«, fragte sie, als sie fertig mit dem Essen war.

Der Riese dachte einen Moment nach, dann schüttelte er wieder die Hände, als ob er sie sich verbrannt hätte.

»Ouououou! Heißt du vielleicht Rippenbiest oder Hammelswade oder Schnürbein? Kunz oder Heinz? Kaspar, Melchior oder Balzer?«

Das hatte er bereits gestern gesagt. Er lachte, als ob er einen guten Witz gemacht hätte. Leider verstand sie den Witz nicht.

»Also, ich heiße Marie.«

Er jauchzte begeistert auf. »Goldmarie? Pechmarie?«

»Einfach nur Marie. Und wie heißt du?«

»Du musst raten!«

Also gut, sie würde ihm den Gefallen tun und das Spiel mitmachen. »Kaspar, Melchior oder Balzer?«

»So heiß ich nicht, so heiß ich nicht!«

»Kunz oder Heinz?«

»So heiß ich nicht, so heiß ich nicht!«

Die anderen komischen Namen hatte sie sich nicht merken können. Der Typ war total durchgedreht.

»Du redest ein bisschen komisch, kann das sein?«

»Ich bin nicht komisch im Kopf«, schrie der Riese und schlug mit der flachen Hand auf den Schreibtisch.

Einer der Becher mit Hollersaft fiel um und ergoss seinen Inhalt zwischen die Teller.

»Ich bin nicht komisch.« Er schüttelte aufgeregt seine Hände. Dann zeigte er mit dem Finger auf sie, seine Stimme klang jetzt bedrohlich. »Ich bin nicht komisch, gib es zu!«

Maries Mund wurde trocken, das Herz schlug ihr bis zum Hals. Sie war zu weit gegangen. Sie hatte das Psychomonster zu sehr gereizt. Hoffentlich regte er sich bald wieder ab.

»Du redest anders als die anderen. Das ist voll cool.«

»Cool, aber nicht komisch, gib es zu!« Er wirkte schon ein bisschen weniger gereizt.

»Na klar, cool, aber nicht komisch. Warum redest du denn so?«

Der Riese schien sich wieder zu beruhigen. Er dachte jetzt angestrengt nach.

»Warum, warum, warum? Ich rede halt so. Immer wie im Märchen. Ich kann zweihundert Märchen auswendig. Alle von den Brüdern Grimm. Die hat mir die Frau Holle erzählt. Als Nächstes lern ich die von Ludwig Bechstein, das sind achtzig Stück.«

Oma hatte ihr auch immer Märchen vorgelesen, nachdem sie aus dem Krankenhaus zurückgekommen war, erinnerte sich Marie. Die Leute, die behaupteten, ihre Eltern zu sein, hatten das nie gemacht. Jetzt fiel ihr das Märchen wieder ein, aus dem der Riese gerade zitiert hatte. Von der Körpergröße kam es zwar nicht hin, aber sie konnte es ja mal versuchen.

»Heißt du etwa Rumpelstilzchen?«

Der Riese schaute betreten nach unten, als ob sie ihn bei einer Lüge ertappt hätte.

»Ich bin nicht das Rumpelstilzchen. Ich bin der Basti.«

Er wurde auskunftsfreudiger. Das musste sie nutzen.

»Nett, dich kennenzulernen, Basti.« Das war zwar gelogen, aber so machten es die Erwachsenen auch immer. Sie schaute ganz lieb und klimperte ein bisschen mit den Augenlidern. »Wie bin ich denn hierhergekommen?«

»Ich hab dich hierhergebracht.«

Das hatte sie sich gedacht. »Warum?«

Die Frage schien er wieder nicht zu verstehen. Sie wiederholte die Frage. Er zwirbelte sich seinen Bart.

»Ouououou. Ich hab dich halt hergebracht. Um Mitternacht ging der Wind so kalt.«

»Hast du mich um Mitternacht zu dir gebracht?«

Basti nickte. »Am Samstag in der Nacht hab ich dich von der Bubenhäuser Höhe runter ins Tal getragen.«

Am Samstag war sie bei Annika in Oestrich gewesen. Die Bubenhäuser Höhe war aber in Rauenthal. »Hast du mich auf der Bubenhäuser Höhe gefunden?«

»Nun wurden Boten weit und breit umhergeschickt, eine Braut zu suchen, die an Schönheit der verstorbenen Königin ganz gleichkäme. Es war aber keine in der ganzen Welt zu finden, und wenn man sie auch gefunden hätte, so war doch keine da, die solch goldene Haare gehabt hätte.«

Der Typ sprach in Rätseln. Fragte sich nur, ob das Absicht war oder ob er nicht anders konnte. Irgendetwas in seiner Antwort beunruhigte sie. Und es war nicht die Tatsache, dass sie keine goldenen Haare hatte.

»Welche Königin ist verstorben?«, fragte sie beklommen.

Jetzt schüttelte er wieder seine Hände. »Ouououou. Das ist nichts für kleine Mädchen.«

Plötzlich wehte ein kalter Hauch durch das düstere Zimmer. Ihr wurde schlecht, obwohl ihr die Pfannkuchen gut geschmeckt hatten. Hatte der Riese gerade nicht etwas von Frau Holle gefaselt? Nun fiel es Marie wieder ein. Am Samstag war sie nach ihrem Besuch bei Annika zu Frau Dr. Holler gefahren.

»Kennst du Frau Dr. Holler?«, fragte sie.

Der Riese wurde unruhig und rutschte auf seinem Hocker hin und her.

»Die hat mir die Märchen erzählt. Einmal erzählt und schon hab ich sie mir gemerkt. Da hat sie gestaunt, die Frau Holle.«

»Ich muss unbedingt mit ihr reden«, platzte es aus Marie heraus.

Basti senkte seinen Blick. »Geht nicht«, murmelte er.

»Warum nicht?«

»Darum nicht.«

»Was ist mit Frau Dr. Holler?«

Er sprang von seinem Hocker auf. »Ich hab sie nicht totgemacht«, schrie er und gestikulierte aufgeregt mit den Händen.

Jetzt fühlte sich die Luft im Zimmer eiskalt an. Kein Laut drang mehr herein. Es war, als ob draußen die Zeit stehen geblieben wäre und sich hier drinnen alles nur noch in Zeitlupe bewegen würde, während die Erinnerungen im Eiltempo an ihr vorbeirasten, um gleich wieder zu verschwinden. Erinnerungen, wie sie von Annikas Wohnung zu Frau Dr. Holler fuhr. Wie sie klingelte. Wie sie im Vorbau ihres Hauses vor der Eingangstür auf sie wartete.

»Warum sagst du, dass du sie nicht totgemacht hast?«

»Weil ich sie nicht totgemacht habe.«

»Ist sie tot?«

Basti nickte.

Ihr wurde schwindelig. Gleich musste sie kotzen.

»Woher weißt du das?«, fragte sie.

»Ich weiß es halt. Wenn man was sieht, dann weiß man, dass es so ist, stimmt's?«

»Und du warst das bestimmt nicht?«

Der Riese schüttelte wieder ganz aufgeregt seine Hände. »Wenn man stark ist, muss man ganz gut aufpassen, dass man niemandem wehtut, hat die Mama gesagt. Und ich bin sehr, sehr stark. Deswegen hab ich aufgepasst.«

»Was ist mit Frau Dr. Holler passiert?«

Der Riese zuckte mit den Schultern. »Weiß nicht, sag du's mir.«

Sie schwiegen eine Weile. Irgendwie konnte sie sich nicht vorstellen, dass der Typ Frau Holler was angetan haben sollte. Sie *wollte* es sich vor allem nicht vorstellen. Themenwechsel.

»Deine Mama ist eine kluge Frau. Wo ist sie denn?«

»Die Mama hat der rote Wolf geholt.«

Schon wieder diese Märchenscheiße. »Jetzt sag mal im Ernst!«

»Die Mama ist krank. Die Mama ist im Krankenhaus.«

»Und du bist jetzt ganz allein zu Haus?«

»Nein.«

»Wer ist denn noch da?«

»Du. Schön, gell?«

Da war sie sich nicht so sicher. »Und was ist mit deinem Papa?«

»Geh mir fort mit dem Fromm!«, brüllte Basti unvermittelt. Er sprang auf und rannte im Zimmer auf und ab. »Wie kann man nur so heißen, wenn man es so wenig ist, hat der Opa immer gesagt. Geh mir fort mit dem Fromm!«

Das war wohl kein so tolles Gesprächsthema.

»Hast du auch eine Mama?«, fragte der Riese jetzt.

Das war auch kein tolles Gesprächsthema. Aber immerhin regte sich der Riese wieder ab und setzte sich auf den Hocker.

»Wie man's nimmt«, antwortete sie vorsichtig.

»Wie nimmst du's denn?«

Basti ließ nicht locker. Aber vielleicht tat es ihr gut, mit ihm darüber zu reden, war ja sonst keiner da.

»Ich will abhauen. Ich halt es zu Hause nicht mehr aus, seit Oma tot ist. Die war cool. Aber jetzt ist es zu Hause nur noch Mist. Die rallen gar nichts.«

»Ich hab mal ein Teichhuhn gesehen, das ist so eine Ralle. Aber hier gibt es mehr Rebhühner. Das sind keine Rallen.«

»Das hast du schon mal gesagt.«

»Weil es stimmt. Wenn was stimmt, dann kann man es auch öfters sagen, oder? Und wenn es nicht stimmt, braucht man es gar nicht zu sagen, stimmt's?«

Jetzt musste sie lachen. Hoffentlich nahm er ihr das nicht übel.

Aber der Riese musste auch lachen. »Stimmt doch«, jauchzte er und schlug mit der Hand auf den Schreibtisch. Der zweite Becher mit Hollersaft fiel um. Basti nahm den Saft mit einer Papierserviette auf.

Vielleicht sollte sie es ganz direkt versuchen. »Wann lässt du mich denn wieder gehen?«

Bastis Lachen war wie weggewischt. Er schien plötzlich betrübt zu sein.

»Wohin willst du denn gehen? Nach Hause willst du nicht, das hast du zugegeben. Ich kann siebenhundertachtunddreißig Rezepte auswendig aufsagen und kochen. Schmeckt doch, oder? Gib es zu! Gib es zu!«

»Es schmeckt klasse.«

»Also!«

Damit schien das Thema für Basti erledigt zu sein. Siebenhundertachtunddreißig Rezepte, das konnte dauern. Wollte der Typ sie hier ewig einsperren? Sie musste sich schnellstens verdünnisieren. Doch irgendwie begann dieser Kerl, der so viel überflüssiges Zeugs wusste, ihr sympathisch zu werden. Außerdem, Oma und Frau Dr. Holler waren tot, ihre sogenannten Eltern waren Idioten, Annika hatte sich aus dem Staub gemacht, und Kevin hatte sie noch nie leiden können. Wohin sollte sie also gehen? Aber einfach nur hier rumhängen und sich bekochen lassen, das ging gar nicht.

»Soll ich dir ein Märchen erzählen? Ich kann zweihundert Märchen auswendig. Alle von den Gebrüdern Grimm.«

Bloß nicht. »Später vielleicht. Willst du eigentlich nicht mal deine Mutter im Krankenhaus besuchen?«

»Ich hab's ihr versprochen. Aber ich hab nicht gesagt, wann.«

»Das ist geschummelt.«

»Schummeln darf man nicht.«

»Eben. Also, wann willst du sie besuchen?«

»Jetzt? Soll ich sie jetzt besuchen?«

»Ja! Die freut sich bestimmt megariesig.«

Basti stellte das Geschirr auf das Tablett und trug es nach draußen. Sie hatte gerade nach ihrem Rucksack gegriffen, um die Fliege zu machen, als er ins Zimmer zurückkam.

»Wenn ich zurückkomme, gibt es Arme Ritter. Rezept vierundvierzig. Tschüss!«

Er verließ das Zimmer wieder und drehte den Schlüssel zweimal im Schloss um.

***

Ein kurzer Schauer war über die Gartenkolonie »Unter den Nussbäumen« niedergegangen, aber es hatte bereits wieder aufgehört zu regnen, und die Sonne schien auf das nass glänzende Laub. Mayfeld genoss die Sinfonie der herbstlichen Farben, während er auf seine Kollegen wartete, die allmählich zur Morgenbesprechung der Arbeitsgruppe Holler eintrudelten.

In seiner Post hatte er die Ladung zu einer Anhörung wegen des anhängigen Disziplinarverfahrens gefunden. Er nahm sich vor, sich dadurch den Tag nicht verderben zu lassen. Wer in der Küche arbeitet, darf die Hitze nicht scheuen, sagte er sich.

Als Erste betrat Winkler den Raum, sie war trotz schniefender Nase und Husten wieder zum Dienst erschienen. Ihre Gesundheit versuchte sie mit einem rosa Angorapullover und Kräutertee zu pflegen. Burkhard kam als Nächster herein. Er setzte sich mit ernster Miene an den Besprechungstisch, sein lässiges Grinsen hatte er zu Hause oder in seinem Büro gelassen. Der Kollege wirkte seit der Rückkehr aus dem Urlaub sehr konzentriert und engagiert. Es geschehen noch Zeichen und Wunder, dachte Mayfeld etwas ungläubig. Adler brachte wie immer einen dicken Stapel Papiere in die Besprechung mit. Er entschuldigte Meyer, der noch beschäftigt sei.

Mayfeld berichtete von der Obduktion.

»Wir wissen jetzt also, dass Holler erwürgt wurde und erst einige Zeit nach ihrem Tod auf das Sofa gesetzt wurde. Es kann sein, dass sie vor ihrem Tod mit einem Elektroschocker hilflos und bewegungsunfähig gemacht wurde«, sagte er abschließend. »Gab es das in letzter Zeit gehäuft, Einbrecher mit Elektroschocker?«, fragte er in die Runde.

Burkhard wusste von einigen Fällen in Frankfurt und Offenbach, in Wiesbaden und dem Rheingau war eine solche Vorgehensweise noch nicht bekannt geworden.

»Was gibt es Neues vom Tatort?«, fragte Mayfeld.

»Wir haben die Ergebnisse der DNA-Analysen«, berichtete Adler. »Die Spuren an Hollers Nachthemd, an dem Sofa, auf dem Holler saß, an dem aufgeschlitzten Kissen und vom Baumhaus stammen von ein und derselben Person, einem Mann. Auf dem Nachthemd haben wir außerdem Spuren einer zweiten Person gefunden. Der Abgleich mit den Spuren unter Hollers Fingernägeln ist in der Mache. Wie ich schon gestern berichtet habe, sind die Fingerabdrücke vom Baumhaus identisch mit denen auf der Klinke am Hintereingang des Hauses und denen auf dem Telefon, von dem aus die Polizeidienststelle in Eltville angerufen wurde. Man findet sie auch auf den Tierfiguren, die um die Leiche herum gruppiert waren.«

»Das ist ein Volltreffer«, entfuhr es Burkhard.

»Der uns momentan leider noch nicht allzu weit führt«, entgegnete Adler. »Weder die Fingerabdrücke noch die DNA haben wir in unseren Computern.«

»Der Mörder hat die Holler eine Weile ausgespäht«, überlegte Burkhard.

»Oder ein Zeuge«, wandte Mayfeld ein. Burkhard war ihm wie so oft zu schnell mit seinen Schlüssen.

»Kommt dir das wahrscheinlich vor?«, widersprach der Kollege.

»Es ist noch zu früh für Festlegungen«, wiederholte Mayfeld das Mantra besonnener Polizeiarbeit.

Meyer schlurfte ins Besprechungszimmer herein, setzte sich an den Tisch und packte die Tüte vom Konditor aus. Diesmal gab es zwei Stücke Bienenstich vor der Insulininjektion.

»Du wolltest doch über alles informiert werden, was uns im Zusammenhang mit Kindern und Jugendlichen auffällt, Robert. Ich hab gerade mit der Polizeistation in Rüdesheim telefoniert. Gestern Abend wurde dort eine Marie Lachner von ihren Eltern als vermisst gemeldet. Sie ist vierzehn Jahre alt und seit Samstag verschwunden.«

»Und die melden sich erst zwei Tage später bei der Polizei?«, fragte Mayfeld.

»Wenn die Eltern gleich am selben Tag, an dem ihre Gören verschwinden, bei uns auftauchen, passt es uns doch auch nicht«, meinte Meyer. »Dann sagen wir ihnen, dass ihre Töchter oder Söhne bestimmt am nächsten Tag wieder auftauchen.«

Da hatte Meyer recht. Dennoch fand Mayfeld die Lässigkeit der Lachners befremdlich. Was man als Beamter besorgten Eltern zur Beruhigung sagte und was besorgte Eltern taten, waren zweierlei Dinge.

»Die Eltern dachten, Marie sei bei einer Freundin, aber die Freundin ist nicht erreichbar«, fuhr Meyer fort. »In der Schule war Marie auch nicht. Das haben die Eltern gestern Abend von einem Nachbarsmädchen erfahren, das in die gleiche Klasse geht. Anschließend sind sie zur Polizei gegangen.«

Burkhard blätterte in seinen Unterlagen. »Ich habe hier eine Liste der Patienten von Sylvia Holler, wie sie sich aus den Dateien des USB-Sticks ergibt. Eine Marie Lachner ist nicht darunter. Bei den Überweisungsscheinen, die wir gefunden haben, taucht der Name auch nicht auf. Es spricht also nichts für einen Zusammenhang zwischen ihrem Verschwinden und unserem Fall. Aber ich kann die Eltern trotzdem befragen.«

Mayfeld stimmte Burkhard zu. »Tu das, Paul. Und lass ihr Handy orten. Wir müssen uns übrigens in der Praxis noch mal ganz genau umsehen. Frau Dr. Holler soll bei der Sicherung ihrer Daten sehr gewissenhaft vorgegangen sein. Sie hat sie nicht nur auf einem USB-Stick gespeichert, sondern alle vier Wochen zusätzlich auf einer CD oder DVD. Sie muss auch irgendwo ihren Kalender und ihre Abrechnungsdaten gesichert haben, davon sind ihre Kollegen, mit denen ich gestern Abend gesprochen habe, überzeugt. Das kann Heike erledigen.«

»Wir haben doch schon alles auf den Kopf gestellt. Und außerdem haben wir die Liste der Patienten, was soll das also bringen?«, fragte Burkhard.

»Ich hab die Dateien auf dem Stick vorhin mal überflogen«, schaltete sich Winkler mit rauer Stimme ein. »Mir ist aufgefallen, dass alle irgendwann im Oktober abgespeichert wurden. Das passt zu dem, was Robert herausgefunden hat, und erklärt, warum es so wenige Patienten sind. Es bedeutet, dass wir nur die Patienten kennen, die in den letzten Wochen bei Frau Dr. Holler waren. Wenn es Verbindungen zu einem älteren Fall geben sollte, dann müssen wir an die älteren Dateien kommen. Ich schau mich in Praxis und Wohnung noch mal um.«

»Haben wir eigentlich einen Ordner mit Kostenzusagen der Krankenkassen gefunden?«

»Was ist das?«, fragte Burkhard. »Ich habe lediglich Überweisungsscheine gefunden. Da war, wie gesagt, keine Marie Lachner dabei.«

Mayfeld berichtete, was er gestern von den Kollegen Hollers erfahren hatte. »Patienten unter achtzehn Jahren brauchen keine Überweisung, sie können sich direkt an einen Therapeuten wenden. Manche bringen trotzdem welche mit. Fehlende Überweisungsscheine bedeuten aber nicht, dass die betreffende Person nicht bei Frau Dr. Holler in Behandlung gewesen ist. Was die Patienten beziehungsweise die Therapeuten brauchen, ist eine Erklärung der Krankenkasse, dass sie die Kosten für eine geplante Therapie übernimmt. Solche sogenannten Bewilligungsbescheide müssten sich in der Praxis finden. Die betreffen auch ältere Fälle. Suchst du danach, wenn du in Hollers Haus bist, Heike?«

Winkler nickte.

Meyer hatte mittlerweile das erste Stück Bienenstich verzehrt und meldete sich wieder zu Wort. »Holler war ja recht vermögend. Das Geld stammt aus einer Lebensversicherung, die nach dem Tod ihres Mannes vor fünf Jahren ausgezahlt wurde.«

»Wissen wir etwas über die Todesumstände des Mannes?«, fragte Burkhard.

»Hab ich natürlich recherchiert«, antwortete Meyer. »Herr Holler ist an Herzversagen gestorben. Der Totenschein weist eine natürliche Todesursache aus.«

»Das müssen wir vorläufig so akzeptieren«, sagte Mayfeld. Er wusste genauso wie alle anderen im Raum, dass Totenscheine in Deutschland oft nicht das Papier wert waren, auf dem sie ausgestellt wurden. »Wenn sich Gründe für Zweifel ergeben, haken wir da noch mal nach.«

»Wissen wir mittlerweile, wer das viele Geld von Frau Dr. Holler bekommen wird?«, fragte Burkhard.

»Es gibt ein Testament«, berichtete Winkler. »Dr. Schreiber aus Erbach hat es beglaubigt. Ich habe ihn gestern angerufen. Er sagt uns Bescheid, wenn er es eröffnen wird. Weitere Auskünfte gibt er uns allerdings nur bei Vorliegen einer richterlichen Anordnung. Ich werde mich in Hollers Wohnung noch mal umsehen, ob ich eine Abschrift finde.«

»Und ich werde mich um Hollers Bruder kümmern«, sagte Mayfeld. »Hartmut, nimmst du Knuth Schneider in Empfang, wenn er sich bei uns meldet?«

»Aye, aye!« Meyer salutierte. »Werde mich darum kümmern.« Dann richtete er seine ganze Aufmerksamkeit auf das zweite Stück Bienenstich.

***

»Was machst du denn für Sachen, Schwesterchen?«

Kevin hatte ein paar Anrufe getätigt und in Erfahrung gebracht, dass seine Schwester im Rüdesheimer Krankenhaus lag. Er war hingefahren und saß ihr jetzt in einem Krankenzimmer auf der Inneren Abteilung gegenüber. Ihre Mitpatientin war zu irgendeiner Untersuchung abgeholt worden, sie waren allein.

»Ich hab gar nichts gemacht.«

»Der Notarzt hat dich hierhergebracht, irgendetwas muss ja wohl vorgefallen sein. Du sollst mit dem Alkohol und den Pillen vorsichtig sein, das habe ich dir immer gesagt.«

»Du kannst aufhören, den großen Bruder zu spielen, auf die Idee mit den Scheißpillen hast du mich schließlich gebracht«, versetzte Annika pampig.

Er grinste. »Ja, das war keine gute Idee. Aber ich will dir keine Vorhaltungen machen, und du sollst mir auch keine machen. Was ist passiert?«

»Woher weißt du das mit dem Notarzt überhaupt? Verfolgst du mich?«

»Das ist so eine fixe Idee von dir mit dem Verfolgtwerden.«

»Just because you're paranoid, don't mean they're not after you.«

»Jetzt mal im Ernst, Schwesterchen, was ist passiert?«

»Woher weißt du, dass ich hier bin?«

»Ich wollte dich anrufen, und da hat sich Marie gemeldet. Unsere Marie. Sie hat mir gesagt, dass dich der Notarzt geholt hat und hat mir außerdem ein paar Geodaten geschickt. Was soll das werden? Ich habe keine Zeit für Geotagging-Spielchen.«

»Dann hat sie also mein Handy.« Annika schien nicht wirklich überrascht zu sein.

»Sieht ganz so aus. Kannst du mir die SD-Card wiedergeben?«

»Wir hatten einen Deal. Ich hab dir erzählt, was ich wusste, du hast mir dafür die Karte gegeben. Ohne mich wärst du nie auf die Mühle in Johannisberg gekommen.«

»Was, verdammt noch mal, ist am Samstag passiert? Wir hatten einen Deal, das ist richtig. Aber du hast versprochen, dass du die Klappe hältst.«

Annika schwieg viel zu lange.

»Hast du geredet? Wer hat die Speicherkarte? Weiß das Arschloch etwas?«

Annika schwieg schon wieder. Das hatte nichts Gutes zu bedeuten. Und sie bekam ihren irren Blick.

»Die Ärzte haben Rohypnol in meinem Blut gefunden. Sie behaupten, dass ich mich umbringen wollte. Das ist Blödsinn. Ich glaube, das Arschloch wollte mich vergiften. Keine Ahnung, wie er das angestellt hat, aber es hat fast geklappt. Vielleicht hat er mir das Zeug in die Wodkaflasche getan.«

»Was säufst du auch Wodka am helllichten Tag«, moserte Kevin.

»Halt doch einfach mal die Klappe«, giftete Annika zurück.

»Das hättest du mal tun sollen. Was hast du dem Arschloch gesagt? Was weiß Marie?«

Annika fing an zu heulen.

»Was hast du gesagt?«

»Lass mich in Ruhe! Ich hab keinen Bock auf dieses Scheißgespräch!«

Kevin streichelte ihr über den Arm.

»Ganz ruhig, Schwesterchen, es wird alles gut, wenn wir zusammenhalten. Du gibst mir die Karte zurück und hältst schön die Klappe. Dann wird alles gut. Lass mich machen, ich hab einen Plan. Es ist jetzt nur wichtig, dass du mit niemandem über die Sache sprichst. Kein Wort zu irgendwelchen Ärzten oder den Bullen. Die Bullen sind gefährlich. Das weißt du doch?«

Sie schlug seine Hand weg.

»Wo ist die Karte?«

Als sie nicht antwortete, begann er, in ihrem Nachttischschränkchen zu stöbern. Keine Karte. Er ging zu ihrem Schrank, holte ihre Tasche heraus und durchsuchte sie. Keine Karte. Annika schaute seelenruhig zu.

»Die Karte ist gar nicht hier. Ist sie noch in deiner Wohnung? Oder hast du sie in das Handy gesteckt? Hat Marie die verdammte Karte?«

Annika schwieg weiterhin. Das war ein ganz schlechtes Zeichen, fand Kevin.

»Ich fass es nicht. Du hast sie tatsächlich dieser Tussi überlassen.«

Er ging zur Tür.

»Schwesterchen, das war nicht gut. Hast gesoffen und die Klappe nicht gehalten. Das war gar nicht gut. Tu mir einen Gefallen und halte wenigstens jetzt den Mund. Zumindest für ein paar Tage. Es wird dein Schaden nicht sein. Mehr kann ich dir jetzt nicht sagen. Aber glaub mir, es wird alles gut, ich habe die Lage vollständig unter Kontrolle.«

Dann verließ er das Krankenzimmer. Er wusste, dass er nicht mehr viel Zeit hatte.

***

Mayfelds Fahrt nach Lorch wurde begleitet von den Klängen der »Rheinischen Sinfonie« Robert Schumanns. Bei Fahrten wie dieser zahlte es sich aus, dass er im letzten Jahr eine neue Audioanlage in seinen Volvo hatte einbauen lassen.

Der Kfz-Mechaniker hatte ihn darauf hingewiesen, dass eine derart aufwendige Anlage nicht gut zu dem Oldtimerstatus passte, den sein Wagen im nächsten Jahr erreichen würde. »Ist halt ein jung gebliebener Alter«, hatte Mayfeld geantwortet. Er wusste gar nicht, wie man diese Welt ohne gute Musik aushalten sollte.

Am Ortsausgang von Rüdesheim stand Mayfeld eine halbe Ewigkeit an einer geschlossenen Schranke. Die Gleise der Bahnstrecke nach Koblenz kreuzten hier die B 42, mehrere Züge brausten vorbei und störten den Hörgenuss. Einige Meter weiter legte die Fähre aus Bingen am Flussufer an. Fußgänger und Fahrradfahrer drängten sich auf dem engen Uferweg, unbeirrbar auf der Suche nach so etwas wie Rheinromantik.

Hinter Rüdesheim rückten die Felsen des steiler werdenden Flussufers immer näher zusammen, das Tal wurde enger. Das schmale Asphaltband der Bundesstraße schlängelte sich direkt am Wasser entlang, etwas oberhalb waren die Bahngleise in den Fels geschlagen. Überall waren Stahlnetze angebracht, die vor Steinschlag schützen sollten. Mayfeld überholte ein paar tollkühne Radfahrer, die sich auf die enge und viel befahrene Straße gewagt hatten.

Er passierte den Mäuseturm, die historischen Hotelbauten in Assmannshausen, warf einen Blick auf die Burgen auf der linksrheinischen Seite. Die Burgen, die Fachwerkhäuser, die steilen Felsen, der mächtige Fluss und die Herbstfarben: Hier war die Rheinromantik endlich zu finden.

Vor Lorch verließ er die Bundesstraße und fuhr durch eine Bahnunterführung, die direkt auf das Hilchenhaus stieß. Mit Bedauern unterbrach er die Aufführung der »Rheinischen Sinfonie« und parkte seinen Wagen direkt am Bahndamm.

Das Hilchenhaus war ein imposantes fünfstöckiges Gebäude aus Sandstein und Fachwerk. Im 16. Jahrhundert erbaut, war es seit Jahren dem Verfall preisgegeben. Überall bröckelte Putz, zahlreiche Fenster waren ausgeschlagen oder verrammelt. »Eine Schande« und »Schäm dich Lorch« hatten erboste Bürger auf einige der Verschläge im Erdgeschoss gesprayt, was der Ruine einen morbiden Charme verlieh. Immerhin war das Betonskelett, das ein windiger Investor hinter dem historischen Gebäude hatte errichten lassen, bevor er während der Bauarbeiten Pleite ging, weitgehend wieder abgerissen.

Auf der Brachfläche neben dem Hilchenhaus standen ein paar Bauwagen, ein Bagger, und Arbeiter waren damit beschäftigt, den verfallenden Bau einzurüsten. Eine Plakatwand kündigte die Renovierung des Gebäudes an. Es bestand also Hoffnung, dass die Schande Lorchs irgendwann getilgt sein würde.

Ein paar Häuser weiter lag das Weingut Fromm. Das Weingut hatte schon bessere Zeiten gesehen, das Gebäude machte einen nur wenig erfreulicheren Eindruck als das Hilchenhaus. Das Holz des Eingangstors schien morsch zu sein, die Balken des Fachwerks bedurften dringend einer Sanierung, der Putz der Gefache war an den Ecken ausgeschlagen, und überall fehlte Farbe, um die Substanz des Baus zu schützen und das Auge des Betrachters zu erfreuen.

Auf Mayfelds Klingeln erschien ein groß gewachsener, leicht gebeugter Mann um die sechzig am Tor. Seine Haare, seine Kleidung und seine Gesichtsfarbe waren grau und passten perfekt zum Weingut.

»Georg Fromm?«

»Wer soll ich denn sonst sein?«, antwortete der Mann griesgrämig.

»Hauptkommissar Mayfeld von der Wiesbadener Kriminalpolizei. Mein Beileid zum Tod Ihrer Schwester. Kann ich reinkommen? Ich habe ein paar Fragen.«

»Na klar. Nur um mir Ihr Beileid auszusprechen, wären Sie vermutlich nicht hier raus gekommen«, sagte der Mann mit dem mürrischen Gesichtsausdruck und ließ Mayfeld widerwillig in den Hof des Weinguts.

Paletten mit Flaschen standen im Freien, in einer Ecke rostete ein Traktor vor sich hin. Georg Fromm führte Mayfeld ins Haus. Der Flur war dunkel, die Möbel stammten aus dem vorletzten Jahrhundert, es roch nach altem Staub und Niedergang. Über der verschnörkelten Holztür, die Fromm öffnete, stand »Weinstube«, und zum Weinen konnte einem hier in der Tat zumute sein.

Der Winzer setzte sich an einen dunkel gebeizten Bauerntisch und bat Mayfeld, ebenfalls Platz zu nehmen.

»Wann kann ich denn das Haus meiner Schwester, Gott hab sie selig, in Besitz nehmen?«

Fromm kam ohne Umschweife auf die einzige Sache, die ihn offensichtlich interessierte, zu sprechen.

»Das müssen Sie den Notar fragen, der das Testament Ihrer Schwester beglaubigt hat«, antwortete Mayfeld trocken. Seine Gier machte ihm den Mann unsympathisch. »Wenn es für Sie etwas zu erben gibt, erfahren Sie es von ihm oder vom Nachlassgericht.«

Fromm war verblüfft, sein Gesichtsausdruck wirkte dadurch nicht gerade intelligenter. Wie ein Ochse, dem man auf die Schnauze pinkelte, fand Mayfeld. Dann wechselte Fromm den Gesichtsausdruck und setzte eine Leidensmiene auf, die ihm nur geringfügig besser stand.

»Sie hat ein Testament gemacht?«, fragte er mit rauer Stimme.

»Wir haben in ihren Unterlagen bislang keines gefunden, wohl aber die Rechnung eines Notars, der ein Testament beglaubigt hat.«

»Wieso weiß ich nichts davon?«

»Sie haben mit Ihrer Schwester wohl nicht allzu viel geredet. Könnte es daran liegen?«

Fromm grunzte etwas kaum Verständliches, das nach »Schlampe«, »Gottseibeiuns« und »Testament anfechten« klang.

»Dr. Schreiber aus Erbach ist der Notar. Wenden Sie sich an ihn. Mich interessiert, wann Sie zuletzt Kontakt zu Ihrer Schwester hatten.«

Fromm dachte eine Weile nach, er tat zumindest so.

»Ist schon ein paar Jahre her. Auf der Beerdigung unserer Mutter.«

»Sie hatten kein besonders gutes Verhältnis?«

Das war mit Sicherheit eine überflüssige Frage. Fromm starrte finster vor sich hin.

Mayfeld hielt ihm eine Kopie des Briefes unter die Nase, den er in Hollers Praxis gefunden hatte.

»Dieser Brief ist mit G. unterschrieben. Ich dachte, dass Sie ihn geschrieben haben könnten.«

Fromm nickte. »So ist es.«

»Ihre Schwester hat ihn unter der Rubrik ›Irre Briefe‹ abgeheftet, sie hätte ihn auch als Drohbrief einordnen können, finden Sie nicht?«

»Ich habe ihr lediglich ins Gewissen geredet. Es ging um Dinge, die nur unsere Familie etwas angehen.«

»Jetzt, da Ihre Schwester ermordet wurde, gehen diese Dinge auch die Polizei an. Sie wollten Geld von Ihrer Schwester?«

»Ich habe sie um Unterstützung für das Weingut der Familie gebeten, das ist ja wohl nicht zu viel verlangt. Es ist mir schwer genug gefallen.«

Der Mann tat sich richtig leid.

»Das Weingut gehörte Ihnen beiden?«

»Meine Eltern haben es mir vermacht. Ich habe es auf mich genommen, die Familientradition fortzuführen. Sylvia hat sich nicht dafür interessiert.«

»Aber dennoch sollte sie Ihnen aus einer finanziellen Misere helfen?« Die Ansprüche dieses Mannes und seine Selbstgerechtigkeit waren völlig unglaublich.

»Das geht Sie gar nichts an, und von Misere kann nicht die Rede sein«, behauptete Fromm und versuchte empört zu wirken.

»Der Brief ist undatiert, wann haben Sie ihn geschrieben?«, fragte Mayfeld in sachlichem Ton.

Fromms Unterlippe zitterte, vermutlich vor Wut. »Vor etwa zwei Jahren.«

»Geld haben Sie von Ihrer Schwester vermutlich nicht bekommen?«

Fromm schüttelte den Kopf.

»Wo waren Sie am letzten Samstag zwischen zwei und sechs Uhr morgens?«

»Ist sie da gestorben?«

»Wo waren Sie?«

»In meinem Bett.«

»Gibt es dafür Zeugen?«

Fromm wurde rot. »Nein«, zischte er.

»Leben Sie alleine hier?«

»Seit dem Tod meiner Mutter.«

»In dem Brief machen Sie Ihrer Schwester Vorwürfe …«

»Zu Recht!«

»… sie habe Ihre Familie zerstört. Was meinten Sie damit?«

»Muss ich das sagen?«

»Es erleichtert mir die Arbeit. Ich muss Sie dann nicht nach Wiesbaden ins Präsidium zitieren. Zumindest nicht so oft. Ist ja eine ziemlich lange Strecke.«

Fromms Gesicht wurde immer finsterer. Wer seine Emotionen so schlecht unter Kontrolle hatte, war in der Regel ein schlechter Lügner.

»Es ist so, wie ich es in dem Brief geschrieben habe.« Er nahm sich die Kopie und las vor: »›Du hingegen, du falsche Schlange, hast nicht geruht, bis du meine im Grunde herzensgute, aber schwache Frau so gegen mich aufgestachelt hattest, dass sie mich verließ … Aber am Ende wendet sich das Böse immer gegen seine Verursacher.‹ Genau so ist es gekommen.«

Ein frömmelndes und vor Hass zitterndes Ekelpaket saß da vor ihm.

»Sie waren also wütend auf Ihre Schwester, und Sie haben kein Alibi für die Tatzeit«, stellte Mayfeld ruhig fest.

Fromm schlug mit der Faust auf den Tisch. »Wollen Sie mir unterstellen, ich hätte mit dem Tod meiner Schwester etwas zu tun?«

»Ich stelle nur fest, dass Sie ein verbitterter alter Mann sind, der zum Jähzorn neigt, mit dem Mordopfer im Streit lebte und für die Tatzeit kein Alibi hat.«

»Raus hier!«, brüllte Fromm.

Mayfeld blieb ungerührt sitzen. »Fromm« war kein passender Name für diesen Menschen, ging ihm durch den Kopf. Auch wenn er manchmal versuchte, so zu wirken. »Klug« würde auch nicht passen. Und »Dummdreist« oder »Heuchlerisch« waren keine geläufigen Namen.

»Sollen wir das Gespräch dann also morgen früh um acht im Polizeipräsidium fortsetzen?«

Fromm grunzte wieder etwas kaum Verständliches. Es klang nach »Teufel«, »Schikane« und »rechtschaffenem Bürger«.

»Noch mal zurück zu dem Brief: Was konkret haben Sie Ihrer Schwester vorzuwerfen? Bitte nicht noch mal vorlesen, lesen kann ich selbst.«

Fromm biss sich auf die Unterlippe. »Mein Glaube verpflichtet mich, ihr jetzt, wo sie tot ist, zu verzeihen«, sagte er mit gepresster Stimme.

Mayfeld hatte die Sache mit dem Verzeihen irgendwie anders in Erinnerung, die schlecht gespielte Milde seines Gegenübers kam eindeutig zu spät. Aber Fromm hatte sich offenbar wieder gefangen. Das war bedauerlich, nicht nur wegen des salbungsvollen Tons, um den er sich jetzt bemühte. Die Wahrscheinlichkeit war jetzt wieder gestiegen, dass Mayfeld mehr oder weniger gut ausgedachte Lügen aufgetischt bekam.

»Könnten Sie einfach erzählen, worum es ging?«, fragte er in sachlichem Ton. »Ich versuche, mir ein Bild von Ihrer Schwester zu machen.«

Fromm dachte einen Moment nach. Dann entschloss er sich zu reden.

»Unser erster Sohn ist mit sechzehn an einer Bluterkrankung gestorben. Unser zweiter Sohn kam zur Welt, als meine Frau vierzig war. Er hat sich nicht so entwickelt, wie man sich das von einem Sohn wünscht. Meine Schwester war der Meinung, ich sei zu streng mit ihm. Psychologen und Lehrer wissen ja immer alles besser. Und deswegen hat sie meine Frau dazu angestiftet, mich zu verlassen. Später hat sie dann mit dem Geld aus der Lebensversicherung ihres Mannes ein Haus gekauft, in dem sie Waltraud wohnen lässt. Dabei gehört Waltraud hierher. Meine Schwester konnte immer nur zerstören.«

Für Mayfeld klang das, was er da hörte, eher nach einer ungewöhnlich hilfsbereiten und großzügigen Frau.

»Wann war die Trennung?«

»Vor fünfzehn Jahren.«

»Sie sind immer noch nicht darüber hinweg. Wenn Sie es sich und uns einfach machen wollen, dann kommen Sie morgen in Wiesbaden im Präsidium vorbei und liefern eine Speichelprobe ab. Sie sind nicht dazu verpflichtet, aber wir würden Ihre DNA dann bestimmen und sie mit den Spuren, die wir am Tatort gefunden haben, vergleichen. Wenn Ihre DNA nicht dabei ist, sind Sie wahrscheinlich aus dem Schneider.«

»Ich hab zu tun«, jammerte Fromm, der plötzlich kleinlaut geworden war. »Ich muss mich um den neuen Wein im Keller kümmern.«

»Ich weiß«, antwortete Mayfeld verständnisvoll. Er wusste allerdings auch, dass das nicht den ganzen Tag in Anspruch nehmen würde. »Sie müssen den Leichnam Ihrer Schwester sowieso identifizieren, Sie sind der nächste Angehörige. Wenn Sie morgen nicht kommen können, kommen Sie übermorgen. Wenn wir ausgeschlossen haben, dass Ihre DNA am Tatort zu finden ist, stehen Ihre Chancen ziemlich gut, dass wir Sie in Ruhe lassen. Wenn Sie nicht kooperieren, ist es wahrscheinlich, dass Sie noch oft nach Wiesbaden kommen müssen.«

Die freundlich ausgesprochene Drohung wirkte. Fromm hörte mit dem Jammern auf und nickte zustimmend.

»Eine letzte Frage für heute: Wo wohnen Ihre Exfrau und Ihr Sohn?«

»Waltraud und Sebastian wohnen in Eltville, im Sülzbachtal, kurz vor dem Alten Forsthaus.«

Mayfeld stand auf. »Ich finde alleine nach draußen«, sagte er statt eines Abschiedsgrußes.

Draußen warteten frische Luft, sein alter Volvo und der dritte Satz der »Rheinischen Sinfonie«.

Schumanns Musik war gerade verklungen, und Mayfeld stand an der Ampel bei der Rüdesheimer Fähre, als sein Handy klingelte. Es war Winkler.

»Ich bin in der Praxis von Dr. Holler. Das Testament habe ich noch nicht gefunden, auch keine Datenträger mit Sicherungsdateien, aber den Ordner mit den Kostenzusagen. Ein Name wird dich interessieren: Marie Lachner befindet sich seit einem Jahr bei Frau Holler in Behandlung.«

Er rief Burkhard an. Der war gerade auf dem Weg zurück ins Präsidium.

»Bei den Lachners habe ich nichts Interessantes für unseren Fall herausgefunden«, berichtete der Kollege. »Marie, die Ausreißerin, verhält sich auffällig, seit sie einen kleinen Bruder bekommen hat. Sie ist im letzten Jahr in der Schule abgerutscht und sollte deswegen in ein Internat. Das hat ihr wohl nicht geschmeckt, und deswegen ist sie abgehauen, übrigens nicht zum ersten Mal. Sie hat einen Rucksack, eine Zahnbürste und ein paar Sachen zum Wechseln mitgenommen.«

Hinter ihm begannen Autofahrer zu hupen. Die Ampel war auf Grün gesprungen, und Mayfeld hielt den Verkehr auf. Er winkte entschuldigend nach hinten und setzte seinen Wagen in Bewegung.

»Sie ist Klientin bei Frau Dr. Holler gewesen«, ergänzte Mayfeld.

»Heike hat die Kostenzusagen der Krankenkassen gefunden, die du übersehen hast.«

Er sollte sich solche Spitzen besser sparen. Aber aus irgendeinem Grund war er gereizt, wahrscheinlich wegen der Vorladung, die er am Morgen erhalten hatte.

»Prima. Tut mir leid, dass ich die übersehen habe. Aber wenn man weiß, wonach man sucht, findet man es leichter«, antwortete Burkhard.

»Ich werde noch mal mit den Eltern sprechen.«

»Was soll denn dabei herauskommen?« Burkhards Stimme klang beleidigt.

»Das weiß ich vorher auch nicht.«

Mayfeld ließ sich die Adresse der Lachners geben und drückte das Gespräch weg. Anschließend rief er die Auskunft an, erfragte die Telefonnummer von Waltraud Fromm und rief sie an. Die Stimme einer älteren Frau erklärte, dass Sebastian und Waltraud Fromm im Moment nicht erreichbar seien und dass der liebe Anrufer nach dem Signalton eine Nachricht hinterlassen könne. Er bat Waltraud Fromm dringend um einen Rückruf.

Mittlerweile war er in Geisenheim angekommen. Er parkte seinen Wagen und ging die letzten Schritte zu Fuß. Die Steuerberaterkanzlei Sandmann und Lachner befand sich am Römerberg in einem stattlichen Fachwerkhaus direkt gegenüber dem Rheingauer Dom. Im oberen Stockwerk wohnte die Familie Lachner.

Stefanie Lachner öffnete auf Mayfelds Klingeln. Sie trug ein apricotfarbenes, teuer wirkendes Kleid, eine Perlenkette um den Hals und ein verknautschtes Baby auf dem Arm.

»Aber Ihr Kollege war doch schon da«, sagte sie, als Mayfeld sich auswies und den Grund seines Besuches erklärte. Das Baby quengelte.

»Ich bin der Leiter der Ermittlungen und habe noch ein paar Fragen«, antwortete Mayfeld.

Eine Erklärung war das nicht. Aber sollte er stattdessen sagen: Seit wir wissen, dass Ihre Tochter bei der ermordeten Dr. Holler in Behandlung war, nehmen wir ihr Verschwinden ernster als zuvor? Stefanie Lachner akzeptierte seine Begründung zum Glück ohne weitere Nachfragen.

»Und könnten Sie bitte Ihren Mann rufen.«

Das schien für Stefanie Lachner ein größeres Problem zu sein.

»Er ist sehr beschäftigt«, wandte sie ein.

»Ich auch, also bitte!«

Frau Lachner führte Mayfeld ins Wohnzimmer. Gediegene Polstermöbel, weiß lackierte Designerschränke und eine teure Hi-Fi-Anlage signalisierten Wohlstand. Das Baby begann zu krähen. Die Mutter entschuldigte sich, bat Mayfeld Platz zu nehmen, nannte ihm die Telefonnummer ihres Mannes und verschwand in einem Nebenzimmer. Mayfeld telefonierte mit der Steuerberaterkanzlei ein Stockwerk tiefer. Nach einiger Zeit kam Frau Lachner wieder zurück.

»Jonas Maximilian war fast eingeschlafen, als Sie klingelten. Jetzt schlummert er zum Glück wieder. Ein süßes Baby, finden Sie nicht auch?«

Verknautscht und missgelaunt, fand Mayfeld. »Ja, ganz entzückend. Jedes neue Leben ist ein Glück für die ganze Familie«, sagte er stattdessen.

Die Wohnungstür wurde geöffnet. Thorsten Lachner betrat das Wohnzimmer. Ein Mann Mitte vierzig, schlank, braun gebrannt, der Maßanzug saß perfekt.

»Wir haben Ihrem Kollegen doch bereits ausführlich Rede und Antwort gestanden«, sagte er unwirsch zur Begrüßung.

Irgendwie erinnerte der Steuerberater Mayfeld an Lackauf, und das hob seine Stimmung keinesfalls.

»Erzählen Sie einfach alles noch einmal. Es haben sich neue Gesichtspunkte ergeben.«

»Marie ist am Samstag verschwunden«, berichtete Stefanie. »Wir glaubten, sie sei bei einer Freundin. Deswegen haben wir uns am Sonntag erst mal nichts weiter gedacht, als sie nicht zum Frühstück erschien.«

»Das kommt in letzter Zeit sowieso immer öfter vor«, ergänzte ihr Ehemann in missbilligendem Ton.

»Ist Ihnen an Ihrer Tochter am Samstag, bevor sie ging, irgendetwas aufgefallen?«, fragte Mayfeld.

Maries Vater schüttelte den Kopf. »Ich hab sie am Samstag gar nicht gesehen. Die Dame hat ja mal wieder bis in die Puppen geschlafen.«

»Ist Ihnen etwas aufgefallen?« Mayfeld wandte sich an die Mutter.

Stefanie Lachner dachte einen Moment nach. »Ich habe sie am Samstag auch nicht gesehen. Wenn man sie morgens stört, ist sie immer so unwirsch. Da lasse ich sie lieber links liegen.«

Das kannte Mayfeld von seiner Tochter. »Aber Sie sagten meinem Kollegen, Ihre Tochter sei am Samstagmorgen verschwunden«, erinnerte er die Lachners.

»So wird es ja auch gewesen sein«, erwiderte Thorsten Lachner. »Wir haben am Freitagnachmittag meine Eltern besucht, und Marie war bei einer Freundin. Als wir nach Hause kamen, war sie noch nicht da. Aber in der Nacht habe ich sie kommen gehört.«

»Was genau haben Sie gehört?«

»Eine Tür schlagen. Wer sollte das sonst gewesen sein?«

»Wir sind am Samstag nach Wiesbaden gefahren, und als wir abends zurückkamen, war sie schon wieder weg«, ergänzte Stefanie Lachner.

»Wann haben Sie Ihre Tochter denn nun zum letzten Mal gesehen?«, hakte Mayfeld nach.

Wieder überlegte Stefanie Lachner eine Weile. »Am Freitagmittag«, sagte sie dann. »Sie hatte schlechte Laune wie fast immer in der letzten Zeit und sagte, sie wolle eine Freundin besuchen. Ich denke, das hat sie dann auch gemacht.«

Mayfeld bat darum, sich Maries Zimmer anschauen zu dürfen. Die Eltern begleiteten den Kommissar in einen geräumigen, abgedunkelten Raum. Er erinnerte Mayfeld an das Zimmer seiner Tochter, es war alles nur noch etwas chaotischer. Das Bett war zerwühlt, auf dem Boden lag der Inhalt eines ganzen Kleiderschranks, auf dem Schreibtisch stapelten sich neben einem Computermonitor CDs, Musikzeitschriften und ein paar Schulbücher. An der Wand hingen Poster einer Band, deren Mitglieder ihre Gesichter hinter diabolisch grinsenden Masken versteckt hatten.

»Vor zwei Jahren ist Marie schwierig geworden«, erklärte ihre Mutter. »Ich habe es auf die Pubertät zurückgeführt. Als ich dann im Sommer letzten Jahres schwanger wurde, wurde sie völlig unausstehlich. Zum Glück hatten wir sie da schon bei einer Therapeutin angemeldet.«

»Was heißt hier zum Glück?«, fuhr ihr Mann dazwischen. »Das hat überhaupt nichts gebracht. Die Göre braucht keine verständnisvolle Omi. So was hatte sie lange genug, die braucht jemanden, der ihr klar sagt, wo es langgeht. Wir hätten uns schon vor einem Jahr durchsetzen und sie in ein gutes Internat schicken sollen.«

»Und am Montagmorgen dachten Sie immer noch, dass Marie vielleicht bei der Freundin übernachtet hätte?«

»Sie ist schon ein paarmal unerlaubt weggeblieben.« Thorsten Lachners Ton war jetzt eisig. »Wir haben sie nicht auf ihrem Handy erreichen können. Die Freundin auch nicht. Wenn wir jedes Mal, wenn sie mal wieder meint verschwinden zu müssen, in Panik verfallen würden, dann hätten wir keine ruhige Minute mehr. Dann könnte sie uns auf der Nase tanzen, wie sie will. Im Übrigen bezweifle ich, dass wir Ihnen darüber Rechenschaft schulden.«

»Kein Grund zur Aufregung«, versetzte Mayfeld.

»Von Aufregung kann gar keine Rede sein«, behauptete Lachner, der auf den Kommissar bei Weitem nicht so gelassen wirkte, wie er es wohl beabsichtigte.

»Wie heißt die Freundin?«

»Annika Möller«, antwortete die Mutter. »Ich befürchte, sie hat keinen guten Einfluss auf Marie. Annika und ihr Bruder sind kein geeigneter Umgang für sie gewesen. Wir hätten den Kontakt unterbinden müssen, aber das hatte sich so eingespielt. Meine Mutter hat sich viele Jahre um Marie gekümmert. Sie hat ihr alles erlaubt, auch den Kontakt zu Annika und Kevin.«

»Ihre Mutter …«

»… ist vor einem Jahr gestorben.«

»Das war sicherlich hart für Marie«, bemerkte Mayfeld.

»Sind Sie auch Psychologe?«, höhnte der Ehemann.

»Für die Vermutung braucht es kein Psychologiestudium, es reicht ein Minimum an Einfühlungsvermögen«, antwortete Mayfeld. »Apropos Psychologe: War Frau Holler die Therapeutin Ihrer Tochter?«

Thorsten Lachner nickte. »Warum ist das wichtig?«

»Ist Ihre Tochter bis zuletzt zu Frau Holler gegangen?«, fragte Mayfeld weiter.

»Natürlich«, antwortete Stefanie Lachner. »Jeden Montag.«

»Was ist denn mit Dr. Holler?«, wollte ihr Mann wissen.

Das hatte Burkhard ihnen offensichtlich nicht erzählt.

»Sie ist am Wochenende ermordet worden.«

Die beiden wirkten überrascht, aber keineswegs sonderlich betroffen. Immerhin schwiegen sie einen Moment. Mayfeld fragte nach weiteren Freundinnen von Marie. Aber die Eltern wussten keine Namen. Sie wussten überhaupt kaum etwas von ihrer Tochter. Er bat um ein Foto von Marie.

»Wir werden alles tun, um Ihre Tochter zu finden«, sagte er zum Abschied. Er wusste nicht, ob er den Eltern damit einen Gefallen tat.

Die »Wut über den verlorenen Groschen« traf Mayfelds Stimmung ziemlich gut. Emil Gilels hämmerte auf die Tasten seines Flügels, die rhythmischen und melodischen Figuren drehten sich immerfort im Kreise und schienen kein Ende finden zu können.

Er hatte sich von den Lachners Handynummer und Adresse von Annika Möller geben lassen. Das Mobiltelefon war ausgeschaltet, und Mayfeld beschloss, bei ihr zu Hause vorbeizufahren. Was er da machte, war ganz normale Ermittlungsarbeit, und dennoch war er zunehmend gereizt. Er hatte gelernt, auf solche Signale zu achten.

Natürlich gab es momentan genug Gründe für Gereiztheit. Das Disziplinarverfahren, Lackaufs Feindseligkeit. Aber er hätte gedacht, dass ihn das weniger treffen würde. Es musste noch einen anderen Grund für die Verstimmung geben. Meist stellte sich diese Gereiztheit dann ein, wenn irgendetwas bei den Ermittlungen gründlich schieflief, wenn er etwas Entscheidendes übersah. Irgendetwas in seinem Unterbewussten, seine Intuition oder weiß der Teufel was, bemerkte dieses Versäumnis früher als sein Verstand, konnte sich aber nicht richtig verständlich machen. Daher kam dann der Ärger.

Am Oestricher Kran bog er von der Bundesstraße ab und fuhr in die verwinkelten Gassen des alten Weinstädtchens. Er bog in die Bornstraße ein und hielt vor der Adresse, die ihm die Lachners genannt hatten. »Irene und Klaus Mertens« sowie »HSM – Hausmeisterservice Mertens« stand auf dem Türschild, »Annika Möller im Hinterhaus« auf einem handgeschriebenen Zettel darunter.

Mayfeld öffnete die eingelassene kleine Tür in dem großen hölzernen Hoftor. Manche Innenhöfe in den Rheingauer Weinorten waren richtige Kleinode, ein Stück vom Garten Eden, heruntergeholt auf die Erde. Davon konnte hier nicht die Rede sein. Kein Baum, kein Strauch und keine Kübelpflanze, auch keine Weinreben schmückten den Hof. Auf der einen Seite der Freifläche war ein silberfarbener Geländewagen geparkt, auf der gegenüberliegenden Seite waren blaue, schwarze und braune Mülltonnen aufgestellt. An der Stirnseite stand ein verwaister Sandkasten.

Neben dem Sandkasten war der Eingang zu Annika Möllers Wohnung. Mayfeld klingelte, er klopfte an die Wohnungstür, niemand rührte sich. Vielleicht wussten ja die Nachbarn etwas. Der Eingang zum Haupthaus befand sich neben dem Kfz-Stellplatz.

Mayfeld klingelte auch dort. Diesmal hatte er mehr Glück. Nach kurzer Wartezeit öffnete ein vierschrötiger Mann die Tür. Der Kommissar zeigte seinen Dienstausweis, den der Mann gründlich studierte, bevor er sich als Klaus Mertens vorstellte.

»Wie kann ich helfen?«, fragte er und musterte Mayfeld mit forschendem Blick. Er machte keine Anstalten, ihn ins Haus zu bitten.

»Ich suche Annika Möller. Wissen Sie, wo ich sie finden kann?«

»Was hat sie ausgefressen?«

Der Mann schien keine besonders hohe Meinung von seiner Nachbarin zu haben.

»Nichts. Wir sind auf der Suche nach Marie Lachner, einer Freundin von Annika.« Mayfeld holte das Foto von Marie, das ihm ihre Mutter gegeben hatte, aus dem Jackett und zeigte es Mertens. »Haben Sie dieses Mädchen in letzter Zeit mal gesehen?«

Mertens betrachtete das Foto lange. Dann nickte er. Besonders gesprächig schien der Typ nicht zu sein.

»Am letzten Samstag?«

Mertens schüttelte den Kopf.

»Wann zuletzt, Herr Mertens?«

»Also, am vergangenen Wochenende nicht. Aber ich meine, am Wochenende zuvor hat sie Annika besucht. Bin mir aber nicht sicher, ich krieg ja nicht alles mit, was Annika in ihrer Wohnung treibt.«

Mertens konnte also doch in zusammenhängenden Sätzen reden.

»Danke für die Auskunft. Können Sie mir auch meine erste Frage beantworten?«

Mertens schaute den Kommissar etwas begriffsstutzig an.

»Wissen Sie, wo ich Annika Möller finde?«

»Ach so. Im Krankenhaus.«

»Was fehlt ihr?«

Mertens zuckte mit den Schultern. »Das Mädchen säuft und nimmt Drogen. Ein Jammer, so sein Leben wegzuwerfen. Die könnte was aus sich machen.«

»Was meinen Sie damit genau?«

Mertens schaute Mayfeld verständnislos an. »Na, irgendwas Anständiges halt.«

»Ich meinte, warum genau ist sie ins Krankenhaus gekommen?«

»Na, weil sie es übertrieben hat. Sie lag bewusstlos in ihrer Küche, neben sich eine Wodkaflasche und eine Schachtel mit Tabletten.«

»Wann war das?«

»Letzten Samstag.«

»Morgens, mittags, abends?«

»Nachmittags.«

»Und wie ging die Geschichte weiter?«

»Der Notarzt ist gekommen und hat sie ins Krankenhaus gebracht.«

»In welches?«

»Rüdesheim.«

Ein wirklich wortkarger Nachbar, fand Mayfeld.

»Hat sie das öfters gemacht?«

»Gesoffen? Schon.«

»So viel gesoffen, dass sie ins Koma gefallen ist. Vielleicht war es ja auch ein Selbstmordversuch.«

Mertens nickte. »Das könnte sein. Normalerweise schneidet sie sich in die Arme. Aber in der letzten Zeit war sie oft niedergeschlagen und meinte, alles hätte keinen Zweck.«

Mertens schien recht gut über seine Nachbarin Bescheid zu wissen.

»In welcher Beziehung stehen Sie zu Annika Möller?«

»Ich bin ihr Vermieter. Aber bis zum Sommer war ich auch ihr Pflegevater. Als sie volljährig wurde, wollten meine Frau und ich, dass sie auszieht, aber da sie sich keine Wohnung leisten kann, haben wir ihr vorübergehend die Zimmer im Hinterhof angeboten.«

»Waren Marie und Annika schon länger befreundet?«

»Seitdem sie klein waren.«

»Haben Sie eine Ahnung, wo Marie stecken könnte?«

»Keine Ahnung.«

»Haben Sie am Samstag den Notarzt gerufen?«

Mertens stutzte einen Moment. »Äh, nein.«

»Wer dann?«

Mertens runzelte die Stirn. »Woher soll ich das wissen? Vielleicht hat sie es sich im letzten Moment anders überlegt und wollte doch nicht sterben. Ich hab gehört, es kommt öfters vor, dass die Leute dann selbst den Notarzt rufen. Wollen nur auf sich aufmerksam machen.«

Der Mann sah so aus, als ob ihn die Formulierung von drei, vier zusammenhängenden Sätzen restlos erschöpft hätte und er nicht in der Lage wäre, noch etwas Wesentliches zu sagen.

Mayfeld gab ihm seine Karte. »Rufen Sie mich an, wenn Ihnen noch etwas einfällt.«

»Klar.«

Mayfeld ging zurück zu seinem Wagen. Dass Maries Freundin gerade an dem Tag einen Selbstmordversuch unternommen hatte, an dem Marie verschwunden war, war ein merkwürdiger Zufall, dachte er beim Einsteigen. Wenn es überhaupt ein Zufall war.

***

»Das ist aber schön, dass du deine Mama besuchst, mein Junge. Geht es dir denn gut?«

»Gut, ja.«

Basti war mit seinem Quad ins Krankenhaus in der Stadt gefahren. Sein Weg hatte durch Wald und Feld geführt: vom Sülzbachtal den Berg hinauf nach Rauenthal, von dort wieder hinunter zur Bäderstraße, in Martinsthal am Langenberg und der Wildsau vorbei zum Waldhäuschen, von dort durch den Wald zum Hof Armada und nach Frauenstein, schließlich durchs Märchenland nach Freudenberg. Im Märchenland war er einen Umweg gefahren, wegen der vielen lustigen Straßennamen.

»Hast du auch genug zu essen?«

Basti zählte auf, was er die letzten Tage alles gekocht, gebacken, gegessen und getrunken hatte. Nussbrot, Wildterrine, Quittengelee, Pfannenkuchen mit Schinken. Hollersaft. Er nannte die Nummern der Rezepte in Mamas Kochbuch und sagte die Rezepte auf.

Er holte eine Flasche Hollersaft aus seinem Rucksack und stellte ihn auf das Tischchen neben ihrem Bett.

»Hollersaft, Rezept Nummer eins.«

Mama lächelte. Aber sie war anders als sonst, sah blasser und müder aus. Und ein roter Schmetterling saß ihr auf dem Gesicht. Es sah zumindest so aus.

»Haben sie den Wolf schon verjagt?«, fragte er.

Er musterte sie genau. Die Augen waren ganz normal, sogar etwas kleiner als sonst. Er strich ihre grauen Haare zur Seite. Die Ohren waren auch wie immer. Er zog die Bettdecke zurück und kontrollierte die Hände. Auch die erinnerten nicht an einen Wolf. Das Maul war sowieso wie immer, das hatte er als Erstes bemerkt. Sag nicht Maul, beim Menschen sagt man Mund, hatte ihm Mama einmal erklärt. Aber wenn der Wolf in jemandem steckte, was sagte man dann?

Jetzt streichelte sie über seinen Kopf. Heute mochte er das nicht so gern. Er wäre lieber in dem Haus im Wald bei Marie. Pechmarie oder Glücksmarie, egal. Aber er hatte Mama versprochen, dass er sie besuchte, und Marie hatte es auch gewollt.

»Nein, mein Junge, den haben sie noch nicht verjagt,« antwortete sie. »Deswegen muss ich noch ein paar Tage im Krankenhaus bleiben, mein Junge.«

Während der letzten Wochen hatte Mama Herzschmerzen bekommen, war immer schwächer geworden und kaum noch aus dem Bett herausgekommen. Vor ein paar Jahren war das schon einmal so gewesen. Die Ärzte hatten sie untersucht und gesagt, die Krankheit heiße Lupus erythematodes. Er hatte im Lexikon nachgelesen, was das bedeute, aber nichts verstanden. Bloß, dass das übersetzt »Roter Wolf« hieß. Warum heißt die Krankheit »Roter Wolf«, wo sich doch ein roter Schmetterling aufs Gesicht setzt, hatte er Mama gefragt, aber darauf hatte Mama keine Antwort gewusst.

»Warum heißt die Krankheit ›Roter Wolf‹, wo sich doch ein roter Schmetterling aufs Gesicht setzt?«, fragte er erneut.

Mama lächelte müde und zuckte mit den Schultern. Hatten es die Ärzte ihr dieses Mal also wieder nicht verraten.

»Ist Sylvia nicht mitgekommen?«, fragte Mama.

»Nein.«

»Dann bist du also mit dem Taxi gekommen. Aber du warst doch bei Tante Sylvia?«, fragte sie.

Als Mama das erste Mal wegen des Roten Wolfs im Krankenhaus gewesen war, war Frau Holle in Urlaub gewesen. Deswegen musste er zu seinem Vater. Das war das letzte Mal, dass er beim Fromm gewesen war. Der hatte ihn geschlagen, und er hatte zurückgeschlagen, und dann wollte ihn der Fromm ins Heim stecken. Zum Glück wurde Mama schnell wieder gesund. Aber diesmal musste er nirgends wohin, diesmal war er schon groß genug, um allein zu Hause zu bleiben. Zu seinem Vater wollte er auf keinen Fall noch mal. Außerdem war er ja gar nicht allein.

»Du warst doch bei Tante Sylvia?«

»Ouououou.« Basti schüttelte seine Hände.

»Basti?«

»Ja, ich war bei der Tante. Wie du gesagt hast.«

Man darf nicht lügen, hatte Mama ihm beigebracht. Seine Antwort war ja auch nicht gelogen.

»Ich war die letzten Tage zu schwach, um zu telefonieren. Geht es Sylvia gut?«

Basti drehte sich von seiner Mama weg und guckte zum Fenster hinaus. Draußen schien die Sonne auf die Stadt. Mama merkte immer so schnell, wenn etwas nicht in Ordnung war. Aber er wollte nicht zum Fromm, und er wollte nicht ins Heim.

»Sie hat nichts gesagt.«

»Na, dann wird es ihr gut gehen. Trefft ihr euch heute noch? Bitte sie doch, mich mal anzurufen. Machst du das, Basti?«

»Wenn ich sie das nächste Mal sehe, sage ich es ihr.«

»Ist sie denn zufrieden mit dir?«

Was fürchtest du dich, liebes Kind? Bleib bei mir, wenn du alle Arbeit im Hause ordentlich tun willst, so soll dir's gut gehn. Du musst nur achtgeben, dass du mein Bett gut machst und es fleißig aufschüttelst, dass die Federn fliegen.

Das hatte er gemacht, die Federn waren geflogen. Also war sie wohl zufrieden mit ihm.

»Ja, ist sie. Sie ist zufrieden, die Frau Holle.«

»Sollst du denn keine Grüße ausrichten?«

»Nein.« Die Frau Holle hatte nichts gesagt, und lügen darf man nicht.

»Wirst es vergessen haben, mein Junge.«

Basti vergaß nie etwas. Er trat von einem Bein aufs andere. Er fühlte sich unwohl. Die Erinnerung an den Besuch bei Frau Holle gefiel ihm gar nicht. Er wusste, dass er nicht zu seinem Vater wollte und nicht ins Heim. Aber ob Frau Holle zufrieden mit ihm war, das wusste er nicht. Er wusste nur, dass er es nicht böse gemeint hatte. Und das Wichtigste war, dass man es gut gemeint hat, hatte Mama einmal gesagt, als er ein krankes Vögelchen aus dem Wald nach Hause gebracht hatte. Er hatte das Vögelchen zu sich ins Bett gelegt, damit es sich erholen konnte, und am nächsten Tag war es tot gewesen. Er hatte es nicht totgemacht, es war von allein gestorben. Er hatte es nur gut gemeint.

Mein Vöglein mit dem Ringlein rot singt Leide, Leide, Leide: es singt dem Täubelein seinen Tod, singt Leide, Lei – zicküth, zicküth, zicküth.

Marie fiel ihm ein. Hoffentlich ging es ihm mit ihr nicht genauso wie mit dem Vögelchen, hoffentlich war sie eine Goldmarie und keine Pechmarie.

»Vögelchen vertragen es nicht, wenn man sie einsperrt, stimmt's, Mama?«

»Wie kommst du denn darauf? Hast du wieder eins im Wald aufgelesen, Basti?«

Basti nickte. Irgendwie war es ja auch so.

»Hast du es wieder in dein Bett gelegt?«

Basti nickte wieder. »Aber ich hab aufgepasst, dass ich es nicht erdrücke.«

»Aber so kleine Vögel, die aus dem Nest fallen, die gibt es doch im Herbst gar nicht, Basti.«

»Es war schon ein bissel größer. Ich glaub, ein Flügel ist kaputt.«

Mama atmete schwer. »Du bist ein guter Junge. Immer so hilfsbereit. Aber ich glaube, es ist besser, du lässt das Vögelchen wieder frei. Entweder es kommt alleine durch, oder die Natur nimmt ihren Lauf. Da kann man dann nichts machen.«

Basti spürte einen Ärger in sich. Einen großen Ärger.

»Bei dir lassen sie der Natur auch nicht ihren Lauf«, sagte er ziemlich laut.

Mama schaute ihn erschrocken an. Hatte er etwas Falsches gesagt? Sie begann, leise zu weinen. Warum weinte sie denn jetzt?

»Nicht weinen, Mama. Ich pass auf.«

Auf dem Betttischchen lagen Papierservietten. Basti nahm eine und trocknete Mama die Tränen ab.

Sie griff nach seiner Hand.

»Ich glaube, dass ich noch eine Weile im Krankenhaus bleiben muss.«

»Gut«, entfuhr es Basti. Dann hatte er noch ein paar Tage Zeit mit Goldmarie.

Mama schluckte, so als ob er schon wieder etwas Falsches gesagt hätte.

»Versprich mir, dass du jeden Tag zu Tante Sylvia gehst.«

Basti antwortete darauf nichts. Sie redeten noch eine Weile. Zum Glück fragte Mama nicht weiter nach Frau Holle. Sie wollte wissen, was er die nächsten Tage kochen wollte, gab ihm ein paar Küchentipps und döste dann vor sich hin.

»Ei tschüss«, sagte Basti irgendwann, drückte Mama die Papierserviette, mit der er ihre Tränen getrocknet hatte, in die Hand und schlich aus dem Zimmer. Er musste nachsehen, wie es seinem Vögelchen ging.

***

Marie hatte eine ganze Weile die Zeichnungen an der Wand ihres Gefängnisses betrachtet. Einige der Vogelzeichnungen hatte sie in einem Buch über heimische Vogelarten wiedergefunden. Basti hatte mit einem Filzstift exakte Kopien angefertigt. Die Schmetterlinge, die sie aufgespießt in einer Vitrine gefunden hatte, hatte sie ebenfalls als Zeichnungen an der Wand wiedergefunden. Auch einige der Kröten, die er in Einmachgläsern in einer öligen Flüssigkeit aufbewahrte, hatte er gezeichnet.

Zwischendurch hatte sie eine Weile wie am Spieß geschrien, aber niemand hatte sie bemerkt. Als ihr die Kehle wehtat, hörte sie mit dem Schreien wieder auf. Das Fenster des Zimmers war klein, führte auf den Wald hinaus und ließ sich nicht öffnen, die Wände waren dick. Hier würde sie niemand finden. Hier konnte sie verfaulen. Sie weinte leise vor sich hin.

Dann fing sie sich wieder. Genau genommen war sie sich nicht sicher, ob sie von hier wegwollte, sie stand auf Typen, die keine Normalos waren, und liebte verrückte Abenteuer. Sie war lediglich deprimiert darüber, eingesperrt zu sein. Und sie mochte nicht allein sein. Sosehr es ihr manchmal vor Basti Rübezahl gruselte, es war besser, wenn er in ihrer Nähe war, als wenn er sie allein in dem Raum mit den toten Tieren ließ. Vor allen Dingen aber wusste sie immer noch nicht, wo sie hingehen sollte, wenn sie von hier hätte abhauen können, niemand war ihr eingefallen, auch wenn sie angestrengt darüber nachgedacht hatte.

Zurück zu ihren Alten, das war definitiv keine gute Idee. Die wollten sie doch bloß loswerden und in einen Kinderknast stecken. Annika hatte sich aus dem Verkehr gezogen, und auf Kevin war kein Verlass. Ihre sonstigen Freundinnen waren brave Mädchen, die als Erstes zu ihren Eltern rennen würden, wenn sie auftauchte, und die würden sich ans Telefon hängen und ihre sogenannten Eltern anrufen. Am besten wäre es, sich für eine Weile in Luft aufzulösen, mit achtzehn wieder aufzutauchen und das Erbe von Oma abzukassieren. Wenn sie das jetzt doch mit Frau Dr. Holler besprechen könnte …

Beim Gedanken an Frau Holler blieb ihr fast das Herz stehen, der Magen wollte sich nach außen stülpen, und das Zimmer begann sich um sie herum zu drehen. Was hatte der Riese mit ihr gemacht? Was hatte er gemeint, als er sagte, er habe aufgepasst?

Wir sind jetzt in einer wichtigen Phase der Therapie, hatte Frau Dr. Holler vor ein paar Wochen gesagt. Die Therapeutin war der Meinung gewesen, ihre Probleme hätten mit schlimmen Erlebnissen zu tun, die weit zurücklägen. Wahrscheinlich hatte sie dabei an den Unfall ihrer Eltern gedacht. Aber Marie war sich da nicht sicher.

Ihre Träume waren in der letzten Zeit so komisch gewesen. Natürlich war es schlimm, bei Leuten leben zu müssen, die nur behaupteten, dass sie die eigenen Eltern waren. Aber darüber quatschte sie mit Frau Holler doch schon seit ewigen Zeiten. Was sollte daran ausgerechnet jetzt so wichtig sein? Doch mit diesen Dingen konnte sie sich jetzt nicht auch noch beschäftigen. Sie schob den Gedanken beiseite. Je mehr sie darüber nachdachte, was mit ihr los war und wie es mit ihr weitergehen sollte, desto weniger blickte sie durch. Scheißspiel.

Sie setzte sich aufs Bett und kramte in ihrem Rucksack. Zwei Handys mit leerem Akku lagen drin, aber selbst wenn sie funktioniert hätten, wen hätte sie anrufen sollen? Sie steckte die beiden Teile in ihre Hosentaschen. In der Wodkaflasche war noch ein Rest. Sie genehmigte sich einen Schluck und dann noch einen. Dann war die Flasche leer, und sie kippte den Inhalt des Rucksacks auf das Bett.

Sie betrachtete die Fotoausdrucke, die sie in Annikas Tasche gefunden hatte und mit denen sie nichts anfangen konnte. Was wollte Annika mit Fotos von Autos, die über einen Waldweg fuhren? Das war doch voll öde. Auf einem der Fotos konnte sie das Arschloch erkennen, aber mit dem Fahrer des dicken Schlittens auf dem zweiten Foto konnte sie gar nichts anfangen. Dann gab es das Bild eines dritten Autos, das war irgendwie nicht so scharf. Und dann gab es noch ein Bild, das das Arschloch zeigte, wie es etwas aus dem Auto herausholte. Aber das sah sie nur noch total verschwommen.

War keine gute Idee gewesen, Wodka zu trinken, solange es hell war, irgendwie voll daneben. Oder brauchte sie bloß eine Lupe? Rübezahl hatte bestimmt eine.

Sie stand vom Bett auf. Schon wieder keine gute Idee. Die Beine sackten unter ihr weg, sie konnte froh sein, dass sie aufs Bett zurückfiel. Am besten war es jetzt wohl, die Füße ruhig zu halten und eine Runde zu pennen.

Sie träumte von einem ausgebrannten Auto und zwei verkohlten Leichen, die aus dem Auto stiegen. Komm mit, riefen die Leichen, aber sie rannte davon. Rannte vor Mama und Papa davon. Das Feuer breitete sich aus und kam hinter ihr her, kam immer näher und näher. Als es schon an ihren Beinen züngelte, ging ein Gewitter über ihr nieder, ein Blitz durchfuhr krachend den Himmel, das Donnergrollen folgte sofort, ein Wolkenbruch löschte das Feuer. Sie wurde mit einem Leichenwagen weggebracht. Ein Mann trug sie in eine Gruft, wo drei Teufel auf sie warteten. Die Teufel hatten blutige Spieße und stachen auf sie ein, in den Mund, den Bauch und den Rücken. Es regnete und regnete und regnete.

Sie wachte klitschnass auf.

Irgendjemand rief in der Ferne ihren Namen. Sie sah zum Fenster und erblickte Kevins Gesicht. Sie zwickte sich, aber das Gesicht ging nicht weg. Ihr Gehirn begann langsam wieder normal zu ticken. Kevin hatte also mit den Daten, die sie ihm geschickt hatte, etwas anfangen können, und er hatte sich die Mühe gemacht, sie zu suchen. Eigentlich ziemlich überraschend. Sie ging mit ihrem Gesicht ganz nahe an die Fensterscheibe heran, Kevin rüttelte an den Gittern vor dem Fenster.

»Das Ding lässt sich nicht aufmachen, ich bin eingeschlossen«, schrie sie.

»Bist du allein?«, schrie Kevin zurück.

Sie nickte.

»Ich breche die Tür auf«, brüllte Kevin und verschwand.

Ein paar Minuten später hörte sie ihn im Haus nach ihr rufen. Sie schrie, so laut sie konnte. Kevin stocherte mit irgendetwas im Schloss der Zimmertür herum.

»Was geht denn hier ab?«, war seine erste Bemerkung, nachdem er die Tür geöffnet und Marie und das Zimmer gemustert hatte.

»Danke, dass du gekommen bist«, antwortete sie. »Ein irrer Riese behauptet, dass er mich nachts im Wald aufgelesen und hierhergebracht hat. Er kann sich nicht entscheiden, ob ich Schneewittchen oder Dornröschen bin oder Goldmarie oder Pechmarie, und hat mich in seinem Haus eingesperrt.« Genau genommen hatte Basti gar nicht gesagt, wo er sie gefunden hatte. Aber das war jetzt egal.

»Was hast du denn genommen?«, wollte Kevin wissen. Er ging zum Bett und betrachtete die Sachen, die Marie dorthin geworfen hatte. »Wo hast du die Fotos her?«, herrschte er sie an.

»Was geht dich das an?«, antwortete sie patzig.

»Du hast sie Annika geklaut.« Kaum war Kevin da, machte er Stress.

»Hast du die Tür eigentlich mit einem Dietrich aufgekriegt? Scheinst ja ziemliche Routine mit so was zu haben.« Vielleicht konnte sie ihn auf ein anderes Thema lenken.

»Annika hat die Bilder nämlich von mir. Sie meinte, dass du vielleicht auch ihr Handy hast mitgehen lassen. Ich soll es ihr zurückbringen.«

Er kramte in den Sachen, die auf dem Bett lagen, drehte den Rucksack um und schüttelte ihn aus.

»Wo ist das verdammte Handy?« Er kam auf sie zu und streckte ihr seine Hand fordernd entgegen. »Sei nett, Schwesterchen, und rück das Handy raus.«

»Ich bin nicht dein Schwesterchen«, fauchte sie und wich zurück, Richtung Tür.

Kevin hob begütigend die Arme. »Okay, okay, Marie. Du hast

mir deine GPS-Koordinaten geschickt, ich bin gekommen. Du hast mich gebeten, ich solle dich hier rausholen, ich hab die Türschlösser geknackt. Wenn du willst, fahre ich dich von hier weg, wohin du willst. Das Einzige, worum ich dich bitte, ist, mir ein Handy zu geben, das dir nicht gehört und das du meiner Schwester weggenommen hast. Das ist ein ziemlich fairer Deal.«

Maries Erinnerungen an ihre letzte Begegnung mit Annika waren ziemlich lückenhaft. Aber an einen Satz erinnerte sie sich mittlerweile ganz genau: »Gib das Handy niemandem in die Hand außer mir.« Eigentlich ein erstaunlicher Satz für jemanden, der sich gerade das Leben nehmen wollte. Irgendwas hatte sie dann noch von Kevin gemurmelt und dass sie sich vor dem Arschloch und vor den Bullen in Acht nehmen sollte. Und jetzt wollte Kevin unbedingt das Handy haben.

»Wenn du das Handy behalten willst, dann soll es mir recht sein.« Kevins Stimme war plötzlich viel freundlicher. »Annika hat bestimmt auch nichts dagegen. Aber ich muss mir das Teil mal genau anschauen. Ich denke, dass eine SD-Karte drinsteckt, die mir gehört. Also sei fair, Marie, und rück das Handy raus.«

Darauf lief es also hinaus. Annika hatte irgendein Geheimnis ihres bescheuerten Bruders entdeckt und in ihrem Handy oder auf einer Karte gespeichert. Wahrscheinlich ein beschissenes Video. Von einem Video hatte sie gesprochen, bevor sie weggedämmert war. Und das wollte Kevin jetzt haben.

»Gerade noch solltest du Annika das Handy zurückbringen, und jetzt willst du eine Karte haben, die angeblich dir gehört. Was geht hier eigentlich ab?«

Sie rannte zum Zimmer hinaus und stand in einem Flur mit mehreren Türen. Irgendwo aus dem Haus kamen Geräusche. Einen Moment zögerte sie, in welche Richtung sie weiter sollte, da hatte Kevin sie an den Haaren gepackt und herumgerissen.

»Jetzt sei nicht so störrisch, du blöde Kuh«, zischte er.

Sie schlug nach dem Arm, mit dem er sie festhielt, er schlug ihr mit der anderen Hand ins Gesicht. Eine warme Flüssigkeit sickerte über ihren Mund.

In dem Moment öffnete sich eine der Türen, und Basti erschien im Türrahmen.

»Nicht schlagen«, brüllte er und stürzte sich auf Kevin.

Der wich zurück, Marie riss sich los, rannte davon und stolperte über einen Läufer. Sie fiel auf den Boden, ihr Kopf schlug auf den Holzboden auf, die Schmerzen im Brustkorb, am Knöchel und im Handgelenk waren wieder da, so als ob sie nie weg gewesen wären. Sie rappelte sich auf und schaute zu Basti und Kevin.

Kevin hatte ein Messer gezückt und stach nach Basti. Der hatte nach einem Stuhl gegriffen und hielt sich damit den Angreifer vom Leib.

»Renn!«, schrie Kevin.

Marie wollte losrennen, doch sie wusste nicht, wohin. Außerdem würde Kevin sie verfolgen, und dann wäre sie in seiner Gewalt. Wie er da mit dem Messer herumfuchtelte, hatte sie Angst vor ihm.

»Renn weg, du blöde Kuh!«

»Die Marie ist keine blöde Kuh«, brüllte Basti. »Knüppel, aus dem Sack!« Er schlug mit dem Stuhl nach Kevin und traf ihn am rechten Arm.

Kevin ließ das Messer fallen. Basti griff danach und stach seinerseits zu. Kevin blutete am Arm.

»Blut!«, rief Basti und warf das Messer in eine entfernte Ecke.

Marie starrte die beiden wie gelähmt an.

Basti holte zum nächsten Schlag aus, Kevin drehte sich weg, der Stuhl sauste knapp an seinem Kopf vorbei. Kevin schlug mit dem linken, unverletzten Arm nach Basti, kratzte ihm mit den Fingern über das Gesicht und hinterließ eine hässliche Wunde. Basti schrie auf und hielt sich die verletzte Wange, Kevin drehte sich um, raste an ihr vorbei, stürzte durch die Tür, in der Basti einige Minuten zuvor erschienen war, und verschwand.

Basti rannte ihm hinterher, doch vor der Tür hielt er inne.

»Ich will Gnade vor Recht ergehen lassen, aber hüte dich vor Schaden. Knüppel, in den Sack!«

Basti stellte den Stuhl an die Wand und drehte sich zu Marie um. Erst jetzt bemerkte sie einen roten Fleck an seinem linken Unterarm.

»Du bist verletzt!«

Basti blickte an sich herunter, schaute auf den roten Fleck am Ärmel seines Pullovers. »Ouououou.« Er versuchte, das Blut an der Tapete abzuwischen.

Marie hatte vor nicht allzu langer Zeit einen Erste-Hilfe-Kurs gemacht, an den sie sich nun erinnerte. Sie fragte Basti nach einem Verbandskasten. Der starrte immer noch auf seinen Arm. Marie wiederholte ihre Frage. Schließlich riss sich Basti von der Betrachtung des Blutflecks los und stapfte durch die Tür, durch die er gekommen und Kevin verschwunden war. Marie folgte ihm. Sie kamen in eine Diele, von der eine Treppe ins Obergeschoss des Hauses führte.

»Da!« Basti wies auf einen weißen Kasten mit rotem Kreuz neben der Treppe.

Sie öffnete den Kasten. Gleich vorn stand eine Spraydose mit Alkohol, daneben lag eine Mullbinde.

»Setz dich«, befahl sie Basti und wies auf einen Stuhl in der Nähe.

Er setzte sich brav hin.

»Zieh den Pulli aus!«

Basti gehorchte. Unter dem Pulli hatte er nur ein T-Shirt an. Marie kannte sich mit Wunden nicht aus, aber der Schnitt sah nicht besonders tief aus. Sie sprühte Alkohol darauf, dann verband sie den Arm, wie sie es in dem Kurs gelernt hatte. Basti beobachtete jeden ihrer Handgriffe, was sie ein bisschen nervös machte. Dann sprühte sie Alkohol auf die Kratzer im Gesicht und wischte das Blut ab.

»Krieg ich jetzt eine Blutvergiftung?«, fragte er, als sie fertig war.

Keine Ahnung, dachte sie. »Bestimmt nicht«, sagte sie stattdessen.

»Gut.« Basti schien erleichtert. Er zupfte an dem Verband herum. »Den soll ich jetzt in Ruhe lassen, stimmt's?«

Marie nickte.

»Das war ein böser Mann, stimmt's?«

Marie nickte wieder.

»Ein Einbrecher. Hat er dich gesucht?«

Was sollte sie darauf bloß antworten?

»Er hat dich geschlagen, und er hat gesagt, dass du eine blöde Kuh bist. Das macht man nicht, Mädchen schlagen. Und eine blöde Kuh bist du auch nicht. Stimmt's?«

»Das hat Kevin nicht so gemeint.« Marie hätte sich auf die Zunge beißen können.

Basti schien eine Weile nachzudenken. Dann packte er sie am Handgelenk.

»Du kennst den Mann, stimmt's? Du hast ihm gestern geschrieben, stimmt's? Gehst du wieder ins Zimmer?«

Marie wurde schwindelig. Es kam ihr so vor, als ob ihr jemand den Hals zudrückte.

»Ich will nicht mehr eingesperrt sein«, presste sie hervor.

»Aber dann läufst du weg«, sagte Basti. »Zum Kevin.«

»Bestimmt nicht«, versprach Marie.

»Sag mir, wo er wohnt!«

»Warum willst du das wissen?«, fragte sie.

»Dann weiß ich, dass du nicht zu ihm gehst.«

So doof schien er doch nicht zu sein. Sie nannte ihm Kevins Adresse. Erst im Nachhinein fiel ihr ein, dass sie ihm auch eine Phantasieadresse hätte nennen können.

»Du läufst nicht weg?«

»Versprochen!«

»Versprochen und nicht gebrochen?«

»Versprochen und nicht gebrochen!«

Basti dachte wieder eine Weile nach.

»Ei gut«, sagte er schließlich.

***

Das Rüdesheimer Krankenhaus war ein dreistöckiger, verwinkelter Flachbau, an den in der Vergangenheit immer wieder angebaut worden war, und auch jetzt arbeiteten Handwerker an mehreren eingerüsteten Teilen des Gebäudes. Die Mitarbeiterin hinter dem Empfangstresen wies Mayfeld den Weg zur Station eins, auf der sowohl Annika Möller als auch sein Vater lagen.

Das Zimmer von Herbert Mayfeld war das erste nach dem Eingang zur Station. Doch Mayfeld traf seinen Vater dort nicht an. Er ging weiter zum Stationszimmer, wo sich eine korpulente Schwester mit Verwaltungsarbeit herumschlug.

»Er ist vermutlich unterwegs auf der Suche nach einem Ort im Krankenhaus, wo er rauchen kann, ohne sich in die Kälte stellen zu müssen«, erklärte sie ihm grinsend. Dann besann sie sich und setzte eine tadelnde Miene auf. »Eine Stationshilfe hat ihn schon im Keller angetroffen. Da haben wir zwei wirklich schwer Nikotinabhängige von der Intensivstation bekommen. Frau Möller ist nicht viel besser als Herr Mayfeld. Aber deswegen sind Sie vermutlich nicht hier.«

Mayfeld war es nicht geheuer, dass die Krankenschwester von Annika Möller und seinem Vater im selben Atemzug sprach, aber schließlich hatte er sie nach beiden gefragt.

»Mir ist es nicht recht, dass dieses Mädchen bei uns liegt«, sagte die Schwester. »Aber der Psychiater meinte, sie sei nicht mehr suizidal, und eine Behandlung in der Ambulanz im Valentinushaus genüge bei ihr vollkommen. Na ja, er muss es wissen.«

Sie kam aus dem Stationszimmer heraus und wies Mayfeld den Weg zum Zimmer der Patientin.

Annika Möller war eine attraktive junge Frau mit bleichem Gesicht und Haaren, die so schwarz waren wie das Fell des Teufels. Sie blickte ihn mit braunen Rehaugen an, aber Mayfeld fand, dass etwas Beunruhigendes von ihr ausging. Wahrscheinlich lag es an dem bitteren Zug um ihren Mund, den sie sich rot wie eine Blutlache angemalt hatte.

Ihr Gesicht verfinsterte sich für einen Moment, als er ihr seinen Dienstausweis zeigte, dann setzte sie ein gekünsteltes Lächeln auf.

»Ich hab doch schon mit dem Psychiater geredet«, flötete sie, noch bevor Mayfeld eine Frage stellen konnte. »Ich habe nicht vor, mir noch mal was anzutun, niemand muss sich wegen mir Sorgen machen. Es war eine dumme Kurzschlussreaktion wegen eines Typen, und kein Typ dieser Welt ist es wert, dass ich mein Leben wegwerfe.« Sie klimperte mit den langen schwarzen Wimpern.

Das hatte sie sich fein zurechtgelegt, fand Mayfeld.

»Es freut mich, dass Sie jetzt diese Sicht der Dinge haben, aber deswegen bin ich nicht hier. Ich suche Marie Lachner, die seit Samstag verschwunden ist. Ihre Eltern meinten, Sie könnten wissen, wo sie sich aufhält.«

»Marie Lachner?«, fragte die junge Frau in einem Tonfall, als ob sie nicht wüsste, von wem die Rede war.

»Ihre Freundin.« Mayfeld zeigte Annika das Foto von Marie.

»Ach so, ja natürlich, Marie.« Annika dachte einen Moment nach, bevor sie fortfuhr. »Wie soll ich wissen, wo sie steckt? Ich bin seit drei Tagen hier im Krankenhaus, davon war ich einen Tag bewusstlos wegen dieser Scheißkurzschlussreaktion. Ich habe keine Ahnung. Wahrscheinlich hat sie es bei ihren beschissenen Eltern nicht mehr ausgehalten und ist abgehauen.«

»Was ist an ihren Eltern so beschissen?«

»Alles, glaube ich.«

»Geht es ein wenig präziser?«

»Es sind halt Widerlinge. Der Alte denkt bloß an Kohle und Karriere, sie ist so eine Tussi, die immer in Designerklamotten rumläuft. Rede doch selbst mit ihnen, dann merkst du schon, was das für Arschlöcher sind.«

Seit Annika wusste, dass er nicht wegen einer Zwangseinweisung in die Psychiatrie gekommen war, war ihre Freundlichkeit verflogen. Eine hübsche Frau mit einer hässlichen Ausdrucksweise. Aber Mayfeld schien es geraten, freundlich zu bleiben.

»Ich habe schon mit ihnen geredet. Im Moment scheinen sie vor allem besorgt um den Verbleib ihrer Tochter zu sein. War Marie am Samstag bei Ihnen?«

Annika überlegte eine Weile. Zu lange, fand Mayfeld.

»Ich kann mich nicht erinnern, was in der Zeit, nachdem ich die Tabletten genommen habe, passiert ist. Ich glaube nicht, dass Marie bei mir war. Aber am Wochenende davor hat sie mich bestimmt besucht.«

Eine Amnesie nach Tablettenintoxikation war nicht ganz selten. Dass Zeugen sich bei der Polizei nicht erinnern wollten, kam allerdings viel häufiger vor.

»Wir wissen, dass Marie Lachner zu einer Psychotherapeutin ging, Frau Dr. Holler. Kennen Sie die?«

»Frag doch die Holler, ob sie mich kennt«, raunzte Annika Möller.

»Das geht nicht mehr. Frau Holler wurde am Sonntag tot in ihrer Praxis aufgefunden. Sie wurde ermordet.«

Annika schlug die Hände vor dem Mund zusammen. Eine Weile sagte sie nichts mehr. Erst starrte sie ins Leere, dann wurde ihr Blick unstet, sie schien fieberhaft zu überlegen, wie sie sich weiter verhalten sollte.

»Und was hat das mit meiner Freundin oder mit mir zu tun?«, fragte sie mit heiserer Stimme.

»Marie ist am selben Tag verschwunden, an dem Frau Holler ermordet wurde, und Sie haben an dem Tag einen Selbstmordversuch unternommen. Da kann man schon auf die Idee kommen, nach Zusammenhängen zu suchen.«

»Verstehe.« Für einen Augenblick grinste Annika schief. »Ihr habt keine Ahnung und stochert im Nebel.« Dann verfinsterte sich ihre Miene wieder. »Du willst diese Scheiße doch nicht Marie anhängen? So blöd kannst du doch nicht sein. Die ist vierzehn! Oder willst du am Ende mich beschuldigen? Scheiße, ich brauch eine Flippe. Hast du mal eine Flippe für mich?«

Mayfeld schüttelte den Kopf.

»Hab es mir abgewöhnt. Wollen Sie ein Weingummi? Macht mein Schwager aus eigenem Wein.« Er kramte eine Tüte aus seinem Jackett und reichte sie Annika. »2009er Eltviller Langenstück, Weingummi vom Riesling.«

Annika starrte ihn an, als sei er nicht ganz bei Trost.

»Ich dachte, ich bin hier die Verrückte.« Sie nahm eine Handvoll Weingummis und steckte sich alle wie ein Kleinkind in den Mund. »Hoffentlich sind die nicht vergiftet«, bemerkte sie kichernd.

»Kannten Sie Frau Holler?«

»Kann ich noch ein paar von den Weingummis haben?«

Mayfeld gab ihr die Tüte noch einmal. Sie leerte sie und steckte den gesamten Inhalt in den Mund.

»Meine Freundin hat mir von ihr erzählt. Was habe ich mit der Sache zu tun?«

Für einen Moment glaubte Mayfeld, etwas Vertrauen bei der Frau, die sich nicht zwischen Vamp und Kleinkind entscheiden konnte, gewonnen zu haben.

»Wir suchen den Mörder von Frau Holler. Vielleicht wissen Sie etwas, das uns weiterhilft.«

Annikas Gesicht verhärtete sich wieder. »Die Polizei hat mir noch nie geholfen, warum sollte ich ihr helfen?«, giftete sie den Kommissar an.

»Damit der Mörder möglichst bald hinter Gitter kommt.«

Annika lachte schrill. Sie steigerte sich immer mehr in eine Art Hysterie hinein. Für Mayfeld war es schwer zu unterscheiden, was davon echte Panik war und was gespielt.

»Die Polizei, dein Freund und Helfer«, kreischte die junge Frau. »Die Polizei, Streiterin für Recht und Gerechtigkeit. Den Scheiß soll ich dir glauben? Ihr seid doch alles korrupte Schweine.« Sie nahm ihr Kopfkissen und warf es nach Mayfeld. »Hau ab! Sonst schreie ich und sage allen, dass du mich sexuell belästigt hast.«

Sie zerrte am Oberteil ihres Pyjamas. Ein paar Knöpfe rissen ab, ihre weißen Brüste kamen zum Vorschein.

»Kannst du mit dem Theater vielleicht aufhören?«, fragte Mayfeld schroff. »Ich will dir nichts anhängen, und ich halte dich nicht für verrückt. Ich glaube, dass dich die Nachricht von Frau Hollers Tod überrascht hat und dass es dir was ausmacht, dass sie tot ist. Vor allem habe ich den Eindruck, dass du verdammt viel Angst hast. Damit würde ich an deiner Stelle nicht allein bleiben.«

»Verpiss dich!«, schrie Annika.

Die Tür wurde aufgerissen.

»Das ist hier ein Krankenhaus«, sagte die Stationsschwester.

Sie blickte missbilligend erst zu Mayfeld, dann zu Möller.

»Wenn Sie weiter mit Frau Möller reden wollen, geht das nur mit Genehmigung unserer Ärztin, oder am besten gleich des Chefs«, fügte sie in resolutem Ton hinzu.

»Falls dir nach Reden ist, ruf mich an«, sagte Mayfeld zu Annika. Er warf eine Karte auf ihr Bett. »So eine Scheißangst würde ich nicht in mich hineinfressen.« Er verließ das Krankenzimmer.

»Fick dich!«, brüllte sie ihm hinterher.

Mayfeld betrat den neuen Gastraum des Weinguts Leberlein. Er befand sich in einer Art Wintergarten, der sich vom Haupthaus entlang der Hofmauer bis zur Kelterhalle hinzog und den Innenhof des Anwesens etwa zur Hälfte einnahm. Die Bruchsteinmauern der alten Gebäude bildeten mit der filigranen Konstruktion aus Aluminium und Glas einen reizvollen Kontrast. Nun hatten die Leberleins doppelt so viel Platz wie früher. Dennoch saßen die Gäste dicht gedrängt an den groben Holztischen.

Der Raum war erfüllt vom Gerede, Geplapper und Gejohle der Menge. Vielleicht wäre eine schallschluckende Decke eine gute Idee gewesen, dachte Mayfeld. Vielleicht sollte man sie noch nachträglich einziehen. Mit einem derartigen Ansturm hatte niemand gerechnet. Schuld daran war neben den großartigen Weinen von Mayfelds Schwager und Schwiegervater vor allem Julias überragende Kochkunst.

»Hier sind wir, Robert!«, rief jemand.

Mayfeld schaute sich um. Am Stammtisch saßen Gertrud und Klaus Beckerle sowie Doris und Peter Nachtweih, das »Straußwirtschaftliche Quartett«. Gertrud, von allen nur »die Trude« genannt, winkte ihm zu.

Mayfeld ging zu dem Tisch und wurde mit großem Hallo begrüßt. Ihrer Stimmung nach zu urteilen, saßen die vier schon eine Weile hier und hatten bereits das eine oder andere Glas Wein getrunken.

»Also, die Wildbuletten mit dem Kartoffelstampf und den Steinpilzen sind große Klasse«, schwärmte Trude, eine rundliche Frau mit rosigem Gesicht. »Sag der Julia ein großes Kompliment. Vorneweg hatte ich ein Kürbissüppchen, das war auch genial. So ein runder Geschmack.«

»Die Suppe schmeckt rund und macht rund!« Klaus Beckerle, den alle wegen seiner Kopfbedeckung nur »Batschkapp« nannten, war für seine schlechten Witze berüchtigt.

»Würde dir altem Klappergestell auch guttun«, meinte Trude.

»Du hast Arbeit bekommen«, sagte Peter Nachtweih, alias »Gucki«, zu Mayfeld.

»Das weiß er von mir«, stellte seine Frau Doris, die wegen ihrer Haare und ihrer politischen Gesinnung im Freundeskreis die »Rote Zora« hieß, fest.

»Unser Rheingauer Bote«, ergänzte Batschkapp.

»Rheingauer Botin«, korrigierte Zora.

»Woher weißt du das?«, fragte Mayfeld.

Zora konnte sich ein triumphierendes Lächeln nicht verkneifen. »Die Frau Russmann trifft sich jeden Montag mit Lore Werner, einer Jahrgangskameradin, in der Martinsthaler Krone auf einen Schoppen.«

»Oder zwei oder drei«, warf Batschkapp ein.

»Sind noch ganz schön rüstig, die beiden Alten«, fuhr Zora fort. »Gestern hat Frau Russmann der Lore erzählt, was mit ihrer Nachbarin, Frau Dr. Holler, passiert ist. Und Lore hat mit ihrer Tochter telefoniert, die gestern Abend Besuch von unserer Nachbarin hatte. Und mit der hatte ich heute Mittag, als ich von der Schule nach Hause kam, einen kleinen Plausch.«

»Wir sind schneller als der Wiesbadener Kurier und das Tagblatt«, stellte Gucki nicht ohne Stolz fest. »Hier bleibt nichts lange geheim.«

»Morgen steht es in der Zeitung«, sagte Mayfeld.

»Sag ich doch«, entgegnete Gucki. »Wir sind schneller.«

»Was willst du wissen, Robert?« Zora kam zur Sache. »Du sagst doch immer, die Ermittlungen in der Straußwirtschaft sind dir die liebsten.«

Mayfeld holte eine Flasche Rauenthaler Rothenberg aus dem Weinschrank, der in der Ecke des Gastraums stand. Er öffnete die Flasche, füllte die Gläser und prostete seinen Freunden zu. Lisa kam an den Tisch, und Trude bestellte eine weitere Portion Wildbuletten.

»Ihr wisst also, dass Frau Dr. Holler aus Martinsthal am Samstag ermordet wurde«, begann Mayfeld. »Kanntet ihr sie?«

»Wir kennen sie alle«, behauptete Gucki. »Ich hab die Plakate für ihr letztes Programm gemacht. ›Frau Holle und die Märchenharfe‹.«

Peter Nachtweih betrieb in Eltville ein Fotoatelier, den »Guckkasten«, von dem sich sein Spitzname herleitete.

»Eine sehr nette Frau.«

»Ist die nicht mit einem jungen Mann zusammen«, fragte Trude, »einem ungarischen Musiker?«

»So sagen manche. Warum auch nicht«, antwortete Zora. »Sie war lange genug allein, nach dem Tod ihres Mannes.«

»Die Hochzeitsfotos von den beiden hab ich auch gemacht«, erzählte Gucki. »Das war 1980, als ich den Guckkasten aufgemacht habe, mein erster Auftrag. Zwei echte Rheingauer Gewächse, die beiden.«

»Den Ferdinand Holler kannte ich von der GEW«, ergänzte Zora. »Ein ganz lieber Kollege. Der Vater war auch schon Lehrer, die Mutter stammte aus einer Fabrikantenfamilie aus Bingen. Ein Jammer, dass der Ferdi so früh gestorben ist.«

Hier kannte jeder jeden, dachte Mayfeld, bis in die dritte oder vierte Generation. Voraussetzung war, dass man von hier kam und kein Zugereister war wie er selbst.

»Die Frau Holler war keine Eltvillerin«, sagte Batschkapp, und fast klang es so, als ob in dieser Feststellung ein leichter Tadel mitschwang.

»Hier in Kiedrich gilt das kaum als Makel«, scherzte Mayfeld.

»Kam die nicht aus Lorch?«, fragte Batschkapp.

»Jawohl«, antwortete Trude. »Eine Tochter von Johannes Fromm vom Weingut Fromm. Wir waren zusammen im Ursulinenstift in Geisenheim.«

»Gehört das Weingut nicht ihrem Bruder Georg?« Mayfeld versuchte, das Gespräch in eine Richtung zu lenken, die irgendeinen Ertrag für ihn abwerfen könnte.

»Wohl eher der Bank«, widersprach Gucki. »Hinter Rüdesheim ist Grund und Boden nicht so viel wert wie hier. Georg Fromm hat viele Weinberge in Steillagen gehabt. Die hat er größtenteils aufgegeben, die Bewirtschaftung war ihm zu teuer. Dabei hätte er dort einen charakteristischen Wein erzeugen können. Aber Wein machen, das kann er nicht besonders gut, hat mir ein Winzerkollege aus Lorch erzählt, für den ich Fotos für seinen Internetauftritt gemacht habe. Jetzt kann es nur noch die Erbtante richten.«

»Nach dem Sterben kommt das Erben«, bemerkte Batschkapp.

»Was für eine Erbtante?«, fragte Mayfeld.

»So genau weiß ich das auch nicht. Ich hab nur gehört, dass es in Wiesbaden eine reiche Verwandte gibt, die in einem Nobelaltersheim vor sich hin dämmert. Wenn die mal stirbt, geht auf die Familie Fromm ein warmer Geldregen nieder. Aber die Alte will und will nicht sterben.«

Lisa brachte die Wildbuletten mit den Steinpilzen.

»Wie alt bist du denn inzwischen?«, fragte Zora Mayfelds Tochter mit einem Anflug von Hinterhältigkeit.

»Fünfzehn«, antwortete Lisa grinsend. »Fragen Sie wegen der Kinderarbeit? Papa sagt, bei Straußwirtschaften machen die Behörden eine Ausnahme, wenn man zur Familie gehört. Und zu der gehöre ich, daran lässt sich nun mal nichts ändern.« Lisa versuchte, den Gästen ein leidendes Gesicht zu präsentieren. Dann besann sie sich anders. »Ich bin auf jeden Fall freiwillig hier«, fügte sie beruhigend hinzu und ging zum nächsten Tisch, um eine Bestellung aufzunehmen.

»Wie wird denn der neue Jahrgang bei dir?«, fragte Batschkapp.

Mayfeld war dankbar für den Themenwechsel. »Der wird großartig. Schlechte Jahrgänge gibt es ja so gut wie gar nicht mehr. Aber dieser wird vermutlich noch besser als der 2003er, weil er genug Säure hat. Und die Maifröste haben im Rothenberg wegen der Steillage keine Schäden angerichtet.«

»Was hat denn die Steillage mit der Temperatur zu tun?«, wunderte sich Batschkapp.

»Kalte Luft ist schwerer als warme Luft und fließt nach unten ab«, erklärte Mayfeld. »Außerdem war die bessere Belüftung in dem verregneten Sommer hilfreich, wir hatten keine Probleme mit Pilzbefall und Essigfäule. Und der sonnige Herbst war die Krönung eines perfekten Weinjahres.«

Sie sprachen eine Weile über die Weinjahrgänge der letzten Zeit, über die Folgen der Klimaerwärmung für den Weinbau, über die Qualität von Julias Küche und die diesjährige Pilzsaison. Über Sylvia Holler und ihre Familie erfuhr Mayfeld an diesem Abend nichts Substanzielles mehr.

***

Der Arm schmerzte, in seinem Kopf hämmerte und brummte es. Was für ein beschissener Tag. Kevin saß in seiner Souterrainwohnung im Märchenland, süffelte einen Energydrink und starrte auf sein Notebook. Er hatte die Videos noch mal laufen lassen, sich die Visagen der Typen genau angeschaut, sie mit den Fotos verglichen. Dann hatte er einen Zusammenschnitt mit den entscheidenden Szenen und einige der Fotos abgeschickt.

Bis heute Morgen war alles nach Plan verlaufen. Aber mit der Zickigkeit von Annika hatte er nicht gerechnet. Mit ihrer blöden Geschwätzigkeit auch nicht. Doch selbst wenn er damit gerechnet hätte, er hätte nichts anders machen können. Schließlich hatte sie ihm die entscheidenden Infos geliefert. Viel mehr ärgerte ihn, dass er bei Marie nichts erreicht hatte. Was lief zwischen der kleinen Schlampe und dem Monster? Konnten die zwei ihm in die Quere kommen, oder hatten sie keine Ahnung, was gerade abging? Der Riese hatte nicht so ausgesehen, als ob er irgendetwas raffte. Aber bei Marie konnte man das nicht wissen, die war clever.

Wenn er das Ding durchziehen wollte, dann musste er jetzt handeln. Wer zu spät kommt, den bestraft das Leben, hatte er irgendwo mal gelesen. Und Kevin wollte nicht zu spät kommen. Das war die Chance seines Lebens, aus dem Dreck herauszukommen, aus der dunklen Wohnung, aus dem Mief aus Armut, Schimmelpilz und feuchten Wänden. Nie mehr Autos knacken, umlackieren und für ein paar lumpige Kröten in den Osten verschieben, das ganze Risiko für ihn und die ganze Knete für den Chef. Die Chance, das ganze Elend hinter sich zu lassen, durften ihm zwei durchgeknallte Tussis und ein unterbelichteter Kleiderschrank nicht versauen.

Noch hatte er alles unter Kontrolle, und das sollte auch so bleiben. Er griff zum Telefon, wählte die Nummer seines zukünftigen Sponsors.

»Schauen Sie in Ihre E-Mails«, sagte er, als sich die Zielperson am anderen Ende der Verbindung meldete. »Ich habe Ihnen ein Video geschickt, das Sie bestimmt interessieren wird. Und ein paar Fotos. Sie können das Video und die Fotos bekommen. Sagen Sie jetzt nichts. Es kostet Sie zweihunderttausend Euro. Ich weiß, dass Sie sich das leisten können. Wenn Sie alles gesehen haben, werden Sie die Sachen haben wollen, es sind echte Kunstwerke. Ich melde mich wieder.«

Er legte auf und lachte. Aus dem Tag war doch noch was geworden. Bald würde er reich sein.

Mittwoch, 26. Oktober

Waltraud Fromm starrte auf die Zeitung, die ihr die Schwester gebracht hatte. Sie wollte nicht glauben, was sie da las. Sie las den Artikel noch einmal, aber es stand immer noch dasselbe da. Tränen flossen über ihre Wangen.

Wiesbaden, 26.10. Einen grausigen Fund machte am vergangenen Sonntag eine Martinsthaler Bürgerin, als sie die Katze ihrer Nachbarin versorgen wollte und dabei die Leiche der Nachbarin fand. Bei der Toten handelt es sich um Dr. Sylvia Holler. Die Polizei geht von einem Verbrechen aus und bittet die Bevölkerung um Mithilfe. Wer Angaben über die Aktivitäten von Frau Dr. Holler am Freitag, dem 21.10., machen kann oder sonstige sachdienliche Hinweise hat, soll sich an das Polizeipräsidium Westhessen oder jede andere Polizeidienststelle wenden. Telefonnummer …

Am Freitag hatte sie noch mit Sylvia telefoniert. Dr. Becker hatte ihr zuvor eröffnet, dass sie sofort in eine Klinik müsse. Sie hatte eingewandt, dass sie ihren Jungen nicht allein lassen könne, aber ihr Hausarzt war unerbittlich geblieben. Die Krankheit habe ihr Herz in Mitleidenschaft gezogen, und sie könne jederzeit sterben, wenn sie sich nicht umgehend in stationäre Behandlung begebe. Er hatte sogar gedroht, die hausärztliche Betreuung niederzulegen, wenn sie seinen Anordnungen in diesem Fall nicht Folge leistete.

Also hatte sie ein paar Sachen gepackt und Sylvia angerufen. Sie hatte ihre Freundin und Exschwägerin gebeten, ab und zu nach ihrem Jungen zu schauen, und Sylvia hatte nach kurzem Zögern vorgeschlagen, er sollte sie am Samstagmorgen besuchen. Sie hatte noch etwas von einer Reise nach Berlin gesagt, aber da hatte Waltraud schon gar nicht mehr richtig hingehört, so froh war sie über Sylvias Zusage gewesen.

Bis vor wenigen Minuten war Waltraud sicher gewesen, dass Sebastian sie noch nie in seinem Leben belogen hatte. Der Junge wusste gar nicht, was Lügen sind, war ihre Meinung gewesen, er war eine zu ehrliche Haut für so etwas und auch nicht raffiniert genug.

Was sollte sie also davon halten, dass er sie gestern derartig angeflunkert hatte? Waltraud war gekränkt und traurig. Seit Bastis Geburt hatte sie ihr ganzes Leben seiner Erziehung und seinem Wohlergehen gewidmet. Sie hatte das immer gern getan, meist hatte sie es nicht als Opfer empfunden. Der Junge gab so viel zurück, mit seinem Eifer, seiner Direktheit, seiner Unverdorbenheit und seinen sonderbaren Begabungen. Und seiner unbedingten Ehrlichkeit, hatte sie bis vor ein paar Minuten gedacht. Ihr wurde schwer ums Herz. Keine Aufregungen, hatte der Arzt gesagt. Der hatte gut reden.

Sie hatte als Erstes zu Hause angerufen, aber Sebastian war nicht rangegangen. Telefonieren hatte er noch nie gemocht. Ob er bei Sylvia gewesen war? Ob er irgendetwas gesehen hatte? Dann musste er es eigentlich der Polizei sagen. Aber andererseits: Konnte man sicher sein, dass die Beamten seine Aussage vorurteilsfrei aufnehmen würden? Ihr Junge machte manchen Menschen Angst, weil er so anders war als sie. Manchmal war er aufbrausend, und Menschen, die ihn nicht kannten, verstanden das oft falsch. Und Basti wäre bestimmt hilflos und überfordert, wenn ihn die Polizei erst einmal in die Mangel nähme.

Was ihr vor allem Sorgen machte, war die Tatsache, dass ihr Junge nunmehr ganz allein war. Irgendwer musste doch nach ihm schauen!

In diesem Moment wurde ihr schmerzhaft bewusst, welch großen Verlust Sylvias Tod für sie darstellte. In den letzten Jahren hatten sie nicht mehr so viel Kontakt gehabt wie früher. Sylvia hatte immer so viel zu tun, und manchmal hatte Waltraud den Eindruck gehabt, sie falle ihrer Freundin zur Last. Aber als sie das einmal angesprochen hatte, hatte Sylvia es weit von sich gewiesen.

Eine Weile war sie zu keinem klaren Gedanken fähig. Sylvia, ihre beste Freundin, war tot. Ihre einzige Freundin war tot. Sylvia, die ihr immer Mut gemacht hatte, ihr gegen Georg, ihren Ex, geholfen hatte.

Wer sollte sich jetzt um ihren Jungen kümmern, wenn sie das nicht konnte, wenn sie krank war, wie gerade eben?

Der Gedanke, der sich aufdrängte, gefiel ihr ganz und gar nicht. Aber eigentlich war er unabweisbar. Sie konnte ihn nicht loswerden, er fraß sich in ihr Gehirn. Auch wenn es ihr wie Verrat an der

Freundin vorkam und wie Verrat an Basti, der seinen Vater nie gemocht hatte. Wie denn auch, wo er ständig nur Prügel und harte Worte bekommen hatte.

Aber es blieb ihr gar nichts anderes übrig. Sosehr sie es auch hin und her wendete, solange sie auch darüber nachdachte, sie kam immer wieder zu demselben Schluss: Sie musste Georg anrufen. Wenn sie verhindert war, dann musste sich eben der Vater um seinen Sohn kümmern. Auch wenn Basti das nicht gefallen würde. Sie war jetzt zu schwach. Und hatte Sylvia nicht immer wieder gesagt, sie müsse auch einmal Verantwortung abgeben?

Waltraud griff zum Telefon.

***

Mayfeld ließ den Blick über die Gartenkolonie gegenüber dem Polizeipräsidium schweifen. Der strahlend blaue Himmel kündete von einem weiteren goldenen Oktobertag. Als Letzter erschien Dr. Lackauf zur Morgenbesprechung. Burkhard zog die Stirn in Falten und rollte mit den Augen, als der Staatsanwalt sich Mayfeld gegenübersetzte. Mayfeld war gespannt, welche Unverschämtheiten Lackauf heute aus dem Köcher holen würde.

»Fangen Sie an!« Lackaufs Ton war, gelinde gesagt, unfreundlich.

»Wir haben nur noch auf Sie gewartet«, antwortete Mayfeld. »Gibt es neue Fakten von der Kriminaltechnik, Horst?«

Adler blätterte in seinem obligatorischen Aktenstapel.

»Die DNA, die Dr. Enders unter Hollers Fingernägeln gefunden hat, ist identisch mit einer DNA-Spur, die wir an Hollers Nachthemd gefunden haben. Sie passt allerdings nicht zu der DNA, die wir im Baumhaus sichergestellt haben, und findet sich auch sonst nicht mehr am Tatort. Und sie ist in keinem unserer Computer.«

»Wie würdest du das gesamte Spurenmuster einordnen?«

»Schwierig zu sagen, weil wir die DNA-Spuren nicht bestimmten Fingerabdrücken zuordnen können«, antwortete Adler. »Eine Person, die im Baumhaus gewesen ist, ist durch die Hintertür in Hollers Haus gekommen und hat die Polizei in Eltville angerufen, das können wir aufgrund der Fingerabdrücke sowie der Liste der Telefonate annehmen. Wir wissen aber nicht, ob die DNA und die Fingerabdrücke im Baumhaus zur selben Person gehören. Es ist genauso gut möglich, dass die Fingerabdrücke auf dem Telefonhörer und im Baumhaus zu der Person gehören, deren DNA wir unter Hollers Fingernägeln gefunden haben, aber es kann auch ganz anders sein. Und da wir keinen Hinweis auf die Herkunft der Spuren haben, nutzt uns das alles im Moment sowieso nichts.«

»Haben die Spuren unter Hollers Fingernägeln denn überhaupt irgendeine Beweiskraft?«, fragte Burkhard.

»Sie sind nur ein Indiz«, antwortete Adler. »Sie müssen nicht unbedingt bei einem Kampf mit dem Mörder unter Hollers Fingernägel geraten sein. Falls man sie allerdings jemandem zuordnen könnte, der mit Holler sonst nichts zu tun hatte, wären sie ein ziemlich starkes Indiz, zumal sie auch noch am Nachthemd zu finden sind.«

Mayfeld seufzte. Sichere Erkenntnisse waren rar in diesem Fall. »Was gibt es sonst noch?«

»Wir haben die Verbindungsliste von Hollers Handy.« Meyer legte eine angebissene Mohnschnecke zu zwei weiteren Teilchen und kramte in den Unterlagen, die neben der Tüte vom Konditor lagen. »Es gab ein paar Gespräche mit Weisz, zuletzt hat er am Freitagmittag angerufen. Kurz danach wurde Holler außerdem vom Anschluss einer Waltraud Fromm aus Eltville angerufen, abends um zwanzig Uhr hat Holler zurückgerufen.«

»Waltraud Fromm ist die Exfrau von Georg Fromm, dem Bruder der Ermordeten«, berichtete Mayfeld. »Holler soll nach Angaben ihres Bruders mit Waltraud Fromm befreundet gewesen sein.«

»Haben wir über die Fromms keine genaueren Informationen?«, fragte Lackauf verärgert. Er hatte sich erstaunlich lange zurückgehalten.

»Meyer überprüft die Leute, aber wir sind doch eben erst auf die beiden aufmerksam geworden.« Mayfeld war ebenfalls verärgert und gab sich keine Mühe, das zu verbergen.

»Seit gestern wissen Sie das«, widersprach Lackauf. »Kommunizieren Sie eigentlich nur bei dieser Morgenbesprechung miteinander?«

Es reichte. Dieser Schnösel wollte ihn vor seinen Mitarbeitern vorführen.

»Ich glaube, Sie überschreiten gerade Ihre Kompetenzen, Herr Staatsanwalt. Arbeitsorganisation und ermittlungstaktische Details, wann wir uns um wen kümmern, sollten Sie uns überlassen. Bei allem Respekt«, diese Worte sprach Mayfeld betont sarkastisch aus, »bei allem Respekt, davon verstehen wir mehr.«

Der Respekt hätte es allerdings erfordert, dies dem Staatsanwalt unter vier Augen mitzuteilen statt vor versammelter Mannschaft. Aber das war Mayfeld mittlerweile egal. Und für den Moment hatte es Lackauf offensichtlich die Sprache verschlagen.

»Waltraud und Sebastian Fromm wohnen im Sülzbachtal in Eltville«, fügte der Kommissar an Meyer gewandt hinzu.

»Ich kann mich um sie kümmern«, schlug Burkhard vor. »Ich kann das gleich als Erstes erledigen.«

Mayfeld nickte Burkhard zu. So freundlich kannte er den Kollegen eigentlich nicht. Aber er wusste, dass Burkhard von Lackauf genauso viel hielt wie alle anderen Kollegen. Eine gemeinsame Abneigung konnte zusammenschweißen. Lackauf war zu sehr von sich überzeugt, um eine solche Wirkung seines Verhaltens in Erwägung zu ziehen.

»Waltraud Fromm ist noch aus einem anderen Grund für uns interessant«, schaltete sich Winkler in das Gespräch ein. »Ich habe gestern noch die Abschrift von Hollers Testament gefunden. Frau Fromm erbt die Hälfte des Vermögens von Sylvia Holler, unter anderem das Haus im Sülzbachtal, in dem die Fromms wohnen. Die andere Hälfte inklusive des Hauses in Martinsthal geht an Sandor Weisz.«

Mayfeld war überrascht. »Weisz hat mir nicht gesagt, dass er Holler so nahe stand. Bei seiner Vernehmung hatt ich den Eindruck, dass es zwischen den beiden zu einer Auseinandersetzung gekommen war. Ich werde noch mal mit ihm reden.«

Meyer hatte seine Mohnschnecke aufgegessen. »Knuth Schneider ist gestern nicht bei uns erschienen«, sagte er.

»Wer ist das?«, fragte Lackauf.

»Ein Pädophiler, von dem wir glauben, dass er Frau Dr. Holler einen anonymen Drohbrief geschrieben hat«, antwortete Meyer gleichmütig. »Er sollte eine Schriftprobe abliefern und seine Aussage zu Protokoll geben, was er aber nicht getan hat. Ich habe bei seiner Arbeitsstelle angerufen. Er hat sich krankgemeldet.«

Burkhard pfiff durch die Zähne. »Der macht sich aus dem Staub.«

»Du könntest dich auch um diesen Herrn kümmern, Paul«, schlug Mayfeld vor.

»Kein Problem«, gab der zurück.

»Ich habe gestern übrigens noch etwas Interessantes über Georg Fromm in Erfahrung gebracht«, fuhr Mayfeld fort. »Es soll eine reiche Tante geben, deren Vermögen nach Hollers Tod komplett an Georg Fromm fallen wird.«

»Sind das die Ergebnisse Ihrer berüchtigten Ermittlungen in den Rheingauer Wirtschaften?«, höhnte Lackauf. »Sollen wir uns hier mit Tratsch herumschlagen? Wollen Sie uns das wirklich zumuten?«

»Wir gehen einfach allen Informationen nach, die für den Fall von Bedeutung sein könnten«, erklärte Mayfeld. Aber vielleicht hatte Lackauf in dem Fall recht. Der Verdacht war möglicherweise etwas weit hergeholt.

»Gibt es was Neues im Fall Lachner?«

»Welcher Fall Lachner?«

Die Einwürfe Lackaufs waren eine echte Plage, fand Mayfeld.

»Ein Mädchen aus Geisenheim, das seit Samstag verschwunden ist. Seit gestern wissen wir davon. Sie war Patientin bei Frau Dr. Holler.«

»Steht heute schon was darüber in der Zeitung«, ergänzte Meyer.

»Schön, dass die Presse vor der Staatsanwaltschaft davon erfährt«, sagte Lackauf. »Möglicherweise sind Sie überfordert, Mayfeld, oder Sie wollen mich aus Ihrer Arbeit raushalten. Das steht Ihnen aber nicht zu.«

»Vielleicht erinnern Sie sich, dass Sie gestern den ganzen Tag bei Gericht waren, Herr Dr. Lackauf«, beschied Mayfeld den Staatsanwalt. »Können wir zurück zur Sache kommen? Also, gibt es im Fall Lachner etwas Neues?«

»Sie ist nicht wieder aufgetaucht«, antwortete Meyer, der seine zweite Mohnschnecke fast verspeist hatte. Irgendwann würde sich Meyer zu Tode gefuttert haben.

Mayfeld bat Winkler, die Klassenkameraden von Marie Lachner zu befragen. »Sie ist übrigens die ganze Zeit zu Holler in Therapie gegangen, jeden Montag«, fügte er hinzu.

»Aber vermutlich nicht während der Ferien«, warf Winkler ein. »Und am 3.10. war Feiertag. Also war sie im Oktober nicht in der Praxis. Das könnte erklären, warum ihre Daten auf dem USB-Stick nicht auffindbar waren. Da sind nur Daten gespeichert, die Dr. Holler im Oktober aufgerufen hat.«

»Deswegen wäre es gut, wenn wir alte Datensicherungen finden würden. Es muss CDs oder DVDs geben.« Mayfeld blieb an diesem Punkt hartnäckig.

»Aber danach hab ich gestern schon gesucht«, protestierte Winkler. »Nirgendwo in der Praxis lag ein Datenträger. Die CD wird noch in dem geklauten Computer stecken.«

»Bitte schau mal nach. Vielleicht findest du ja doch noch etwas. Vielleicht sind die Datenträger gar nicht in der Praxis. Vielleicht haben wir sie übersehen, weil sie im Wohnzimmer zwischen Musik-CDs stehen.«

Dann wandte er sich an Lackauf. »In einem Punkt könnten wir Ihre Hilfe brauchen, Herr Staatsanwalt. Ich war gestern bei einer Freundin von Marie, einer gewissen Annika Möller, die am letzten Samstag einen Selbstmordversuch unternommen hat. Eine unbekannte Person hat den Notarzt gerufen. Wir bräuchten eine richterliche Anordnung, dass wir die Aufzeichnung des Anrufs abhören dürfen.«

»Wozu soll das gut sein, Mayfeld? Meinen Sie nicht, dass Sie sich verzetteln?«, fuhr ihn Lackauf an.

»Vielleicht war die vermisste Marie Lachner die Anruferin. Sie hat sich oft mit Annika Möller getroffen. Es sähe schlecht aus, wenn wir nicht alles daransetzen würden, das Mädchen zu finden. Dazu gehört es, dass wir jedem Hinweis nachgehen, der uns Informationen über ihre Aktivitäten nach dem Verschwinden liefern könnte. Da sie Patientin von Frau Dr. Holler war, könnte es auch Verbindungen zu dem Mordfall geben. Aber das sind zum gegenwärtigen Zeitpunkt nur Spekulationen.«

»Genau, Spekulationen«, versetzte Lackauf.

Meyer hustete, er hatte sich an seiner dritten Mohnschnecke verschluckt.

»Besorgen Sie die Anordnung, Dr. Lackauf?«, fragte Mayfeld. »Es geht um ein verschwundenes Mädchen. Sie ist zwar eine bekannte Ausreißerin, aber es wäre eine Katastrophe, wenn ihr etwas passieren würde, und wir müssten uns später vorhalten lassen, dass wir nicht alles getan hätten, um sie zu finden.«

Lackauf hatte die Drohung verstanden. »Natürlich kümmere ich mich darum«, antwortete er unwillig. Es schien ihm schwer zu fallen, Mayfeld recht zu geben, und sei die Angelegenheit noch so banal.

»Sagtest du gerade Annika Möller?«, fragte Meyer.

Mayfeld nickte.

»Wir schauen uns täglich die Post von Dr. Holler an ...«

»Ohne gerichtliche Anordnung, ohne Absprache mit mir?«, fragte Lackauf scharf.

»Die haben wir gleich am Sonntag beim richterlichen Bereitschaftsdienst eingeholt«, sagte Mayfeld. Er war froh um jede Möglichkeit, Lackauf aus seiner Arbeit herauszuhalten.

Der Staatsanwalt schwieg.

Mayfeld wandte sich wieder an Meyer. »Was ist mit Annika Möller, Hartmut?«

Meyer räusperte sich. »Heute war eine Nachricht der Krankenkasse in Hollers Post. Eine Kostenzusage Annika Möller betreffend. Die war auch Patientin bei Frau Dr. Holler.«

Das wunderte Mayfeld überhaupt nicht. »Sie schien erschüttert über die Nachricht von Hollers Tod, aber sie behauptete, sie nicht näher zu kennen. Ich glaube, dass sie Angst hat.«

»Und was schließen Sie daraus?«, fragte Lackauf.

»Dass wir uns mit Annika eingehender beschäftigen sollten.«

»Ist das nicht ein bisschen weit hergeholt?«, wandte Burkhard ein. Er sah Mayfeld an, als wolle er sich dafür entschuldigen, dass er ihm in Gegenwart des Staatsanwaltes widersprach. »Dass Patienten von Frau Holler auffällig werden, ist doch keine Überraschung. Die hatte es vermutlich am laufenden Band mit Ausreißern und Suizidalen zu tun.«

»Was schlägst du stattdessen vor?«

»Das Naheliegende zu tun. Wir kümmern uns um die Verdächtigen, statt uns in Spekulationen zu verlieren. Ein Pädophiler hat Holler bedroht. Der Bruder ist in finanziellen Schwierigkeiten, profitiert vermutlich bald von ihrem Tod, wie du herausgefunden hast, und hat ihr ebenfalls einen Drohbrief geschrieben. Ihr Liebhaber und eine Freundin erben das Vermögen. Der Liebhaber hatte Streit mit ihr und will uns seine Beziehung zu ihr verschweigen.«

»Du hast recht, Paul. Um all das werden wir uns kümmern. Aber wir werden auch Annika Möller im Blick behalten. Sie scheint mir eine ziemlich auffällige und verwirrte junge Frau zu sein. Und sie hat einen Bruder, Kevin Möller. Den müssen wir finden. Vielleicht kann er uns etwas über seine Schwester erzählen. Suchst du ihn, Hartmut?«

»Natürlich.« Meyer schnaufte schwer und setzte sich seine Insulinspritze.

»Verzetteln Sie sich nicht, Mayfeld«, mahnte Lackauf noch einmal.

»Sie machen Ihre Arbeit und wir die unsere, Herr Staatsanwalt«, antwortete Mayfeld und lächelte so freundlich, wie es eben ging.

***

»Schokoladenkuchen mit Beerenkompott, Rezept vierundachtzig. Bananenmilch, Rezept siebzehn.«

Basti stellte zwei Becher mit einer cremigen weißen Flüssigkeit neben die Platte mit dem Kuchen und die Schüsseln mit dem Kompott auf den Küchentisch. Marie hatte darauf bestanden, in der Küche zu frühstücken.

»Ich krieg sonst einen Lagerkoller«, hatte sie gedroht. »Aber nicht weglaufen«, hatte er gebeten, und das hatte sie versprochen. »Versprochen und nicht gebrochen.«

Er schnitt den Kuchen an und tat ihr ein Stück auf den Teller, das sie umgehend verdrückte. Der Kuchen war süß und saftig und sehr schokoladig.

»Schmeckt es?«

»Wieder selbst gemacht?«

Basti nickte.

»Krieg ich noch ein Stück?«

Basti gab ihr ein zweites Stück auf den Teller.

»Schmeckt es?«

Sie stopfte sich das zweite Stück in den Mund.

»Mhmpf.«

»Jetzt kriegst du keinen Lagerkoller mehr, stimmt's?«

»Mhmpf.«

»Aber nicht weglaufen. Versprochen und nicht gebrochen.«

»Krieg ich noch ein Stück?« Der Kuchen war verdammt lecker.

»Keinen Lagerkoller, aber Bauchweh«, stellte Basti fest und tat ihr ein drittes Stück von dem Schokokuchen auf den Teller. »Das Kompott schmeckt gut dazu.«

Sie aß das Kompott auf und trank den Becher Bananenmilch in einem Zug aus.

»Ich habe eine große Bitte.«

»Noch Schokokuchen?«

Marie musste vor Lachen losprusten. »Ich kann nicht mehr, vielen Dank.«

»Ich bin so satt, ich mag kein Blatt, meh, meh«, rief Basti.

»Ich habe eine andere Bitte.«

»Nicht weggehen. Versprochen und nicht gebrochen!«

Basti Rübezahl wurde richtig anhänglich. Irgendwie fand Marie das total süß.

»Ich muss unbedingt eine Freundin besuchen. Ich muss ihr ein Handy zurückgeben, das sie mir ausgeliehen hat. Die Freundin liegt in Rüdesheim im Krankenhaus. Es ist total wichtig.«

Basti biss sich in den Zeigefinger und schüttelte die Hand.

»Ouououou.«

»Kannst du mich dahin bringen?«

Basti stand auf und rannte aufgeregt in der Küche herum.

»Nach Rüdesheim mit dem Quad. Aber besser nicht die B 42 nehmen. Besser die kleinen Straßen, das ist gemütlicher, weil da nicht so viel Verkehr ist. Am besten durch den Wald fahren, weil da gar kein Verkehr ist. Stimmt's?«

»Mit dem Quad?«

»Das Quad darf ich nämlich mit dem Traktorführerschein fahren, stimmt's?«

»Du willst mich mit dem Traktor nach Rüdesheim bringen?« Das war ja völlig irre.

»Mit dem Quad! Komm, ich zeig es dir.«

Sie ließen alles stehen und gingen nach draußen. Eine Tür führte direkt von der Küche hinters Haus in einen kleinen, schattigen Kräutergarten, in dem einige unverwüstliche Pflanzen der Kälte trotzten.

»Das Quad steht im Schuppen«, sagte Basti.

Marie betrachtete das Haus, in dem sie seit ein paar Tagen lebte. Ein grau verputztes Gebäude am Hang, eineinhalb Stockwerke hoch. Das Schieferdach hatte viele Gauben, die Fenster im Erdgeschoss waren vergittert.

»Komm halt«, drängelte Basti.

Basti zeigte auf einen Holzschuppen unter den Bäumen, stapfte voran und öffnete das Garagentor des Schuppens. Dahinter stand ein Motorrad auf vier Rädern, wie man sie in letzter Zeit immer häufiger sah. Zum ersten Mal hatte sie solche Dinger in »Star Wars« gesehen.

Der Riese stieg auf den Sattel und ließ das komische Gefährt starten. Es klang wie eine Mischung aus Motorrad und Traktor. Rübezahl strahlte und ließ das Quad langsam aus dem Schuppen rollen. Er deutete hinter sich.

»Da ist noch Platz.«

Die Sonne schien zwar, aber im Fahrtwind konnte es bestimmt empfindlich kalt werden. Marie schlug vor, sich wärmer anzuziehen. Das fand der Riese eine gute Idee. Sie gingen noch mal ins Haus, Marie holte sich ihre Jacke, Basti Anorak und Filzhut.

»Immer alles absperren«, murmelte er, als sie das Haus wieder verließen und er den Schlüssel in der Haustür umdrehte.

Basti stieg auf das Quad, Marie setzte sich hinter ihn.

»Festhalten, dann passiert nichts«, wies er sie an und startete den Motor erneut.

Das Fahrzeug setzte sich dröhnend und ratternd in Bewegung und holperte den Berg hinunter. Marie schaute sich um, weiter unten mündete der Waldweg auf eine Straße. Als sie dort ankamen, bog Basti nach links ab und lenkte sein Gefährt bergauf. Sie fuhren an einem Parkplatz und einer Gaststätte vorbei in den Wald.

»Müssen wir nicht in die andere Richtung? Wo fährst du denn hin?«, schrie sie gegen den Traktorenlärm an.

»Am besten durch den Wald, weil da gar kein Verkehr ist. Stimmt's?«, brüllte er zurück.

Trotz der Jacke war Marie kalt. Sie klammerte sich an den Riesen. Eine Dusche würde ihm guttun, dachte sie, als sie die Duftwolke aus Menschenschweiß, Schafswolle und Imprägniermittel roch, die von ihm ausging. Verglichen damit war der Benzingeruch des Quads eine Wohltat.

Der Weg führte immer tiefer in den Wald, die Straße war holprig, das Ganze war alles andere als ein netter Ausflug.

»Müssen wir wirklich durch den Wald nach Rüdesheim?«

»Warum guckst du dich nicht um? Ich glaube, du hörst gar nicht, wie die Vöglein so lieblich singen? Du gehst ja für dich hin, als wenn du zur Schule gingst, und ist so lustig haußen in dem Wald.«

»Ich finde es hier nicht lustig«, schrie sie zurück. »Ich glaube auch nicht, dass noch viele Vögel Bock haben zu singen. Ist das wieder eines von deinen bescheuerten Märchen?«

Darauf antwortete er nur mit einem lang gezogenen »Ooooch!«. Hoffentlich war sie nicht zu weit gegangen. Aber irgendwie schien er nicht wütend zu sein, eher beleidigt. Auf jeden Fall schwieg er eine Weile.

»Antoniuseiche«, war das nächste Wort, das er hinausschrie. Er deutete dabei auf einen großen Baum am Wegesrand.

Die Sonne beschien das bunte Herbstlaub. Vielleicht wurde es ja doch noch lustig »haußen in dem Wald«. Vereinzelt hörte man sogar noch Vögel singen. Sie kreuzten einen Weg und passierten einen Bauwagen. In der Ferne hörte Marie eine Motorsäge.

»Elefantenbuche«, rief Basti kurze Zeit später.

Wie im Bus, wo die Haltestellen angesagt werden, dachte Marie. Bloß dass es mit dem Aussteigen nicht so leicht würde.

Das Quad kletterte eine steile Schotterpiste hoch, oben bog Basti nach rechts in einen Weg ab, der ebenso steil weiter bergan führte.

»Fährst du oft hier rum?«

Basti nickte. »Manchmal helfe ich den Waldarbeitern.«

Heute waren leider keine unterwegs, irgendwie hätte sie das beruhigt.

»Grüne Bank«, verkündete er nun.

Sie waren an einer Wegkreuzung angekommen, an der sich der Wald etwas lichtete. Rechts stand unterhalb eines Baumstumpfes tatsächlich eine grüne Bank.

»Hier geht es doch nicht nach Rüdesheim?«, fragte Marie. Es war vielleicht doch keine so gute Idee gewesen, sich auf das Abenteuer mit dem Riesen einzulassen. Vielleicht hätte sie besser versuchen sollen, unten am Haus zu fliehen. Aber dafür war es jetzt zu spät.

»Und geriet immer tiefer in den Wald hinein«, sagte Basti und lachte meckernd. Er war an der Kreuzung nach links abgebogen und fuhr weiter bergan.

»Rheinhöhenweg«, war seine nächste Ortsangabe.

Sie kamen an einer weiteren Waldlichtung vorbei, der Weg stieg immer weiter an. Hier würden sie überall rauskommen, bloß nicht am Rüdesheimer Krankenhaus.

»Jetzt sind wir oben«, rief Basti.

Es klang so, als ob er hierfür Applaus erwartete. Tatsächlich wurde der Weg nun flacher. Und irgendwo sah sie ein Schild, auf dem tatsächlich »Rheinhöhenweg« stand. Bloß lag Rüdesheim nicht auf der Höhe, sondern unten am Rhein.

Sie schwiegen eine Weile. Marie spürte die Sonne im Rücken. Der Weg führte also nach Westen. Das zumindest konnte hinkommen. Sie überquerten eine Landstraße, ein Schild wies rechts nach Hausen und links nach Kiedrich.

Basti lenkte das Quad auf einen Parkplatz, auf dem ein paar vereinzelte Wagen standen. Allerdings war gerade kein Mensch zu sehen, und Marie hätte auch gar nicht gewusst, was sie hätte tun sollen, wenn jemand aus dem Auto gestiegen wäre. Abspringen und um Hilfe schreien? Und dann zurück zu den Leuten, die behaupteten, ihre Eltern zu sein, und die sie in einen Kinderknast bringen wollten? Annika alleinlassen? Das ging alles gar nicht. Also war es das Beste, weiter mitzufahren und zu hoffen, dass der Riese kein Arschloch war.

»Förster-Bitter-Eiche«, verkündete Basti.

Sie fuhren jetzt auf einer asphaltierten Straße, die dem Auf und Ab der Hügel folgte. An einer weiteren Wegkreuzung kam ihnen ein Mountainbikefahrer entgegen. Bald danach öffnete sich der Wald rechts und gab den Blick auf Pferdekoppeln und Gebäude frei.

»Hof Mappen«, rief Basti. »Gleich zeig ich dir mein Geheimnis.«

Sie fuhren noch ein kurzes Stück weiter.

»Mapper Schanze, bitte absteigen!« Basti hielt das Quad an und zeigte auf eine Ruine rechts des Weges. »Rapunzel ward das schönste Kind unter der Sonne. Als es zwölf Jahre alt war, schloss es die Zauberin in einen Turm, der in einem Walde lag und weder Treppe noch Türe hatte, nur ganz oben war ein kleines Fensterchen.«

Der mit Efeu bewachsene Turm oder das Tor, oder was davon übrig geblieben war, hatte schon mal bessere Zeiten gesehen, und

Marie konnte nicht erkennen, was daran so geheimnisvoll sein sollte. Es war halt eine Ruine, die im Wald herumstand. Die Büsche und Hecken um das Gemäuer herum waren besonders dicht, aber sonst?

»Ich will zu Annika nach Rüdesheim«, erinnerte sie Basti.

»Guck!« Basti wies auf ein Schild neben dem Turm hin. Als sie keine Anstalten machte, es zu lesen, erzählte er ihr, was draufstand. Natürlich konnte er auch das auswendig.

»Mapper Schanze, 1494 errichtet als ein Torturm des um 1200 angelegten Rheingauer Gebücks. Diese so gut wie undurchdringliche Befestigung des Rheingaus bestand aus gebückten Buchen in einer Breite von etwa fünfzig Schritt. Sie verlief vom Niedertal nördlich von Lorchhausen im Westen bis zur Mündung der Walluf im Osten. Die Mapper Schanze sicherte den Durchlass der von Oestrich an die Lahn führenden Straße.«

Als er mit seinem Vortrag fertig war, ging er auf den Turm zu und bedeutete ihr mit einer Geste mitzukommen.

Sie gingen durch das Tor der Ruine hindurch und um den Turm herum. Das Unterholz war hier wirklich recht dicht. Auf der Rückseite des Turms verbarg sich hinter einem der Büsche eine Tür, die aussah, als ob sie seit Jahren niemand mehr benutzt hätte.

»Das ist gar nicht der Turm von Rapunzel. Der Turm hat nämlich doch eine Tür.«

Der Riese zwängte sich zwischen Turmmauer und Büschen entlang, öffnete ein Vorhängeschloss und drückte die Tür auf.

»Komm!«, forderte er Marie auf.

Marie drückte sich ebenfalls die Mauer entlang und warf einen Blick ins Innere der Ruine. Im Dämmerlicht erspähte sie eine Matratze, einen Tisch und zwei Schemel in einem durch grob gemauerte Wände begrenzten Turmzimmer. In einem Regal an der Wand erkannte sie Einmachgläser. Wahrscheinlich gefüllt mit eingemachten Lurchen, Hasenpfoten und Rehkitzaugen.

»Mein Versteck«, sagte Basti stolz. »Direkt am Gebück. Gefällt es dir?«

»Cool«, antwortete Marie. »Aber können wir jetzt weiterfahren?«

Basti ließ sich darauf ein. Sie stapften zurück zum Quad und saßen wieder auf.

Sie fuhren eine ganze Weile weiter durch den Wald. Der Weg verlief jetzt größtenteils eben auf der Berghöhe.

Basti kündigte Kasimirkreuz, Kreistanne, Hallgartner Zange und Sieben Wegweiser an, grüßte die wenigen Wanderer und Mountainbiker mit einem Winken, und manchmal winkte auch Marie. Bei den Sieben Wegweisern nahm er die Forststraße, die zurück ins Tal führte.

»Johannisberg!«, rief er, als sie aus dem Wald hinausfuhren und eine Ortschaft erblickten.

Sie kamen Rüdesheim also tatsächlich näher, stellte Marie erleichtert fest. Basti fuhr durch Johannisberg und bog am Ortsende rechts ab.

»Kloster Johannisberg«, rief er und deutete auf ein Gebäude oberhalb der Straße, das streng ins Tal blickte. »Johannisberger Hölle«, verkündete er als Nächstes.

Sie bogen in eine Straße ein, die in ein bewaldetes Tal führte.

Irgendetwas stimmte nicht. Irgendetwas stimmte überhaupt nicht, das spürte Marie. Ihr Kopf wurde heiß, es fühlte sich so an, als ob ihr Gehirn verbrennen würde, während sich von der Magengrube aus Eiseskälte im Rest ihres Körpers ausbreitete.

»Elstermühle«, rief der Riese vor ihr.

Der muffige Geruch seines Anoraks stieg ihr in die Nase. Ihr wurde übel. Sie fuhren durch Wiesen mit Obstbäumen und Viehweiden. Ein paar Kühe glotzten böse zu ihnen herüber. Das Tal wurde enger, der Wald rückte näher an die Straße heran. Sie musste sich zusammenreißen, sie wollte ihm nicht in die Kapuze kotzen. Was war mit ihr los? Sie kapierte ums Verrecken nicht, was hier los war.

»Verrecken« – das hässliche Wort hallte in ihrem Kopf und wurde immer lauter.

»Weihermühle«, rief Basti.

Verrecken, verrecken, verrecken.

»Bachmühle! Ostermühle!«

Mühle, Mühle, Mühle.

Die Umgebung schien jede Farbe zu verlieren. Gleich darauf leuchteten die Farben des Waldes unnatürlich grell. Was zur Hölle hatte sie genommen? Sie hatte viel mitgemacht in den letzten Tagen, aber eine Angst wie in diesem Moment hatte sie noch nie gespürt. Glaubte sie jedenfalls. Genauso musste es sich anfühlen, wenn man verrückt wurde. In der Vergangenheit hatte sie den Gedanken ans Durchdrehen manchmal ganz cool gefunden, aber im Moment machte er ihr eine Totalscheißangst.

Sie klammerte sich an das stinkende Monster vor ihr.

»Reußische Mühle!«

Marie drückte ihr Gesicht in Bastis Rücken, Monster hin, Gestank her. Irgendwie hatte sie den Eindruck, dass es ihr guttat, möglichst wenig von dem mitzubekommen, was gerade um sie herum geschah. Die weiteren Ortsangaben von Basti, Schleifmühle, Kloster Marienthal, Antoniuskapelle, Nothgottes, drangen nur von Weitem und mühsam durch ihre Gehörgänge ins überreizte Gehirn.

»Krankenhaus Rüdesheim!«

Sie waren zum Stehen gekommen. Marie rieb sich die Augen. Gerade noch waren sie durch ein bewaldetes Tal gefahren, und sie hatte Angst gehabt durchzudrehen, nun standen sie mitten in Rüdesheim vor dem Krankenhaus.

»Eine schöne Fahrt, stimmt's?«

»Klar.« Marie holte tief Luft. Sie hatte keine Ahnung, was mit ihr los gewesen war, aber sie spürte, dass der Anfall gleich vorbei war.

»Bitte aussteigen, die Fahrt endet hier!« Basti lachte.

Sie stieg vom Quad. Die Knie waren noch etwas weich, und die Hände zitterten, aber die fürchterliche Kälte wich aus ihrem Bauch. Noch ein paarmal tief Luft holen. Sie war in Rüdesheim, sie stand mit Basti vor dem Eingang des Krankenhauses, er hatte sein Versprechen wahr gemacht und sie hierhergebracht. Sie wollte ihre Freundin Annika besuchen und das Handy zurückbringen, das sie sich ausgeliehen hatte.

»Wartest du hier auf mich?«, fragte sie ihren Begleiter.

Basti nickte, es schien ihm allerdings nicht recht zu sein, dass sie ihn allein lassen wollte.

»Aber zurückkommen. Versprochen und nicht gebrochen?«

»Na klar!«

Sie ging ins Krankenhaus und fragte an der Pforte nach Annika Möller. Die Frau hinter dem Tresen sah sie so komisch an, dass sie schon fragen wollte, ob irgendetwas mit ihrem Gesicht nicht in Ordnung sei. Aber den Nasenring hatte sie schon vor zwei Wochen wieder herausgenommen, weil er gestört hatte, wenn sie in einen Apfel beißen wollte. Also, was glotzte die Frau so blöd? Erwachsene konnten ziemlich komisch sein.

Trotzdem bedankte sie sich in höflichstem Ton, als die Frau ihr die Station genannt hatte, auf der die Freundin lag.

Sie fand Annika auf dem Balkon am Ende des Stationsflurs. Von hier aus hatte man eine gute Sicht über Rüdesheim, den Rhein und die Weinberge bis hin zur Germania, die zurzeit durch ein Gerüst verborgen war. Die Alte brauchte offenbar eine Generalüberholung.

»Hi, Marie«, begrüßte die Freundin sie. »Das ist ja mal eine Überraschung! Willst du eine Flippe? Das Beste an dem Balkon ist, dass einem die Schwestern hier das Rauchen nicht verbieten.«

»Nein, danke. Hab's mir abgewöhnt. Wie geht's?«

»Beschissen. Sie sind hinter mir her.« Annika zog hastig an ihrer Zigarette, schnipste sie über das Balkongeländer und zündete sich eine neue an.

Annika mit ihrer Paranoia, dachte Marie. Aber dann erinnerte sie sich an ihre Angst, vorhin auf dem Sozius. Vielleicht sollte sie nicht so schnell urteilen.

»Wer ist hinter dir her?«

»Das willst du gar nicht wissen.«

»Warum frag ich dann?«

Annika grinste. »Alle sind hinter mir her. Das Arschloch und seine Freunde, die Bullen, mein doofer Bruder.«

»Geht's ein bisschen genauer?«

»Ich will dich da nicht reinziehen, Kleines.«

»Nenn mich nicht Kleines! Außerdem bin ich doch schon mitten drin.«

Annika sah sie forschend an. »Wieso? Was weißt du?«

Marie wurde schwindelig. Einen Anfall wie vorhin auf dem Quad konnte sie jetzt überhaupt nicht gebrauchen. Sollte das zur Gewohnheit werden?

»Gib mir doch eine Flippe.«

Annika holte eine Schachtel Zigaretten aus dem Morgenmantel, steckte sich zwei in den Mund und zündete sie mit der angerauchten Kippe an, die sie anschließend über das Geländer warf. Eine Zigarette reichte sie Marie.

»Kannst es dir anschließend ja wieder abgewöhnen«, sagte sie.

Der Schwindel wurde durch das Nikotin noch etwas stärker, aber die Unruhe ging weg.

»Was ich weiß? Es ist doch eher die Frage, was ich alles nicht weiß. Ich weiß zum Beispiel nicht, warum du am letzten Samstag nicht zu unserem Treffpunkt gekommen bist. Ich weiß nicht, was es mit dem Handy auf sich hat, das ich mitnehmen sollte und das dein doofer Bruder unbedingt haben wollte. Ich weiß nicht, warum du dir dermaßen die Kanne gegeben hast. Wolltest du dich eigentlich umbringen oder was? Oder sollte ich dich vorher finden?«

Annika bekam ein nervöses Zucken um die Mundwinkel. Das bekam sie immer, wenn sie richtig im Stress war. Es verlieh ihr einen ziemlich irren Gesichtsausdruck, fand Marie.

»Sie sind hinter mir her. Du scheinst keine Ahnung zu haben, worum es geht, und das ist gut so. Dann hast du eine Chance, heil aus der Geschichte rauszukommen. Wie gesagt, ich will dich da nicht reinziehen.« Annika biss sich auf die Lippen.

»Ich bin deine Freundin. Natürlich helfe ich dir. Ich hab dein Handy mitgebracht.«

Sie holte das Handy aus ihrem Rucksack und reichte es Annika. Die betrachtete es lange.

»Ist dir jemand gefolgt?«

Marie schüttelte den Kopf. Gefolgt war ihr tatsächlich niemand, das war nicht gelogen.

Annika fluchte, als sie bemerkte, dass der Akku des Handys leer war. Sie fummelte eine Karte aus dem Gerät und gab sie Marie.

»Was soll ich denn mit der Telefonkarte?«

»Das ist eine microSD-Card. Damit kann man den Speicher erweitern. Das Telefon funktioniert auch so.«

»Ich weiß, was eine Speicherkarte ist.«

»Könntest du die Karte für mich aufbewahren?«

Klar machte Marie das.

»Kevin wollte die Karte haben. Was ist denn drauf?«, fragte die dieFreundin.

Aber Annika mochte nicht darüber reden. Sie murmelte etwas von einem Scheißvideo. Marie musste versprechen, sich das, was auf der Karte gespeichert war, nicht anzusehen.

»Vielleicht sollten wir einfach zusammen abhauen«, überlegte

Annika. »Ist bloß die Frage, wo wir sicher sind.« Sie musterte Marie lange. »Bei dir zu Hause bestimmt nicht.«

Wenn sie jetzt der Freundin erzählte, dass draußen ein Riese wartete, der sie drei Tage bei sich zu Hause eingesperrt hatte und vor dem sie dennoch nicht davongelaufen war, als sie die Gelegenheit dazu hatte, weil sie nicht wusste, wohin, wenn sie der Freundin das erzählte, würde die vermutlich völlig ausrasten, sie hochkant von der Station schmeißen lassen und sich in ihrem Zimmer verbarrikadieren, so schräg, wie sie momentan drauf war. Das hatte Marie vorher nicht bedacht, aber woher sollte sie auch wissen, dass Annika so durcheinander war?

»Ich muss nachdenken«, sagte Annika. »Ich weiß noch nicht, wie es weitergehen soll. Morgen wollen die mich hier sowieso entlassen. Natürlich könnte ich auch einfach so hier hinausspazieren, aber vielleicht ist es gescheiter, mal überhaupt nicht aufzufallen.«

Sie warf ihre Kippe über die Balkonbrüstung nach unten. Marie tat es ihr gleich.

Die Balkontür wurde geöffnet, und ein Mann kam auf sie zu.

»Das ist Herbert«, stellte Annika den alten Knacker vor. »Der einzige vernünftige Mensch hier im Krankenhaus. Er hat mir Supertipps gegeben, wie ich den Irrenarzt übers Ohr hauen kann.«

Marie sagte: »Hallo.«

Der Alte fingerte eine Schachtel Zigaretten aus seiner Jackentasche, bot den beiden welche an. Als Marie ablehnte, murmelte er etwas wie »Ist auch besser so« in seinen Bart.

»Ich will nicht weiter stören und hau gleich wieder ab. Aber ich wollte die letzten Sonnenstrahlen nutzen, bevor man sich zum Rauchen wieder in den Keller verkriechen muss«, schimpfte der Alte. »Morgen verlass ich den Saftladen.«

»Ich auch«, stimmte Annika zu. »Besorgst du mir ein Ladegerät für das Teil hier?«, fragte sie Marie. »Wir telefonieren dann heute Abend.«

Marie atmete auf. Der Vorschlag verschaffte ihr Zeit zum Nachdenken. Wie sie sich von Basti absetzen könnte. Und ob sie das überhaupt wollte. Oder wie sie Annika alles erklären konnte. Und ob sie das wollte.

***

Über dem Eingangstor hing ein tiefblaues Transparent mit der goldenen Aufschrift »SALVE«. Mayfeld betrat die verwitterte Eingangshalle des Schlosses. Hinter einem knallroten Tresen aus Sperrholz flackerte Feuer in einem alten, von Marmorsäulen umfassten offenen Kamin. Neben dem Kamin lag ein Stapel Brennholz, und neben diesem Stapel lag Bobby, der Bobtail von Weisz.

Der Kommissar wandte sich an die Frau an der Kasse, eine Mittfünfzigerin mit kurzen grauen Haaren, die über ihren schwarzen Jeans einen schwarzen Pulli trug. Ihr neugieriger und offener Blick verwandelte sich für einen kurzen Moment in skeptische Distanz, als Mayfeld ihr seinen Dienstausweis zeigte. Dann erklärte sie ihm den Weg in die untere Etage, wo sich der Hauptteil der Ausstellung befinde: Erfahrungsfeld der Sinne im Schloss Freudenberg.

»Sandor hat eine Gruppe im ›Raum der Resonanz‹.« Die Frau schaute auf ihre Armbanduhr. »Das dauert noch eine Viertelstunde. Sie können sich also Zeit lassen. Nehmen Sie alle Eindrücke mit, die sich Ihnen bieten«, sagte sie in einer unerwarteten Anwandlung von Fürsorglichkeit.

Er ging zu einer Treppe, die ins Souterrain des Schlosses führte. *»Wunderliches Wort: die Zeit vertreiben. Sie zu halten, wäre das Problem«*, las er auf einer Tür neben der Treppe und stimmte Rilke innerlich zu.

Unten führten düstere Gänge aus unverputzten Backsteinmauern in Räume, in denen Klangkörper und Lichtinstallationen die Sinne der Besucher sensibilisieren sollten.

Man konnte Klangstäbe, die mit langen Fäden an offenen Trommeln aufgehängt waren, mit einem Hammer in Schwingung versetzen und diese Schwingungen am ganzen Körper spüren, dabei die Schatten der pendelnden Stäbe verfolgen. Man konnte Glühbirnen durch verkleisterte Scheiben betrachten. Je stärker verkleistert die Glasscheiben waren, desto rötlicher schien das Licht durch sie hindurch. Man konnte in irdenen Krügen Gegenstände und Texturen ertasten, Korken von Kronkorken und Bindfäden von Paketschnüren unterscheiden lernen, ohne seine Augen zu bemühen. Und zwischen den einzelnen Installationen bekam der Besucher die eine oder andere auf Schiefertafeln aufgeschriebene Lebensweisheit nahegebracht.

»Der Seiltänzer benutzt die Kräfte, die ihn in den Abgrund ziehen

wollen, um im Gleichgewicht zu bleiben und vorwärtszuschreiten«, gefiel ihm am besten.

Der »Raum der Resonanz« wurde von drei großen Rundbögen an der Vorder- und Rückseite begrenzt, in die Glastüren eingelassen worden waren. Die Wände waren unverputzt und mit groben Backsteinen gemauert, der Boden bestand aus Holzdielen. Ungefähr zwei Dutzend Gongs unterschiedlicher Größe – der kleinste klein wie eine Kinderpizza, der größte groß wie der Reifen eines Riesentrucks – hingen an Gestängen und bildeten einen äußeren Kreis. Ungefähr dreißig Menschen jeden Alters – die Schuhe hatten sie wie in einer Moschee am Eingang ausgezogen und fein säuberlich nebeneinandergereiht – lagen, die Füße nach innen, die Köpfe nach außen, auf dem Rücken und bildeten den inneren Kreis. Im Zentrum stand eine mit Wasser gefüllte Klangschale.

Sandor Weisz schritt von einem Gong zum anderen, beugte sich langsam zum Boden, ergriff den dort liegenden Klöppel, richtete sich auf und schlug auf den Gong. Manchmal fest, meist zart und die Schläge schnell wiederholend, mit dem Klöppel vom Zentrum des Gongs in die Peripherie oder umgekehrt von der Peripherie des Gongs ins Zentrum vordringend. Mal hielt Weisz während seines Vortrags die flache Hand auf die Stirn, mal drückte er sie in die Magengrube. Richtig verstehen konnte Mayfeld nicht, was er sagte. Der »Raum der Resonanz« war recht gut schallisoliert.

Nach einer Weile war die Vorführung, oder wie immer man diese Art von Veranstaltung nannte, zu Ende. Die Teilnehmer standen auf, zogen sich die Schuhe an und verließen den Raum.

»Sie sind bestimmt nicht gekommen, um Neues über die Schwingungen der Welt und die Resonanzen Ihres Körpers zu erfahren«, begrüßte Weisz den Kommissar.

»Können wir uns irgendwo ungestört unterhalten?«, erwiderte Mayfeld.

Weisz öffnete eine der Türen, die nach draußen ins Freie führte. Sie stiegen eine Sandsteintreppe nach oben auf die Terrasse des Schlosses und setzten sich unter einen Sonnenschirm. Weisz fragte nach Mayfelds Wünschen, verschwand kurz und kam mit einem Cappuccino für sich und einem doppelten Espresso für Mayfeld zurück.

»Ich habe den Eindruck, dass Sie mir am Montag nicht alles über

Ihre Beziehung zu Sylvia Holler erzählt haben.« Mayfeld hatte sich entschieden, das Gespräch direkt und ohne Höflichkeitsfloskeln zu eröffnen.

»Was wollen Sie denn wissen?« Weisz nippte an seinem Cappuccino.

»Sie standen sich sehr nahe.« Mayfeld schüttete sich eine kräftige Portion Zucker in den Espresso.

»Habe ich das vorgestern nicht gesagt? Und warum ist das wichtig?«

»Alles kann wichtig sein. Das hier sind Ermittlungen in einem Mordfall. Und können wir uns für den Rest des Gesprächs darauf einigen, dass ich die Fragen stelle?«

Weisz schien eine Weile nach einer Antwort auf die Zurechtweisung zu suchen, bevor er zu reden begann.

»Jeder von uns beiden ist seinen eigenen Weg gegangen. Es ist schon richtig, was ich am Montag gesagt habe. Aber ich habe Sylvia geliebt. Als ich erfahren habe, dass sie tot ist, war das ein fürchterlicher Schock für mich. Wahrscheinlich habe ich deswegen so rumgedruckst.«

»War Ihre Beziehung ein Geheimnis?«

»Sylvia wollte anfangs nicht, dass unsere Verbindung öffentlich wird. Junger Mann und ältere Frau, da zerreißen sich die Leute doch das Maul, aller angeblichen Toleranz zum Trotz.« Weisz verzog verächtlich den Mund.

»Hatten Sie deswegen Streit?«

»Nein. In letzter Zeit hat sie das anders gesehen. Sie stand zu unserer Beziehung, das war kein Streitpunkt mehr zwischen uns.«

Er stellte die Cappuccinotasse mit großer Entschiedenheit auf den Tisch, so als könnte er damit den Wahrheitsgehalt seiner Behauptung unterstreichen.

»Seit wann kennen Sie sich?«

Weisz begann zu erzählen. »Ich habe sie vor zwei Jahren kennengelernt. Sylvia war im Förderverein von Schloss Freudenberg engagiert. Ich habe den Auftrag für einige der Klanginstallationen bekommen, die Idee für den ›Raum der Resonanz‹ haben wir zusammen entwickelt. Ich war damals gerade aus Budapest hierhergekommen. Sylvia hat mich mit Leuten bekannt gemacht. Das ist in der Kulturszene das Wichtigste: Leute kennen.«

»Und diese Leute sind so spießig, dass Frau Holler eine Liaison mit einem jüngeren Mann geheim halten musste?«

Weisz lächelte. »Natürlich nicht. Aber die Leute auf den Vernissagen und in den Konzerten, die sind nicht das Leben. Sylvia war eine sehr bodenständige Frau, ein Rheingauer Gewächs nannte sie sich. Wenn es darum geht, wer die Katze füttert oder wer den Einkauf besorgt, wenn man mal krank ist, dann sind die Rheingauer Nachbarn wichtiger als die Wiesbadener Kulturschickeria.«

Mayfeld fragte nach Hollers Engagement im Freudenberger Förderverein, aber Weisz konnte nichts Interessantes berichten. In letzter Zeit hatte sich Holler zurückgezogen und außer ihren Märchenlesungen im Schloss kaum noch etwas Erwähnenswertes für das »Erfahrungsfeld Freudenberg« unternommen.

»Sie wollen gar nicht wissen, warum ich Sie noch mal befrage«, stellte Mayfeld fest. Er holte eine Kopie des Testaments aus seiner Jackentasche und hielt sie Weisz hin. »Kennen Sie das?«

Weisz runzelte die Stirn und nahm das Dokument entgegen. Als er es gelesen hatte und Mayfeld zurückgab, schüttelte er ungläubig den Kopf.

»Davon hatte ich keine Ahnung. Sie hat nie mit mir darüber gesprochen.«

»Sie vermacht Ihnen ein Haus und eine Geldsumme im sechsstelligen Bereich und sagt kein Wort davon?«

»Genauso ist es gewesen.«

Mayfeld wurde den Eindruck nicht los, dass Weisz ihm etwas verschwieg. Der Mann hatte kein Alibi, er hatte ein Motiv, und er hatte die Gelegenheit zur Tat gehabt. Und er versuchte, wie die reine Unschuld zu wirken.

»Worüber haben Sie am letzten Freitag gestritten?«, setzte Mayfeld nach.

»Das ist jetzt nicht mehr wichtig«, sagte Weisz mit belegter Stimme und einer Art Trauerflor um die Augen.

»Es ist sehr wohl wichtig«, widersprach Mayfeld. »Weil ich es wissen will.«

»Sie lassen wohl nie locker?«

»Also?«

Weisz ließ seinen Blick über den Park schweifen, in dem verschiedene Kunstinstallationen und ein Zirkuszelt unter alten Bäumen zu bewundern waren. Die Betrachtung zweier Jugendlicher, die sich auf miteinander verbundenen Schaukeln bewegten, schien ihn besonders zu fesseln.

»Wie ich schon sagte, es waren künstlerische Auseinandersetzungen. Sylvia wollte ihr neues Märchenprogramm nicht mehr mit Harfe und Klangschalen begleiten lassen, sie meinte, das komme bei den Leuten zu esoterisch an. Die Musik sei zu sanft für die Märchen, die sie ausgesucht habe. In denen gehe es um Mord, Eifersucht und Inzest.«

»Sie wollte die Zusammenarbeit mit Ihnen also aufkündigen.«

»Darauf wäre es hinausgelaufen, ja. Aber mit unserer persönlichen Beziehung hatte das nichts zu tun.«

»Das kann ich glauben oder auch bleiben lassen.«

»Und natürlich glauben Sie es nicht«, meinte Weisz bitter. »Vielleicht überlegen Sie sich mal, dass mir die Sache fürchterlich an die Nieren geht, für mich ist das nicht einfach ein Kriminalfall wie für Sie. Meine Partnerin ist tot. Mir geht es beschissen. Ich muss trotzdem weitermachen, obwohl ich völlig fertig bin. Und dann kommen Sie und verdächtigen mich!«

»Reden Sie sich bitte nicht ein, ich sei gegen Sie voreingenommen. Ich muss nur jeder Spur nachgehen, das ist mein Job und nicht persönlich gemeint.« Weisz hatte es geschafft, dass er sich rechtfertigte, stellte Mayfeld verärgert fest.

»Es ist mir egal, ob Sie Ihre Verdächtigungen persönlich meinen oder nicht. Ich finde sie zum Kotzen. Ist es von einem Kriminalkommissar zu viel verlangt, das zu verstehen?«

Das verstand Mayfeld sehr wohl, änderte aber nichts an seinem Job. Er musste Weisz aus seiner weinerlichen Verteidigungshaltung herausbekommen, sonst erfuhr er von ihm nichts mehr, was ihn weiterbrachte. Deswegen schlug er einen versöhnlicheren Ton an.

»Ich nehme an, Sie haben ein Interesse daran, dass wir die Person finden, die Ihrer Freundin und Ihnen das angetan hat. Deswegen überlegen Sie genau: Ist Ihnen noch etwas zu Ihrem letzten Gespräch mit Sylvia Holler eingefallen? Auch wenn für Sie die Auseinandersetzung über das nächste Programm das Wichtigste gewesen ist, auch wenn Sie sich momentan vor allem damit beschäftigen, dass Ihre letzten Worte mit der Freundin im Streit gefallen sind, kann es sein, dass Sie irgendetwas für Sie persönlich völlig Unbedeutendes mitbekommen haben, das unsere Ermittlungen weiterbringt.«

Weisz schien jetzt ernsthaft nachzudenken.

»Ich hatte den Eindruck, dass unser ganzes letztes Treffen unter einem unglücklichen Stern stand. Sylvia war von Anfang an schlecht gelaunt. Da war die Sache mit dem Programm noch gar nicht zur Sprache gekommen. Ich glaube, es hatte mit einem Telefonat zu tun, das sie führte, als ich vorbeikam.«

»Warum glauben Sie das?«

»Sie schaute so aus.«

Das war leider sehr vage. Es konnte ein Ablenkungsmanöver von Weisz sein. Oder eine neue Spur.

»Worum ging es bei dem Telefonat?«

»Ich vermute, um etwas Berufliches. Sie ist zum Telefonieren in die Praxis gegangen. Das machte sie immer, wenn andere den Inhalt eines Telefonates nicht mitbekommen sollten. Meist ging es dann um Patienten. Sie hat es mit dem Datenschutz sehr genau genommen.«

»Und haben Sie etwas mitbekommen von dem Telefonat, bevor Dr. Holler in der Praxis verschwunden ist?«

»Sie sagte, dass sie nicht am Telefon reden wollte. Ich hatte den Eindruck, dass es um einen schwierigen Patienten ging.«

»Wie kamen Sie zu dem Eindruck?«

»Intuition.«

Mayfeld atmete laut hörbar aus.

»Sie schaute so aus. Intuition«, wiederholte er die Worte von Weisz. Etwas präziser hätte er die Zeugenaussage schon gern gehabt.

Er fragte weiter. Ob Weisz sonst noch etwas aufgefallen sei in den drei Stunden, die er bei Holler gewesen war, Telefonate, Bemerkungen, was auch immer. Aber Weisz fiel genauso wenig ein wie bei seiner Vernehmung am Montag.

»Wären Sie mit einer Speichelprobe zur DNA-Bestimmung einverstanden?«, fragte Mayfeld.

»Sie verdächtigen mich also doch«, antwortete Weisz empört. »Was soll dabei herauskommen? Sie wissen doch, dass ich oft bei Sylvia war.«

Mayfeld dachte an die Hautpartikel unter den Fingernägeln des Opfers. »Wenn wir Spuren bekannten Personen zuordnen können, müssen wir nicht weiter versuchen, sie zu identifizieren. Das erleichtert uns die Arbeit«, sagte er. »Es wäre selbstverständlich freiwillig.«

Weisz wollte sich das überlegen.

Ein Anruf von Meyer beendete das Gespräch. Sie hatten Kevin Möller gefunden.

Vom Schloss Freudenberg waren es nur wenige Minuten Fahrzeit bis zum Rotkäppchenweg. Kevin Möller wohnte in einem Mehrfamilienhaus aus den siebziger Jahren. Mayfeld parkte direkt davor und entdeckte Burkhard, der neben einem mit Heckspoiler, Alufelgen und Rallyestreifen aufgemotzten VW Golf älterer Bauart stand.

»Der Vogel scheint im Nest zu sein«, begrüßte ihn der Kollege und deutete mit dem Kinn auf das Gebäude. »Jedenfalls steht sein Auto vor der Tür.« Er klopfte auf das Dach des schwarzen Wagens. »Bei den Fromms habe ich niemanden angetroffen«, fügte er hinzu.

»Und was ist mit Knuth Schneider?«

»Um den kümmere ich mich anschließend. Ich wollte mir diesen Kevin Möller genauer anschauen. Er ist für uns kein Unbekannter. Als Jugendlicher hat er Automaten geknackt. Er wurde mal mit Haschisch und Crack in einer Disco aufgegriffen, hatte aber nur eine geringe Menge bei sich, weswegen der Richter ihn wieder laufen ließ. Gelegentlich arbeitet er bei Gebrauchtwagen Novotny in der Hans-Böckler-Straße. Dort sollen geklaute Nobelkarossen umlackiert, mit falschen Papieren versehen und nach Osteuropa verschoben werden.«

»Dann machen wir uns mal ein persönliches Bild von dem Vogel«, sagte Mayfeld.

Die Tür des Hauses mit der Nummer 3a stand offen. Dem Gebäude hätte eine Renovierung ersichtlich gutgetan, im Treppenhaus bröckelte der Putz von den Wänden. An einem ansonsten leeren schwarzen Brett hingen eine Hausordnung und Mitteilungen der Hausverwaltung vom vorvergangenen Jahr.

Sie gingen die Treppe nach unten. Kevin Möllers Wohnung befand sich im Souterrain, direkt neben dem Heizungskeller. Mayfeld klingelte.

»Was wollen Sie?«, fragte der mürrisch dreinblickende junge

Mann, der einige Minuten später die Wohnungstür öffnete. Sein pickeliges Gesicht erinnerte Mayfeld an den Mond. Genauso rund und genauso von Kratern übersät.

Der Kommissar zeigte seinen Dienstausweis.

»Was ist denn mit Ihnen passiert?«, fragte er und deutete mit dem Kopf auf das blutunterlaufene Auge des Mannes.

Kevin Möller verzog das Gesicht zu einem lässig gemeinten Grinsen. Das machte seinen Anblick nicht erfreulicher. »Hingeflogen.«

»Und was ist tatsächlich passiert?«

»Hingeflogen. Was wollen Sie?«

»Können wir reinkommen?«

Der junge Mann überlegte einen Moment. »Wenn es sein muss«, sagte er dann.

Er machte eine übertrieben einladende Handbewegung, die im Gegensatz zu seinem schroffen Ton stand.

Unaufgeräumt, ärmlich und schmuddelig, wie sie war, passte die Wohnung perfekt zu ihrem Besitzer. Möller führte die beiden Beamten in das, was er wohl sein Wohnzimmer nannte, und bat sie, sich auf eine durchgesessene Couch neben einen Berg schmutziger Klamotten zu setzen. Mayfeld nahm Platz, Burkhard hielt sich im Hintergrund. Es roch nach Zigarettenrauch und etwas undefinierbar Modrigem. Eine Glühlampe beschien mit ihrem trüben Licht das Elend.

»Wie kann ich der Polizei helfen?«, fragte Kevin Möller. »Ich tu das gerne«, fügte er überflüssigerweise hinzu.

Er setzte sich Mayfeld gegenüber auf einen mitgenommen wirkenden Sessel und versuchte, ein verbindliches Lächeln auf sein Mondgesicht zu zwingen, was ziemlich schief geriet.

»Kennen Sie Marie Lachner?«

»Wer soll das sein?«

»Eine Freundin Ihrer Schwester Annika. Lebt in Geisenheim.«

Möller überlegte eine Weile. »Ach die«, sagte er dann, »die kenne ich flüchtig. Was ist mit ihr?«

»Sie ist verschwunden.«

»Das tut mir leid. Hat es vermutlich zu Hause mit den Spießern nicht mehr ausgehalten.«

»Sie kennen die Eltern?«

»Nö. Aber so ist es doch immer, wenn Kinder aus gutem Haus verschwinden. Die halten es mit ihren Spießereltern einfach nicht mehr aus.«

»Haben Sie eine Ahnung, wo wir Marie finden könnten?«

»Tut mir leid. Keine Ahnung.«

»Kann ich mich mal in Ihrer Wohnung umschauen?«, fragte Burkhard aus dem Hintergrund.

»Wenn Sie die Unordnung nicht stört«, sagte Möller und grinste noch schiefer als zuvor. Er deutete auf zwei Türen. »Links geht es in die Küche, rechts ins Schlafzimmer. Ich hab Marie nicht versteckt. Ich steh nicht auf kleine Mädchen.«

Mayfeld setzte Kevins Befragung fort. »Maries Eltern meinten, Sie hätten keinen guten Einfluss auf das Mädchen gehabt. Was meinten die damit?«

»Keine Ahnung. Sind halt Spießer.«

»Klingt aber so, als ob Sie mehr als nur flüchtigen Kontakt mit Marie gehabt hätten.«

Möller zuckte mit den Schultern. »Ist aber so, wie ich gesagt habe. Sie war Annikas Freundin, nicht meine.«

»Erzählen Sie mir etwas über Ihre Schwester«, bat Mayfeld.

»Keine Ahnung, was Sie wissen wollen. Hat sie etwas ausgefressen?«

Kevin machte trotz seiner gegenteiligen Beteuerung nicht den Eindruck, als ob er der Polizei gern helfen würde.

»Hat sie nicht. Sie hat aber offensichtlich versucht, sich das Leben zu nehmen, und liegt in Rüdesheim im Krankenhaus.«

»Ich weiß.« Endlich antwortete Kevin mal nicht mit »Keine Ahnung«.

»Wissen Sie, warum sie das getan hat?«

»Keine Ahnung.«

Natürlich.

»Kennen Sie Frau Dr. Holler?«

»Wer soll das sein?«

»Die Therapeutin Ihrer Schwester.«

»Die hat eine Therapie gemacht? Ach du Scheiße! Deswegen hat sie in letzter Zeit immer so geschwollen dahergeredet.«

»Hat sie das?«

»Keine Ahnung.«

Kevin Möller war ganz eindeutig ein Typ, der eine Tracht Prügel verdient hatte. Die er vor Kurzem ja auch hatte einstecken müssen. Seine Schwester schien ihm ziemlich egal zu sein.

»Frau Dr. Holler wurde ermordet.«

»Ach du Scheiße! Deswegen interessieren Sie sich für meine Schwester. Da kann ich Ihnen leider überhaupt nicht weiterhelfen.«

Möller verschränkte die Arme vor seiner Brust. Er schien jetzt tatsächlich besorgt. Besorgt, überrascht und verwirrt. Gut möglich, dass er Holler nicht gekannt hatte. Aber worum sorgte er sich? Mayfeld kramte in seinem Gedächtnis. Irgendetwas hatte er noch fragen wollen. Schließlich wurde er fündig. Die Frage hätte er schon ein paarmal stellen sollen.

»Woher kennen Sie eigentlich Marie Lachner?«

»Das habe ich doch schon gesagt. Sie ist eine Freundin meiner Schwester.«

»Und woher kennt die sie? Annika ist ein paar Jahre älter als Marie.«

Kevin Möller dachte nach. Oder tat so. Vermutlich suchte er nach einer Ausflucht. Aber weswegen? Schließlich hellte sich seine Miene auf, so als ob er eine Lösung für seine Probleme gefunden hätte.

»Hat Ihnen denn noch niemand davon erzählt, Herr Kommissar?«

»Ich höre.«

»Meine Schwester Annika und ich sind in einer Pflegefamilie groß geworden. Wir haben bei der Familie Mertens in Oestrich gelebt, um genau zu sein. Die Mertens nehmen immer wieder Pflegekinder auf. Maries Eltern sind gestorben, als sie noch ziemlich klein war, ich glaube, bei einem Verkehrsunfall. Marie kam für zwei oder drei Jahre zu uns, bis ihre Großmutter sie zu sich geholt hat. Marie und Annika haben den Kontakt gehalten, aus alter Anhänglichkeit heraus.«

Burkhard kam ins Wohnzimmer zurück. Er schüttelte den Kopf zum Zeichen dafür, dass er nichts Interessantes in der Wohnung gefunden hatte.

Was Kevin Möller da gerade berichtet hatte, musste für die Lösung des Falles gar nichts bedeuten. Aber Möller hatte recht: Es war merkwürdig, dass ihm noch niemand davon erzählt hatte. Und er hätte nur allzu gern gewusst, warum ausgerechnet Kevin Möller die Sprache darauf gebracht hatte.

Ansonsten waren dem Mann mit dem ramponierten Mondgesicht keine interessanten Informationen mehr zu entlocken. Die beiden Beamten verließen das Kellerloch.

Mayfeld fuhr nach Oestrich. In der Bornstraße öffnete ihm Irene Mertens nach kurzem Klingeln die Tür.

Frau Mertens war eine Frau Ende vierzig, die auf Mayfeld erstaunlich blass und eigenschaftslos wirkte, mit einem Gesicht, das man vermutlich sofort wieder vergaß, nachdem man sie aus den Augen verloren hatte. Zwei sieben oder acht Jahre alte Mädchen verschwanden hinter einer Zimmertür, nachdem sie einen Blick auf den Besucher geworfen hatten.

»Mein Mann ist nicht da«, begrüßte Irene Mertens den Kommissar, noch bevor er irgendein Anliegen vorgebracht hatte.

Mayfeld war das ganz recht. Er stellte sich vor und zeigte seinen Dienstausweis zur Begrüßung. Er habe ein paar Fragen, die sie ihm vielleicht genauso gut beantworten könne.

Die Frau bat ihn herein. Die Wohnung der Mertens erinnerte Mayfeld an die Möbelausstellung in einem Einrichtungshaus. Vergeblich suchte er nach einer persönlichen Note oder nach einer Spur der beiden Kinder.

»Bitte setzen Sie sich doch.« Sie wies auf eine beigefarbene Couch, die bestimmt irgendeinen schwedischen Namen trug, und tippte eine Nummer in ihr Telefon.

»Er geht nicht dran«, sagte sie nach einer Weile entschuldigend. Sie schien beunruhigt darüber, dass sie ihren Mann telefonisch nicht erreichen konnte, und versuchte es gleich noch einmal. Aber Klaus Mertens antwortete nicht.

»Vielleicht können Sie mir ja helfen.« Mayfeld reichte ihr ein Foto von Marie. »Sie kennen dieses Mädchen.«

»Marie Lachner«, antwortete sie. »Mein Mann hat mir erzählt, dass sie von zu Hause abgehauen ist. Haben Sie sie noch nicht wiedergefunden?«

Mayfeld verneinte das.

»Sie ist mit Ihrer Pflegetochter befreundet.«

»Ex-Pflegetochter«, korrigierte ihn Irene Mertens. »Annika ist volljährig.«

»Wann haben Sie Marie zuletzt gesehen?«

»Am vorletzten Wochenende«, antwortete sie ohne nachzudenken. »Sie hat Annika besucht. Das hat Ihnen mein Mann doch schon gesagt.«

Falls die beiden ihre Antworten abgesprochen hatten, machten sie zumindest keine Anstalten, dies zu verbergen.

»Ihre Eltern waren der Meinung, dass Marie Annika auch am letzten Wochenende besuchen wollte«, insistierte Mayfeld.

»Ich weiß nicht mehr so genau, was Annika tut. Am Freitag letzter Woche ist sie ausgegangen, vielleicht hat sie sich da mit Marie getroffen. Ich habe das Mädchen auf jeden Fall am letzten Wochenende nicht gesehen. Kann ich Ihnen etwas zu trinken anbieten?« Irene Mertens lächelte das erste Mal ein wenig. »Ich bin eine schlechte Gastgeberin«, fügte sie hinzu.

Mayfeld lehnte dankend ab.

»Letzten Samstag ging es hier ziemlich aufregend zu.« Mayfeld war gespannt, wie sie auf diesen Köder reagieren würde.

»Das hat Ihnen mein Mann sicherlich auch schon erzählt. Annika hat einen Selbstmordversuch unternommen und wurde vom Notarzt ins Rüdesheimer Krankenhaus gebracht.«

»Haben Sie den Notarzt gerufen?«

Sie schüttelte den Kopf. »Ich war am Samstag gar nicht in ihrer Wohnung. Mein Mann hat auch nicht angerufen. Das wird sie selbst gewesen sein.«

»War Ihr Mann bei Annika?«

»Nachdem wir den Notarzt gehört haben, ist er rübergegangen. Ich bin bei den Gästen geblieben.«

»Bei den Gästen?«

»Hat Ihnen das mein Mann nicht erzählt? Wir hatten überraschenden Besuch von Freunden. Wir saßen vielleicht gerade mal eine halbe Stunde beisammen, als wir draußen das Martinshorn hörten und Stimmen im Hof. Klaus hat dann nach dem Rechten gesehen.«

Bis auf die Information, dass die Mertens Gäste gehabt hatten, waren die Aussagen der Frau identisch mit denen ihres Mannes.

»Woher kannten sich Annika und Marie eigentlich?«

»Hat Ihnen mein Mann das nicht erzählt?«

»Nein.«

Irene Mertens versuchte erneut ein Lächeln.

»Er redet nicht viel, wenn man ihn nicht direkt fragt. Wir bekommen immer wieder Pflegekinder vom Jugendamt zugewiesen, wie zum Beispiel Annika. Annika hat sehr lange in unserer Familie gelebt. Marie nur zwei Jahre, bis ihre Großmutter sie zu sich genommen hat. Aus dieser Zeit kennen sich die Mädchen. Sie haben seither miteinander Kontakt gehalten.«

»Kennen Sie Maries Eltern, die Familie Lachner?«

»Nur flüchtig. Maries Oma, die Frau Sandmann, die war ein paarmal hier. Ich glaube, sie war diejenige, die wollte, dass die Mädchen Kontakt halten. Den Lachners ist das nicht so recht gewesen. Meinem Mann, glaube ich, auch nicht.«

»Warum?«

Darauf wusste Irene Mertens keine Antwort.

Mayfeld stellte noch ein paar Fragen, auf die er unergiebige Antworten erhielt, und verabschiedete sich dann.

Auf dem Weg zum Wagen rief Meyer an. Die richterliche Anordnung für die Befragung der Notarztzentrale liege vor. Mayfeld bat seinen Kollegen, die Anordnung direkt dorthin zu faxen, und machte sich auf den Weg.

Die Notarztzentrale befand sich in einem ehemaligen Fabrikgebäude am Ortsrand von Winkel. Mayfeld fuhr durch ein Wohngebiet mit Einfamilienhäusern aus den sechziger Jahren bis zu dem Flachbau aus Beton, in dem der Malteser Hilfsdienst und eine Spedition untergebracht waren. Warum sogenannte Zweckbauten immer hässlich sein mussten, hatte Mayfeld noch nie verstanden. Auch dieser Bau bildete keine Ausnahme von der Regel.

Er ging an den Laderampen der Spedition vorbei zum seitlichen Eingang des Gebäudes. Dort durchquerte er eine Serie von Glastüren, ging an Kübelpflanzen vorbei, die vermutlich die Atmosphäre auflockern sollten, und gelangte zur Notarztzentrale.

»Mein Kollege hat mich angekündigt«, sagte er und zeigte dem Disponenten hinter dem Schalter seinen Dienstausweis.

Eine Minute später kam eine junge Frau in Jeans und Sweatshirt aus einem der hinteren Räume und stellte sich als Bettina Kurz vor.

Das Fax aus dem Polizeipräsidium hielt sie in Händen. Sie bat Mayfeld, ihr in den Besprechungsraum zu folgen. Sie fuhren mit dem Aufzug in den zweiten Stock und gingen durch einen langen und leeren Flur in einen Raum, der mit Resopaltischen und Bürostühlen zweckdienlich, aber schmucklos eingerichtet war.

»Der Notarzt vom Samstag hat heute wieder Dienst. Er ist im Haus und kommt gleich«, sagte Bettina Kurz und wies auf einen der Monitore. Sie öffnete ein Programmfenster, stöberte in einem Dateiordner und startete mit ein paar Mausklicks die Aufnahme.

Man hörte einen Mann, der den Anruf entgegennahm, dann die Stimme einer jungen Frau oder eines Mädchens.

»Hallo, hier bei Annika Möller in Oestrich, Bornstraße 1b. Bitte kommen Sie schnell. Eine bewusstlose Person liegt da. Also, ich meine, Annika ist bewusstlos. Bitte kommen Sie sofort.«

Der Mann in der Zentrale wollte wissen, mit wem er spreche, aber da hatte die junge Anruferin schon wieder aufgelegt.

»Das war's.«

»Ich brauche eine Kopie des Gesprächs. Ist das möglich?«

»Haben Sie einen Datenträger dabei?«

Mayfeld holte sein Handy heraus und fingerte eine Speicherkarte aus dem Kartenslot.

»Passt das?«, fragte er die Mitarbeiterin der Malteser.

»Kein Problem«, antwortete die und steckte die Karte in einen Schacht im PC. Ein paar Mausklicks später holte sie die Karte wieder heraus und gab sie Mayfeld zurück.

»Lässt sich auf jedem Audioplayer abspielen. Ich schau jetzt mal nach Dr. Tonzart.«

»Bin schon da«, hörte Mayfeld eine sonore Stimme hinter sich.

Dr. Tonzart war ein Mann Ende vierzig mit Wuschelkopf, Dreitagebart und einem kleinen Bauchansatz.

Mayfeld wies sich aus. »Es geht um einen Einsatz am Samstag letzter Woche.«

»Der Suizidversuch aus Oestrich, die junge Frau«, vermutete Tonzart.

»Genau die. Ich wollte Annika Möller sprechen, weil eine Freundin von ihr am Samstag verschwunden ist. Und da habe ich von ihrem Pflegevater erfahren, dass sie an diesem Tag ins Krankenhaus gebracht wurde.«

Tonzart setzte sich neben Frau Kurz.

»Wir haben die Polizei nicht informiert, weil niemand zu Schaden gekommen ist. Hinweise auf ein Fremdverschulden gab es auch keine.«

»Mir geht es nicht darum, Ihre Vorgehensweise zu hinterfragen«, beteuerte Mayfeld.

»Das freut mich zu hören«, sagte Tonzart und studierte den richterlichen Beschluss, bevor er weitersprach. »Das Mädchen hatte offensichtlich zu viel getrunken und vermutlich auch Tabletten genommen. Wir haben zwar keine Flasche gefunden, aber man konnte den Alkohol riechen. Wir haben sie vor einem Jahr in einer ähnlichen Situation aufgefunden, damals stand eine Flasche Wodka neben ihrem Bett.«

»Ist Ihnen irgendetwas aufgefallen, als Sie Annika Möller am Samstag gefunden haben?«

Tonzart schüttelte den Kopf. »Ich habe sie von unserem letzten Einsatz her gleich erkannt und dachte, schon wieder die. Ein hübscher Feger, der mit dem Leben nicht klarkommt.«

»Wer hat Sie in die Wohnung hineingelassen?«

»Wir hatten die Adresse, und die Tür stand offen.« Tonzart hielt einen Moment inne. »Ich habe mich gewundert, dass niemand außer ihr in der Wohnung war, als wir eintrafen. Aber ein paar Minuten später habe ich mit einem Herrn Mertens gesprochen. Den kannte ich auch von unserem Einsatz im Jahr zuvor, das ist, meine ich, der Stiefvater. Er hat berichtet, dass Annika öfters zu viel trinkt. Er wirkte besorgt und auch ein wenig wütend. Kann man ja verstehen.«

Mayfeld zeigte Tonzart ein Bild von Marie Lachner. »Haben Sie dieses Mädchen schon einmal gesehen?«

Tonzart betrachtete die Fotografie. »Sollte ich?«

»Das ist Annikas Freundin Marie, die seit Samstag verschwunden ist. Ein Mädchen hat die Notarztzentrale informiert, ich habe gerade die Aufnahme abgehört.«

Tonzart zuckte mit den Schultern. »Ich dachte, es war ihr Stiefvater, der für einen Moment nicht im Zimmer war, als wir eintrafen. Merkwürdig, dass die Person, die bei uns angerufen hat, nicht gewartet hat, bis wir vor Ort waren. Die Leute werden auch immer gleichgültiger. Na ja, wenigstens hat sie überhaupt bei uns angerufen. Kann ich Ihnen sonst noch irgendwie weiterhelfen?«

»Wieso gehen Sie von einem Suizidversuch aus und nicht von einer einfachen Alkoholvergiftung?«

Dr. Tonzart kratzte sich am Bart. »Der Stiefvater berichtete uns, dass Annika in der letzten Zeit depressiv gewesen sei und ein paarmal lebensmüde Gedanken geäußert habe. Er machte sich Vorwürfe, dass er das nicht ernster genommen habe, er hatte gedacht, sie tue das nur, um auf sich aufmerksam zu machen. Wir haben keine Flasche mit Alkoholika gefunden, aber später, als wir noch mal gründlich gesucht haben, fand sich eine fast leere Schachtel mit Rohypnol. Und den Alkohol konnte man, wie gesagt, riechen. Mit der Mischung schafft man es schon mal, sich unter die Erde zu bringen.«

Mayfeld bedankte sich für die Auskünfte und verabschiedete sich.

Draußen beschien die Nachmittagssonne die triste Umgebung. Mayfeld telefonierte kurz, legte eine CD mit Klaviermusik von Erik Satie ein und fuhr nach Geisenheim.

»Haben Sie Marie gefunden?«, fragte Stefanie Lachner, als sie Mayfeld die Tür öffnete. Der Tonfall ihrer Frage verriet nicht, ob sie sich darüber freuen würde.

Eher nicht, vermutete Mayfeld.

»Tut mir leid, nein. Aber es haben sich noch ein paar Fragen ergeben.«

»Kommen Sie herein.« Stefanie Lachner trug ein himmelblaues Kleid und teuer wirkenden Goldschmuck, Halskette, Armreif und Ohrringe. Sie war frisch geschminkt und frisiert und sah aus, als wollte sie gerade ausgehen, aber aus dem Kinderzimmer hörte Mayfeld Jonas Maximilian quengeln. Das war also ihre Aufmachung für zu Hause.

Sie bot Mayfeld Platz an, setzte sich ihm gegenüber auf das weiße Ledersofa und legte die Beine elegant übereinander.

»Und was haben Sie für Fragen?«

»Sie haben mir verschwiegen, dass Marie von Ihnen adoptiert wurde.«

Stefanie Lachner spielte mit ihrer Halskette.

»Das habe ich nicht verschwiegen, ich habe es lediglich nicht erwähnt. Ich bin gar nicht auf die Idee gekommen, dass das irgendetwas sein könnte, was Ihnen hilft, Marie zu finden. Und ich verstehe Ihr Interesse für diesen Aspekt ihrer Biografie auch nicht.« Sie schenkte ihm ein glattes Lächeln.

Jonas Maximilians Quengeln wurde lauter.

»Sie entschuldigen mich bitte für einen Moment.«

Sie stand auf und verschwand ins benachbarte Zimmer.

Mayfeld schaute sich um. Alles hier war perfekt arrangiert. Designermöbel, Kunst an der Wand, geschmackvolle Blumenarrangements auf dem Tisch. Eine Wohnung bewohnt von kultivierten und wohlhabenden Menschen. Er rief sich die Fotografie von Marie in Erinnerung, die ihm die Adoptivmutter gestern gegeben hatte. Ein strubbeliges, schwarz gekleidetes, finster dreinblickendes Mädchen. Es passte nicht in diese schicke, durchgestylte Umgebung. Und nicht zu dieser schicken, durchgestylten Mutter.

Aber wann passten vierzehnjährige Mädchen und ihre Mütter je zusammen?

Stefanie Lachner kam zurück.

»Wir müssen alles über verschwundene Kinder wissen. Jedes Detail kann einen Hinweis darauf geben, wo wir sie finden können«, erklärte Mayfeld.

Stefanie Lachner lächelte spöttisch. »Bei ihren leiblichen Eltern? Die sind tot und liegen auf dem Geisenheimer Friedhof.«

Diese Frau war hübsch wie eine Barbiepuppe und kalt wie ein Kühlschrank, dachte der Kommissar.

»Nach dem Unfall ihrer Eltern lebte sie zwei Jahre bei der Familie Mertens in Oestrich.«

»Ganz recht.«

»Warum haben Sie sie nicht gleich zu sich genommen?«

»Inwiefern könnte Ihnen meine Antwort auf diese Frage bei der Suche nach unserer Tochter helfen?«

Stefanie Lachner lag vermutlich nichts daran, dass Marie gefunden wurde. Daran konnte Mayfeld nichts ändern. Aber den unverfrorenen Ton wollte er sich nicht weiter bieten lassen.

»Bitte überlassen Sie mir die Fragen und versuchen es einmal mit Antworten. Ich habe es mit einer verschwundenen Jugendlichen und einer ermordeten Frau zu tun, zwischen denen es eine Verbindung gibt. Ich muss Sie dringend auffordern zu kooperieren.«

Das Lächeln auf Stefanie Lachners Gesicht starb einen plötzlichen Kältetod. Sie dachte eine Weile nach. Dann schien sie sich entschieden zu haben zu reden.

»Es ist keineswegs so, dass wir uns irgendetwas vorzuwerfen hätten, Herr Kommissar. Ich war zweiundzwanzig, als Maries Eltern bei einem Verkehrsunfall starben. Ihre Mutter war meine ältere Schwester. Meine Mutter saß mit im Wagen und wurde bei dem Unfall schwer verletzt. Sie hat zwei Jahre mehr oder weniger um ihr Leben gerungen und diesen Kampf zum Glück gewonnen. Ich war damals nicht in der Lage, mich um Marie zu kümmern. Als es Mama wieder halbwegs gut ging, haben wir Marie zu uns genommen. Meine Mutter hat sich um sie gekümmert. Der Kontakt zu Annika und Kevin stammt aus Maries Zeit bei der Pflegefamilie. Mama meinte, den dürfe man nicht unterbinden. Ich war da anderer Meinung, aber verbieten sie mal einer renitenten Zwölfjährigen etwas, wenn die eigene Mutter dagegen arbeitet. Marie hatte alle Liebe dieser Welt bei uns, aber der Tod von Mama und die Geburt von Jonas Maximilian waren wohl zu viel für sie. Es drehte sich plötzlich nicht mehr alles nur um sie, und das können Mädchen in dem Alter schlecht ertragen. Mehr kann ich Ihnen nicht sagen.«

Hinter der unterkühlten Fassade von Stefanie Lachner verbarg sich möglicherweise eine verletzte Frau, die in den letzten Jahren viel mitgemacht hatte und sich schützen wollte. Vielleicht sollte er etwas freundlicher zu ihr sein, überlegte Mayfeld.

»Ich weiß Ihre Offenheit zu schätzen«, sagte er. »Hatte Marie häufigen Kontakt zu Annika und Kevin?«

»Vor allem zu Annika. Früher ist Annika auch oft zu uns nach Hause gekommen.«

»Ihre Mutter wohnte bei Ihnen im Haus?«

»So ist es.«

»Und Sie haben die Besuche Annikas nach dem Tod Ihrer Mutter unterbunden?«

»Richtig. Ich fand, dass diese Hexe, entschuldigen Sie den Ausdruck, dass diese Hexe kein adäquater Umgang für unsere Tochter war. Marie lässt sich leicht von anderen beeinflussen. Sie muss nur jemanden ›cool‹ finden, und schon läuft sie der Person hinterher. Insbesondere wenn diese Person möglichst anders ist als ihre Familie. Alle ausgeflippten, kranken, abseitigen Personen ziehen sie magisch an. Aber ich konnte natürlich nichts machen, wenn sie sich außerhalb mit ihr traf. Wenn Sie so wollen, habe ich vor ihrem Dickschädel kapituliert. Kann ich Ihnen sonst noch mit irgendwelchen Informationen behilflich sein?«

Irgendwo aus dem tiefsten Inneren eines Gefrierschranks holte sie ein Lächeln hervor.

Mayfeld fragte Stefanie Lachner nach weiteren Freundinnen oder Freunden von Marie.

»Über Nacht ist mir nichts Neues zu meiner Tochter eingefallen«, antwortete sie spitz.

Mayfeld zog sein Handy aus der Jackentasche, öffnete den Audioplayer und ließ die Nachricht abspielen, die am vergangenen Samstag bei der Notarztzentrale eingegangen war.

Stefanie Lachners Gesicht erstarrte, als sie der Aufzeichnung lauschte.

»Das ist Maries Stimme«, flüsterte sie zum Schluss. »In was ist das Kind da hineingeraten?«

Mayfeld erinnerte sich daran, dass er beim Jugendamt Informationen über die Pflegefamilie Mertens einholen wollte. Vielleicht konnte er den Weg zum zuständigen Sachbearbeiter abkürzen.

»Wissen Sie noch, wer für Ihre Tochter früher beim Jugendamt zuständig war?«

Stefanie Lachner überlegte eine Weile. Dann nickte sie. »Ich glaube, der Mann hieß Grawe oder Grebe.«

Die unwahrscheinlichen Zufälle in diesem Fall mehrten sich. Mit Oliver Grewe hatte Holler kurz vor ihrem Tod telefoniert.

Jonas Maximilian meldete sich zurück. Mayfeld bat Stefanie Lachner um eine Haarbürste von Marie, bedankte sich für die Hilfe und verabschiedete sich.

Eine halbe Stunde später parkte Mayfeld seinen Volvo auf dem Parkdeck vor dem Bad Schwalbacher Kreishaus. Er betrat das Gebäude und grüßte den Portier. Die Bilder des Künstlerkreises Johannisberg, »Alles in Rot«, waren verschwunden. Er ging in den ersten Stock hinauf. Grewe war in seinem Büro.

»Sie schon wieder, Herr Kommissar? Was kann ich diesmal für Sie tun?«, fragte er leutselig. Sein Halstuch war heute aus blauer Seide. »Setzen Sie sich doch bitte!«

»Ist Ihnen zu Ihrem Telefonat mit Sylvia Holler noch etwas eingefallen?«, begann Mayfeld das Gespräch.

Grewe schüttelte den Kopf. »Ich hätte Sie angerufen. Das habe ich doch zugesagt. Deswegen hätten Sie nicht herkommen müssen.«

»Sagen Ihnen die Namen Marie Lachner und Annika Möller etwas?«

Grewe musste nur kurz nachdenken. »Annika Möller lebte bei einer Pflegefamilie in Oestrich, den Mertens. Wahrscheinlich lebt sie immer noch dort. Sie ist noch nicht lange volljährig, und als ich sie das letzte Mal gesprochen habe, hatte sie noch keine Pläne umzuziehen.«

»Sie waren ihr Betreuer?«

»Der zuständige Sachbearbeiter hier im Amt.«

»Und für Marie Lachner waren Sie auch zuständig?«

»Das ist das Mädchen, das vermisst wird. Ich habe davon in der Zeitung gelesen und mich gleich an sie erinnert. Sie wurde vor ein paar Jahren von ihrer Tante adoptiert.«

»Die eine hat einen Suizidversuch gemacht, die andere ist verschwunden. Beide waren Patientinnen bei Dr. Holler, und die wurde am selben Tag ermordet.«

»Patientinnen bei Dr. Holler?«

»Das wussten Sie nicht?«

»Woher sollte ich? War Annika Möller schon länger Patientin bei Frau Dr. Holler? Dann hätte ich es wissen müssen. Mertens wäre verpflichtet gewesen, es mir mitzuteilen. Aber mittlerweile ist sie ja volljährig. Sie ist mir keine Rechenschaft mehr schuldig. Und Marie hat nichts mehr mit dem Jugendamt zu tun, nachdem ihre Tante sie endlich adoptiert hat.«

»Was meinen Sie mit ›endlich‹?«

Plötzlich wurde Grewe zögerlich. »Ich weiß nicht, ob ich befugt bin, Ihnen Details aus einem Adoptionsverfahren preiszugeben.«

»Wegen des Datenschutzes?«

Grewe nickte.

Das Wort konnte er allmählich nicht mehr hören. »Ein paar Hintergrundinformationen würden uns möglicherweise weiterhelfen.«

Grewe überlegte wieder eine Weile, dann zuckte er mit den Schultern.

»Wenn Sie wüssten, wie oft wir auf Informationen warten, und niemand sagt uns was, weil wir von einem Amt kommen, dem die Leute misstrauen. Aber das können Sie sich vermutlich nur allzu gut vorstellen. Viel Interessantes habe ich Ihnen zwar nicht zu bieten, befürchte ich. Aber sei's drum. Das können Sie am besten selbst beurteilen.«

Das klang recht einsichtig, fand Mayfeld.

»Schießen Sie los«, bat er.

»Nach dem tödlichen Unfall ihrer Eltern gab es zunächst niemanden, der sich um Marie kümmern konnte. Sie selbst war wie durch ein Wunder bis auf ein paar unbedeutende Kratzer unverletzt geblieben. Väterlicherseits gab es nur die Großeltern, und die waren damals schon ziemlich hinfällig. Mütterlicherseits gab es die Großmutter und die Tante. Stefanie war noch ziemlich jung, und die Großmutter saß mit im Unglücksauto und war lange Zeit nicht in der Lage, sich um das Kind zu kümmern. Eine bemerkenswerte Frau mit eisernem Willen. Sie hatte eine Vielzahl von Knochen gebrochen, sie lag mehrere Monate im Koma, sie musste alles wieder lernen, laufen, sprechen, aber sie hat es geschafft. Nach zwei Jahren war sie so fit, dass sie Marie zu sich nehmen konnte.«

»Die Großmutter, nicht die Tante?«

»So ist es gewesen. Stefanie, ihr Mann Thorsten Lachner und Frau Sandmann lebten unter einem Dach. Stefanie Lachner war von der Idee, Marie in die Familie aufzunehmen, zunächst nicht begeistert. Aber sie konnte schlecht etwas dagegen sagen, schließlich hatte ihre Mutter das ganze Geld, das Haus, die Steuerberaterkanzlei und damit das Sagen in der Familie. Leider hat die alte Frau Sandmann den Unfall nicht ohne bleibende Schäden überstanden und bekam vor zwei oder drei Jahren einen Schlaganfall. Bevor sie starb, hat sie dafür gesorgt, dass ihre Tochter Marie adoptierte.«

»Das klingt so, als ob die Lachners sich damit schwergetan hätten.«

»Das sind Ihre Schlussfolgerungen, Herr Mayfeld. Auf jeden Fall haben die beiden ziemlich lange gebraucht, bis sie einen Adoptionsantrag gestellt haben.«

»Wie kommt es, dass Sie das alles noch so präsent haben?«, fragte Mayfeld. »Sie haben doch bestimmt jede Menge Fälle zu betreuen?«

Grewe schien einen Moment irritiert, dann lächelte er geschmeichelt.

»Ich habe ein gutes Gedächtnis, Herr Kommissar. Außerdem ist das Adoptionsverfahren noch nicht lange abgeschlossen, ich denke, das war 2009. Und als ich von Maries Verschwinden in der Zeitung las, kamen die Erinnerungen an sie wieder hoch. Ein liebenswertes, aber auch ziemlich kratzbürstiges Mädchen.«

Mayfeld war gespannt, was Grewe noch alles wusste. »Was können Sie mir über die Mertens erzählen?«

»Klaus und Irene Mertens? Was ist mit denen?«

»Ich fand es merkwürdig, dass mir Mertens nicht erzählt hat, woher er Marie kannte, als ich ihn nach ihr fragte.«

Grewe lachte gequält. »So ist der Klaus Mertens. Sagt kein Wort zu viel. Ist aber ein zuverlässiger Kerl.«

»Ist er das?«

»Sonst würden wir ihm keine Kinder anvertrauen. Dafür braucht man zuverlässige Menschen, nicht unbedingt große Redner.«

Da hatte Grewe zweifellos recht, aber die Antwort stellte Mayfeld nicht zufrieden.

»Was haben Sie für Erfahrungen mit ihm gemacht? Seine beiden Pflegekinder, Kevin und Annika Möller, sind nicht gerade gut geraten.«

»Mit Kevin haben Sie also auch schon gesprochen. Dann plaudere ich eben noch ein wenig mehr aus dem Nähkästchen. Kevin und Annika kamen aus einer völlig kaputten Familie. Falls man das überhaupt Familie nennen konnte. Sie stammen von zwei Vätern, die beide unbekannt sind. Die Mutter war drogenabhängig. Als wir die Kinder aus ihrer Wohnung rausholten, der Junge war fünf, das Mädchen drei, waren beide schwer verwahrlost, unterernährt, dehydriert und seit Wochen nicht mehr gewaschen. Die Mutter hat sich später nie mehr um die Kinder gekümmert, nicht einmal nach ihnen gefragt. Dass die beiden später Probleme mit ihrem Leben bekommen würden, war mehr oder weniger vorgezeichnet. Da müssen nicht die Pflegeeltern oder das Jugendamt dran schuld sein.«

»Das hat auch niemand behauptet.«

»Es klang aber so.«

Es war auch so gemeint gewesen, musste Mayfeld im Stillen einräumen. Aber Grewe hatte recht, Annika und Kevin Möller hatten einen völlig verkorksten Start in ihr Leben gehabt, und alle Probleme, die sie sich oder anderen machten, ließen sich damit ohne Weiteres erklären. Aus völlig anderen Gründen galt Ähnliches auch für Marie Lachners Start ins Leben. Dass beide Mädchen bei Dr. Holler in Behandlung waren, war kein Zufall. Hollers Job war es, sich mit solchen Kindern zu beschäftigen.

Aber es musste keinen Zusammenhang zwischen dem Verschwinden Maries, dem Selbstmordversuch Annikas und dem Mord an Holler geben. Zumindest hatte er noch keinen brauchbaren gefunden.

»Die beiden Mädchen, Annika und Marie, sind befreundet geblieben«, versuchte Mayfeld erneut, einen Faden zu finden.

Grewe nickte. »Mertens hat es mir erzählt. Meines Wissens hat Christa Sandmann, die Oma von Marie, das gefördert. Sie meinte, dieser Abschnitt ihres Lebens gehöre auch zu Marie. Annika hat die beiden oft besucht, sie hat Maries Oma sehr gemocht. Als die alte Dame starb, war das auch für sie ein schwerer Schlag. Die Lachners haben den Kontakt zwischen Marie und Annika nach Kräften unterbunden. Aber jetzt habe ich genug erzählt.«

Aber was genau hatte Grewe eigentlich erzählt? Mayfeld hatte eine Vielzahl neuer Informationen erhalten, die ihn bei den Ermittlungen allerdings nicht weiterbrachten. Es war lediglich klar, dass Grewe auf Mertens nichts kommen ließ.

Er stellte noch ein paar Fragen und bekam belanglose Antworten. Missmutig verabschiedete er sich von dem Mitarbeiter des Jugendamtes.

***

Sie waren vom Krankenhaus runter in den Ort gefahren. Nach langem Suchen hatten sie einen Laden mit Spielzeug für Erwachsene gefunden. So nannte Mama die Handys. Die Königstochter hatte ihn gefragt, ob er ihr das Geld für die beiden Ladegeräte, die sie kaufen wollte, leihen könnte, und er hatte bezahlt. Schenk ich dir, hatte er gesagt.

Aber wenn du mich lieb haben willst, und ich soll dein Geselle und Spielkamerad sein …

Basti hatte gewartet, bis Marie den Akku ihres Handys aufgeladen hatte. Dann waren sie wieder zum Krankenhaus zurückgefahren, und Marie hatte wieder nicht gewollt, dass er mit zu ihrer Freundin ins Krankenhaus komme. Es würde immer nur eine Person zu Besuch hereingelassen, hatte sie gesagt. So etwas hatte er noch nie gehört, aber mit Krankenhäusern kannte er sich nicht aus. Vielleicht war das in Rüdesheim anders als in Wiesbaden, weil das Krankenhaus kleiner war.

Sie war nach kurzer Zeit wieder herausgekommen, und jetzt waren sie auf dem Weg nach Hause.

Nothgottes, Antoniuskapelle, Kloster Marienthal.

Es war alles wie am Morgen, nur die Sonne stand anders. Er fuhr diesen Weg oft, und er konnte sich alles gut merken, was er sah. Er wusste sogar, wie der Weg das letzte Mal ausgesehen hatte, als er ihn entlanggefahren war, und wie das vorletzte Mal. Und das vorvorletzte Mal. Und letztes Jahr.

»Du bist ein Gedächtnisgenie«, hatte Mama mal gesagt, »aber leider nutzt es dir nichts.«

Dabei stimmte es gar nicht, dass es ihm nichts nutzte. Er konnte die Rezepte auswendig und die Märchen und das Vogelbuch. Vielleicht sollte er alle Rechnungen auswendig lernen, die es gab, dann könnte er auch rechnen. In der Schule hatte er das versucht, aber dann hatte er nie gewusst, welche auswendig gelernte Rechnung er gerade hätte aufschreiben sollen. Beim Führerschein war es einfacher gewesen. An die Fragen und die Antworten konnte er sich heute immer noch genau erinnern.

»Meine Freundin braucht eine Bleibe, wo sie für eine Weile unterkommen kann«, rief Marie von hinten.

»Hat sie kein Zuhause?«, rief Basti zurück.

»Nein«, antwortete Marie.

»Das ist schlecht«, meinte Basti.

Aber vielleicht war das gar nicht so schlecht. Vielleicht bekam er ja eine Sammlung von Mädchen. Bloß, wo sollte er die alle unterbringen? Und wie sollte er auf alle aufpassen? Nachher liefen sie ihm zusammen davon. Zu viele Mädchen auf einmal waren nicht gut.

Sie fuhren durch den Höllenweg und das Mühlental. Das war besonders schön, weil sich Marie dort extra fest an ihn klammerte. Wahrscheinlich hatte sie das Tal genauso gern wie er.

»Fahr schneller!«, rief sie, und er fuhr schneller.

Reußische Mühle, Ostermühle, Bachmühle, Weihermühle, Elstermühle, rief er die Wegstationen aus.

»Kannst du mir vielleicht ein bisschen Kohle leihen?«, rief Marie, als sie das Tal verlassen hatten.

Der Köhler machte große Augen, ließ sich aber nicht lange bitten.

Basti lachte. »Ich bin kein Köhler.«

»Ich meine Flocken!«

»Von Frau Holle?«

»Egal, von wem.«

Marie lachte, er lachte auch, obwohl er nicht genau wusste, warum. Aber Lachen machte Spaß.

Johannisberger Hölle, Kloster Johannisberg, Johannisberg, Sieben Wegweiser, Hallgartner Zange, Kreistanne, Kasimirkreuz. Es waren mehr Leute unterwegs als heute Morgen, aber weniger als am Sonntag.

Basti dachte eine Weile darüber nach, warum das so war. Warum, warum, warum. Eigentlich konnte er die Frage nicht leiden. Warum machten die Menschen, was sie machten? Viel lieber merkte er sich, wie sich der Wald veränderte. Oder er merkte sich Märchen. Da wurde manchmal sogar erklärt, warum Menschen und Tiere etwas machten. Mit dem Menschenverstehen war es schwer für Basti.

Mapper Schanze.

»Vielleicht kann sich deine Freundin im Gebück verstecken«, rief Basti.

»Keine so gute Idee«, antwortete Marie. »Bei der Kälte.«

Da fiel es Basti wieder ein. Es waren jetzt mehr Leute unterwegs, weil es Mittag war und wärmer als am Morgen. Basti machten Regen und Kälte nichts aus, aber die meisten anderen Menschen nannten es schlechtes Wetter und gingen dann nicht in den Wald.

»Hat deine Mutter kein Geld daheim?«, fragte Marie.

»Doch«, antwortete er. Sie hatte es in einem Tresor in ihrem Schlafzimmer, und Basti wusste, wo der Schlüssel lag. »Soll ich es dir zeigen?«

»Das wäre super!«

Er konzentrierte sich wieder auf das Fahren. Es war schön, so ein Mädchen hinter sich auf dem Quad sitzen zu haben. Manchmal fuhr er extra ein bisschen schneller, weil sich Marie dann fester an ihn klammerte. Aber dann wurde er wieder langsamer, weil das Klammern unangenehm wurde. Es juckte. Angenehm und unangenehm war das mit dem Mädchen hinter ihm. Auf jeden Fall besser, sie drückte ihn, als dass er sie drückte. Er ging nicht so schnell kaputt wie sie.

Förster-Bitter-Eiche, Rheinhöhenweg, Grüne Bank, Elefantenbuche, Antoniuseiche. Schließlich kamen sie auf den Weg, der in das Tal hinabging, dann auf den Parkplatz. Er fuhr weiter auf der Straße, die in die Stadt führte.

An der Abzweigung zu seinem Haus stand ein alter Mercedes am Straßenrand. Er wusste, wem das Auto gehörte. Er konnte sich alles merken und erkannte das Kennzeichen. Der Fromm war da. Das war ihm gar nicht recht.

»Zu Hause!«, rief er am Schluss ihres Ausflugs und steuerte auf den Schuppen zu. Er öffnete das Schuppentor und fuhr das Quad hinein.

»Bleib hier«, bat er Marie.

»Warum?«

»Weil darum. Ich schließ den Schuppen auch nicht ab«, versprach er.

»Wär ja auch noch schöner«, entgegnete sie. Marie wurde frecher. Aber sie tat, was er gesagt hatte.

Basti ging zum Haus. Da kam er um die Ecke, der Fromm. Basti ballte eine Faust in der Tasche seines Anoraks.

»Lange nicht mehr gesehen, Sebastian.«

»Stimmt«, entgegnete Basti. »War gut so.«

»Na, das ist ja mal eine Begrüßung. Freust du dich gar nicht, deinen Vater zu sehen?«

»Nö.« Immer schön ehrlich bleiben, hatte ihm Mama beigebracht.

Fromm kam auf ihn zu, er stand jetzt ganz nah bei ihm. Das durfte nur seine Mama. Und seit Neuestem die Königstochter. Der Fromm roch noch wie früher. Er hatte Mama mal gefragt, nach was der Papa rieche. Damals, als sie noch zusammenlebten und der Fromm ihn öfters verhaute. Nach Sprit, hatte Mama geantwortet, nach Sprit und einer schwarzen Seele. Basti wich einen Schritt zurück.

»Du brauchst Hilfe, mein Sohn.«

»Nö.«

»Doch, doch. Mama meint das auch.«

Basti spürte sein Herz schlagen. Er spürte, wie sein Gesicht heiß wurde, und er ballte beide Fäuste.

»Du musst jetzt nicht wütend werden«, sagte Fromm und wich ein paar Schritte zurück.

So nannte das Mama auch immer, wenn er die Fäuste ballte: wütend werden. Manchmal benutzte er die Fäuste dann auch.

Sachte, sachte, mach dich nicht so breit; so stark wie du bin ich auch, und wohl noch stärker!

»Ich habe mit Mama gesprochen. Ich habe sie im Krankenhaus besucht. Wir verstehen uns jetzt wieder besser. Jetzt, wo Tante Sylvia tot ist, muss die Familie zusammenhalten.«

»Du lügst!«, schrie Basti.

»Sie ist wirklich tot, Sebastian.«

»Ich weiß!«

»Ach ja?«

Bastis Gesicht wurde immer heißer.

»Ihr versteht euch nicht wieder besser!«

»Doch. Sie hat mich angerufen und mich gebeten, sie im Krankenhaus zu besuchen. In der Not müssen Familien zusammenstehen. Mama macht sich Sorgen um dich und hat gesagt, dass ich mich um dich kümmern soll.«

»Du lügst, du lügst, du lügst!« Basti war außer sich. Das hatte Mama niemals gesagt. Nie im Leben geh ich zu dem zurück, hatte sie damals gesagt, und Mama log nicht.

»Apropos Lügen. Du hast Mama erzählt, dass du Tante Sylvia besucht hast. Aber meine Schwester ist tot. Woher weißt du das überhaupt?«

Basti trippelte unruhig hin und her.

»Woher weißt du das? Antworte, wenn ich dich frage!«, herrschte ihn Fromm an.

»Nein!«, schrie Basti zurück. Der Fromm hatte ihm gar nichts zu sagen.

»Ich will, dass du zu mir nach Lorch kommst.«

Bastis Gesicht brannte jetzt. »Nein, nein, nein!«

»Warst du bei Tante Sylvia?«

»Nein, nein, nein!«

»Aber Mama hast du das gesagt.«

»Nein, nein, nein.«

»Hast du meiner Schwester etwas angetan?«, brüllte Fromm.

»Nein, nein, nein.«

»Wer ist denn der Spast?«, fragte plötzlich eine Stimme hinter ihm.

Basti warf einen Blick zurück. Marie war aus dem Schuppen gekommen und trat auf sie zu.

»Wer ist denn das?«, fragte jetzt auch Fromm. Er blickte zu Marie, dann zu Basti, dann wieder zu Marie. Ein böses Grinsen schlich in sein Gesicht. »Ist das nicht das Mädchen, das vermisst wird?«

»Das ist mein Mädchen«, schrie Basti. »Das nimmst du mir nicht weg!«

Fromm begann wieder zu brüllen. »Bist du jetzt völlig übergeschnappt, du verblödetes Monster? Das ist ein Kind, die ist viel zu jung für dich. Lass gefälligst deine dreckigen Pranken von dem Mädchen, dafür wanderst du in den Knast oder ins Heim oder in die Psychiatrie.«

»Nicht ins Heim, nicht ins Heim!«, rief Basti voller Verzweiflung.

»Ich hol die Polizei!« Fromm lachte triumphierend.

Dich will ich schon packen, sprach der Unhold.

»Nicht die Polizei!«

»Komm mit!«, rief Fromm Marie zu. Er wollte den Weg zur Straße hinuntergehen.

Das durfte nicht sein. Der Fromm wollte ihm Marie wegnehmen und ihn ins Heim bringen. Das durfte der Fromm nicht. Nicht der Fromm und auch sonst niemand.

»›Nun hab ich dich‹, sprach der Junge, ›jetzt ist das Sterben an dir‹«, brüllte Basti, schnappte sich eine Holzlatte, die an die Wand des Hauses gelehnt war, und stürzte sich auf seinen Vater.

Fromm wehrte sich, hatte gegen Basti aber keine Chance.

»Knüppel, aus dem Sack!«

Basti schlug zu. Einmal, zweimal, dreimal, viermal … Plötzlich spürte er, wie ihm jemand auf den Rücken trommelte.

»Bist du völlig durchgedreht? Willst du den Typen totschlagen?«, schrie Marie.

Er schleuderte sie weg. Fünfmal, sechsmal, siebenmal …

»Hör auf, du Idiot«, schrie Marie und hieb weiter auf ihn ein. »Du bringst ihn um!«

Achtmal, neunmal …

Marie warf sich zwischen Basti und Fromm.

»Hör auf!«

Mädchen darf man nicht schlagen. Schon gar nicht eine Königstochter. Basti hörte auf.

Fromm röchelte. »Das wirst du mir büßen!«

Marie stand auf und ging aus dem Weg.

Zehnmal.

»Basti, hör auf!«

So hatte er Marie noch nicht kreischen gehört. Sie schlug ihm ins Gesicht. Aber das brannte sowieso schon die ganze Zeit. Er ließ von Fromm ab und packte Marie am Handgelenk.

»Ich will nicht ins Heim. Komm, wir verstecken uns!«

***

Mayfeld ging vom Parkplatz des Polizeipräsidiums zum Haupteingang des Gebäudes, stieg die steinernen Treppen des ehemaligen Heereslazaretts nach oben in den ersten Stock, wo sich die Abteilung für Tötungsdelikte und verschwundene Personen befand.

Er öffnete eine elektronisch gesicherte Panzerglastür und ging den Gang entlang, den die Mitarbeiter des Architekturbüros Speer gebogen konstruiert hatten, damit die verletzten und verstümmelten Soldaten des Zweiten Weltkriegs nicht die Anmutung endlos langer Krankenhausflure bekamen, während sie für zukünftige Schlachten fit gemacht wurden.

In seinem Büro setzte er sich an den Schreibtisch. Auf dem Tisch lag ein Zettel von Burkhard, dass Georg Fromm am Morgen seine DNA-Probe abgegeben, dass Knuth Schneider sich hingegen abgesetzt habe.

Die herbstlichen Sonnenstrahlen schienen auf die »Kolonie unter den Nussbäumen«. Mayfeld ließ seine Gedanken schweifen, er durchdachte alle Ermittlungen des heutigen Tages noch einmal. Er hatte sich heute von der Hypothese leiten lassen, dass es einen Zusammenhang zwischen dem Mord an Holler, dem Verschwinden

Maries und dem Selbstmordversuch von Annika gab. Das musste nicht so sein. Holler hatte es schließlich nur mit Kindern und Jugendlichen zu tun, die Probleme hatten. Doch dass alles an ein und demselben Tag passiert war und die Jugendlichen eine gemeinsame Vergangenheit hatten, waren ihm ein paar Zufälle zu viel. Letztlich bewies das alles jedoch nichts. Mayfeld glaubte zwar nicht an Zufälle, aber der Gang der Dinge musste sich nicht um sein Bedürfnis nach logischer Konsistenz scheren. Vielleicht hatte er es mit einer Mischung aus Ursache-Wirkung-Ketten und Zufällen zu tun. Manches hing miteinander zusammen, anderes war nur Zufall.

Während er so grübelte, kam Winkler hustend in sein Zimmer. Sie legte Mayfeld eine DVD auf den Schreibtisch.

»Hallo, Robert«, sagte sie mit rauer Stimme. »Du hattest recht, es gab einen Datenträger, den wir übersehen haben. Diese Sicherungs-DVD steckte zwischen anderen DVDs in Hollers Wohnzimmer.«

»Großartig, Heike. Hast du dir den Inhalt schon angeschaut?«

Winkler nickte. »Die Daten wurden am 31. August gesichert. Weitere DVDs habe ich leider keine gefunden. Es sind alle möglichen Dateien auf dem Medium. Ein Kalender, ein Adressbuch, Abrechnungsdateien und vor allem Patientenakten.«

»Und gibt es Dateien von Annika Möller und Marie Lachner?«

»Ja. Ich hab sie allerdings noch nicht durchgearbeitet.« Winkler zögerte einen Moment, dann fuhr sie fort. »Eigentlich ist es der Alptraum eines jeden Datenschützers, dass die Polizei Mitschnitte von Therapiesitzungen abhört oder mitliest.«

Mayfeld musste seiner Kollegin insgeheim recht geben. »Es ist auch der Alptraum jedes Patienten, dass seine Therapeutin erwürgt wird«, entgegnete er. »Und wir haben eine richterliche Erlaubnis. Aber es reicht, wenn wir beide das lesen.«

Er überlegte eine Weile.

»Holler hat einen ziemlichen Aufwand mit Dokumentation und Datensicherung betrieben. Erstaunlich, dass es keine Sicherung von Ende September gibt.«

»Wieso?«

»Da machen Ärzte und Therapeuten ihre Abrechnung. Es müsste Abrechnungsdaten von Ende September geben.«

»Alle Datensicherungen sind von Ende August. Das habe ich als

Erstes überprüft. Vielleicht steckte die letzte DVD ja noch im Laufwerk des PCs oder Notebooks.«

Mayfeld nickte. Das war eine Möglichkeit. »Es ist merkwürdig, dass Dr. Holler die Abrechnungsdaten nicht täglich auf dem USB-Stick gesichert hat, wo sie in dieser Hinsicht doch sonst so penibel gewesen ist. Aber vielleicht finden wir hier drin eine neue Spur.«

Er legte die DVD in seinen Computer und öffnete die Datei »Möller_Annika.doc« mit seinem Textverarbeitungsprogramm. In der Datei war ein Besuch Annikas bei Dr. Holler dokumentiert, der am 26. August stattgefunden hatte.

Holler hatte notiert: *Schwarz gekleidete siebzehnjährige Frau, schwarze Haare, roter Mund, blasser Teint. Typ Gothic. Aggressives Auftreten, Pat. verbirgt vermutlich große Selbstunsicherheit. Kommt wegen depressiv-moroser Verstimmung, Schlafstörung, Selbstverletzung. Brokenhome-Situation, lebt in Pflegefamilie. Anamnese nur teilweise möglich, da Patientin mehrfach dissoziiert und stabilisiert werden muss, was glücklicherweise problemlos möglich ist. Keine akute Suizidalität. VD: PTBS, DD: Borderline. Patientin ist mit M.L. befreundet, also vermutlich nur Krisenintervention möglich.*

Mayfeld klickte auf einen Link, der seinen Computer dazu veranlasste, einen Audioplayer zu öffnen.

Er hörte die warme Stimme Hollers und die schnoddrige von Annika Möller.

Eine Freundin habe gemeint, die Holler sei cool und sie solle da mal hingehen, und sie habe sich gesagt, man könne das ja mal austesten, antwortete Annika auf Hollers Frage, was sie zu ihr führe. Als die Therapeutin fragte, ob sie immer tue, was man ihr sage, reagierte Annika ausgesprochen gereizt, wollte das Gespräch abbrechen, blieb dann aber doch. Aber nur unter der Bedingung, dass Holler das »Scheiß-Siezen« lasse.

»Ich denke, du hattest deine eigenen Gründe herzukommen, und über die sollten wir sprechen«, sagte Holler.

»Warum nicht gleich so«, antwortete Annika in beleidigtem Ton. »Mir geht es scheiße. Ich kann nicht schlafen, alles ist sinnlos. Ich hab schon oft daran gedacht, Schluss zu machen. Aber das ist auch sinnlos, und außerdem bin ich zu feige dazu. Ich hab mich schon geschnitten, dafür bin ich nicht zu feige, vielleicht sollte ich einfach mal tiefer schneiden, dann ist alles endlich rum.«

»Du bist hart zu dir selbst«, antwortete Holler. »Ich vermute, das kommt daher, dass andere auch hart zu dir waren. Du bist es nicht anders gewöhnt.«

»Läuft das hier immer so: Ich erzähl was von mir, und Sie lassen kluge Kommentare ab?«, giftete Annika die Therapeutin an.

»Was macht dich so wütend, wenn ich vermute, dass jemand hart zu dir war?«, wollte Holler wissen.

Anschließend hörte man eine Weile gar nichts außer einem befremdlichen Geräusch, das irgendwo zwischen Grunzen, Wimmern und Fauchen lag. Dann meldete sich Holler zu Wort. Sie fragte, wo Annika in Gedanken gerade sei. Als sie darauf nur ein Wimmern zur Antwort erhielt, fragte sie, ob sie den Sessel, auf dem sie sitze, spüre und den Boden unter ihren Füßen. Sie bat sie, ruhig und tief zu atmen, die Hände zu ballen und sie zu spüren. Sie solle sie anschauen und sich klarmachen, dass sie hier bei ihr in der Praxis sei.

Nach einer Weile hörte das Wimmern, Grunzen und Fauchen auf.

»Du sagst nur das, was du mir sagen möchtest«, war Hollers Stimme zu hören. »Du hast die Kontrolle. Vielleicht willst du mir ja mehr erzählen.«

Aus Annika brach es wie eine Lawine voller Unflat heraus. Sie schimpfte auf die Scheißmutter und die Scheißpflegefamilie. Denen würde das Scheißjugendamt immer wieder Pflegekinder zuschanzen, die sie dann kaputt machten. Diese Scheißkerle gehörten alle in den Scheißknast. Bloß ihren Bruder und ihre Freundin nahm sie von der verbalen Exkrementenorgie aus.

Holler stellte fest, dass Annika äußerst wütend war, und das Wimmern, Fauchen und Grunzen begann aufs Neue. Wieder schien Annika wie abwesend zu sein, und wieder bemühte sich Holler, sie in die Realität zurückzuholen.

»Oops, I did it again«, sagte Annika nach einer Weile, und Holler sagte etwas von Ironie und Sarkasmus, die helfen könnten, Abstand zwischen sich und unangenehme oder bedrohliche Erinnerungen und Gefühle zu bringen. Dann fragte Holler nach dem Namen der Freundin.

»Das wissen Sie doch schon längst«, fauchte Annika. »Lassen Sie sie da raus.«

»Da raus?«, fragte Holler nach.

»Sie wissen ganz genau, wie ich das meine«, versetzte Annika.

Holler wusste es nicht, erntete mit ihrer Beteuerung allerdings nur Schweigen. Wütendes Schweigen, vermutete Mayfeld.

»Du weißt, dass sie bei mir Patientin ist«, stellte Holler fest.

»Sonst wäre ich nicht hier«, grummelte Annika.

»Darüber müssen wir reden.«

»Wieso? Was ist denn mit Ihrer Scheißschweigepflicht?«

»Die ist mir sehr wichtig. Worum es mir geht, ist Folgendes: Es kann sehr schwierig sein, zwei Menschen zu behandeln, die sich nahestehen. Du könntest zum Beispiel gehemmt sein, mir etwas anzuvertrauen, was deine Freundin nicht erfahren darf.«

»Wollen Sie damit sagen, Sie lassen mich hier labern, und am Schluss schmeißen Sie mich raus? War interessant, deine kleine dreckige Seele mal von innen her zu bestaunen, aber jetzt hau gefälligst ab? Wollten Sie mich bloß aushorchen?«

Annikas Stimme überschlug sich und klang verzerrt, wahrscheinlich war das Aufnahmegerät an die Grenzen seiner Aussteuerungsfähigkeit gelangt.

Wieder kehrte Stille ein, wieder kam anschließend das Wimmern, Grunzen und Fauchen, wieder holte Holler die Patientin geduldig in die Realität zurück.

Mayfeld kam das alles wie Theater vor, aber er kannte sich mit diesen Krankheitsbildern nicht aus und war nicht sicher, wie ernst es Annika Möller damit war.

»Wollen Sie mich bloß aushorchen? Stecken Sie mit denen unter einer Decke?«, fragte Annika, als sie sich wieder zu Wort meldete.

Dr. Holler sprach von Vertrauen, dass für manche Menschen schwer zu fassen sei. Aber Annika beruhigte sich erst, als die Therapeutin ihr einen Termin für eine weitere Stunde zusagte.

»Hasta la vista, baby«, sagte Annika zum Schluss. »Ich mache dir ein Angebot, das du nicht ablehnen kannst.«

Mayfeld schloss die Datei und öffnete die elektronische Akte von Marie Lachner, als Meyer zur Tür hereinkam.

»Ihr sollt zu Burkhard kommen«, sagte er schwer atmend. »Georg Fromm ist bei ihm. Er beschuldigt seinen Sohn, Marie Lachner entführt zu haben. Er will die beiden zusammen vor dem Haus seiner Exfrau gesehen haben. Sein Sohn soll ihn zusammengeschlagen haben.«

»Sie müssen dieses Ungeheuer festnehmen«, röchelte Fromm, als Mayfeld den Raum betrat.

Fromm hatte eine ordentliche Tracht Prügel verpasst bekommen. Sein Anzug war verschmutzt, die Hose am rechten Knie aufgerissen und das Jackett an den Seitennähten geplatzt. Das linke Auge war zugeschwollen und hatte eine rötlich blaue Farbe angenommen, die rechte Wange war aufgeschürft, und die Lippen waren wulstig wie die eines Boxers, der durch einen Schlag ins Gesicht k. o. gegangen war. Fromms Gegner hatte bloß die Nase vergessen, stellte Mayfeld fest.

Burkhard nickte ihm zu.

»Georg Fromm kennst du von deiner Befragung gestern. Er war heute Morgen hier, um eine DNA-Probe abzugeben und den Leichnam seiner Schwester zu identifizieren. Anschließend ist er zu seiner geschiedenen Frau in die Horst-Schmidt-Kliniken gefahren und hat sich mit ihr über den gemeinsamen Sohn unterhalten. Sebastian Fromm ist geistig behindert und seit der Krankenhauseinweisung seiner Mutter am letzten Freitag ohne Aufsicht. Er war gestern bei seiner Mutter im Krankenhaus und hat ihr erzählt, dass er seine Tante, Sylvia Holler, besucht habe. Die Mutter hat die Nachricht von Hollers Tod heute in der Zeitung gelesen und macht sich seitdem Sorgen um ihren Sohn.«

»Wann will Sebastian Fromm seine Tante besucht haben?«, fragte Mayfeld den Kollegen.

»Am Samstag«, antwortete Burkhard mit einem vielsagenden Blick. »Herr Fromm hat seinen Sohn heute zu Hause zusammen mit einem jungen Mädchen angetroffen, dessen Beschreibung auf die vermisste Marie Lachner passt. Als er seinen Sohn zur Rede stellen wollte, hat der seinen Vater zusammengeschlagen. Herr Fromm konnte sich in Sicherheit bringen und ist gleich zu uns gekommen. Ich habe die Staatsanwaltschaft bereits informiert. Ich hoffe, das ist dir recht?«

Der letzte Satz war kaum als ernsthafte Frage gemeint gewesen. Burkhard hätte ihn früher informieren müssen, dachte Mayfeld verärgert.

»Haben Sie zu dem, was mein Kollege gesagt hat, noch etwas hinzuzufügen?«, wandte er sich an Fromm.

In Fromms Augen spiegelten sich Unterwürfigkeit und Wut. »Sebastian war wie von Sinnen. Er ist verrückt. Er hat auf mich eingeschlagen und andauernd ›Knüppel, aus dem Sack‹ geschrien. Er war schon als Kind sehr jähzornig, und Waltraud war schon damals mit ihm überfordert.«

»Haben Sie eine Idee, was ihn so wütend gemacht hat?«

Fromm starrte ihn fassungslos an. »Wer weiß denn, was in einem kranken Hirn vor sich geht? Irgendeine kleine Bemerkung, etwas, das er als Kritik auffasst, und schon rastet er aus. Ich habe ihm gesagt, er solle zu mir ziehen, wenigstens solange seine Mutter krank ist. Das hat ihm nicht gefallen. Da wusste ich ja noch nicht, dass er dieses Mädchen bei sich hat. Als er sich geweigert hat, habe ich ihm gesagt, dass er ansonsten in ein Heim muss. Das hat ihm noch weniger gefallen. Wir hätten ihn schon vor langer Zeit in ein geschlossenes Heim bringen müssen. Suchen Sie ihn, schützen Sie ihn und andere vor seinem Wahnsinn.«

Für Mayfeld war schwer zu entscheiden, ob es echte Sorge oder Rachebedürfnis war, was Georg Fromm motivierte, aber seine Aussage war eindeutig.

»Wir fahren zum Haus der Fromms«, entschied er. »Auch wenn ich nicht unbedingt damit rechne, Sebastian Fromm dort noch anzutreffen. Paul, du informierst den Staatsanwalt über die Details und kommst nach. Lackauf soll einen Durchsuchungsbefehl beantragen.«

Abendliche Schatten fielen auf das Tal, Dunkelheit verschluckte die Hänge. Mayfeld fuhr am Eltviller Schulzentrum vorbei Richtung Rausch. Er folgte Winklers Dienstwagen, die Kollegin hatte Georg Fromm mit dabei, der ihr den Weg wies. Am Ende des Tals befand sich ein Ausflugslokal, und einige hundert Meter davor, etwas abseits der Straße im Wald, lag das Haus der Fromms.

Mayfeld fuhr allein in seinem Volvo. Er schaltete die Audioanlage an. Aus den Lautsprechern erklang Rimsky-Korsakoffs »Eine Nacht auf dem kahlen Berg«. Der Hexensabbat traf seine Stimmungslage genau. Auf dem Flur des Polizeipräsidiums war er noch mit Lackauf zusammengestoßen, der ihn maliziös gefragt hatte, ob die Leitung der Ermittlungen an den Kollegen Burkhard übergegangen wäre. Mayfeld hatte auf die Dringlichkeit ihres Einsatzes hingewiesen und den Staatsanwalt stehen lassen.

Er drehte die Lautstärke herab und versuchte, Waltraud Fromm im Krankenhaus anzurufen, drang aber nur bis zur Stationsschwester vor, die ihm mitteilte, die Ärzte hätten der Patientin absolute Schonung verordnet und für heute jeden Kontakt mit Außenstehenden untersagt.

Sie bogen in einen schmalen Waldweg ein und folgten ihm ein paar hundert Meter den Hang hinauf. Schließlich hielten sie vor einem Haus mit vielen Gauben und Giebelchen, das aussah, als wollte es sich im dämmrigen Wald verstecken.

»Da ist es«, rief Fromm und hastete zu dem Gebäude. Winkler und Mayfeld folgten ihm. Fromm hatte am Vormittag von seiner Exfrau einen Schlüssel erhalten und ließ die beiden Beamten eintreten. Sie durchsuchten sämtliche Zimmer nach Sebastian und Marie, fanden jedoch keine Menschenseele vor.

»Der Schuppen ist leer, das Quad ist weg. Sebastian ist geflüchtet«, sagte Georg Fromm, als die beiden Beamten wieder nach draußen kamen.

»Schuppen?«, fragte Winkler.

»Da vorne ist ein großer Holzschuppen, da hat Sebastian ein Quad stehen.«

Georg Fromm deutete in den Wald hinein.

»Er ist mit einem Quad weggefahren?«, fragte Mayfeld.

»Womit sonst?«, fragte Fromm zurück. »Er kam zusammen mit dem Mädchen auf dem Quad und hat das Fahrzeug im Schuppen abgestellt. Das habe ich gesehen. Jetzt steht es nicht mehr dort. Der Vogel ist ausgeflogen.«

»So was wie ein Quad kann Ihr Sohn also fahren?«

»Offensichtlich.«

»Nicht schlecht für einen geistig Behinderten.«

»Wollen Sie ihn auch noch in Schutz nehmen?«, fragte Fromm giftig.

Mayfeld wollte antworten, dass das damit gar nichts zu tun habe, aber dann ließ er es. »Wir schauen uns die Zimmer noch einmal genauer an. Bleiben Sie hier draußen.«

Als Fromm protestieren wollte, schnitt er ihm das Wort ab.

»Das ist eine polizeiliche Anordnung. Wir müssen Spuren sichern, und dies ist nicht Ihr Zuhause.«

Winkler und Mayfeld gingen zurück ins Haus. Ein Zimmer im Erdgeschoss hatte ihre besondere Aufmerksamkeit auf sich gezogen.

An der Tür hing ein aus Ton gebranntes Schild, auf dem in krakeliger Schrift »Basti« geschrieben stand. Dahinter befand sich ein skurriles Refugium, das vom matten Licht einer Ökolampe erhellt wurde: ein Bett, ein Schreibtisch, Regale an zwei Wänden. Die freie Wand war mit akribisch genauen Zeichnungen übersät, mit Porträts von Insekten, Vögeln, Tierkadavern, mit Ansichten von Waldlichtungen, Waldhütten, Ruinen. Eine Turmruine erkannte Mayfeld als die Mapper Schanze. In den Regalen standen neben Märchen- und Kochbüchern Einmachgläser mit einer trüben Flüssigkeit, in die kleine Tierkadaver oder abgetrennte Körperteile von größeren Tieren eingelegt waren. Eine Hasenpfote und die Pfote eines Hundes konnte Mayfeld identifizieren. Die meisten Objekte aus den bizarren Einmachgläsern fanden sich als exakte Zeichnung irgendwo auf der Raufasertapete des Zimmers wieder.

Zwischen den Zeichnungen waren in einer krakeligen Schrift Zitate geschrieben, die offensichtlich aus Märchen der Gebrüder Grimm stammten. Neben der Zeichnung eines Hundekadavers stand: *»Der Wolf ist tot, der Wolf ist tot!«* Neben der Zeichnung der Mapper Schanze: *»Darauf gingen sie tiefer in den Wald hinein, und mitten drein, wo er am dunkelsten war, fanden sie ein kleines verwünschtes Häuschen, das leer stand. Da sprachen sie: ›Hier wollen wir wohnen.‹«* Neben der Zeichnung von Pferdeäpfeln las Mayfeld: *»Bricklebrit!«*

Winkler rief Mayfeld zum Bett, das unter einem vergitterten Fenster stand. Sie hatte sich Latexhandschuhe übergezogen und hielt ein schwarzes T-Shirt und einen Slip in der einen Hand, in der anderen eine fast leere Wodkaflasche.

»Das lag neben dem Wulst hier.« Sie deutete auf eine zusammengerollte Decke, die das Bett in zwei Hälften teilte. »Die Unterwäsche dürfte einem Mädchen gehören, die geben wir in die KTU.«

Mayfeld rollte den Deckenwulst zur Seite. Darunter lag ein Fotoausdruck. Er griff sich das Blatt und ging unter die Deckenlampe. Das Foto zeigte einen dunklen Jaguar, der irgendwo in einem

Wald eine Schranke passierte. Das Gesicht des Fahrers war nur mit Mühe zu erkennen, das Autokennzeichen mit bloßem Auge gar nicht. Dahinter fuhr ein weiterer Wagen, ein BMW der Dreierreihe. Der Fahrer dieses Wagens war unkenntlich, das Autokennzeichen von dem Wagen zuvor größtenteils verdeckt.

»Das geht auch in die KTU. Auch wenn ich nicht die geringste Ahnung habe, wohin uns das führt.«

»Sieht nach einem überstürzten Aufbruch aus«, bemerkte Winkler.

»Weil ein T-Shirt und ein Slip liegen geblieben sind und das Bett nicht gemacht wurde?« Mayfeld lächelte. »Bei meiner Tochter würde das als aufgeräumt durchgehen. Marie ist vierzehn. Was ich erstaunlicher finde, ist, dass die beiden mit einem Quad herumfahren. Zum einen scheint dieser Sebastian Fromm nicht so behindert zu sein, wie uns sein Vater weismachen will, zum anderen hätte Marie unter diesen Bedingungen doch die Möglichkeit zur Flucht. Er kann sie ja schlecht festbinden. Ob sie freiwillig hier ist? Aber was will sie mit so einem schrägen Vogel?«

»Ist vielleicht selbst ein schräger Vogel«, antwortete Winkler.

Im Flur vor Bastis Zimmer fand Mayfeld dunkle Flecken auf einem Teppichläufer und an der Tapete, Blut, wie er vermutete. Sie durchsuchten den Rest des Hauses, fanden jedoch außer blutigen Kompressen in einem Abfalleimer in der Diele nichts mehr von Interesse.

Später trafen Burkhard und die Kollegen von der Spurensicherung mit einem richterlichen Durchsuchungsbefehl ein. Mayfeld zeigte Adler das Zimmer von Sebastian Fromm. Der Kollege hatte sich wieder in einen weißen Schutzanzug gezwängt. Als er das Sammelsurium der Fundstücke aus dem Wald sah, stöhnte er auf.

»Das soll ich jetzt aber nicht alles untersuchen?«

Mayfeld deutete auf das Bett. »Wir suchen vor allem nach Beweisen, dass Marie Lachner sich hier aufgehalten hat. Die solltest du auf dem Bett oder dem Tablett mit dem Essgeschirr in der Küche finden. Und wir brauchen Spuren, die wir Sebastian Fromm zuordnen können. Die müssen wir mit den Spuren am Tatort in Martinsthal abgleichen.«

»Wetten, dass wir da Entsprechungen finden werden?«, fragte Burkhardt, der zu Mayfeld und Adler ins Zimmer gekommen war.

»Draußen im Flur habe ich Flecken gesehen, die nach Blut ausschauen. Die müssen auch untersucht werden«, fuhr Mayfeld fort.

»Gegenüber seiner Mutter hat Sebastian Fromm schon zugegeben, dass er bei seiner Tante war«, griff Burkhard sein Thema wieder auf.

»Sagt sein Vater«, präzisierte Mayfeld.

»Zweifelst du daran?«

»Ich würde es gerne von ihr selbst hören. Aber sie ist nach Angaben ihrer Ärzte nicht vernehmungsfähig.«

»Ich weiß«, sagte Burkhard. »Wie dem auch sei, ich habe mit Lackauf gesprochen, als wir beim Untersuchungsrichter waren. Er meint, wir sollen nach Fromm suchen lassen. Ich hab das in die Wege geleitet. Ich hoffe, es ist dir recht.«

Mayfeld missfiel Burkhards Eifer. Aber die Entscheidung hätte er nicht anders getroffen.

»Es bleibt uns nichts anderes übrig«, sagte er.

»Schau dir dieses Gruselkabinett doch an«, versetzte Burkhard. Er betrachtete mit sichtlichem Widerwillen die Tierteile in den Einmachgläsern. »Der Typ ist krank.« Er ging zu der Wand mit den Zeichnungen. »Ich bin ja literarisch nicht so beschlagen, aber das Geschreibsel, das scheinen Märchenzitate zu sein. Sebastian Fromm ist unser Mann. Er hat seine Tante ermordet, deren Patientin entführt und dann die Polizei informiert. Ein gefährlicher Spinner, dessen Gewalttätigkeit auch vor der eigenen Familie nicht haltmacht.«

»Eine merkwürdige Entführung«, sinnierte Mayfeld. »Mit dem Entführungsopfer als Sozius auf einem Quad.«

»Ich weiß, es gibt Ungereimtheiten«, gab Burkhard zu. »Die Motive für Mord und Entführung sind unklar. Aber wenn wir Fromm haben, wird sich das schon aufklären. Und wir werden ihn schnell dingfest machen. Lackauf hat die Presse informiert.«

»Er hat was?«

Burkhard hob entschuldigend die Arme. »Ich habe ihm gesagt, er soll das mit dir absprechen. Aber er wollte nichts davon hören. Du weißt ja, wie er ist.«

»Was hat er der Presse gesagt?«, fragte Mayfeld aufgebracht.

»Dass die vermisste Marie Lachner mit einem Quadfahrer gesehen wurde und dass die Polizei im Zusammenhang mit diesem und dem Fall der ermordeten Dr. Holler dringend mit Sebastian Fromm sprechen möchte.«

Natürlich mussten sie nach Fromm suchen. Aber was Lackauf da veranstaltete, das lief auf eine öffentliche Hetzjagd hinaus.

Als seine Arbeit im Haus der Fromms getan war, fuhr Mayfeld nach Kiedrich. Den Rest des Tages wollte er Julia in der Straußwirtschaft helfen.

Er parkte den Volvo in der Marktstraße und ging die letzten Meter zu Fuß, an der Michaeliskapelle und der Valentinuskirche vorbei zum Weingut. Mayfeld durchquerte den Hof des Weinguts und betrat den gläsernen Schankraum.

»Zweimal Forellentatar auf Rote-Bete-Carpaccio und zweimal gebratene Blutwurst auf Kartoffel-Apfel-Gemüse.« Die Bedienung stellte ihr Tablett auf den Tisch und verteilte die Tellergerichte.

»Das duftet«, freute sich Gucki. »Da bringen Sie mir gleich noch einen halbtrockenen Spätburgunder!«

Alle benötigten noch einen Schoppen. Batschkapp einen trockenen Spätburgunder, Trude und Zora feinherben Riesling.

»Und sagen Sie Julia, die Kürbiscremesuppe war phantastisch«, bat Trude. »Die könnte ich jeden Tag essen.«

»Tust du doch auch«, sagte Batschkapp.

»Hallo, Robert! Komm, setz dich zu uns!« Zora hatte den Kommissar entdeckt und winkte ihm zu. Mayfeld wäre lieber direkt zu Julia in die Küche gegangen, aber dafür musste er am Stammtisch vorbei. Er hatte also so gut wie keine Chance, ohne Zwischenstopp zu seiner Frau zu kommen.

Gucki orderte ein weiteres Glas Spätburgunder aus der Lage Klosterberg, zu dem er Mayfeld einlud, Widerspruch zwecklos.

»Viel los bei euch.« Batschkapp sah ihn fragend an.

Mayfeld nickte.

»Erst der Mord an Frau Dr. Holler, und jetzt ist ein Mädchen verschwunden«, sagte Batschkapp.

»Ich hab gehört, dass sie heute gesehen wurde«, ergänzte Gucki. »Immerhin lebt sie noch.«

»Und ich hab gehört, dass sie entführt wurde«, sagte Batschkapp.

»Wer behauptet denn so einen Blödsinn?«, fragte Mayfeld eine Spur zu heftig.

»Touché«, bemerkte Gucki süffisant.

»Es steht doch morgen sowieso in der Zeitung«, meinte Batschkapp.

»Mit der Entführung weißt du mehr als ich«, sagte Mayfeld. Er wusste, dass sowohl Gucki als auch Batschkapp Freunde auf der Eltviller Polizeiwache hatten, aber er war entsetzt, wie schnell die Gerüchteküche arbeitete. Gucki kannte auch ein paar Journalisten. Vielleicht waren die Mutmaßungen auf diesem Weg nach Kiedrich gekommen.

»Ihr sucht nach Sebastian Fromm«, fuhr Batschkapp fort. »Trude meint, der wäre nicht ganz richtig im Kopf.«

»An diesem Tisch drückst nur du dich so schlicht aus«, korrigierte ihn seine Frau.

»Hast du eigentlich mitbekommen, was die letzten Tage im Kreishaus los war?«, wollte Gucki wissen.

Mayfeld war für den Themenwechsel dankbar. »Was genau meinst du?«

»Da gab es doch die Ausstellung des Künstlerkreises«, half Gucki nach. »Das gesunde Volksempfinden hat die Ausstellung zensiert. Daraufhin haben die Veranstalter die gesamte Ausstellung zurückgezogen.«

»Wie dramatisch das klingt«, mokierte sich Batschkapp und nahm einen tiefen Zug aus seinem Glas. »Einer Mitarbeiterin hat ein Bild nicht gefallen, und sie hat es deswegen abgehängt. War so eine Art Sponti-Aktion. Und die Vorsitzenden des Malervereins haben beleidigte Leberwurst gespielt und den ganzen Krempel abgehängt. Jeder, wie er will.«

»Was für ein Quatsch, überleg doch mal für fünf Cent«, fuhr ihn Gucki an. »Es gibt immer irgendjemanden, dem ein Bild nicht gefällt, und wenn es die Mona Lisa ist.«

»Die mit dem schmallippigen Lächeln«, moserte Batschkapp.

»Und wenn dann jeder das Bild abhängt, das ihm nicht gefällt, hängen bald gar keine Bilder mehr herum.«

»Der Vergleich mit der Mona Lisa ist ziemlich überzogen«, mischte sich Trude ein. »Was für ein Bild hat den Leuten denn nicht gefallen?«

»*Einigen* Mitarbeiterinnen hat es nicht gefallen«, korrigierte Gucki, »nicht *den* Leuten. Außerdem gilt die Kunstfreiheit nicht nur für Meisterwerke, die ein paar hundert Jahre alt sind, und bei denen jeder Spießer kapiert, dass sie Kunst sind.«

»Man muss aber auch nicht alles toll finden, von dem irgendjemand behauptet, es sei Kunst«, widersprach Batschkapp.

»Um was für ein Bild ging es denn?«, fragte Zora.

»Es zeigt einen gesichtslosen Mann mit nacktem Oberkörper und offener Hose«, berichtete Mayfeld. »Im Hintergrund meinten einige Leute eine Kindertragetasche zu erkennen und vermuteten, dass es bei dem Bild um Kindesmissbrauch ging.«

»Das ist alles, was man sieht?«, fragte Zora.

»Ich habe da noch nicht einmal eine Tragetasche erkennen können, mich erinnerte das, was man im Hintergrund sah, eher an einen Stuhl. Alles Anstößige spielt sich im Kopf des Betrachters ab«, antwortete Mayfeld.

»Ich kenne den Künstler und das Werk«, sagte Gucki. »Die Vorlage für das Bild ist ein Pressefoto. Es zeigt Che Guevara in einem mexikanischen Gefängnis. Mit der Stuhllehne im Hintergrund hast du übrigens recht, Robert. Alles andere ist das Phantasieprodukt einiger hysterischer Damen aus dem Kreishaus.«

»Deswegen muss es mir trotzdem nicht gefallen«, beharrte Trude auf ihrer Meinung, obwohl sie das Bild offensichtlich nie gesehen hatte.

»Es geht um die Freiheit der Kunst«, sagte Gucki. »Du musst dir das Bild ja nicht ins Wohnzimmer hängen.«

Mayfelds Freunde widmeten sich nun ihrem Essen. Nach dem Hauptgang orderten sie bei der Bedienung vier Portionen Gewürzcreme mit Quittensorbet.

Mayfeld verabschiedete sich und ging an der Küche vorbei in den Flur des Weinguts, wo er ungestört telefonieren konnte. Er musste sich beeilen, bald war Redaktionsschluss. Er rief Michael Baumann an. Der Journalist war für die Berichterstattung über Verbrechen und Polizeiarbeit beim Wiesbadener Kurier und beim Tagblatt zuständig.

Baumann war reichlich überrascht, als der Kommissar nachfragte, was Lackauf der Presse mitgeteilt habe. Natürlich erahnte er den Zwist zwischen polizeilichem Ermittler und Staatsanwalt. Auf die Idee wäre jeder Schülerzeitungsredakteur gekommen, und Baumann war ein alter Hase.

»Das Klima bei Ihnen scheint ja nicht das beste zu sein. Hat das mit Ihrem offenen Brief an die Polizeiführung zu tun?«, fragte er neugierig.

Mayfeld ignorierte die Frage. Baumann schuldete ihm noch einen Gefallen.

Er bat ihn, seinen Bericht so zu formulieren, dass möglichst auch zwischen den Zeilen niemand in ein verdächtiges Licht gerückt würde.

Baumann sagte das zu.

***

Nachdem Fromm verschwunden war, hatte er seinen Rucksack gepackt: Zwei Flaschen Hollersaft, Nussbrot, Presskopf. Nicht von ihm gemacht, sondern vom Metzger. Das Fernglas und das Nachtsichtgerät, eine Taschenlampe, Unterwäsche und eine Zahnbürste. Alles andere hatte er in der Mapper Schanze.

Marie wollte nicht mitkommen. »Ich mag keine Leute, die andere verprügeln«, sagte die Königstochter. Das hatte Frau Holle auch einmal gesagt. Damals war er ziemlich wütend geworden.

»Warum darf's der junge Drechsler und ich nicht?«, fragte er.

»Ich raff kein Wort«, meinte sie.

Basti konnte es ihr erklären: »Es heißt doch: Hat dir jemand etwas zuleid getan, so sprich nur ›Knüppel, aus dem Sack‹, so springt dir der Knüppel heraus unter die Leute und tanzt ihnen so lustig auf dem Rücken herum, dass sie sich acht Tage lang nicht regen und bewegen können; und eher lässt er nicht ab, als bis du sagst ›Knüppel, in den Sack‹.«

»Das ist bloß ein Märchen«, sagte Marie, und so etwas Ähnliches hatte Frau Holle damals auch gesagt. Sie hatte sogar gemeint, er übertreibe es mit den Märchen, und sie wolle ihm deswegen keine mehr erzählen.

Das hatte er nicht kapiert, und er kapierte es immer noch nicht. Mama hatte oft gesagt, dass man nicht lügen darf. Und wenn etwas nicht gelogen war, dann war es die Wahrheit. Und die Frau Holle hatte ihm die Märchen erzählt und war bestimmt keine Lügnerin. Also waren die Märchen die Wahrheit. Aber er glaubte nicht, dass Marie das verstehen würde.

»Du hast versprochen, dass du mitkommst«, sagte er. »Versprochen und nicht gebrochen!«

»Ich hab nur versprochen, dass ich nicht abhaue, nicht, dass ich überallhin mitkomme«, sagte sie.

Basti ballte die Fäuste. »Wer dir geholfen hat, als du in der Not warst, den sollst du hernach nicht verachten«, schrie er sie an.

Jetzt hatte sie es verstanden. Sie packte ihre Sachen.

Ein paar Minuten später saßen sie zusammen auf dem Quad. Er fuhr hoch auf den Rheinhöhenweg und dort bis zur Mapper Schanze. Das Innere des Turms hatte er im Sommer eingerichtet, und bislang hatte es noch niemand herausgefunden. Tagsüber musste man wegen der Wanderer ein bisschen aufpassen, aber tagsüber war Basti sowieso unterwegs, und abends und nachts hatte man seine Ruhe.

Er fuhr mit dem Quad zum Torbogen der Schanze. »Jetzt machen wir es uns gemütlich«, sagte er zu seiner Beifahrerin. Er würde gern noch mal ihre Sommersprossen zählen.

»Geh du vor«, sagte er, und Marie ging voraus. Er half ihr, die Büsche beiseitezuschieben, die an der Mauer der Schanze wuchsen, öffnete das Vorhängeschloss und stieß die Tür auf.

»Darauf gingen sie tiefer in den Wald hinein, und mitten drein, wo er am dunkelsten war, fanden sie ein kleines verwünschtes Häuschen, das leer stand. Da sprachen sie: ›Hier wollen wir wohnen.‹«, sagte er und knipste die Taschenlampe an.

»Aha«, sagte Marie.

»Gefällt's dir?«

»Na ja.«

»Etwas Besseres als den Tod findest du überall«, sagte Basti.

Marie schaute ziemlich erschrocken. Dabei war alles da: eine Vorratskiste, in der Knäckebrot und Dosen mit Hausmacher Wurst verstaut waren, ein Wasserkanister, ein kleiner Gaskocher und Geschirr; eine Gaslampe, eine Matratze, zwei Schlafsäcke und Wolldecken. Er zündete die Gaslampe an. Die Spinnen waren schnell verscheucht.

Marie schaute, als ob das keine Unterkunft für eine Königstochter wäre. Aber vielleicht war sie auch gar keine.

Meine Frau die Ilsebill will nicht so wie ich wohl will.

»Jetzt wird erst mal was gefuttert«, sagte er. »Tischlein, deck dich!«

In einer Ecke standen ein kleiner Klapptisch und zwei Schemel. Als nichts passierte, räumte er die Einmachgläser mit den Tieren, den Fröschen und Kröten, der Hasenpfote und dem kleinen Wiedehopf zur Seite und tischte auf, was er hatte: Nussbrot, Hollersaft, Presskopf.

»Ist lecker, oder?«, fragte er, als sie sich zu Tisch gesetzt hatten.

Marie aß an diesem Abend wie ein krankes Vögelchen. Hätte sie am Morgen mal nicht so viel Schokokuchen verdrückt! Er redete ihr gut zu, aber es hatte keinen Zweck, sie hatte keinen Appetit.

Ich bin so satt, ich mag kein Blatt, meh, meh.

Sie sah ganz blass aus. Sogar die Sommersprossen waren blass geworden.

»Darf ich sie noch mal zählen?«, fragte er sie.

»Was willst du zählen?«, fragte sie zurück.

»Die Sommersprossen«, antwortete Basti. »Ob sie noch alle da sind. Das letzte Mal waren es hundertsiebenundvierzig.«

»Was?«, schrie Marie.

»Hundertsiebenundvierzig. Am ganzen Körper. Ich hab sie genau gezählt.«

»Du hast was?«

Basti erklärte es ihr genau. Wie er den Gürtel ihrer Hose mit der Schere durchgeschnitten und die Hose heruntergezogen hatte, wie er ihr den Pulli ausgezogen und das T-Shirt hochgeschoben hatte, wie er die Sommersprossen um den Bauchnabel herum und auf den Brüsten gezählt hatte. Aber Marie war gar nicht zufrieden.

»Du spinnst ja total«, schrie sie ihn an.

»Guten Tag, du altes Mütterchen«, sprach die Königstochter, »was machst du da?« – »Ich spinne«, sagte die Alte und nickte mit dem Kopf.

Marie schimpfte und sagte schlimme Worte. Gut, dass Mama nicht zuhörte.

»Was ist denn schlimm am Sommersprossenzählen? Und dass ich den *Apfelgrütz* gesucht hab?«

Marie wollte sich gar nicht mehr beruhigen, sie schimpfte in einem fort, er konnte sagen, was er wollte. Essen wollte sie nichts, und die Sommersprossen zählen lassen wollte sie auch nicht. Sie wollte weg. Aber das wollte Basti nicht. Schon wieder musste er die Fäuste ballen. Mädchen darf man nicht schlagen, sagte er sich. Weil sie schwächer waren. Obwohl es dadurch doch einfacher wäre. Aber das hatten Mama und Frau Holle immer wieder gesagt. Also stimmte es.

Zum Glück gab Marie irgendwann auf.

»Dann will ich wenigstens meine Ruhe haben, du Spinner«, sagte sie, und es klang ein wenig kleinlaut. »Ich schlafe auf der Matratze und du irgendwo auf dem Boden. Und komm mir nicht zu nahe!«

Basti gehorchte. Vor der Matratze der Königstochter rollte er eine Wolldecke zusammen. Dann löschte er die Gaslampe und legte sich auf den harten Boden vor die Tür.

Donnerstag, 27. Oktober

Seine Träume waren voller Märchen. Manchmal träumte er nur Sätze, die er gelesen hatte, manchmal träumte er in Bildern. Manchmal vermischten sich die Märchen.

Er hatte von Marie geträumt, wie sie in ihrem Bettchen lag. *Eine kleine süße Dirne, die hatte jedermann lieb, der sie nur ansah. Da rief das Schwesterchen: »Ich bitte dich, Brüderchen, trink nicht, sonst wirst du ein wildes Tier und zerreißest mich.« Das Brüderchen trank nicht, ob es gleich so großen Durst hatte, und sprach: »Ich will warten bis zur nächsten Quelle.«*

Er wachte auf. Er hörte Maries regelmäßige Atemgeräusche. Die Königstochter schlief.

Basti konnte nicht mehr einschlafen, es gingen ihm zu viele Gedanken durch den Kopf. Wenn er doch noch mal ihre Sommersprossen zählen könnte! Das hatte ganz viel Spaß gemacht. Aber wenn er das versuchen würde, würde sie aufwachen und laut schreien. Das könnte zwar niemand hören, aber der Spaß wäre vorbei. Oder ob es besonderen Spaß machen würde, wenn sie schrie? Wahrscheinlich nicht. Als er sie ganz frisch gefunden hatte, war es irgendwie schöner mit ihr gewesen. Da hatte sie einfach nur geschlafen, und er hatte sich an ihrem Anblick erfreut. Ob er etwas tun konnte, dass es wieder so wurde? Dass sie ihn nicht weiter Spinner nannte? Vielleicht war das mit dem Spinnen aber gar keine so schlechte Idee. Märchen Nummer fünfzig.

Kaum hatte sie aber die Spindel angerührt, so ging der Zauberspruch in Erfüllung, und sie stach sich damit in den Finger. In dem Augenblick aber, wo sie den Stich empfand, fiel sie auf das Bett nieder, das da stand, und lag in einem tiefen Schlaf.

Wo nahm er bloß eine Spindel her? Wenn er spinnen würde, dann hätte er jetzt eine. Aber er war kein Spinner. Auf dem Klapptisch lag ein großes spitzes Messer, das hatte er genau gesehen, bevor er die Gaslampe ausgemacht hatte. Er erinnerte sich genau, an welcher Stelle des Tisches es lag. Ob es mit einem Messer auch funktionieren würde? Ob er mit dem Messer Marie in den Finger stechen sollte? Aber dieser Plan hatte einen Haken.

Und dieser Schlaf verbreitete sich über das ganze Schloss: der König und die Königin, die eben heim gekommen waren und in den Saal getreten waren, fingen an einzuschlafen, und der ganze Hofstaat mit ihnen.

Das war vielleicht doch keine so gute Idee. Sollte er es besser mit Märchen Nummer dreiundfünfzig versuchen? Aber er hatte keinen vergifteten Kamm und keinen vergifteten Apfel.

Und schnürte so fest, dass dem Sneewittchen der Atem verging, und es für tot hinfiel.

Er hatte auch keine *Schnürriemen von allen Farben*, aber auf dem Klapptisch neben dem großen spitzen Messer lag eine lange feste Kordel, auch daran erinnerte sich Basti genau. Ob er die zum Schnüren benutzen sollte? Aber wo sollte er schnüren? Am Bauch? Am Hals? Bei dem Gedanken wurde er ganz aufgeregt, und er konnte nicht genau sagen, ob es eine angenehme oder eine unangenehme Aufregung war. Doch dann fiel ihm das Ende der Geschichte ein.

Aber es waren schon eiserne Pantoffeln über Kohlenfeuer gestellt und wurden mit Zangen hereingetragen und vor sie hingestellt. Da musste sie in die rot glühenden Schuhe treten und so lange tanzen, bis sie tot zur Erde fiel.

Er wollte es doch nicht so machen wie die böse Königin. Er griff nach dem Nachtsichtgerät und dem Fernglas. Ganz leise schlich er nach draußen und sicherte die Tür der Schanze mit dem Vorhängeschloss.

Geh hübsch sittsam und lauf nicht vom Weg ab.

Nicht weit von dem Turm kletterte er auf einen Hochsitz und suchte mit dem Nachtsichtgerät nach Wildschweinen. Heute waren keine da. Dann nahm er das Fernglas und zählte die Sterne über der Waldlichtung.

Freundlich und gut. Und jeder saß auf seinem besondern Stühlchen.

Er ließ sich viel Zeit mit dem Zählen. Aber er kam nicht zur Ruhe. Die Gedanken in seinem Kopf gaben keine Ruhe. Früher war es schöner gewesen mit Marie, dachte er wieder und wieder. Als er sie noch ganz für sich hatte. Dann waren Kevin und sein Vater gekommen und hatten sie ihm wegnehmen wollen. Und jetzt war es nicht mehr so schön. Ob sie Kevin mochte? Das konnte sein.

Dabei hatte Kevin sie geschlagen und blöde Kuh genannt! Und man durfte Mädchen nicht schlagen, schon gar nicht eine Königstochter. Aber bei Mädchen wusste man nie genau, woran man war, mit Mädchen kannte er sich nicht aus. Vielleicht mochte sie Kevin, weil er so eine lustige Adresse hatte. Schade, dass der Rotkäppchenweg in der Stadt war und nicht durch den Wald führte, so wie es richtig gewesen wäre.

Später stieg er vom Hochsitz wieder herunter und lief los. Ganz vorsichtig und leise, damit Marie nicht wach wurde, schob er das Quad den Weg entlang und machte einen nächtlichen Ausflug. Noch vor der Morgendämmerung würde er zurück zur Schanze kommen.

Er holte die kalte, tote Katze, die er gefunden hatte, aus der Gepäcktasche seines Quads. Es war eine schwarze Katze, die ihn an Findus, den Kater von Frau Holle, erinnerte. Hoffentlich ging es Findus gut.

Da schrie's plötzlich aus einer Ecke »Au, miau! was uns friert!« – »Ihr Narren«, rief er, »was schreit ihr? Wenn euch friert, kommt, setzt euch ans Feuer und wärmt euch.«

Basti klaubte etwas Reisig zusammen und machte ein kleines Feuerchen. Frau Holle hatte ihm gesagt, er beschäftige sich zu viel mit Märchen. Erst erzählte sie ihm die Märchen und freute sich, dass er alles so gut behalten konnte, und dann war es wieder nicht recht.

Der Jüngste aber war dumm, konnte nichts begreifen und lernen: und wenn ihn die Leute sahen, sprachen sie »mit dem wird der Vater noch seine Last haben!«

Er setzte sich vor das flackernde Feuer und legte die Katze neben sich. Nach kurzer Zeit wurden ihm die Augen schwer.

Da kamen aus allen Ecken und Enden schwarze Katzen und schwarze Hunde an glühenden Ketten, immer mehr und mehr, dass er sich nicht mehr bergen konnte: die schrien greulich, traten ihm auf sein Feuer, zerrten es auseinander und wollten es ausmachen. Das sah er ein Weilchen ruhig mit an, als es ihm aber zu arg ward, fasste er sein Schnitzmesser und rief »fort mit dir, du Gesindel«, und haute auf sie los. Ein Teil sprang weg, die andern schlug er tot.

Basti wachte wieder auf und sah sich um. Es war hell geworden. Außer der toten Katze lagen keine Kadaver herum. Vielleicht hatte Tante Sylvia recht gehabt, und er übertrieb es wirklich mit den Märchen. Aber jetzt war sie tot, und das Rechthaben nützte ihr auch nichts mehr. Er holte eine Kordel aus der Tasche seines Parkas, schlang sie der Katze um den Hals und hängte sie an einen kräftigen Zweig eines Baumes. Dort konnte sie *mit des Seilers Tochter Hochzeit halten und das Fliegen lernen*. Dann ging er zurück zur Schanze.

»Vergiss nicht guten Morgen zu sagen und guck nicht erst in alle Ecken herum«, sagte er zu sich, als er die Tür aufschloss.

Marie schlief noch. Er räumte seinen Schlafsack weg und machte Frühstück. Hollersaft, Nussbrot, Presskopf.

»Guten Morgen«, sagte er laut und vernehmlich, als er alles vorbereitet hatte.

Marie war noch blasser als am Abend zuvor und hatte schon wieder keinen Appetit. Basti musste an das kranke Vögelchen denken, das er einst im Wald aufgelesen hatte. Das hatte auch nichts mehr essen wollen und war dann gestorben.

Sie setzte sich an den Klapptisch, wo er das Frühstück hingestellt hatte, trank aber bloß ein paar Schlucke Hollersaft.

»Ich muss noch mal ins Rüdesheimer Krankenhaus«, sagte sie dann mit großer Bestimmtheit.

Das hatte er befürchtet. »Bist du krank«?«, fragte er besorgt.

Marie nickte traurig.

»Ei gut«, sagte Basti. »Ich fahr dich.«

Wenn man krank war, musste man ins Krankenhaus. Es war wie bei Mama. Da konnte man nichts machen.

***

In der Morgenbesprechung des K10 gab es keine neuen Informationen über Sebastian Fromms und Marie Lachners Aufenthalt.

»Was hat die Spurensicherung im Haus der Fromms gefunden?«, fragte Mayfeld.

Adler blätterte in seinen Papieren. »Wir haben eine Nachtschicht eingelegt. Die DNA-Proben sind noch im Labor, die Ergebnisse liegen spätestens morgen früh vor. Wir haben Fingerabdrücke von zwei Personen am Essgeschirr in der Küche gefunden. Die Abdrücke der einen Person haben wir auch sonst überall im Haus der Fromms gefunden, und sie finden sich auch in der Praxis von Holler, und zwar an der Hintertür, an dem aufgebauten Spielzeug, am Sofa, am Telefon und im Baumhaus. Die Fingerabdrücke der anderen Person passen zu denen auf der Haarbürste, die uns die Lachners gestern zur Verfügung gestellt haben.«

»Das heißt, Sebastian Fromm war der Mann im Baumhaus, und er war auch in der Praxis von Holler«, fasste Burkhard zusammen. »Und Marie Lachner ist in seiner Gewalt.«

»Marie war im Haus der Fromms«, korrigierte ihn Mayfeld. »Ob sie sich in seiner Gewalt befindet, wissen wir nicht. Sie kann auch freiwillig dort gewesen sein. Vielleicht ist sie einfach von zu Hause abgehauen.«

»Mit einem Verrückten.« Burkhard schüttelte verständnislos den Kopf. »Natürlich ist das theoretisch möglich. Natürlich ist es theoretisch auch möglich, dass Fromm nur zufällig im Baumhaus und der Praxis war und mit dem Mord an seiner Tante nichts zu tun hat. Aber seit wann glaubst ausgerechnet du an Zufälle, Robert?«

Burkhard hatte recht. Es waren zu viele Zufälle. All diese Dinge mussten irgendwie zusammenhängen. Aber wie?

»Es war doch Ihre Idee, Mayfeld, nach Zusammenhängen zwischen dem Mord an Dr. Holler und auffälligen Ereignissen unter Jugendlichen zu suchen«, warf Lackauf ein. »Das war mal kein schlechter Einfall von Ihnen. Jetzt haben Sie einen Zusammenhang gefunden und sträuben sich, die notwendigen Schlussfolgerungen zu ziehen. Man wird aus Ihnen nicht klug.«

»Vielleicht werden Sie ja noch klug, Herr Staatsanwalt«, antwortete Mayfeld. »Ich meine, klug aus mir. Es geht mir lediglich darum, voreilige Schlussfolgerungen und Festlegungen zu vermeiden!«

Lackauf schnaubte wütend.

»Was hast du sonst noch, Horst?«, fuhr Mayfeld fort.

»Maries Fingerabdrücke haben wir auf dem Geschirr in der Küche, auf der Wodkaflasche und auf dem Fotoausdruck gefunden. Auf dem Foto und der Flasche habe ich außerdem noch weitere, uns unbekannte Fingerabdrücke gefunden.«

»Was denn für ein Foto?«, fragte Burkhard.

»Zwei Autos auf einem Waldweg, mit Datum der Aufnahme am unteren Rand. Bei dem vorderen Auto konnte ich einen Teil des Kfz-Kennzeichens identifizieren. Wir gleichen das mit der Liste von der Rüdesheimer Zulassungsstelle ab.« Adler reichte Burkhard eine Kopie über den Tisch. »Es gibt noch ein interessantes Ergebnis«, fuhr er fort. »Wir haben den Inhalt der Wodkaflasche analysiert. Es war noch ein kleiner Rest Wodka drin. Und in dem Wodka war eine große Menge Rohypnol gelöst.«

»Die klassische *rape drug*«, bemerkte Burkhard.

»Damit hat Fromm Marie Lachner gefügig gemacht«, vermutete Lackauf, und bei ihm klang es wie eine Feststellung. »Das könnte auch erklären, warum sie ihm quasi willenlos überallhin folgt.«

»Ich glaube nicht, dass man als Sozius auf einem Quad davonfahren kann, wenn man allzu viel davon intus hat«, widersprach Mayfeld. »Mir ist auch nicht klar, wie einer wie Fromm an Rohypnol kommen sollte«, fügte er hinzu, aber dieser Einwand war recht schwach. Möglicherweise konnte der angeblich geistig behinderte Fromm mehr, als sie alle ahnten. »Wir müssen noch mal in das Haus der Fromms und nachsehen, ob wir mehr von dem Zeug finden. Und wir müssen mit Waltraud Fromm sprechen, vielleicht weiß sie, wo ihr Sohn steckt. Hoffentlich ist sie wieder vernehmungsfähig.«

»Vor allen Dingen müssen wir alle Kräfte mobilisieren, um Fromm dingfest zu machen und das Mädchen aus seinen Fängen zu befreien. Haben Sie mich verstanden, Mayfeld?«

»Sie haben laut und deutlich gesprochen, Herr Staatsanwalt. Aber wir dürfen nicht den Fehler begehen und nur noch in eine Richtung ermitteln, bloß weil wir einen plausiblen Verdacht haben. Wir dürfen auch niemanden als Schuldigen darstellen, bevor wir Beweise haben, auch keinen Behinderten.«

»Was bilden Sie sich ein, mich juristisch belehren zu wollen«, schnauzte Lackauf den Kommissar an. »Haben wir es eigentlich Ihnen zu verdanken, dass der Kurier eine derart nichtssagende Notiz über den Fall gebracht hat?«

Die Frage ignorierte Mayfeld. Lackauf erhob sich und verließ die Besprechung. Mayfeld verteilte die Aufgaben für den Tag.

***

Eine letzte Zigarette wollte er auf dem Balkon der Station rauchen, sagte sich Herbert Mayfeld. Heute würde er sich nicht in den Keller verziehen wie während der letzten Tage. Von hier aus hatte er einen wunderschönen Blick auf Rüdesheim, den Rhein, die Weinberge und die Germania. Auf die verhüllte Germania.

Ein Pfleger hatte ihm erzählt, dass das Denkmal deswegen eingerüstet war, weil es restauriert und gesäubert, sozusagen vom Dreck der letzten hundert Jahre befreit werden sollte. Da war einiges zusammengekommen, ideell wie materiell. Vielleicht sollte man die kriegerische Dame, die die Wacht am Rhein hielt, einfach verhüllt lassen, überlegte Mayfeld, so schön war sie auch nicht. Aber mit dem Vorschlag würde er nicht durchkommen, das ahnte er.

Der Arzt hatte seine Visite schon gemacht und ihm jede Menge ungebetene Ratschläge gegeben. Der alte Mayfeld war nicht wirklich sauer auf ihn, schließlich machte der Weißkittel auch nur seinen Job, aber er hatte nicht im Geringsten vor, sich an dessen Rat zu halten. Maximal ein Viertel Wein pro Tag, weniger Fleisch und Wurst, täglich Sport und keine Zigaretten. Keine Zigaretten! Sie leben dann länger und besser, hatte der Mediziner behauptet. Länger, das mochte sein, aber wie man unter solchen Umständen besser leben sollte, war Mayfeld völlig schleierhaft. Außerdem sollte er drei verschiedene Pillen nehmen.

Das würde er sich überlegen.

»Hi!« Seine junge Freundin von der Intensivstation kam auf den Balkon. Sie trug schwarze Jeans und ein schwarzes Sweatshirt. Auf dem Shirt waren eine Fratze und der Schriftzug »princess of darkness« aufgedruckt.

»Haste mal 'ne Flippe?«

Mayfeld schüttelte eine aus der Packung und reichte sie ihr.

»Hast du dir überlegt, wo du hinwillst?«

»Auf jeden Fall nicht nach Hause.«

»Warum nicht?«

Sie näherte sich ihm, setzte eine verschwörerische Miene auf und flüsterte: »Weil sie mich dort vergiften wollen.«

Diese Frau musste entweder zum Psychiater oder zur Polizei, dachte der alte Mayfeld und wunderte sich über sich selbst. Doch weder für das eine noch für das andere war sie zu erwärmen.

»Wer will dich denn vergiften?«, fragte er.

»Es ist besser, wenn du das nicht weißt. Ehrlich gesagt, weiß ich es selbst nicht so genau.«

Diese Selbstzweifel überraschten Mayfeld. Paranoiker hatten

meist zwar verworrene, aber ziemlich entschiedene Vorstellungen von ihren Feinden. Vielleicht war das Mädchen doch nicht so verrückt, wie er dachte.

»Aber zu Hause ist die Gefahr besonders groß?«

Sie nickte. »Wegen des Arschlochs. Er steckt mit ihnen unter einer Decke.«

»Du meinst deinen Pflegevater?«

Sie nickte wieder und schnippte die Zigarette über die Balkonbrüstung. »Ich hab zwar dem Irrenarzt erzählt, dass ich mir wegen eines Typen das Leben nehmen wollte, ganz wie du mir geraten hast, aber es war anders. Das Arschloch wollte mich vergiften. Er hat mir was in den Wodka getan. Das kannst du mir glauben.«

Das konnte man glauben, musste man aber nicht. »Und woanders hättest du diese Angst, vergiftet zu werden, nicht?«

Sie zuckte mit den Schultern. »Kommt drauf an, wo ich bin. Bei dir hätte ich die Angst nicht.«

Mayfeld seufzte. Seine Wohnung als Asyl für eine verrückte Prinzessin der Finsternis, das hatte ihm gerade noch gefehlt.

»Für ein paar Tage?«, fragte sie.

Mayfeld nickte tapfer. »Ich fahre heute zu Freunden in die Kisselmühle. Das ist ein Bauernhof hinter Kloster Eberbach. Die Freunde sind über das Wochenende weg, und ich werde für sie die Lamas hüten.«

»Die Lamas. Was hast du denn geraucht?«

»Die haben da wirklich Lamas, fünfzig Stück. Und Alpakas und Trampeltiere und Dromedare.«

»Jetzt ohne Scheiß?«

»Ohne Scheiß.«

»Cool. Ich komme mit.« Nach einer Weile fügte sie hinzu: »Wenn ich darf. Bitte.«

»Dann packen wir mal unsere Sachen zusammen. Meine Harley steht auf dem Parkplatz.«

Eine halbe Stunde später waren sie unterwegs nach draußen, der alte Mayfeld hatte einen Rucksack, Annika eine Umhängetasche bei sich. Als sie die gläserne Eingangstür des Krankenhauses in den Blick bekamen, erstarrte Annika.

Vor der Tür wartete der Mann, den Herbert Mayfeld auf der Intensivstation gesehen hatte, ein großer, kräftiger Kerl mit einer fiesen Visage. Er hatte sie beide entdeckt und schien nicht erfreut darüber zu sein, Annika in Begleitung zu sehen.

»Da können wir nicht durch«, stieß sie atemlos hervor. »Weißt du einen anderen Weg hier raus?«

Der Fiesling hatte die Glastür geöffnet und starrte sie an.

»Also gut, dann zeig ich dir mal meine Raucherecken«, murmelte Mayfeld.

Sie machten kehrt. Nach wenigen Metern hatten sie die Tür, die in den Keller führte, erreicht. Mayfeld öffnete sie.

»Da runter«, wies er Annika an.

Bevor er die Tür von innen wieder schloss, warf er einen Blick auf die Eingangstür. Der Kerl hatte seine Position verlassen und eilte mit grimmig entschlossener Miene auf sie zu.

»Beeilung«, schrie Mayfeld, schlug die Tür zu und rannte Annika hinterher.

Sie sprangen die Treppe hinunter, unten hasteten sie einen gelb gefliesten Gang entlang, der von Leuchtstoffröhren erhellt wurde. Überall Rauchmelder, hatte er bei seinen Erkundungszügen festgestellt. Hinter ihnen hörte Mayfeld jemanden die Treppe hinabrennen.

Sie kamen an einem großen Bettenaufzug vorbei. Dort verzweigte sich der Gang. Sie nahmen die Abzweigung, die weiter nach unten führte, der Boden war hier aus Beton, an den Decken verliefen Wasser- und Heizungsrohre, Kabelkanäle und offene Elektroleitungen in Grüngelb, Blau und Braun. Ihre Schritte hallten in den Katakomben, die Schritte ihres Verfolgers kamen näher. Sie hetzten an einer stillgelegten Wäscherei vorbei. Ein paar alte Heißmangeln und blaue Wäschecontainer erinnerten an die frühere Verwendung des Raumes.

Der nächste Gang war betongrau und führte weiter in die Tiefe, die Beleuchtung wurde spärlicher. Als sie einen Lichtschacht passierten, blickte sich Mayfeld um. Der Verfolger war bis auf zwanzig, dreißig Meter herangekommen.

»Schneller«, brüllte Mayfeld. Eigentlich war es eine völlig bescheuerte Idee, in den Keller zu flüchten, fuhr es ihm durch den Kopf. Hier unten war keine Menschenseele …

Die Beleuchtung des Gangs wurde wieder heller, der Boden,

über den sie rannten, war jetzt wieder gefliest und die Wände tapeziert. Sie kamen an eine Treppe, die sie hochrasten.

»Bleib doch stehen, Annika«, rief der Mann hinter ihnen keuchend. »Ich tu dir doch nichts. Ich will dich doch nur abholen.«

Der tut nichts, der will nur spielen. War das für irgendjemand eine Beruhigung, wenn ein Pitbull ihn verfolgte?

Sie hatten das Ende der Treppe erreicht und kamen in einen hellen Raum mit einer breiten Fensterfront und jeder Menge Grünpflanzen in Kübeln. Von oben führte eine Treppe in den Raum, und auf dieser Treppe kam gerade eine große Gruppe fröhlich singender Nonnen herunter. Der alte Mayfeld erinnerte sich daran, vom Wohnheim der Ordensschwestern gehört zu haben, die im Krankenhaus arbeiteten. Hier war also ihr Nest. Die Nonnen kamen gerade recht. Gelobt sei der Herr.

Er winkte ihnen zu, einige winkten zurück. Die beiden Flüchtlinge hasteten auf die Tür in der Fensterfront zu, die sich glücklicherweise leicht öffnen ließ, und rannten hinaus.

Als sich der alte Mayfeld noch einmal zum Schwesternwohnheim umdrehte, sah er, dass der Mann hinter ihnen den Raum jetzt ebenfalls erreicht hatte. Aber es waren ziemlich viele Nonnen, die die Treppe heruntergekommen waren. Wahrscheinlich wollten sie zu einer Versammlung, auf jeden Fall verursachten sie einen Stau.

Ein Nonnenstau im Schwesternwohnheim, dachte Mayfeld mit grimmiger Freude. Und dieser Stau bremste ihren Verfolger aus und verschaffte Annika und Mayfeld den notwendigen Vorsprung.

Vom Schwesternwohnheim war es nicht weit bis zum Parkplatz, wo seine Harley wartete. Er stopfte Annikas Tasche und seinen Rucksack in die Satteltaschen, hieß Annika, sich hinter ihn zu setzen, und ließ die Maschine starten. Die Sperrschranken umfuhr er elegant, fürs Bezahlen hatte er nun wirklich weder Zeit noch Lust.

Als sie auf der Straße waren, erschien der fiese Riese verschwitzt auf dem Trottoir. Der alte Mayfeld zeigte ihm das Victoryzeichen und gab Gas.

***

Kommissar Mayfeld saß in seinem Büro und dachte nach. Er war nicht davon überzeugt, dass Sebastian Fromm ihr Mann war. Er war mit dem verschwundenen Mädchen zusammen, er war in der Praxis gewesen und hatte vermutlich die Polizei über Hollers Tod informiert. Aber hatte er auch den Mord begangen? Einem skurrilen Behinderten traute man schnell alles zu.

Es gab noch eine andere Spur, und die wollte er jetzt weiterverfolgen. Er legte die DVD aus Hollers Praxis in den Laufwerkschacht seines PCs und öffnete die Datei »Möller_Annika.doc« noch einmal. Was hatte Annika mit dem Satz beim Abschied gemeint: Ich mache Ihnen ein Angebot, das Sie nicht ablehnen können? War das bloß spätpubertäre Wichtigtuerei gewesen? Eine Drohung? Womit wollte sie Holler, die anfangs nicht vorgehabt hatte, eine Therapie mit ihr zu beginnen, ködern?

Annika hatte eine Freundin erwähnt. Deren elektronische Akte hatte sich Mayfeld noch nicht angesehen. Holler hatte sich »M.L.« notiert.

Er öffnete »Lachner_Marie.doc«.

Holler hatte Folgendes festgehalten:

01.09.2010
Dreizehnjähriges, schwarz gekleidetes Mädchen mit Gesicht voller Sommersprossen und schwarz gefärbtem Haar. Von den Eltern angemeldet wegen Schulschwänzen, unerlaubtem Über-Nacht-Wegbleiben, Alkohol- und möglicherweise Drogenkonsum.
Anfangs sehr reserviert mir gegenüber, taut dann schnell auf. Rotzfreche, aber herzliche Göre. Voller Vorwürfe gegen ihre Adoptiveltern.
Aktueller Konflikt: Mutter schwanger, Pat. soll ins Internat und fühlt sich abgeschoben. Rivalität zu Mutter und künftigem Geschwister. Regression angesichts bevorstehendem zu frühem Schritt Richtung Autonomie.
Bagatellisiert Alkoholkonsum, negiert Drogeneinnahme.
Biografische Anamnese:
Erstes Kind. Eltern starben bei Autounfall als Pat. drei Jahre alt war, Pat. und Oma ms. überlebten. Zwei Jahre in Pflegefamilie, dann hatte sich Oma so weit erholt, dass sie Pat. in ihre Obhut nehmen konnte. Hält Kontakt zu Kindern aus Pflegefamilie. Von jüngerer Schwester der Mutter vor zwei Jahren adoptiert. Oma vor einem Jahr verstorben. Schule bis vor einem Jahr unauffällig, seither Leistungsabfall, Schwänzen. Hobbys: früher Schwimmen, jetzt Reiten, Musik.

Mayfeld klickte auf eine eingebettete Audiodatei. Der Mediaplayer des Computers öffnete sich, und Mayfeld hörte in den Mitschnitt der ersten Therapiestunde hinein.

Nach anfänglich stockendem Gesprächsverlauf, in dem sich Marie alle Antworten zu ihrer Person nur mühsam entlocken ließ, hatte sie irgendwann ihre Zurückhaltung aufgegeben und zog hemmungslos über ihre Eltern her. Sie hätten sie noch nie gemocht und nur adoptiert, weil die Oma Druck ausgeübt habe. Die Oma sei der beste Mensch der Welt gewesen und leider vor einem Jahr gestorben. Dann behauptete Marie, das Haus der Eltern gehöre ihr, das habe die Oma ihr vererbt, und die Eltern würden ihr das wegnehmen wollen, konnte auf Nachfragen diese Vorwürfe allerdings nicht erhärten, bezog sich nur auf eine Äußerung ihrer Großmutter kurz vor deren Tod.

Holler kommentierte all dies immer wieder mit der Bemerkung, sie sei offensichtlich sehr aufgebracht und wisse nicht, wohin mit ihrer Wut, was Marie einmal schnippisch parierte, indem sie anmerkte, das wisse sie selbst und ob das der Sinn der Therapie sei, dass Frau Holler ihr das sage, was sie schon selbst wisse. Holler schlug daraufhin vor, sie könnten zusammen herausfinden, was sie so wütend mache.

Als Mayfeld eine weitere Audiodatei öffnen wollte, wurde die Tür seines Büros aufgerissen, und Winkler stürmte in den Raum.

»Meyer hatte gerade die Kollegen vom dritten Revier in der Leitung«, berichtete sie. »Heute Morgen gab es dort einen Anruf: ›Der Wolf ist tot, der Wolf ist tot, der Kevin ist tot.‹ Die Kollegen wollten wissen, ob wir damit etwas anfangen können.«

»Schon wieder so ein verrückter Anruf«, stöhnte Mayfeld. »Erst Frau Holle und jetzt der Wolf.«

Burkhard betrat Mayfelds Zimmer.

»Den Spruch habe ich gestern auf der Wand in Fromms Zimmer gelesen«, bemerkte er.

Mayfeld nickte. »Wir haben ihn alle gelesen. Bestimmt ist Kevin Möller gemeint. Haben wir seine Telefonnummer?«

Winkler schüttelte den Kopf.

»Wir fahren zu seiner Wohnung«, entschied Mayfeld.

***

Sie fuhren wieder durch den Wald nach Rüdesheim. Marie hatte sich gewundert, dass Bastis Fahrzeug weiter unten auf einem Nebenweg hinter dem Gebück gestanden hatte, aber er hatte gemeint, das habe er wegen der Wanderer umgestellt, und sie hatte nicht weiter nachgefragt. Sie waren aufgesessen und losgefahren. Basti sagte alle Stationen der Reise an. Kasimirkreuz, Kreistanne, Hallgartner Zange und Sieben Wegweiser. Johannisberg, Kloster Johannisberg, Johannisberger Hölle. Elstermühle, Weihermühle, Bachmühle, Ostermühle, Reußische Mühle.

Im Mühlental wurde ihr wieder schlecht. Aber sie dachte nicht groß darüber nach. Sie wollte nur noch zu Annika, mit jemandem reden, der nicht so durchgeknallt war wie der Typ vor ihr auf dem Quad. Obwohl sie ihn weiterhin auch ganz cool fand. Er hatte ja nichts getan, außer ihre Sommersprossen zu zählen. Hoffentlich.

Er fuhr sie bis nach Rüdesheim vors Krankenhaus und folgte ihr in den Eingangsbereich. Die Frau am Empfang teilte ihr mit, dass ihre Freundin das Krankenhaus bereits verlassen habe.

Traurig und wie betäubt ging sie wieder nach draußen.

»Haben Sie keine Zeit für dich gehabt?«, fragte Basti besorgt.

»So ist es. Das Krankenhaus ist voll«, antwortete sie und ließ den Kopf hängen.

»Soll ich dich in ein anderes Krankenhaus fahren?«

Basti war wirklich besorgt um sie. Fast tat es ihr leid, dass sie ihn so belog.

»Ich muss mal telefonieren«, sagte sie und ging ein paar Schritte weiter. Sie schaltete ihr Handy an und tippte Annikas Nummer ein. Hier unten hatte sie Empfang. Geh jetzt bitte ran, dachte sie flehentlich.

Ihr Flehen wurde erhört.

»Wo steckst du denn?«, fragte sie die Freundin. »Ich wollte dich vom Krankenhaus abholen.« Das war zumindest so ungefähr die Wahrheit.

»Zusammen mit dem Typen auf dem Quad?«

»Wie bitte?«

»Du wurdest mit einem Typen auf einem Quad gesehen. Steht heute in der Zeitung. Bist du mit dem zusammen?«

»So ein Quatsch«, antwortete sie. »Den bin ich schon wieder los.«

»Hast du die Karte noch?«

»Klar.«

»Kannst du dich von dem Typen absetzen?«

»Ich bin nicht mit ihm zusammen. Das hab ich doch gerade gesagt.«

»Dann komm in die Kisselmühle. Das ist hinter Kloster Eberbach. Ich hüte dort mit einem alten Freund Lamas.«

»Lamas?«, rief Marie ungläubig. »Was hast du denn schon wieder eingeworfen?«

»Ist so«, antwortete Annika ganz ruhig und vernünftig. »Wir können da das ganze Wochenende bleiben, und dann sehen wir weiter.«

Marie ließ sich den Weg dorthin beschreiben, dann beendete sie das Gespräch.

»Machen wir einen Ausflug nach Kloster Eberbach?«, fragte sie Basti.

Er war offenbar zu allem bereit.

Basti ließ sich nicht davon abbringen, den Weg durch den Wald zu nehmen, sagte wieder alle Stationen auf. Als sie an der Ostermühle vorbei waren, wurde ihr wie beim letzten Mal schlecht.

»Bieg jetzt ab!«, rief sie vor der nächsten Abzweigung. Sie wunderte sich selbst, wie sie auf diesen Gedanken gekommen war.

»Da geht es nicht zum Kloster Eberbach«, rief Basti zurück. »Da geht es zur Bachmühle.«

Marie beharrte auf ihrem Wunsch, und Basti folgte. Alles an dem Weg kam ihr bekannt vor, ohne dass sie hätte sagen können, woher. Dennoch war sie sich ganz sicher. Etwas Bedrohliches ging von ihm aus. Sie wollte gar nicht wissen, wo er endete.

»Halt an!«, schrie sie.

»Mal Eberbach, mal Bachmühle, mal fahren, mal anhalten. Die Königstochter weiß nicht, was sie will«, schimpfte Basti, gehorchte aber.

Sie stiegen ab, Marie schaute sich um. Sie sah eine Schranke am Wegesrand, und plötzlich wusste sie, woher sie den Weg kannte. Genau hier waren die Bilder mit den Autos aufgenommen worden, die sie in Annikas Rucksack gefunden hatte. Oder kannte sie den Weg noch von anderswoher?

Marie wäre am liebsten davongerannt. Schlau wäre, wieder aufzusitzen und zurückzufahren, sagte sie sich. Aber irgendetwas trieb sie voran. Basti hielt sich dicht hinter ihr. In diesem Moment gab er ihr so etwas wie einen kleinen Rest Sicherheit.

Nach der nächsten Kurve sah sie die Mühle. Davor standen ein Lieferwagen und das Auto des Arschlochs. So nannte ihn Annika jedenfalls. Das Arschloch kam aus der Tür der Mühle. Maries Herz krampfte sich zusammen. Gleich musste sie sterben, das fühlte sie ganz deutlich. Sie drehte sich weg und klammerte sich an ihren Begleiter.

»Bring mich hier weg. Weg von dem Dreckskerl!«

»Ist das ein böser Mann?«, fragte Basti.

Marie nickte.

»Ich fürchte mich vor dem Teufel nicht«, hörte sie ihn sagen.

***

Mayfeld klingelte zum dritten Mal. Nichts rührte sich in der Souterrainwohnung im Rotkäppchenweg. Ein paar Bewohner der oberen Etagen standen neugierig im Treppenhaus, ein weißhaariger Rentner im Morgenmantel, eine etwa fünfzigjährige Frau mit Lockenwicklern und eine unausgeschlafen wirkende junge Mutter mit einem Baby auf dem Arm. Niemand hatte einen Schlüssel für die Nachbarwohnung. Mayfeld wies einen uniformierten Kollegen an, die Tür aufzubrechen.

Als Erstes kamen sie in den Raum, den Mayfeld bei der Vernehmung Kevins als dessen Wohnzimmer identifiziert hatte.

»Gemütlich ist anders«, lautete Burkhards Kommentar, nachdem er einen Blick auf das Chaos geworfen hatte, den umgeworfenen Stuhl, den Wäscheberg auf dem Sofa, die CDs auf dem Boden.

»Sieht wie nach einem Kampf aus«, bemerkte Winkler.

»Gestern sah es hier ähnlich aus«, antwortete Burkhard, aber Mayfeld fiel auf, dass das nicht ganz stimmte. Auf dem Tisch, der dem Sofa mit dem Wäscheberg gegenüberstand, hatte er gestern ein Notebook bemerkt, das jetzt nicht mehr da war.

Er rief noch mal Kevins Namen, aber niemand meldete sich. In der Luft lag leichter Verwesungsgeruch.

»Das roch gestern schon so ähnlich. Es kommt daher.« Burkhard deutete auf eine Tür.

Mayfeld öffnete sie. Dahinter befand sich die Küche. Stapel mit ungespültem Geschirr türmten sich neben angebrochenen Fischdosen, vollen Aschenbechern und leeren Pizzakartons. Der Verwesungsgeruch kam aus dem Abfalleimer unter der Spüle, in dem die Essensreste der letzten Wochen und ein rohes Stück Fleisch vor sich hin moderten. Es fehlten nur noch die Kakerlaken. Am Ende des lang gestreckten, schmalen Raums befand sich eine Tür. Sie war nur angelehnt. Draußen führte eine Betontreppe auf ein kleines Rasenstück, das auf allen Seiten von einer Kirschlorbeerhecke begrenzt war.

»Kommst du bitte, Robert?«, rief Winkler. »Paul hat etwas gefunden.«

Sie gingen ins Schlafzimmer der kleinen Wohnung. Die Oberlichter ließen nur wenig Sonnenstrahlen in die Kammer. Kevin lag im Bett. Sein Oberkörper war halb aufgerichtet und wurde durch ein Kissen gestützt. Die Hände waren vor dem Bauch gefaltet. Die weit aufgerissenen Augen schienen aus den Höhlen treten zu wollen, das Gesicht war aufgedunsen und bläulich verfärbt. Auf den Kopf hatte ihm jemand eine Unterhose gestülpt. Um den Hals verlief ein hässliches violettfarbenes Band.

»Der Wolf ist tot«, sagte Burkhard.

Mayfeld stöhnte auf. Wieder eine merkwürdig arrangierte Leiche. Wieder ein Anruf mit Anspielungen auf ein Märchen. Die Unterhose sah aus wie eine Schlafhaube. Wie die Schlafhaube der Großmutter in Rotkäppchen. Der Anruf »Der Wolf ist tot« passte auch dazu. Kevin Möller trug noch seine Straßenkleidung, das passte nicht ganz zu Rotkäppchen. Mayfeld hob die steifen, gefalteten Hände an. Darunter erkannte er zwei kleine Verbrennungsmarken. Genauso wie bei Frau Holler.

Die Polizisten holten sich aus ihren Wagen Schutzanzüge. Mayfeld telefonierte mit Meyer. Der sollte die Kollegen der Spurensicherung und einen Gerichtsmediziner in den Rotkäppchenweg schicken. Dann durchsuchten sie das Chaos der Kellerwohnung. Sie entdeckten einige Pornomagazine unter und neben dem Bett sowie fünf Gramm Cannabis auf dem Nachttisch.

Im Wohnzimmer fanden sie auf dem Schreibtisch Ausweispapiere, auf dem Sofa eine Dose mit bunten Pillen, unter dem Haufen Wäsche ein paar Dutzend CDs von Heavy-Metal-Bands und eine Musikanlage im Wandregal; in der Küche neben dreckigem

Geschirr und Speiseresten eine Kiste Bier, eine Palette Energydrinks, vier leere und fünf volle Flaschen Wodka.

Was sie nicht fanden, waren ein Computer, ein Drucker oder Speichermedien, ebenso wenig ein Telefon oder ein Handy.

»Ich bin mir absolut sicher, dass da gestern ein Notebook stand«, sagte Mayfeld zu Winkler. »Das wurde genauso geklaut wie das Handy. Sucht gründlich nach einem Handyvertrag. Wir brauchen seine Handynummer.«

Mayfeld verließ die muffige Wohnung und ging hinaus in das kalte Treppenhaus. Der Rentner im Morgenmantel hatte sich einen Klappstuhl und eine Thermoskanne besorgt und seine Position an der Eingangstür eingenommen.

»Und, alles im Blick?«, fragte Mayfeld.

Der Alte nickte bedächtig. Er stellte sich als Hans Krause vom Erdgeschoss vor. Er lebte in der Wohnung direkt über Kevin Möller.

»Ist nicht viel los hier, normalerweise. Da bin ich für jede Abwechslung dankbar. Besonders, seit meine Grete verstorben ist. Stellen Sie ruhig Ihre Fragen, Herr Kommissar.«

»Ist Ihnen in der letzten Zeit hier im Haus etwas aufgefallen?«

»Was hat er denn ausgefressen, der Möller?«

»Wir hatten uns darauf geeinigt, dass ich die Fragen stelle.«

Krause schaute einen Moment beleidigt, dann fügte er sich der übergeordneten Autorität. »Das war früher mal eine bessere Gegend. Die Nähe zu den Hochhäusern am Schelmengraben tut uns nicht gut. Solche Leute wie der Möller hätten hier früher nichts zu suchen gehabt.«

Früher war alles besser. Nur diese Klage, die war schon immer gleich gewesen, dachte Mayfeld. Früher waren die Alten, die diese Klage erhoben, jünger gewesen. Vielleicht war es das, was für sie besser gewesen war.

»Ist Ihnen gestern etwas aufgefallen?«

Krause goss sich Kaffee in seinen Humpen, schlürfte einen Schluck und verzog das Gesicht.

»Den hat Grete besser gemacht«, bemerkte er verdrießlich.

Mayfeld holte tief Luft, aber er beherrschte sich. Bevor er zu einer freundlichen Frage ansetzen konnte, fuhr Herr Krause aus dem Erdgeschoss mit seiner Aussage fort.

»Ob mir etwas aufgefallen ist? Lassen Sie mich mal überlegen,

Herr Kommissar.« Der Alte genoss seinen Auftritt und schien jede Sekunde auskosten zu wollen. »Ich weiß ja nicht, ob der Herr irgendetwas gearbeitet hat, eine regelmäßige Arbeit war das auf jeden Fall nicht. Er hat lang geschlafen, ging mittags erst raus, ab und zu hat er ein Mädchen mitgebracht, aber immer ein anderes. Na ja, wenigstens hat er keinen Krach gemacht. Das Haus ist nämlich hellhörig. Wollen Sie eigentlich auch einen Kaffee? Dann hol ich Ihnen eine Tasse.«

Mayfeld bedankte sich höflich und lehnte ab. »Was war gestern?«

»Eigentlich war alles wie an den anderen Tagen auch. Der Herr ging um die Mittagszeit weg und kam in der Nacht nach Hause.«

»Hatte er gestern Besuch? Sie sagten, das Haus sei hellhörig.«

»Mittags waren zwei Männer da. Ich habe sie nur von hinten gesehen, als sie das Haus wieder verließen. Das war gegen ein Uhr mittags. Sie waren vielleicht eine halbe Stunde bei ihm. Das waren vermutlich Komplizen.«

»Komplizen?«

»Der hat doch Dreck am Stecken.« Der Alte blinzelte ihm zu.

Mayfeld erinnerte sich. Die Besucher waren Burkhard und er gewesen. »Gab es gestern sonst noch etwas Auffälliges?«, fragte er.

»Eine Stunde später hat Möller das Haus verlassen.«

»Und haben Sie gestern sonst noch etwas bemerkt? Etwas, das anders war, als an all den anderen Tagen? Es muss nichts Besonderes gewesen sein.«

»Eine Stunde später kam ein Paketdienst und brachte eine Sendung für Frau Meier aus dem zweiten Stock. Das ist die junge Frau mit dem Baby. Der Fahrer blieb eine halbe Stunde oben.« Krause blinzelte wieder. »Ein kräftiger junger Mann, hat ihr wahrscheinlich beim Auspacken geholfen. Kurz vor fünfzehn Uhr ist er wieder gegangen. Und dann war noch der Heizungsmonteur da, zur routinemäßigen Wartung der Zentralheizung.«

»Wo ist die Heizung?«

Der Alte wies nach unten. »Na, im Keller, wo sonst?«

Mayfeld nickte, an der Tür gegenüber Möllers Wohnung hatte er ein Schild mit der Aufschrift »Heizung« gesehen.

»Wann war der Heizungsmonteur da?«

»Er ist um drei gekommen und um vier gegangen.«

»Und Sie haben ihn reingelassen?«

Der Alte nickte. »Und hinter ihm abgeschlossen, als er wieder gegangen ist.«

»Haben Sie Herrn Möller gehört, als er nach Hause gekommen ist?«

»Mir war so, als ob ich um dreiundzwanzig Uhr etwas gehört hätte. Aber ich habe ferngesehen. In irgendeinem dritten Programm lief ein ›Tatort‹. Haben Sie den gesehen? Laufen ja fast nur noch Krimis im Fernsehen. Aber wenn man damit beruflich zu tun hat, will man sich vermutlich nicht auch noch in der Freizeit damit beschäftigen, stimmt's?«

Mayfeld nickte geduldig und bat Krause fortzufahren.

»Eine halbe Stunde später kam es mir wieder so vor, als ob ich unten was gehört hätte. Aber da lief der ›Tatort‹ immer noch. Eine halbe Stunde später hab ich wieder was gehört. Da ist Herr Möller wohl zum Luftschnappen in den Garten gegangen. Da war der Krimi schon zu Ende, und ich lag im Bett.«

»Was genau haben Sie gehört?«

Krause überlegte lange.

»Beim ersten Mal so was wie eine Tür, die zuschlägt, beim zweiten Mal klang es, als ob etwas fallen würde. Beim dritten Mal war es wieder eine Tür und Schritte. Aber das hätte auch alles gut zu dem ›Tatort‹ gepasst.«

»Außer beim dritten Mal, da lagen Sie schon im Bett.«

»Ich bin den Krimi in Gedanken noch mal durchgegangen.« Krause versuchte ein Lächeln. »Es passiert ja so wenig in der Wirklichkeit.«

»Wie man es nimmt«, versetzte Mayfeld.

Die Befragungen der Nachbarn ergaben nichts. Außer Herrn Krause hatte kein Bewohner etwas gesehen oder gehört. Vielleicht förderten die Kollegen der Spurensicherung, die mittlerweile im Rotkäppchenweg eingetroffen waren, noch etwas Brauchbares zutage, oder die Bewohner der anliegenden Häuser hatten etwas Interessantes gesehen. Adler schätzte, dass der Todeszeitpunkt zwischen zweiundzwanzig Uhr am Mittwoch und vier Uhr am nächsten Morgen lag, außerdem fanden die Beamten heraus, dass Kevin ein Gehaltskonto besaß, auf das die Firma Gebrauchtwagen Novotny monatlich tausend Euro überwies.

Mayfeld verließ mit Winkler und Burkhard das Haus. Sie gingen zu ihren Wagen. Mayfeld telefonierte mit Meyer und bat ihn, die Adresse von Jan Novotny rauszusuchen. Der Rückruf Meyers erfolgte kurze Zeit später. Meyer lieferte auch gleich das Vorstrafenregister von Novotny mit. Er war vor fünfzehn Jahren wegen Autodiebstahls und vor zwölf Jahren wegen Körperverletzung verurteilt worden. Seither war er entweder gesetzestreuer oder vorsichtiger geworden.

Mayfeld bat Burkhard, bei Novotny Erkundigungen über Kevin einzuholen und dem Autohändler auf den Zahn zu fühlen.

»Das ist vermutlich eine Sackgasse, Robert«, sagte Burkhard.

»Das wissen wir erst, wenn wir sie gegangen sind«, entgegnete Mayfeld. Innerlich gab er dem Kollegen recht. Doch Burkhard wusste genauso gut wie er, dass Novotny überprüft werden musste.

Die gemeinsame Handschrift der beiden Morde wies auf Sebastian Fromm.

Mayfeld verabschiedete sich von den beiden Kollegen. Er fuhr nach Dotzheim. Die Horst-Schmidt-Kliniken waren von der Siedlung Märchenland nur wenige Minuten entfernt. Dort lag Waltraud Fromm. Aus den Lautsprechern der Musikanlage perlten die Töne der »Gymnopédie No. 2« von Satie. Sie schwebten wie schwerelos in der Luft.

Mayfeld versuchte, Ordnung in seine Gedanken und Beobachtungen zu bringen. In komplexen Ermittlungen war es oft so, dass die verschiedenen Erkenntnisse und Spuren zwar Zusammenhänge erahnen ließen, dennoch schwebten sie gewissermaßen unverbunden nebeneinander. Irgendwann bekam das Ganze dann eine deutlichere Gestalt, eine Melodie, ein Leitmotiv wurde erkennbar, ein Zentrum, auf das sich alles bezog. Doch so weit war er bei diesen Ermittlungen noch nicht.

Mayfeld erreichte die Klinik und parkte direkt vor dem Eingang des riesigen Gebäudekomplexes aus Beton und Glas. In der großen Eingangshalle ging er am Café und den kleinen Lädchen vorbei zum Informationspunkt und fragte nach Waltraud Fromm. Nach mehreren Telefonaten konnte ihm die Frau hinter dem Infopunkt die Station mitteilen, auf der er die Patientin antreffen würde.

Waltraud Fromm lag in einem Zimmer, von dessen Fenster sich ein überwältigender Blick über Wiesbaden bot, von den Taunushügeln bis zum Rhein-Main-Gebiet und dem Odenwald. Alles war in das warme Licht der Herbstsonne getaucht.

Der Frau ging es schlecht, das sah auch jeder medizinische Laie. Maximal zehn Minuten hatte die Stationsärztin für das Gespräch genehmigt. Waltraud Fromms Gesicht war blass und eingefallen, bloß um Nase und Wangen wies es eine auffällige Rötung auf, die entfernt an einen Schmetterling erinnerte. Sie atmete schwer, als sie sich aufsetzte, um den Besucher zu begrüßen. Ihr Gesicht nahm einen panischen Ausdruck an, als Mayfeld seinen Dienstausweis zeigte und meinte, er wolle sich mit ihr über Sebastian unterhalten. Es würde ihr vermutlich das Herz brechen, wenn man ihren Sohn eines schweren Verbrechens überführte, dachte Mayfeld beklommen.

»Was ist mit meinem Jungen?«, fragte sie mit zittriger Stimme.

»Sie haben gestern Sebastians Vater angerufen und ihn gebeten, nach Ihrem Sohn zu schauen. Georg Fromm hat Sebastian sofort besucht. Bei der Gelegenheit hat Ihr Sohn Ihren Exmann verprügelt.«

Über Waltraud Fromms Gesicht huschte die Andeutung eines Lächelns. Dann verfinsterte sich ihr Blick.

»Und deswegen zeigt er ihn bei der Polizei an?«, fragte sie wütend. »Wissen Sie, wie viel Schläge mein Junge von seinem Vater bekommen hat? Er ist seither sehr empfindlich. Wahrscheinlich hat ihn mein Ex gereizt, hat ihm gedroht oder so etwas.«

Ihrer Wut mischte sich Verzweiflung bei. Sie holte ein mit Spitzen gefasstes Taschentuch unter der Bettdecke hervor und wischte sich eine Träne aus dem Augenwinkel.

»Es war ein Fehler, ihn um Hilfe zu bitten, ich habe das von Anfang an geahnt. Alles, was ich je mit diesem Mann gemacht habe, ist ein Fehler gewesen.«

»An was für einer Behinderung leidet Ihr Sohn?«

»Deswegen sind Sie doch nicht hierhergekommen, Herr Kommissar, um sich mit mir über die Behinderung von Basti zu unterhalten. Was wollen Sie von ihm, was wollen Sie von mir?«

Er würde diese Frage zurückstellen, aber nicht vergessen.

»Ihr Exmann hat gesehen, dass Sebastian ein Mädchen bei sich hatte, eine Vierzehnjährige, die seit dem Wochenende vermisst wird.«

Waltraud Fromm schien aufs Höchste alarmiert. Sie hüstelte nervös.

»Ein Mädchen?«, fragte sie ungläubig. »Mit Mädchen hatte er noch nie zu tun.« Sie schwieg eine Weile, dann fuhr sie fort: »Ich bin überrascht, aber andererseits kann ich darin nichts allzu Schlimmes sehen. Ist das Mädchen denn von zu Hause weggelaufen?«

»Das könnte sein.«

»Dann sollten Sie sich über die Eltern Gedanken machen, nicht über meinen Sohn.«

So geschwächt diese Frau war, sie würde für ihren Jungen kämpfen wie eine Löwin.

»Ursprünglich wollten Sie, dass seine Tante, Sylvia Holler, nach Sebastian schaut.«

»Hat Ihnen das Georg erzählt?«

»Ja, und er hat uns auch gesagt, dass Sebastian Ihnen gegenüber behauptet hat, er wäre zu einem Zeitpunkt bei seiner Tante gewesen, als sie schon tot war.«

Waltraud Fromm bekam einen Hustenanfall, schnappte nach Luft. Mayfeld war sich nicht sicher, ob er das Gespräch fortsetzen sollte.

»Und was schließen Sie daraus? Er hat seine Mutter angeschwindelt, weil er wusste, dass ich sonst seinen Vater – wie soll ich sagen? – auf ihn hetzen würde. Seit wann kümmert sich die Polizei um so etwas?«

»Seit wann wissen Sie vom Tod Ihrer ehemaligen Schwägerin?«

»Ich habe davon in der Zeitung gelesen. Sylvia war nicht nur meine Ex-Schwägerin. Sie war eine gute Freundin.«

»Wie war das Verhältnis zwischen Ihrem Sohn und seiner Tante?«

»Sie wollen ihn doch nicht mit dem Mord an Sylvia in Verbindung bringen? Das ist absurd.« Waltraud Fromms Augen blitzten jetzt vor Zorn.

Mayfeld wiederholte seine Frage.

Waltraud Fromm hielt einen Moment inne, wie um sich zu sammeln, dann richtete sie sich in ihrem Bett auf. Sie sprach jetzt mit fester Stimme.

»Früher standen sie sich sehr nahe. Sylvia hat Basti immer Märchen vorgelesen. Er hat die richtiggehend aufgesaugt. Basti ist Autist, er ist in seiner Kontaktaufnahme und in seinen Beziehungen zu Mitmenschen anders als wir. Sylvia wollte ihn über das Erzählen von Geschichten an das Leben heranführen. In gewisser Weise ist ihr das auch gelungen. Was wir auf diese Art und Weise auch bemerkt haben, ist, was für ein phänomenales Gedächtnis mein Junge hat. Er kann sich alles, was er sieht, alles, was er hört, merken. Leider weiß er nicht allzu viel mit seinem Gedächtnis anzufangen, weil es mit anderen Denkleistungen eher hapert. Aber ich schweife ab. Was war noch mal Ihre Frage?«

»Wie war Bastis Verhältnis zu seiner Tante?«

»Wie gesagt, als Basti klein war, war sein Verhältnis zu Sylvia recht eng. Sie hat uns sehr geholfen, als ich mich von meinem Mann trennte. Sylvia hat mir Mut gemacht, ihren Bruder zu verlassen. Später, als Sylvias Mann starb, hat sie von einem Teil des Geldes aus der Lebensversicherung das Haus im Sülzbachtal gekauft, in dem sie uns wohnen lässt. In den letzten Jahren ist das Verhältnis lockerer geworden. Basti geht seine eigenen Wege, er ist ein Eigenbrötler. Sylvia mochte ihm auch keine Märchen mehr vorlesen, sie fand, dass er es mit seiner Begeisterung übertreibe. Außerdem ist Sylvia eine viel beschäftigte Frau, auch wir beiden Frauen hatten nicht mehr so viel miteinander zu tun wie früher. Aber die Beziehung ist immer herzlich geblieben.«

»Wir haben ein Testament in Frau Hollers Wohnung gefunden.«

»Ah, ja?« Waltraud Fromm schien überrascht. Ihre Augen füllten sich wieder mit Tränen.

»Sie sollen die Hälfte ihres Besitzes erben.«

Waltraud Fromm schnäuzte in ihr Taschentuch. »Dann profitiere ich also von ihrem Tod?«

Mayfeld nickte.

Sie lachte bitter. »Erstmals in meinem Leben werde ich also eine wohlhabende Frau sein. Mal sehen, wie lange ich etwas davon habe. Die Ärzte sind nämlich mit meinem Herzen alles andere als zufrieden.« Sie sah Mayfeld an, als ob sie bei ihm Hilfe suchte. »Wenn ich sterbe, wird alles Basti gehören. So wie sich sein Vater gestern Morgen bei mir aufgeführt hat, nachdem ich ihn ins Vertrauen gezogen hatte, könnte man vermuten, dass er es darauf anlegt, dass ich sterbe. Und dann wird Georg alles tun, um Sebastian entmündigen zu lassen und sich das Geld unter den Nagel zu reißen. Das muss ich verhindern.«

Es war beachtlich, wie viel Niedertracht diese Frau ihrem Exmann zutraute.

»Gibt es keinen Vormund für Ihren Sohn?«

»Das ist nicht nötig«, antwortete sie barsch. »Außerdem heißt das heute ›Betreuer‹.«

»Mir geht es im Moment um etwas anderes«, kam Mayfeld auf den eigentlichen Grund seines Kommens zu sprechen. »Ich muss dringend mit Basti reden. Nicht nur wegen des verschwundenen Mädchens, auch weil er uns möglicherweise bei der Aufklärung des Mordes an seiner Tante wichtige Hinweise geben kann. Wissen Sie, wie oder wo ich ihn finden kann?«

»Sie glauben also wirklich, dass er mit Sylvias Tod etwas zu tun hat?« Waltraud Fromms tränenfeuchte Augen blickten Mayfeld jetzt anklagend und panisch an. Sie zerknüllte das Taschentuch in ihrer knochigen Faust.

Mayfeld konnte diesen waidwunden Blick kaum ertragen. »Polizeiliche Ermittlungen sind keine Glaubensfrage, Frau Fromm. Wie kann ich Ihren Sohn erreichen?«

»Er kennt die Wälder ringsum wie sein Zimmer. Ich sagte Ihnen ja schon, dass er ein phänomenales Gedächtnis hat. Keine Ahnung, wo er sich aufhält. Ein Handy hat er nicht. Autisten kommunizieren nicht so gerne. Ich kann Ihnen leider nicht weiterhelfen. Aber ich kann Ihnen versichern, mit dem Mord hat er nichts zu tun. Dass er Georg verprügelt hat, das kann ich mir gut vorstellen, mein Exmann wird es verdient haben. Aber nie und nimmer hätte er Sylvia etwas angetan.«

Was sollte sie als Mutter auch anderes sagen? »Sagen Ihnen die Namen Marie Lachner, Annika Möller oder Kevin Möller etwas?«

Waltraud Fromm schüttelte den Kopf.

Es klopfte an der Tür. Eine Krankenschwester betrat das Zimmer und schickte sich an, Waltraud Fromm eine Blutdruckmanschette anzulegen.

»Der Herr Kommissar muss jetzt gehen, hat die Frau Doktor gesagt, die zehn Minuten sind um. Sie sehen ziemlich mitgenommen aus, Frau Fromm. Und Ihr Blutdruck gefällt mir gar nicht.«

Sie blickte vorwurfsvoll zu Mayfeld hinüber.

Mayfeld verabschiedete sich.

Im Präsidium ging Mayfeld in sein Zimmer und schloss die Tür hinter sich. Der Himmel hatte sich im Verlauf des Tages zugezogen, milchig hellgrauer Hochnebel dämpfte das Licht und ließ die Farben des Herbstlaubs vor seinem Fenster verblassen. Mayfeld dachte nach.

Er hatte jetzt zwei Morde aufzuklären. Vieles deutete auf Sebastian Fromm als Täter hin. Sein Faible für Märchen passte zur Handschrift beider Morde. Wenn er so verrückt war, wie sein Vater behauptete, war es auch müßig, nach einem Motiv für die Morde zu suchen.

Ein Motiv für den Mord an Holler konnte man eher bei seinem Vater, aber auch bei Weisz und Schneider vermuten. Aber die hatten kein Motiv, Kevin Möller zu töten, außer dessen Ermordung würde der Verdunkelung des ersten Verbrechens dienen. Doch dann wäre es ausgesprochen dämlich gewesen, durch eine identische Vorgehensweise die Aufmerksamkeit der Polizei auf die Verbindung zwischen beiden Taten zu lenken.

Eine weitere Möglichkeit war, dass jemand versuchte, den Verdacht gezielt auf Sebastian Fromm zu lenken. Doch wie passte die verschwundene Marie Lachner ins Bild? Der Selbstmordversuch von Annika Möller? Wer oder was verband Kevin Möller mit Sylvia Holler? Annika Möller, die die Schwester des einen und die Patientin des anderen Mordopfers war? Oder Marie Lachner?

Er stand von seinem Schreibtisch auf und malte ein Diagramm auf das Flipchart, das in der Ecke seines Büros stand. Rote Kreise für alle Personen, die bislang zu Schaden gekommen waren, durch Mord, Selbstmordversuch oder Entführung. Schwarze Kreise für alle anderen, die in der Ermittlung bislang eine Rolle gespielt hatten. Durch Striche verband er alle Personen, die in einer Beziehung zueinander standen. Er sollte sich um Annika, Marie und Mertens kümmern, sagte er sich anschließend.

Er rief im Rüdesheimer Krankenhaus an und erhielt die Auskunft, dass Annika Möller heute entlassen worden sei. Ihre Handynummer hatte er nicht, einen Festnetzanschluss gab es nicht, er würde sie noch einmal besuchen müssen.

Mayfeld öffnete die Akte »Lachner_Marie.doc«. Holler hatte neben jede Aufzeichnung der Therapiesitzungen Zeitabschnitte notiert, die sie für besonders bedeutsam gehalten hatte. Er hörte in die Mitschnitte der Therapiesitzungen hinein.

Holler fragte ihre junge Klientin nach Erinnerungen an den

Unfall ihrer Eltern, worauf Marie lang und anhaltend weinte und von Holler behutsam getröstet wurde. Holler entschuldigte sich sogar dafür, dass sie sie mit ihren Fragen womöglich verletzt habe, und meinte, manchmal sei Traurigkeit oder Schmerz Ursache für Wut.

In den darauffolgenden Sitzungen berichtete Marie von Alpträumen, in denen sie in Feuersbrünsten umkam, eine Klippe herabstürzte oder von einem Zug überrollt wurde. Die Therapeutin brachte dies mit verdrängten Erinnerungen an den Unfall in Verbindung.

Danach fragte Holler Marie nach ihren Erlebnissen in der Pflegefamilie. Daraufhin passierte etwas Merkwürdiges. Marie begann, heftig zu atmen und zu keuchen. Schließlich hörte man nur noch ein Wimmern und Hollers ruhige, aber auch besorgte Frage, wo sie denn gerade sei, anschließend die behutsame Aufforderung der Therapeutin, ruhig und langsam und tief zu atmen, den Stuhl zu spüren, auf dem sie sitze, sich zu vergegenwärtigen, wo sie gerade sei, sich klarzumachen, dass sie hier in ihrer Praxis und in Sicherheit sei, an einem sicheren Ort.

Ein Vorgehen, das Mayfeld an das erinnerte, was er schon bei Annika Möller gehört hatte. Dann bat Holler Marie, sich vorzustellen, all die Bilder, die gerade aufgetaucht seien, in einem Tresor zu verwahren, dessen Aussehen sie ganz konkret schildern sollte. Anschließend forderte sie ihre Klientin auf, sich an den sicheren Ort zu begeben, über den sie in früheren Stunden gesprochen hätten, und Marie begab sich auf eine Traumreise zu einem Märchenschloss mit Türmen, Zinnen, einem breiten Wassergraben und einer massiven Zugbrücke.

In den folgenden Wochen klagte Marie über Alpträume, die voller Teufel und maskierter Gestalten waren, die sie entweder verbrennen, pfählen, aufspießen oder aufschlitzen wollten. All diese Träume endeten damit, dass sie von den Teufeln in einen Sarg gelegt und in einem Leichenwagen durch einen Wald kutschiert wurde.

In den schriftlichen Notizen zu diesen Therapiesitzungen hielt Holler fest:

Auf Frage nach Pflegefamilie dissoziiert Pat. heftig. Nicht ganz leicht, sie zurück in die Realität zu bringen und einen inneren sicheren Ort zu etablieren. Die Alpträume weisen auf eine weitere schwere Traumatisierung hin. Auffällig sind die Unterschiede in Struktur und Inhalt der Träume im Vergleich zu früheren Träumen, als sie sich an den Unfall erinnerte. Welche Rolle spielt die Pflegefamilie?

In den Notizen zur letzten Sitzung im August hatte Holler notiert:

Marie scheint sich wieder stabilisiert zu haben, die Alpträume sind wieder verschwunden. Heute kündigt sie mir eine Freundin an, mit der sie vor zehn Jahren in der Pflegefamilie gelebt habe. Annika beginne immer zu zittern und sich zu ritzen, wenn sie auf ihre kleinen Schwestern zu sprechen komme.

Mayfeld schloss die Datei. Draußen hatte sich die Nachmittagssonne gegen die Hochnebel durchsetzen können, der Himmel war aufgerissen, das Herbstlaub der Gartenkolonie gewann seine Farbigkeit zurück. Ein friedliches Bild lag vor Mayfelds Augen, das so gar nicht zu den inneren Bildern der Zerstörung passte, in die er in den letzten beiden Stunden eingetaucht war.

Es klopfte an der Tür, Burkhard kam herein.

»Dieser Novotny ist ein echter Mistkerl«, begann er seinen Bericht. »Sagt immer nur so viel, wie er sagen muss. Kevin Möller hat bei ihm gearbeitet. Ich nehme mal an, er hat geklaute Wagen neu lackiert und nach Russland oder Osteuropa überführt. Offiziell hat er Kunden die Schrottmühlen angedreht, die auf dem Betriebsgelände herumstehen. Hätte mir gerne ein paar seiner Schuppen von innen angeschaut, aber er hat mich nicht reingelassen.«

»Ist vermutlich auch nicht unsere Baustelle«, bemerkte Mayfeld.

Burkhard stimmte ihm zu. »Der Junge hatte diese Woche frei. Novotny schien überrascht, als er von Kevins Tod erfuhr, für seine Verhältnisse wirkte er sogar erschüttert. Aber er war nicht beunruhigt. Wie ich schon heute Mittag vermutet habe: Das ist eine Sackgasse.«

Mayfeld nickte. »Hat Novotny dir die Handynummer von Kevin sagen können?« Das würde ihnen helfen, Kevins Aktivitäten und seine Kontakte zu rekonstruieren.

»Der Kerl behauptet, dass er sie nicht kennt.« Burkhard schnaubte wütend.

»Danke, Paul.«

»Das bringt uns leider alles gar nicht weiter«, sagte Burkhard mit Bedauern in der Stimme.

»Ich werde mich noch mal mit Klaus Mertens unterhalten, dem ehemaligen Pflegevater von Kevin. Beide Mädchen, die bei Holler in Therapie waren, lassen kein gutes Haar an ihm.«

»Ich glaube, das ist eine weitere Sackgasse, aber ich wäre gerne dabei«, sagte Burkhard. »Auf eine Sackgasse mehr oder weniger kommt es nicht an.«

Mayfeld und Burkhard fuhren nach Oestrich und erfuhren von Irene Mertens, dass ihr Mann beruflich unterwegs war. Er habe in der Bachmühle in Johannisberg Grund zu tun, einem Anwesen, das zwischen der Weihermühle und der Ostermühle versteckt im Wald liege. Von Kevins Tod sagten sie Frau Mertens nichts.

Sie fuhren weiter nach Winkel, von dort durch die Weinberge des Hasensprungs nach Johannisberg, vorbei am Schloss und dem Kloster in das Tal, das nach Marienthal führte. Nach ein paar hundert Metern bog Mayfeld nach links ab, passierte eine geöffnete Schranke und fuhr eine kurze Strecke durch den Wald. Die Sonne beschien die Gipfel der Bäume, an manchen Stellen erreichte sie noch den mit buntem Laub bedeckten Boden.

Hinter einer Wegbiegung tauchte ein zweistöckiges Gebäude aus Bruchsteinen auf, das direkt an dem Bach lag, der durch den Wald floss. Vor dem Haus standen der Lieferwagen einer Entrümpelungsfirma und der Geländewagen von Mertens.

»Wo finden wir Herrn Mertens?«, fragte Mayfeld einen Arbeiter, der gerade einen Möbelkarton in den Lieferwagen bugsierte.

»Mertens in Haus«, antwortete der Mann mit osteuropäischem Akzent.

Die beiden Beamten betraten das Gebäude und kamen in einen hohen Raum, der wie die Außenwände ganz mit Bruchsteinen gemauert war. Mayfelds Handy signalisierte den Eingang einer SMS. Die würde er sich später anschauen. Mertens kam ihnen durch eine der Türen entgegen. Er schien nicht überrascht zu sein, die beiden Polizisten zu sehen, und grüßte sie mit einem Kopfnicken.

»Können wir uns irgendwo setzen?«, fragte Mayfeld.

Mertens zuckte mit den Schultern. »Wir räumen die Mühle leer. Soll verkauft werden. Viel Zeit hab ich nicht, aber kommen Sie mit.«

Er führte sie in einen Nebenraum. Er war ebenfalls mit Bruchsteinen gemauert, der Boden bestand aus Holzdielen, die Längsseite gegenüber der Fensterfront wurde von einem mächtigen offenen Kamin beherrscht. In einer Ecke des Raums lagen ein paar Wolldecken, in einer anderen Ecke stand ein Tisch. Mertens zeigte auf die Stühle daneben.

»Setzen Sie sich. Was wollen Sie?«

Mertens setzte sich den beiden Polizisten gegenüber, zündete eine Zigarette an und angelte sich den Aschenbecher, der auf einem Fenstersims in seiner Reichweite stand.

»Wir möchten mit Ihnen gerne über Ihre Pflegekinder sprechen«, begann Mayfeld das Gespräch.

»Alina und Janine? Fragen Sie besser meine Frau.«

»Ich meine Annika, Marie und Kevin.«

»Kevin? Was ist mit dem?«

»Kevin ist tot. Er ist ermordet worden.«

Mertens schwieg, sein Unterkiefer malmte.

»Tut mir leid«, sagte er nach einer Weile und zog an seiner Zigarette. »Wissen Sie schon, wer es war?«

»Deswegen sind wir hier. Vielleicht können Sie uns helfen, den Mörder zu finden.«

»Glaub ich nicht. Aber fragen Sie.« Mertens nahm einen tiefen Zug und drückte die Zigarette aus.

»Wann haben Sie Kevin zuletzt gesehen?«

»Ist schon eine Weile her.«

Mertens zündete sich eine weitere Zigarette an.

»Geht es etwas genauer?«, fragte Burkhard.

Mertens schaute finster zu Mayfelds Kollegen.

»Kevin ist mit sechzehn bei uns ausgezogen. Seither sind wir getrennte Wege gegangen«, sagte er trocken.

»Und seither hatten Sie keinen Kontakt mehr zu ihm?«, wollte Mayfeld wissen.

Mertens schüttelte er den Kopf. Dieser Mann sagte wirklich kein Wort zu viel.

»Wo waren Sie gestern Abend und in der letzten Nacht?«

»Bei meinem Chef.«

»Das ist wer?«, fragte Burkhard.

»Dr. Hochstätter in Eltville. Ich hab dort übernachtet.« Mertens drückte seine Zigarette aus. »Zufrieden?« Seine Miene wurde immer finsterer.

»Das sind alles Routinefragen«, sagte Mayfeld. Er bemühte sich, beruhigend zu klingen. »Haben Sie eine Idee, wer Kevin getötet haben könnte?«

Mertens entspannte sich ein wenig. »Nee.«

»Können wir noch einmal auf Ihre beiden anderen ehemaligen Pflegekinder zu sprechen kommen? Ist Ihnen zu Annika noch etwas eingefallen?«

Mertens machte ein Gesicht, als ob Mayfeld in einer fremden Sprache zu ihm gesprochen hätte.

»Eingefallen?«

»Ja, ist Ihnen noch etwas eingefallen?«

»Nein.«

»Kennen Sie Frau Dr. Holler?«, setzte Mayfeld nach.

»Wer soll das sein?«

»Die Therapeutin von Marie und Annika.«

Mertens schaute ratlos zu Burkhard, dann zu Mayfeld. »Therapeutin? Kenn ich nicht.«

»Sie wurde ermordet«, sagte Burkhard.

»Deswegen stellen Sie die Fragen?«

»Unter anderem«, sagte Mayfeld. »Sie haben noch nie von ihr gehört?«

»Nein.«

»Annika hat gegenüber ihrer Therapeutin geäußert, sie sei von Ihnen nicht gut behandelt worden«, versuchte Mayfeld, Mertens aus der Reserve zu locken. Er wusste, wie plump sein Versuch war. Aber manchmal kam man auch mit schlichten Mitteln weiter.

»Dafür sind Therapeuten doch da, oder? Fürs Meckern über die Eltern.«

»Was für einen Grund könnte Annika dafür haben?«

»Die hat immer was zu meckern. Kein Wunder bei dem, was sie mit ihrer Mutter durchgemacht hat.«

So etwas Ähnliches hatte er bereits, etwas eleganter formuliert, von Grewe gehört.

»Marie hat Ähnliches über Sie geäußert«, setzte Mayfeld nach.

Mertens kratzte sich am Kopf. »Sag ich doch, ist der Job von Therapeuten, die Leute über ihre Eltern meckern zu lassen.«

»Wo waren Sie letzte Woche in der Nacht von Freitag auf Samstag?«

»Zu Hause«, antwortete Mertens, ohne zu zögern. »Im Bett neben meiner Frau.«

»Ich glaube, wir können wieder gehen«, sagte Mayfeld zu Burkhard.

»Na denn«, antwortete Mertens. Er schien froh zu sein, seinen Besuch wieder loszuwerden.

Die drei Männer standen auf. Mertens ging ihnen voraus. Beim Hinausgehen griff Mayfeld in den Aschenbecher und fingerte sich eine von Mertens' Kippen heraus.

»Was war das ganz zum Schluss?«, fragte Burkhard, als sie in Mayfelds Volvo einstiegen.

»Mit der Kippe?«

»Mit der Kippe.«

»Der Typ hat Dreck am Stecken.«

»Und was hilft dir da die Kippe?«

»Ich lasse die DNA analysieren. Vielleicht finde ich seine Spur irgendwo in dieser ganzen gottverdammten Ermittlung noch einmal.«

»Gerichtsverwertbar ist so etwas aber nicht.«

»Das weiß ich selbst. Aber wenn ich erst einmal sicher bin, dass Mertens in die Sache verwickelt ist, dann finde ich auch etwas Gerichtsverwertbares.«

Mayfeld erinnerte sich an die SMS, die er vor ihrem Gespräch mit Mertens erhalten hatte. Die Nachricht kam von Winkler. Er öffnete und las sie.

»Soll ich die Kippe mit nach Wiesbaden ins Labor nehmen?«, fragte Burkhard.

»Lass mal, Paul. Das erledige ich morgen. Jetzt geht es erst mal zu Herrn Dr. Hochstätter. Der residiert in meiner Nachbarschaft. Heike hat mir geschrieben. Hochstätter ist der Halter des Autos auf dem Foto, das wir bei Sebastian Fromm gefunden haben. Und das Alibi für Mertens.«

Dr. Markus Hochstätters Büro befand sich in einer der Villen am Rhein zwischen Walluf und Eltville, in einem leuchtend weißen, herrschaftlichen Anwesen, das neben den Geschäftsräumen noch Hochstätters Privatresidenz und ein Gästehaus umfasste. Die Villa war in klassizistischer Manier vor gut hundert Jahren entstanden und Teil der Rheingauer Riviera, wie das etwas höher gelegene

Flussufer über dem Treidelpfad genannt wurde, das von großzügigen Gärten und prachtvollen Villen wie der von Hochstätter gesäumt wurde.

Der Hausherr öffnete persönlich. Er war ein hochgewachsener, elegant gekleideter Mann in den Vierzigern. Die beiden Beamten zeigten ihre Dienstausweise.

»Sie wohnen in der Nachbarschaft«, sagte Hochstätter zu Mayfeld. »Ich bin überrascht, Sie beruflich kennenzulernen.«

Hochstätter führte sie durch eine Marmorhalle in die Büroräume, die hinter hohen Edelholztüren verborgen lagen.

»Die Mitarbeiter sind schon alle gegangen«, erklärte er Mayfeld. »Noch vor einer halben Stunde wurde hier eifrig gearbeitet.«

Mayfeld und Burkhard nahmen in einem Besprechungszimmer Platz. Es war mit schweren kastanienbraunen Ledersesseln möbliert und bot einen traumhaften Blick auf den Rhein, den die untergehende Sonne in rot schimmerndes Licht tauchte.

»Den Blick kennen Sie ja.« Hochstätter wies auf das Panorama und lächelte Mayfeld zu.

Er holte ungefragt ein paar Gläser aus einem Sideboard und stellte sie auf den Couchtisch vor ihnen. Daneben stellte er eine Flasche Mineralwasser.

»Kann es auch noch etwas anderes sein?«

Mayfeld schüttelte den Kopf.

Hochstätter setzte sich zu ihnen. »Wie kann ich Ihnen weiterhelfen?«

»Es geht darum, ein Alibi zu bestätigen. Klaus Mertens aus Oestrich arbeitet für Sie?«

Hochstätter nickte. »Genau genommen hat er einen Hausmeisterservice, und ich bin sein größter Kunde. Ich habe im Rheingau einige Liegenschaften, darüber hinaus verwalte ich die Immobilien von Kunden. Die meisten Dienstleistungen, die in diesem Zusammenhang anfallen, habe ich ausgesourct, aber es ist gut, wenn man zuverlässige Leute hat, auf die man immer wieder zurückgreifen kann. Alle handwerklichen Tätigkeiten, für die keine Spezialisten gebraucht werden, erledigt Klaus Mertens. Er macht das seit über zehn Jahren für mich. Er hat dafür ein Händchen.«

So wortkarg sein Mitarbeiter, so gesprächig war der Chef, dachte Mayfeld.

»Und war Herr Mertens gestern Abend hier?«

»Das ist richtig«, antwortete Hochstätter. »Es mussten Kabelkanäle erneuert werden. Damit das die Arbeit im Büro nicht stört, habe ich Herrn Mertens gebeten, erst gegen Abend zu kommen. Wir haben dann noch die Renovierungsarbeiten besprochen, die in den nächsten Monaten in meinen Immobilien turnusgemäß anstehen, und dabei haben wir ein Glas Wein getrunken. Um ehrlich zu sein, hat Klaus mehrere Gläser getrunken, das ist leider eine Schwäche von ihm. Er wollte dann doch tatsächlich zurück nach Oestrich fahren. Ich habe ihm die Autoschlüssel abgenommen und ihn gebeten, bei uns im Gästehaus zu übernachten. Heute Morgen war er wieder nüchtern, da hat er die Schlüssel zurückbekommen.«

Das war ein lupenreines Alibi für Mertens, das nur einen kleinen Schönheitsfehler hatte: Es kam von jemandem, der in den Fall verwickelt zu sein schien.

Mayfeld holte eine Kopie des Fotos aus Sebastian Fromms Zimmer aus seinem Jackett und legte es vor Hochstätter auf den Tisch. Der schaute überrascht erst auf das Foto, dann zu Mayfeld und Burkhard.

»Das ist mein Auto, der Jaguar, der draußen vor der Tür steht.«

Mayfeld nahm das Bild wieder an sich. »Da unten ist das Aufnahmedatum eingedruckt: 19. Oktober, gestern vor einer Woche. Wissen Sie, wo Sie da unterwegs waren?«

Hochstätter lachte. »Ich verstehe nicht ganz, worum es geht, meine Herren. Bin ich vielleicht zu schnell gefahren? Dann wissen Sie doch, wo die Aufnahme gemacht wurde.«

»Wenn wir es wüssten, würde ich nicht fragen«, versetzte Mayfeld.

Hochstätter stand auf, ging in einen Nebenraum und kam mit einem Terminkalender zurück.

»Der Neunzehnte war ein wunderbarer Herbsttag. Den Nachmittag habe ich mir freigenommen und eine Spritztour durch den Rheingau gemacht. Später war ich in der Burg Schwarzenstein essen.« Er schaute sich das Bild noch einmal an. »Das ist irgendwo im Wald aufgenommen. Das kann bei Johannisberg sein oder im Niederwald in der Nähe der Germania oder bei Stephanshausen oder bei Pressberg oder im Wispertal. Da war ich an dem Nachmittag überall. Aber wollen Sie mir nicht sagen, warum Sie das wissen wollen?«

Burkhard setzte zu einer Erklärung an.

»Das können wir leider nicht«, kam Mayfeld ihm zuvor.

Hochstätter lächelte verständnisvoll.

»Kann ich Ihnen sonst noch irgendwie weiterhelfen?«

»Sagen Ihnen die Namen Sylvia Holler, Sebastian Fromm, Marie Lachner, Annika Möller oder Kevin Möller etwas?«, fragte Mayfeld.

»Holler, den Namen habe ich in der Zeitung gelesen. Ist das nicht die Psychologin aus Martinsthal, die man ermordet hat?«

Mayfeld nickte.

»Ich kenne nur den Namen aus der Zeitung. Schrecklich, dass so etwas in unserem beschaulichen Rheingau passiert. Sind Sie in der Sache schon weitergekommen?«

»Verfolgen Sie einfach die Berichterstattung in der Zeitung«, beschied Mayfeld seinen Nachbarn. »Was ist mit den anderen Namen?«

Mit denen konnte Hochstätter nichts anfangen.

Mayfeld nickte Burkhard zu. Die beiden Beamten standen auf und ließen sich zum Ausgang begleiten.

»Ich fürchte, ich war Ihnen keine große Hilfe, meine Herren«, sagte Hochstätter mit einem liebenswürdigen Lächeln zum Abschied.

Da hatte der Mann recht.

***

Herbert Mayfeld fuhr mit seiner Harley auf den Parkplatz vor dem Anwesen im Wald.

»Waldhaus Kisselmühle seit 1174« stand auf einem Holzschild vor einem der Fachwerkhäuser. Die Gebäude waren neueren Datums, aber irgendwo gab es Fundamente aus dieser Zeit, hatte ihm Egon Kupfer erklärt, als er das erste Mal die Kisselmühle besucht hatte.

Annika und Mayfeld stiegen vom Motorrad ab, holten ihr Gepäck aus den Satteltaschen. Ein bärtiger Mittvierziger öffnete die Tür des Fachwerkhauses.

»Schön, dass es noch geklappt hat«, begrüßte der Besitzer der Kisselmühle die beiden Besucher.

Der alte Mayfeld stellte Annika vor. »Sie wird mir bei der Arbeit zur Hand gehen.«

Kupfer musterte Annika mit skeptischem Blick. Mit ihrem schwarzen Outfit würde sie besser in einen Horrorfilm oder eine Großstadtdisco als auf einen Waldbauernhof passen. Zu Herbert Mayfelds Erleichterung verzichtete Kupfer aber auf eine entsprechende Bemerkung.

»Ich zeige euch eure Zimmer.« Der Hausherr lud die beiden mit einer weit ausholenden Geste ein, ihm zu folgen.

Sie liefen einen Gartenweg zu einem lang gestreckten Holzhaus, das hinter den anderen Gebäuden am Hang lag.

»Wir fahren morgen in aller Herrgottsfrühe los und kommen am Sonntag spätabends zurück«, erklärte Kupfer. »Ihr könnt die Küche und alles andere bei uns benutzen, aber zum Schlafen heute Nacht müsst ihr mit unserem Gästehaus vorliebnehmen. Braucht ihr ein oder zwei Zimmer?«

»Zwei«, antwortete der alte Mayfeld wie aus der Pistole geschossen und warf einen Blick zu Annika, die grinste und ihn anzwinkerte.

Sie verstauten das wenige Gepäck, das sie mitgebracht hatten, in den Zimmern, dann gingen sie zurück zum vorderen Haus. Annika versuchte zu telefonieren und fluchte, nachdem sie die Nummer eingegeben hatte.

Kupfer war in Gummistiefel geschlüpft und hatte einen Filzumhang übergeworfen.

»Empfang hast du hier nur mit dem D1-Netz, und das auch nur an ein paar ganz bestimmten Stellen.« Er zeigte auf einen Baum gegenüber den Häusern. »Dort und vor der Lamaschule. Wenn ihr telefonieren wollt, benutzt das Festnetz, falls es funktioniert. Wenn es nicht geht, ist mal wieder ein Ast auf die Telefonleitung gefallen. Wir haben hier nämlich noch Oberleitungen.« Er deutete auf ein Kabel, das zwischen den Bäumen auftauchte und in das Dach des Fachwerkhauses mündete. »Dann müsst ihr vor zum Kloster und in der Klosterschänke die Störungsstelle anrufen. Aber die werden kaum vor Montag kommen.«

»Na großartig«, moserte Annika und zog eine Schnute.

Kupfer wechselte das Thema. »Wir gehen zu den Ställen. Ich zeig dir noch mal, was alles zu tun ist, Herbert.«

Ein Schild mit aufgemalten Lamas wies die Richtung. Der Weg zog sich ein paar hundert Meter den Hang hinauf und führte dann zu einer Brücke über den Kisselbach hinunter. Dahinter lagen die Stallungen.

Sie gingen an einem Totempfahl und einem Tipi vorbei. Links ließen sie einen windschiefen Schuppen, der sich »Lamaschule« nannte, liegen und steuerten auf eine große Esche zu, deren Blätter sich gelb verfärbt hatten. Dahinter lag das riesige Stallgebäude, rechter Hand schlossen sich die Weideflächen an. Fast lautlos näherte sich eine Gruppe Lamas den Ankömmlingen und musterte sie neugierig.

»Spucken die?«, fragte Annika ängstlich.

»Nur untereinander«, antwortete Kupfer. Unter der Esche, deren Stamm von einem Drahtgitter eingefasst war, tummelten sich Meerschweinchen. Er deutete auf die Nagetiere. »Die müssen einmal am Tag gefüttert werden.«

Sie gingen weiter zu den Stallungen.

»Wenn die Tiere abends in den Stall zurück sollen, nehmt ihr die Bänder, die die Weide begrenzen, aus den Halterungen und hakt sie hier ein.« Er zeigte auf Haken in der Wand des Stalls. »Die Tiere kommen dann ganz von alleine. Sie wissen, wo es Futter gibt.«

Kupfer zeigte ihnen die Weiden der Alpakas und der Kamele. Das Prinzip war überall dasselbe, die Tiere gingen dorthin, wo es Futter gab, man musste ihnen nur den Weg frei machen. Vielleicht ein wenig nachhelfen, indem man hinter ihnen herging und ihnen gut zuredete.

»Ihr solltet öfters mal überprüfen, ob noch Strom auf den Weidezäunen ist«, fuhr Kupfer fort. »Es gibt hier jede Menge Wildschweine, die die Weidezäune beschädigen. Wenn die erst mal mitbekommen, dass es nicht mehr wehtut, dann reißen sie alle Zäune um und durchwühlen die Weiden. Irgendwann machen sich auch die Lamas davon.« Er zeigte ihnen den Trafo, mit dem die Zäune unter Strom gesetzt wurden.

Dann betraten sie den Stall.

»Bevor ihr die Tiere hereinlasst, müsst ihr die Raufen mit Heu füllen.« Kupfer deutete auf die Stirnseite des Stalls. »Das liegt dahinten. Und vergesst nicht, Urbi und Orbi zu füttern.« Er zeigte auf die Voliere, die sich rechts des Stalleingangs befand und in der zwei

Papageien, ein rot-gelber und ein blau-gelber, vor sich hin brabbelten.

Anschließend füllten sie die Raufen mit Heu und ließen die Tiere zu ihrem Futter. Später gab es für die beiden Aushilfskräfte in der Familienküche einen kräftigen Eintopf.

***

Das Blubbern der Kühlschlangen erfüllte den Kellerraum. Mayfeld saugte mit dem Schlauch Federweißen aus dem Spundloch an und ließ ihn in die beiden Messzylinder fließen. Zuerst maß er die Temperatur und notierte sie mit Kreide auf dem Stückfass. Dann ließ er die Oechslewaage in die Flüssigkeit gleiten und las die verbleibenden Oechslegrade ab, die er ebenfalls notierte. Noch zehn Grad Oechsle. Der Rest des Zuckers war bereits zu Alkohol vergoren. Mayfeld goss die Flüssigkeit in ein Weinglas und probierte. Er war mit der Entwicklung des Federweißen zufrieden. Die Gärung ging langsam und stetig voran. Noch etwa eine Woche, dann war der neue Wein so weit.

Während er arbeitete, ließ er den Tag Revue passieren, die Entdeckung von Kevins Leiche im Rotkäppchenweg, die Beobachtungen des Nachbarn, die Vorwürfe von Waltraud Fromm, die Aufzeichnungen Hollers, die Befragungen von Mertens und Hochstätter.

Er ging zum nächsten Fass und wiederholte die Prozedur. Hier waren die Oechslegrade im Vergleich zu gestern kaum zurückgegangen. Die Weinberghefen, die die Gärung zu Beginn so stürmisch in Gang gesetzt hatten, schwächelten seit ein paar Tagen. Das war der Nachteil der Spontanvergärung: Man konnte sich auf nichts verlassen. Und acht Grad Oechsle, das liefe auf etwa fünfundzwanzig Gramm Restzucker hinaus und war für Mayfelds Geschmack zu süß. Er holte eine der Kühlschlangen, stieg die Leiter, die an das Fass gelehnt war, hoch und steckte sie in das Spundloch. Dann schloss er die Schläuche an den Kreislauf mit warmem Wasser an.

Mit etwas Glück würde es ausreichen, die Temperatur im Fass um ein oder zwei Grad zu erhöhen, um die Gärung noch ein paar Tage oder eine Woche in Gang zu halten, ohne eine Reinzuchthefe zuzusetzen. Denn ob sich die verschiedenen Hefen im Fass vertrugen, konnte man im Vorhinein nie sagen.

Nach welcher perversen Logik ging der Mörder vor? Folgte er überhaupt einer Logik? Beim zweiten Mord hatte sich der Täter deutlich weniger Mühe mit dem Herrichten der Leiche gegeben. Hatte er die Lust an dem makabren Spiel verloren? Hatte er weniger Zeit gehabt?

Mittlerweile war Mayfeld am dritten Fass angekommen. Hier war die Gärung schon weit fortgeschritten, und die Oechslewaage zeigte minus ein Grad. Das entsprach acht Gramm Restsüße, ein idealer Wert für einen trockenen Riesling, der sich seine Fruchtigkeit bewahren sollte. Also musste die Gärung jetzt zum Ende kommen. Mayfeld zog den Spund aus dem Spundloch, führte eine Kühlschlange ein und schloss sie am Kaltwasserkreislauf an. Angesichts des schwächer gewordenen Gärungsprozesses in diesem Fass sollte das genügen, um ihn ganz zum Stehen zu bringen.

Für diesen Tag war die Arbeit im Keller beendet. Mayfeld setzte sich an den kleinen Tisch, auf dem der Messzylinder stand, schüttete die Reste des Federweißen in ein Weinglas und trank es langsam aus.

Mit allen drei Kindern, die bei der Familie Mertens vor einem Jahrzehnt zur Pflege untergebracht waren, war in den letzten Tagen etwas Ungewöhnliches oder Schlimmes geschehen. Marie war von zu Hause weggelaufen, Annika hatte sich das Leben nehmen wollen, und Kevin war ermordet worden. Vielleicht musste Holler sterben, weil sie als Therapeutin von zweien der drei Kinder etwas wusste, was den Täter bedrohte. Aber warum, um alles in der Welt, wurden die beiden Leichen so zur Schau gestellt? Und was hatte diese Geschichte mit Sebastian Fromm zu tun? In diesem Fall passte nichts zusammen.

Mayfeld verließ den Keller und ging nach oben in den Schankraum. In der Straußwirtschaft waren alle Plätze besetzt.

Die Bedienung brachte Rote-Bete-Carpaccio, Forellentatar, Hasenrücken und Wildschweinlasagne an die Tische, gebratene Blutwurst, Pilz- oder Kürbissuppe. Zora winkte ihm zu, auch Trude, Gucki und Batschkapp hatten Mayfeld entdeckt und begrüßten ihn mit lebhaften Gesten und warmen Worten.

Mayfeld fiel auf, dass er heute noch nichts gegessen hatte. Er setzte sich zu den Freunden, die gerade über die Eurokrise diskutierten, bestellte sich eine Wildschweinlasagne und ein Glas Spätburgunder.

»Kommt ihr voran?«, fragte Gucki.

»Voran schon, wir wissen bloß nicht, ob die Richtung stimmt«, antwortete Mayfeld.

»Wie bei der Eurokrise«, lästerte Batschkapp.

Das Gespräch drehte sich nun eine Weile um die politischen Ereignisse der Woche, den soundsovielten Gipfel zur Rettung des Euros, Griechenlands oder der Banken. Zora forderte die Zerschlagung der Großbanken, Gucki erklärte das zur sozialromantischen Träumerei, Batschkapp meinte, dass am Ende die Zeche mal wieder der kleine Mann zahlen würde, und Trude bestellte sich einen Schokoladenkuchen.

Irgendwann hatte sich das Gespräch so weit von Mayfelds Arbeit entfernt, dass er nach Hochstätter fragen konnte, ohne dass alle sofort einen Zusammenhang mit seinen Ermittlungen herstellen würden.

»Mein Nachbar Dr. Hochstätter war auch mal bei so einer Investmentbank tätig«, behauptete er.

Er erinnerte sich vage, so etwas einmal gehört zu haben.

Natürlich wusste Gucki etwas.

»Der hat dort gearbeitet, als man das noch nicht geheim halten musste. Hat in Frankfurt Devisen und irgendwelche Papiere hin und her geschoben, von denen unsereins gar nicht weiß, dass es sie gibt. Geld ist irgendwie einfallslos. Es geht immer dorthin, wo es schon genug davon gibt. Der junge Hochstätter hat auf jeden Fall in den zehn Jahren in Frankfurt mehr Kohle gemacht als sein Vater in seinem ganzen Leben. Und der Schorsch Hochstätter war auch schon nicht schlecht. Ein Immobilienmakler, der sich die besten Immobilien immer selbst unter den Nagel gerissen hat, lebt jetzt in einer Seniorenresidenz am Starnberger See. Sein Sohn war clever genug, aus dem Bankengeschäft zum richtigen Zeitpunkt auszusteigen.«

»Das scheint bei dieser Art Geschäft überhaupt das Wichtigste zu sein, zum richtigen Zeitpunkt auszusteigen. Wie bei allen kriminellen Aktivitäten«, warf Batschkapp ein. »Der sammelt jetzt Häuser und Kneipen wie andere Briefmarken.«

Batschkapp war kurz davor, einen Vortrag über die Gier der Reichen und die Korrumpierung der Politiker zu halten.

»Bist ein echter Wutbürger, Batschkapp«, sagte Gucki mit ironischem Unterton. »Verständlich ist es ja. Was macht eigentlich dein Ärger mit der Polizeibehörde, Robert? Du bist ja auch zu so einer Art Wutbürger geworden.«

Mayfeld schüttelte unwillig den Kopf. »Ich bin nicht wütend, Gucki. Das klingt mir zu sehr nach Krawall, ist zu richtungslos. Ich bin zornig. Der Zorn gibt einem die Kraft, sich der Wucht des Bösen entgegenzustellen, hab ich irgendwo gelesen. Ich finde, das stimmt.«

»Und wie sieht es mit dem Ärger in deiner Behörde aus?«, hakte Zora nach.

Mayfeld zuckte mit den Schultern. »Den bekommt man hierzulande eben, wenn man den Mund aufmacht. Dass ich dagegen protestiert habe, wie meine Kollegen in Stuttgart dazu missbraucht wurden, aufgebrachte Bürger niederzuknüppeln, hat einige Leute ziemlich wütend gemacht. Nestbeschmutzung nennen das diese angeblichen Saubermänner. Und was das Disziplinarverfahren wegen der Demo in Stuttgart betrifft, da bin ich sehr gespannt, was man mir genau vorwirft und welche Beweismittel man vorlegt. Das kann eine interessante Auseinandersetzung über die Verhältnismäßigkeit polizeilicher Maßnahmen werden. Ich werde das ganze Theater überleben, innerhalb oder außerhalb der Polizei. Ich hoffe, innerhalb.«

»In Stuttgart verschleudert die Bahn Milliarden für einen Bahnhof, den keiner braucht, und hier hat sie kein Geld, um uns Bürger vor dem Lärmterror zu schützen.« Wie so oft hatte Batschkapp recht, auch wenn er sich etwas unterkomplex ausdrückte.

»Man kann froh sein, dass es Polizisten wie dich gibt«, warf Zora ein.

»Die können dir doch nicht wirklich etwas anhaben, bloß weil du deine Meinung gesagt hast und deiner Mutter zu Hilfe geeilt bist.« Das ironische Lächeln war aus Guckis Gesicht gewichen. Er schien besorgt zu sein.

»Ich hoffe nicht«, beruhigte Mayfeld den Freund. »Aber in anderen Ländern wäre das Kesseltreiben schlimmer.«

»Meinst du jetzt zentralasiatische Diktaturen?«, fragte Zora. »Das wäre ein schwacher Trost.«

Die Freunde quittierten Zoras Bemerkung mit bitterem Gelächter.

»Die Heldin der Woche!«, rief Trude in den Trubel hinein.

Julia war aus der Küche gekommen und ließ sich von ihren Gästen feiern.

»Die müde Heldin«, meinte sie und stellte ihrem Mann einen Teller Wildschweinlasagne auf den Tisch. Sie gab ihm einen Kuss auf die Wange und einen Knuff zwischen die Rippen. »Schön, dich auch mal wieder zu sehen. Wie geht es deinem Vater?«

Verdammt, den hatte er komplett vergessen.

»Im Krankenhaus ist er auf jeden Fall nicht mehr, das hat deine Tochter erfahren, als sie ihn heute Nachmittag besuchen wollte.«

Mayfeld holte sein Handy aus der Jacke und tippte die Festnetznummer seines Vaters ein. Vergebens. Dann die Handynummer. Ebenfalls vergebens. »Der Teilnehmer, den Sie gewählt haben, ist zurzeit nicht erreichbar.«

»Was hältst du davon, wenn wir nach Hause fahren, sobald du mit der Lasagne fertig bist? Es wäre schön, mal etwas früher ins Bett zu kommen«, schlug Julia vor.

Mayfeld ließ sich das Essen schmecken. Danach verabschiedeten sich die beiden von den vier Stammgästen und gingen in die Küche. Dort war Hilde noch mit den letzten Aufräumarbeiten beschäftigt.

»Wir bereiten tagsüber alles vor, und abends überlass ich Elly und dir das Schlachtfeld«, verabredete sie sich mit ihrer Mutter für den nächsten Tag.

Dann gingen sie zu ihren Autos und fuhren im Konvoi ins Tal hinunter.

Eine Viertelstunde später betraten sie die Wohnung in der Villa am Rhein. Aus Lisas Zimmer tönte Heavy Metal, die Hardcore-Version eines mittelalterlichen Liedes: »Ein strenger Schnitter ist der Tod«.

»Kannst du mal Kopfhörer nehmen?«, brüllte Mayfeld gegen Schlagzeug und E-Gitarren an.

Vor ein paar Wochen war Tobias von zu Hause ausgezogen und hatte der kleinen Schwester die großen Lautsprecherboxen seiner Musikanlage überlassen.

Lisa drehte die Lautstärke der Musik zurück und kam aus ihrem Zimmer. »Schönen Gruß von Opa. Er kommt dich morgen in der Straußwirtschaft besuchen.«

»Hat er dich angerufen?«

»Er hat hier angerufen.« Lisa gab ihrem Vater einen Kuss. »Ich bin am Wochenende bei Nicola«, sagte sie, dann gab sie ihrer Mutter einen Kuss und verschwand in ihrem Zimmer.

Die Anlage wurde wieder aufgedreht. Noch einmal »Ein strenger Schnitter ist der Tod«. Dann endlich schaltete sie auf Kopfhörer um.

Im Wohnzimmer lagen alte Fotoalben herum.

»Ich habe angefangen, Bilder von Lisa rauszusuchen«, erklärte Julia das Chaos auf dem Tisch.

»Weil du sonst nichts zu tun hast«, frotzelte Mayfeld.

»Weil ich mich gerne an Zeiten erinnere, als Lisa kleiner war.«

Das konnte Mayfeld gut verstehen. Er holte eine angebrochene Flasche Rothenberg aus dem Kühlschrank und schenkte zwei Gläser ein. Die Fotoalben schob er beiseite. Dann berichtete er seiner Frau von dem Mord an Kevin.

»Der Mörder hat ihn ins Bett gelegt und ihm eine Unterhose über den Kopf gezogen. Sieht aus wie eine Schlafhaube, alles erinnert an das Märchen von Rotkäppchen.«

»Wie meinst du das?«

»Na, da lag doch der Wolf im Bett, nachdem er die Großmutter gefressen hatte, und tat so, als ob er die Großmutter wäre. Auf allen Bildern hat der Wolf eine Schlafhaube auf. Dann noch der Anruf: ›Der Wolf ist tot, der Wolf ist tot‹, und das Ganze im Rotkäppchenweg.«

Julia schaute ihn irritiert an. »Die Leiche von Sylvia Holler war im Stile eines Märchens arrangiert.«

»Eben.« Mayfeld nickte.

»Mit vielen Details aus ›Frau Holle‹. Und bei der Polizei hat jemand angerufen und gesagt: ›Frau Holle ist tot‹«, fuhr Julia fort.

»So ist es.«

»Der Anrufer hat also kein unpassendes Märchenzitat benutzt, sondern gar keines.«

»Wie meinst du das?«

»›Frau Holle ist tot‹ ist kein Zitat. Die stirbt nämlich nicht. ›Der

Wolf ist tot‹ ist zwar ein Zitat aus einem Märchen, passt aber nicht zu ›Rotkäppchen‹. Das Zitat stammt aus ›Der Wolf und die sieben Geißlein‹. Dazu passt aber keine Schlafhaube. Ein Stück Kreide oder ein paar Steine in oder auf dem Bauch wären da passender.«

Mayfeld war beeindruckt vom Wissensschatz seiner Frau. Schon den ganzen Tag über hatte er den Eindruck gehabt, dass irgendetwas an dem Fall nicht stimmte. Nun wurden die Ungereimtheiten offensichtlich.

»Vielleicht ist der Täter doch kein solcher Märchenkenner«, überlegte er. »Oder es sind zwei Täter, wobei der eine den anderen schlecht kopiert hat.«

»Ich glaube, wir haben heute beide genug gearbeitet«, beendete Julia die Diskussion.

Dann machte sie ihm ein Angebot, das er nicht ablehnen wollte.

***

Der Königstochter ging es nicht gut. Auf der Rückfahrt hatte sie die ganze Zeit geweint und sich fest an ihn geklammert. Das Klammern war schön gewesen, aber das Weinen nicht.

»So können wir nicht zum Kloster Eberbach fahren«, hatte Basti gesagt, und Marie hatte noch mehr geweint. Außerdem war es zu spät für einen Besuch im Kloster gewesen. Also hatte er den Weg zur Mapper Schanze genommen, hatte das Quad hinter dem Turm im Gebüsch versteckt und war mit Marie in seinen Unterschlupf gegangen.

Dort hatte er *»Tischlein, deck dich!«* gesagt, aber es hatte wieder nichts genutzt. Also hatte er Nussbrot, Rezept einhundertvierundsechzig, Hollersaft, Rezept eins, und Presskopf vom Metzger hergerichtet. Marie hörte nicht auf zu weinen. Das gefiel Basti gar nicht. Das kam im Märchen von Frau Holle nicht vor.

Und weinte immer lauter und konnte sich gar nicht trösten. Und wie sie so klagte, rief ihr jemand zu: »Was hast du vor, Königstochter, du schreist ja, dass sich ein Stein erbarmen möchte.«

Es war nicht wie bei Frau Holle, es war wie beim Froschkönig. Märchen Nummer eins. Aber er hatte ihr das *schöne Spielwerk* doch schon gebracht. Daran lag es also auch nicht, er war immer noch im falschen Märchen. Mit den Märchen war es manchmal nicht so leicht, wie er gedacht hatte. Genauso wie mit den Mädchen.

Gretel weinte bittere Tränen und sprach zu Hänsel: »Nun ist's um uns geschehen.« – »Still, Gretel«, sprach Hänsel, »gräme dich nicht, ich will uns schon helfen.«

Er schnitt Nussbrot vom Laib herunter, legte Presskopf darauf und teilte die Brotscheibe in kleine Reiterchen. Die hielt er der Königstochter hin, direkt vor den Mund. Aber sie wollte und wollte nicht essen. Er schaffte es trotzdem, ihr zwei Reiterchen in den Mund zu schieben. Die behielt sie schön drinnen.

Später kamen Wanderer vorbei, die wohl die Zeit vergessen hatten. Marie wollte ihnen etwas zurufen, aber Basti war das nicht recht, deswegen hielt er ihr den Mund zu. Marie war so erschrocken, dass sie ganz still hielt. Anschließend weinte sie noch mehr.

Mit den Mädchen kannte er sich überhaupt nicht aus.

Als es Nacht wurde, wollte Marie schlafen. Sie legte sich auf die Matratze, Basti rollte eine Wolldecke zusammen und legte sie davor. Er fragte die Königstochter erst gar nicht, ob er ihre Sommersprossen noch einmal zählen dürfe. Als er nach einer Weile hörte, wie sie regelmäßig atmete, stand er leise auf und schlich sich, *heimlich wie die Hexen schleichen*, aus dem Turm.

Er wusste nicht, welches Märchen das passende war.

Er ging zu der Stelle, wo er am letzten Abend Feuer gemacht hatte und wo die schwarze Katze am Ast hing. Der Mond vergoss sein fahles Licht auf die dunklen Bäume und die Wiese mitten im Wald. Die Katze war kalt, aber noch nicht richtig ausgetrocknet. Das dauerte seine Zeit.

Er setzte sich auf einen Baumstumpf und ließ die Zeit vergehen. Seine Augenlider wurden schwer.

Und saß da ein greulicher Mann auf seinem Platz. »So haben wir nicht gewettet«, sprach der Junge, »die Bank ist mein.« Der Mann wollte ihn wegdrängen, aber der Junge ließ sich's nicht gefallen, schob ihn mit Gewalt weg und setzte sich wieder auf seinen Platz. Da fielen noch mehr Männer herab, einer nach dem andern, die holten neun Totenbeine und zwei Totenköpfe, setzten auf und spielten Kegel. Der Junge bekam auch Lust und fragte: »Hört ihr, kann ich mit sein?«

Er schreckte hoch. Er war eingeschlafen und hatte geträumt. Von einem *greulichen Mann*, der ihn wegdrängen wollte und der ihn an den bösen Mann von der Bachmühle erinnerte. Basti fröstelte, er sah sich um. Nirgendwo sah er Totenbeine und Totenköpfe. Aber er wusste, wo er welche finden würde. Er ging zu dem Baum, wo die Katze *mit des Seilers Tochter Hochzeit* hielt. Unter dem Baum lag seine Schatzkiste. Er schob das Reisig, das er dort ausgebreitet hatte, beiseite und hob den schweren Holzdeckel hoch. In dem Erdloch lagen die Totenbeine und Totenköpfe von Füchsen, Wildkatzen, Wildschweinen und Rehen. Unter der Erde, wie es sich gehörte.

Er hatte lange durch den Wald streifen müssen, bis er seinen Schatz zusammenhatte. Er holte neun längliche Knochen und zwei Schädel aus der Grube. Die Knochen steckte er in den weichen Waldboden, und dann kegelte er.

Freitag, 28. Oktober

Mayfeld kam als Letzter in den Besprechungsraum, in dem Meyer, Adler, Burkhard und Lackauf saßen. Winkler hatte sich für den Tag krankgemeldet.

»Einem Nachbarn von Kevin Möller aus der Siedlung Märchenland ist ein Quadfahrer aufgefallen«, ergriff Burkhard das Wort. »Er war sich nicht sicher, ob er ihn am Dienstag oder am Mittwoch gesehen hat, aber er will beobachtet haben, wie er mehrfach durch die Siedlung gefahren ist.«

Immer mehr Indizien wiesen auf Sebastian Fromm.

»Haben wir Nachrichten aus der Pathologie?«, fragte Mayfeld.

Meyer legte ein angebissenes Kohlräbchen beiseite. Mayfeld hatte ihm am Morgen einen Rohkostteller mit lieben Grüßen von Julia in sein Büro gebracht. Er griff nach den Papieren, die vor ihm lagen.

»Die Obduktion hat noch am gestrigen Nachmittag stattgefunden. Der Todeszeitpunkt liegt zwischen dreiundzwanzig Uhr am Mittwoch und ein Uhr am Donnerstag. Das Opfer wurde erwürgt und ist erstickt. Zuvor wurde es, wie im Fall Holler, mit einem Elektroschocker traktiert. Die Leiche weist Hämatome am Arm und im Gesicht auf, die sind allerdings ein oder zwei Tage alt, stammen also nicht von einem Kampf unmittelbar vor Kevin Möllers Tod. Dr. Enders hat Hautpartikel unter den Fingernägeln des Opfers gefunden.«

»Wie bei Dr. Holler«, bemerkte Lackauf.

»Aber diesmal konnte das Labor die DNA zuordnen«, sagte Adler. »Die Kollegen haben gestern mit Hochdruck daran gearbeitet. Es handelt sich um Hautpartikel von Sebastian Fromm, zumindest sind sie identisch mit den Proben aus seinem Haus.«

»Habt ihr weitere Spuren am Tatort im Rotkäppchenweg identifizieren können?«, fragte Mayfeld.

Adler nickte.

»Das Wichtigste zuerst: Wir haben in der Wohnung des Opfers

DNA-Spuren gefunden, die wir Sebastian Fromm zuordnen können, auf der Bettdecke und an der Unterhose, die man dem Opfer übergestülpt hat.«

Einen kurzen Moment herrschte Stille im Raum.

»Und wir haben die DNA-Muster von Sebastian Fromm und Marie Lachner mit den Funden in Hollers Praxis verglichen«, fuhr Adler fort. »Beide waren dort. Von Fromm haben wir recht viele Spuren gefunden, von Marie Lachner nur welche im Eingangsbereich des Hauses.«

»Wir haben jetzt DNA-Spuren von Sebastian Fromm an beiden Tatorten gefunden, jedes Mal in unmittelbarer Nähe der Mordopfer«, fasste Burkhard zusammen. »Außerdem hat er ein verschwundenes Mädchen in seiner Gewalt, hat seinen Vater tätlich angegriffen und ist flüchtig. Er wurde in der Nähe eines der Tatorte gesehen. Er ist darüber hinaus ein Mensch mit einer, sagen wir mal, Schwäche für Märchen, und die Leichen der Mordopfer wurden beide Male wie im Märchen arrangiert. Außerdem wurde die Polizei in beiden Fällen mit Anspielungen auf Märchen auf die Taten aufmerksam gemacht.«

Das waren in der Tat erdrückende Indizien, dachte Mayfeld. Aber er war dennoch nicht überzeugt.

»Die Hautpartikel unter Hollers Fingernägeln stammen nicht von Fromm«, wandte er ein.

»Die müssen nicht vom Täter stammen. Das ist nur eine Möglichkeit, Robert«, sagte Adler.

»Sie sollten dem Verteidiger von Sebastian Fromm nicht alle Arbeit abnehmen«, sagte Lackauf. »Der Fall ist doch klar.«

»Es kann nicht schaden, sich auch die Gedanken des Verteidigers zu machen. Und sei es nur, um ihn besser parieren zu können«, widersprach Mayfeld. »Es gibt in dem Fall zu viele Ungereimtheiten. Kevin Möllers Leiche wurde so arrangiert, dass man an Rotkäppchen denkt, die Polizei wurde hingegen mit einem Zitat aus ›Der Wolf und die sieben Geißlein‹ informiert.«

Lackauf lachte auf. »Meinen Sie im Ernst, Mayfeld, dass uns solche textkritischen Analysen weiterbringen? Sind wir hier bei der Polizei oder in einem Germanistikproseminar?« Der Staatsanwalt war heute nicht zu bremsen.

»Bleibt noch nachzutragen, dass wir Blutspuren im Flur vor Sebastian Fromms Zimmer gefunden haben. Das Blut stammt zum einen von Kevin Möller, kleinere Mengen auch von Sebastian Fromm und Marie Lachner. In einem Papierkorb haben wir eine blutige Kompresse gefunden. Das Blut stammt von Sebastian Fromm«, ergänzte Adler seine Ausführungen.

»Kevin Möller ist also im Haus der Fromms gewesen«, überlegte Mayfeld, »warum auch immer. Offensichtlich ist es dort zu einem Kampf gekommen. Die alten Hämatome und die Spuren unter den Fingernägeln von Kevin Möller könnten daher rühren.«

»Ja, und es ist auch möglich, dass weitere Spuren von Fromm an Kevin Möllers Kleidung hafteten, die er auf diese Weise in seine Wohnung getragen hat«, pflichtete Adler bei. »Aber dass man Hautschuppen von Fromm auf der Wäsche gefunden hat, die der Täter dem Opfer nach dessen Tod übergestülpt hat, das ist schon ein ziemlich starkes Indiz gegen Fromm.«

Dem war nichts hinzuzufügen und nichts zu entgegnen.

»Gibt es sonst noch was?«, fragte Mayfeld missmutig.

»Marie Lachners Handy wurde gestern in Rüdesheim geortet«, berichtete Meyer. »Sie oder ihr Entführer hat um die Mittagszeit mit Annika Möller telefoniert.«

»Fromm ist unser Mann«, entschied Lackauf. »Es wurden schon Leute aufgrund schwächerer Indizien verurteilt. Wir suchen ihn ab jetzt nicht mehr als Zeugen, sondern als dringend Tatverdächtigen.«

»Wir sollten dennoch auch in andere Richtungen weiterermitteln«, widersprach Mayfeld, »selbst wenn die Indizien gegen Fromm sprechen. Er hat kein überzeugendes Motiv. Vielleicht findet sich bei Klaus Mertens ein Motiv. Ich habe mir die Aufzeichnungen Hollers zu Annika Möller und Marie Lachner angehört. Beide Mädchen sprachen voller Abscheu von ihrem Pflegevater. Die eine ist verschwunden, die zweite hat einen Selbstmordversuch gemacht, ihr Bruder und ihre Therapeutin wurden ermordet.«

Mayfeld spürte selbst, wie vage es war, was er da vorbrachte.

Der Staatsanwalt wandte sich Mayfeld zu, seine Stimme hatte jetzt einen schneidenden Klang, der Blick war eisig.

»Es reicht, Mayfeld. Der Herr des Verfahrens bin ich. Die verbleibenden Unklarheiten und das Motiv für die Taten werden wir klären, wenn wir Sebastian Fromm haben. Das wird nicht lange dauern. Ich erwarte von Ihnen einen Zwischenbericht, er sollte bis heute Mittag in meiner Mailbox liegen. Es wird Ihr letzter Bericht in diesem Fall sein. Ich kann mit Ihnen nicht mehr vertrauensvoll zusammenarbeiten. Ich werde dafür sorgen, dass der Polizeipräsident Ihnen den Fall entzieht.«

Der Staatsanwalt stand auf. Als er an Mayfeld vorbeiging, beugte er sich zu ihm hinunter.

»Leute wie Sie gehören aus dem Polizeidienst entfernt. Ich hoffe, das Disziplinarverfahren wegen Ihrer Renitenz in Stuttgart bricht Ihnen das Genick«, zischte er und verließ die Runde. »Ich möchte Sie noch sprechen, Burkhard«, sagte er im Hinausgehen.

***

Marie saß hinter Basti auf dem Quad. Während er die einzelnen Wegmarken wieder wie auf einer Busfahrt ansagte, dachte sie an die vergangenen Stunden.

»Kasimirkreuz!«

Es war eine fürchterliche Nacht gewesen. Marie wollte so etwas nicht noch einmal erleben. Basti hatte versprochen, mit ihr zum Kloster Eberbach zu fahren, war dann aber doch in das stinkende Loch im Wald zurückgekehrt. Sie hätte davonlaufen können, hatte sich das aber nicht getraut. Wenn sie floh, musste sie sicher sein, Erfolg zu haben.

»Kreistanne!«

Also war sie mit in die Ruine gegangen, wo Basti sie mit dem widerlichen Presskopf fütterte. Sie hatte es nicht gewagt, den Dreck wieder rauszukotzen. Als draußen Stimmen zu hören waren, hatte er ihr mit seinen Riesenpranken den Mund zugehalten. Sie hatte Angst gehabt, dass er ihr die Luft abdrücken würde. Anschließend hatte es ihm leidgetan, denn er bettelte immer wieder »nicht weinen, nicht weinen«.

»Frankensteiner Rech!«

In der Nacht hatte sie unruhig geschlafen, sie hatte von einem Sarg geträumt, in dem sie durch den Wald getragen wurde, und von einem Teufel, der sie aufspießen wollte. Einmal war sie aufgewacht, und Basti war verschwunden und die Tür abgesperrt gewesen. Am liebsten hätte sie losgeschrien. Aber sie hatte es bleiben lassen. Der Einzige, der ihre Schreie eventuell hätte hören können, wäre Basti gewesen.

»Unkenbaum!«

Irgendwann am frühen Morgen war er wiedergekommen. Sie hatte sich schlafend gestellt. An diesem Morgen hatte sie ihn gefragt, wann sie denn nun zum Kloster fahren würden, und er hatte zu ihrer Überraschung vorgeschlagen, dass sie das gleich nach dem Frühstück tun könnten. Das wäre der richtige Zeitpunkt.

»Heiligenberg!«

Und nun fuhren sie durch den Wald. Wieder war es ein sonniger Tag, der Wald leuchtete in warmen Herbstfarben, aber Marie konnte sich nicht daran erfreuen. Sie hatte die Zeit mit Basti gründlich satt. Der Rücken tat ihr weh, und sie stank. Schlimmer als das Zusammensein mit Basti wäre eigentlich nur, zu ihren sogenannten Eltern zurückzumüssen.

Der Weg führte jetzt abwärts in ein Tal. Zwischen dem Laub der Bäume sah sie eine Mauer, die kurz danach wieder von Bäumen verdeckt wurde, dann wieder auftauchte.

»Kloster Eberbach!«

Nach der nächsten Kurve erkannte sie das Kloster. Sie hatten ihr Ziel erreicht. Das erste Etappenziel für Marie.

Basti stellte das Quad auf dem Parkplatz am Pfortenhaus ab. Sie gingen durch das Portal und überquerten den weitläufigen Park. Marie hatte im vergangenen Jahr zusammen mit ihrer Schulklasse an einer Führung durch das Kloster teilgenommen und erinnerte sich noch gut an die Örtlichkeiten, an die Gänge und Winkel der Anlage. Basti hingegen hatte das Kloster noch nie von innen gesehen. Das kam Maries Plänen entgegen.

Sie gingen ins ehemalige Hospital, wo sich die Besucherkassen befanden, lösten zwei Eintrittskarten und mieteten nach einer kurzen Diskussion zwei Audioguides. Die gehörten zu Maries Plan.

»Ich glaub nicht, dass du dir das alles merken kannst«, sagte sie spöttisch zu Basti.

»Doch«, erwiderte der empört. »Ich kann mir alles merken. Ich kann mir immer alles merken. Weil ich nämlich nichts vergesse. Wirst schon sehen.«

Er schien in seiner Ehre herausgefordert zu sein. Gut so, Basti war beschäftigt.

Sie hängte sich den CD-Player um und stülpte die Kopfhörer über die Ohren. Basti machte ihr alles genau nach. Dann folgten sie den Anweisungen des Sprechers.

Sie gingen auf den ehemaligen Friedhof der Mönche, der gar nicht mehr wie ein Friedhof aussah, eher wie ein Erholungspark mit alten Bäumen und Holzbänken. Der Sprecher erzählte von den Zisterziensern, von Bernhard von Clairvaux, dem Gründer des Ordens, und von der Legende, nach der ein wilder Eber über den Kisselbach gesprungen war und dem heiligen Bernhard auf diese Art und Weise gezeigt hatte, wo er das neue Kloster bauen sollte. Basti schien sehr konzentriert zuzuhören. Aber hier konnte sie schlecht abhauen, ohne dass er ihr hinterherrannte.

Danach gingen sie in den Kreuzgang und ließen sich den Unterschied zwischen romanischem, gotischem und barockem Baustil erklären. Das schien Basti weniger zu interessieren. Anschließend lauschten sie den Erzählungen über fromme Mönche und weniger fromme Schweden, die das Kloster während des Dreißigjährigen Krieges erobert und ausgeplündert hatten. Basti war wieder ganz bei der Sache.

Im Kapitelsaal, einem Raum, dessen Decke mit Blumen bemalt war und dessen Gewölbe von einer einzigen Säule in der Mitte getragen wurde, waren Szenen des Films »Der Name der Rose« gedreht worden. Hier hatten sich die päpstlichen Gesandten und die Bettelmönche darüber gestritten, ob Jesus die Kleider besaß, die er am Leib trug, oder ob er sie nicht besaß. Die hatten damals Sorgen gehabt. In Wirklichkeit hatten sich hier die Mönche getroffen, um die wichtigen Angelegenheiten ihrer Gemeinschaft zu besprechen.

Sie musste hier weg.

Sie besichtigten den Speisesaal der Mönche, der mit seinen holzgetäfelten Wänden gemütlich und fast ein bisschen protzig wirkte, gingen in den Kreuzgang zurück und von dort in die Klostergasse, den Hof zwischen Kloster und Konversenbau. Der Sprecher erklärte den Unterschied zwischen den Mönchen und den Konversen oder Laienbrüdern. Soweit Marie das verstand, war der Unterschied der, dass die Mönche viel beten und wenig arbeiten und die Konversen viel arbeiten und wenig beten mussten. Die Konversen machten die Arbeit und hatten nichts zu bestimmen, bei den Mönchen war es umgekehrt. Außerdem mussten die Konversen die abgetragenen Stiefel der Mönche tragen, weswegen sie irgendwann den Abt des Klosters ermordeten. Oder so ähnlich.

Basti schien dieser Teil der Erzählung zu gefallen.

Maries Aufmerksamkeit galt allerdings etwas ganz anderem: Der Portikus, das Tor, das die Klostergasse zum hinteren Teil der Anlage öffnete, dorthin, wo es Richtung Kisselbachtal ging, war durch ein Gitter verschlossen. Also musste sie die Führung brav weiter mitmachen.

Sie besichtigten den ehemaligen Speisesaal der Laienbrüder, in dem große alte Keltern aufgestellt waren. Anschließend ging es in die Basilika, ein riesiger Steinbau mit mächtigen Säulen und großen Fenstern. Die Kirche war ganz leer.

An den Seitenwänden der Basilika lehnten die verwitterten Tumbendeckel der Äbte und reichen Gönner des Klosters. Tumbendeckel hatte man früher die Grabplatten genannt. Der akustische Führer lotste sie zu einer besonders gut erhaltenen Grabplatte. Die war praktischerweise zweifach benutzt worden, wie eine Wendejacke. Zuerst für den Gründungsabt des Klosters. Später hatte man ihm den Tumbendeckel wieder weggenommen, umgedreht und auf der Rückseite das Bildnis eines reichen Ehepaars eingemeißelt, das dem Orden einen großen Batzen Geld hatte zukommen lassen. So hatten die geschäftstüchtigen Mönche am Ende frisches Geld und die Edlen von Allendorf eine Grabstätte im Kloster, mit Blick auf den Gründungsabt.

Basti schien aufmerksam der Stimme des Klosterführers zu folgen. Offensichtlich nahm er Marie gar nicht mehr wahr. Eigentlich war die Geschichte von der doppelten Grabplatte ganz lustig, aber Marie beschäftigte etwas anderes. Die hintere Tür der Basilika, die nach draußen führte und die bei ihrem Besuch vor einem Jahr offen gestanden hatte, war mit einem Vorhängeschloss gesichert. Vielleicht musste sie doch eine Szene machen, andere Leute um Hilfe bitten und sich von der Polizei zurück zu ihren sogenannten Eltern bringen lassen.

Sie gingen nach vorn zum Chor der Basilika und bestaunten das Grabmal eines Mainzer Bischofs namens Gerlach, der seine Stadt in Schutt und Asche hatte legen lassen, und kamen dann zur Grabplatte von Eberhard von Katzenelnbogen.

Der hatte das Zollrecht auf dem Rhein besessen und die Mönche vom Zoll befreit, weswegen sie ihren Wein besonders günstig in Köln verkaufen konnten. Dafür hatte er ein Grab im Kloster bekommen, was sich besonders günstig auf die Unterbringung im Paradies auswirken sollte. Jedenfalls erzählten das die Mönche damals den Leuten.

Basti lauschte ganz versunken, kein Wunder bei einem Märchenfreak wie ihm. Der einzige Unterschied zwischen seinen und den Geschichten der Mönche war, dass in Bastis Märchen am Ende immer die Guten gewannen.

Jetzt forderte die Stimme aus dem CD-Player die Besucher auf, ins Seitenschiff der Basilika zurückzugehen und weitere Tumbendeckel zu bewundern.

Basti tat, wie ihm befohlen. Marie blieb stehen. Langsam und leise ging sie ein paar Schritte zurück. Im Querschiff der Kirche, zwischen den Denkmälern für den wüsten Bischof und den Graf mit den Zollrechten, führte eine steinerne Treppe hoch in den Schlafsaal der Mönche.

Das war die Gelegenheit. Basti würde sie nicht hören.

Sie drehte sich um und rannte die Treppe hoch. Kam in einen riesigen lang gezogenen Saal mit roten Säulen und weißen Wänden. Sprang die Treppe in der Mitte des Saals wieder hinunter. Landete im Kreuzgang. Wandte sich nach rechts. Spurtete durch den düsteren Cabinetkeller mit den alten Holzfässern und erreichte den Ausgangspunkt ihres Rundgangs. Nach links ging es in den hinteren Teil des Klosters. Sie rannte zwischen Klausurgebäude und Hospital zum Schlosserbau, dann nach links und wieder nach rechts.

Keuchend erreichte sie das große Holztor in der hinteren Klostermauer. Sie schaute nach hinten, Basti war nirgends zu sehen. Entweder hatte er ihr Verschwinden noch gar nicht bemerkt und studierte immer noch die Grabplatten toter Äbte, oder er irrte irgendwo in der Anlage umher, auf der Suche nach seiner verlorenen Königstochter.

Sie öffnete die kleine eingelassene Tür in dem Holztor und schloss sie hinter sich wieder.

Sie war frei!

Der Platz hinter der Mauer war mit den verwitterten und bemoosten Grabsteinen, die unter den Bäumen standen, ein bisschen unheimlich. Hier hatten sie früher die Insassen der alten Irrenanstalt begraben, hatte die Klosterführerin im vergangenen Jahr erzählt, und hier war vor einigen Jahren die Leiche einer jungen Frau gefunden worden.

Marie entledigte sich des Audioguides und warf ihn hinter einen Grabstein.

Sie rannte weiter. Sie wollte nicht, dass Basti sie im letzten Moment noch fand. Erst als sie den Gaisgarten erreichte, verlangsamte sie ihren Schritt. Basti war nicht wieder aufgetaucht.

Jetzt war es nicht mehr weit bis zu Annika.

***

Mayfeld scannte alle Berichte ein, die ihm in Papierform vorlagen, und kopierte sie zusammen mit den elektronischen Dateien, die sie im Zuge der Ermittlungen sichergestellt hatten, auf einen USB-Stick. Am Wochenende wollte er das ganze Material noch einmal in Ruhe durchsehen. Diesen Fall würde er zu Ende führen, ganz egal, was Lackauf dem Polizeipräsidenten erzählen würde.

Dann schrieb er missmutig den Bericht für den Staatsanwalt. Das Problem mit Lackauf war, dass es ihm immer um Macht und Rechthaben ging. Ihm blieb gar nichts anderes übrig, als auf seiner Meinung zu beharren, um am Ende als Gewinner dazustehen. Für vernünftige Polizeiarbeit war so ein Staatsanwalt ein Alptraum. Auch, weil man aufpassen musste, nicht ins selbe Fahrwasser zu geraten. Damit musste sich Mayfeld herumschlagen, seit er Lackauf kannte, aber nun war die Sache eskaliert.

Politische Unbotmäßigkeit konnte der Staatsanwalt noch weniger ertragen als fachlichen Widerspruch. Es konnte tatsächlich sein, dass die Polizeiführung ihm den Fall entzog, weil es politisch opportun erschien. Offiziell natürlich nur aus Fürsorge, um ihn aus der Schusslinie zu nehmen.

Bei diesen Ermittlungen war Mayfeld möglicherweise in die Falle getappt und hatte die von Lackauf favorisierte Spur nicht ernst genug genommen. Burkhard hatte die Lage in der Besprechung völlig angemessen zusammengefasst: Es gab eine erdrückende Fülle an Indizien, die gegen Sebastian Fromm sprachen. Es war vernünftig, nach ihm zu suchen und darauf zu setzen, dass sich Motive und Details der Straftaten nach seiner Festnahme klären ließen.

Doch trotz der erdrückenden Beweislast hatte Mayfeld das Gefühl, dass nichts in diesem Fall zusammenpasste. Er würde deswegen in alle Richtungen weiterermitteln. Die Kippe von Mertens hatte er vor der Morgenbesprechung persönlich ins Labor gebracht. Vielleicht fand man dessen DNA-Muster irgendwo wieder. Das Vorgehen war zwar illegal und wäre eine Steilvorlage für Lackauf, um ihm noch viel größeren Ärger zu bereiten, aber Adler hatte versprochen, den Abgleich persönlich vorzunehmen, und Lackauf musste nichts davon erfahren.

Mayfelds Telefon klingelte. Es war Dr. Enders von der Frankfurter Rechtsmedizin.

»Hallo, Robert. Ich habe versprochen, mich noch detailliert zu der Frage zu äußern, wie viel Zeit zwischen dem Tod von Sylvia Holler und ihrer Umlagerung verstrichen ist. Soll ich dir erklären, wie man da rangeht?«

»Bitte nur die Ergebnisse.«

»Schlecht gelaunt?«, fragte der Mediziner.

Mayfeld schilderte den Stand der Ermittlungen und berichtete von Lackaufs Drohung.

»Du weißt, was ich vom Herrn Staatsanwalt halte«, sagte Enders. »Aber jetzt zu unserem Fall, noch leitest du schließlich die Ermittlungen: Zwischen dem Todeszeitpunkt von Frau Holler und dem Zeitpunkt, an dem sie auf das Sofa gesetzt wurde, lagen mindestens vier, eher sechs Stunden. Die Leichenstarre hatte schon eingesetzt und wurde gebrochen. Bei Kevin Möller war das übrigens anders. Er wurde unmittelbar nach seinem Tod in die Position gebracht, in der er gefunden wurde. Helfen dir diese Informationen weiter?«

»Sie verstärken meine Zweifel an allen einfachen Erklärungen für die beiden Morde.«

Mayfeld bedankte sich bei Enders und beendete das Telefonat.

Er machte eine Notiz über das Gespräch und fügte sie seinem Bericht an. Dann schickte er diesen als E-Mail an Lackauf und verließ sein Zimmer, um sich auf die Suche nach einem Kollegen zu machen. Er teilte Meyer mit, dass er für den Rest des Tages nur noch auf dem Handy zu erreichen sei, und verließ das Präsidium.

Mittlerweile hatte die Sonne den Kampf gegen die Hochnebel gewonnen und den trüben Morgen in einen sonnigen Mittag verwandelt. Er stieg gerade in den Volvo, als sein Handy klingelte.

»Wo steckst du denn?«, hörte er die ungeduldige Stimme seines Vaters.

»Das würde ich dich gerne fragen.«

»Na, wie verabredet bei dir in der Straußwirtschaft. Julia war so freundlich, mich zum Essen einzuladen. Ich hatte Lisa doch gesagt, dass ich dich heute Mittag aufsuchen würde. Hat sie es dir nicht ausgerichtet?«

»Doch. Aber sie hat keine genaue Uhrzeit genannt.«

»Konnte sie auch nicht, weil ich mich nicht festgelegt habe. Auf jeden Fall bin ich jetzt da und möchte mit dir reden. Es ist wichtig. Ich glaube, ich kann dir bei der Arbeit helfen.«

»Und wie?«

»Das sage ich dir, wenn du hier bist. Komm bitte alleine. Ich möchte dir jemanden vorstellen, der einiges zu erzählen hat. Leider hat die Person eine ausgeprägte Polizeiphobie und wird keinen Mucks von sich geben, wenn du mit deinen Kollegen auftauchst. Ich konnte sie lediglich davon überzeugen, dass du zu den Guten gehörst. Und das ist mir schon schwer genug gefallen.«

»Ich komme.«

Eine gute Viertelstunde später betrat Mayfeld die Schankstube der Straußwirtschaft. Sein Vater saß am runden Stammtisch in der Nähe der Küche und löffelte einen Schokoladenkuchen mit Beerenkompott.

»Ganz vorzüglich, was meine Schwiegertochter da kocht. Ich glaube, ich komme jetzt wieder öfters.«

»Hallo, Vater. Freut mich, dass es dir schmeckt. Vor allem freut mich, dass es dir wieder gut geht.«

»Hättest mich ruhig mal besuchen können. Aber wahrscheinlich war mal wieder zu viel zu tun.«

»Im Krankenhaus habe ich dich nicht angetroffen, weil du die Station verlassen hattest, um zu rauchen. Vor dem Krankenhauseingang bei den anderen Nikotinsüchtigen hast du allerdings nicht gestanden.«

»Man kann doch von einem alten, kranken Mann nicht erwarten, dass er sich zum Rauchen in die Kälte stellt. Da holt man sich ja den Tod.«

Der alte Mayfeld war mit dem Dessert fertig und holte eine Schachtel Zigaretten aus seiner Lederjacke.

»Auch eine?«

»Das ist hier ein Nichtraucherlokal.«

»Dann hab ich ja Glück, dass noch keine Gäste da sind, die sich beschweren können.«

Herbert Mayfeld schüttelte eine Zigarette aus der Schachtel und zündete sie an. Er nahm einen tiefen Zug und blies den Rauch zur Decke.

»Was ist das für ein Zeuge, der mit mir reden will? Annika Möller? Hast du sie im Krankenhaus kennengelernt?«

Herbert Mayfeld lächelte. »Mein Sohn, der Bulle mit der feinen Nase.«

»Warum ist sie nicht hier?«

»Sie ist ein bisschen schüchtern. Sie hatte schon mal das Vergnügen mit dir. Und deswegen wollte sie, dass ich erst sondiere, wie du heute so drauf bist.«

»Schüchtern?«

»Man könnte auch behaupten, sie sei ziemlich verrückt. Fühlt sich von der Polizei verfolgt. Aber ich finde, du solltest sie dir dennoch anhören. *Just because you're paranoid, don't mean they're not after you*. Ich ruf sie an und sag ihr, dass man dich heute ertragen kann. Enttäusch mich nicht, mein Junge.«

Er holte ein Handy aus der Lederjacke und tippte ein paar Nummern in die Tasten.

»Du kannst kommen«, sagte er, als sich am anderen Ende der Verbindung jemand meldete.

Nach fünf Minuten trat Annika Möller in den Schankraum der Wirtschaft.

»Hi«, begrüßte sie die beiden Männer und fläzte sich auf einen Stuhl am Stammtisch. »Kann ich mal 'ne Flippe haben?«

Herbert Mayfeld gab ihr eine und zündete sie an.

»Was möchten Sie mir sagen?«, fragte Mayfeld.

»Das letzte Mal haben wir uns geduzt.«

»Wenn dir das lieber ist, kein Problem.«

»Ich hab Kohldampf.«

»Auch kein Problem. Was möchtest du haben?«

»Ich kann die Lasagne empfehlen«, warf Herbert ein.

»Lasagne ist korrekt. Eine große Portion. Und einen Rotwein. Rotwein passt doch zu Lasagne?«

Mayfeld ging in die Küche, wo Julia und Hilde das Essen für den Abend vorbereiteten. Auf dem Herd köchelte ein großer Topf mit Pilzessenz, daneben brodelte in einem Bräter Wildschweinbolognese.

Mayfeld bat Julia, eine große Portion Lasagne warm zu machen.

»Ich bring sie dir dann raus«, versprach Julia.

Als er in den Schankraum zurückkam, hatte Annika aufgeraucht. Sie war ziemlich aufgekratzt und hektisch. Mayfeld stellte ihr ein Glas Rotwein auf den Tisch, das sie in einem Zug leerte.

»Dein Alter hat gesagt, man könnte dir vertrauen. Den Eindruck hatte ich bei unserem letzten Treffen zwar nicht, aber ich glaube Herbert. Außerdem ist seither einiges passiert. Man hat meinen Bruder umgebracht, oder?«

»Woher weißt du das?«

»Steht in der Zeitung. Oder wie viele Kevin M.s gibt es im Wiesbadener Rotkäppchenweg?«

»Du hast leider recht. Wenn wir gerade bei Kevin sind: Hast du seine Handynummer?«

Annika blickte Mayfeld an, als ob er nicht ganz bei Trost sei. »Wozu brauchst du seine Handynummer? Den kannst du nicht mehr anrufen.«

»Ich brauche die Nummer, um zu überprüfen, mit wem er in letzter Zeit telefoniert hat. Vielleicht hilft uns das, seinen Mörder zu finden.«

Sie holte ihr Mobiltelefon aus der Jacke, tippte und wischte auf dem Display herum und nannte Mayfeld schließlich eine Nummer.

»Sie sind auch hinter mir her«, flüsterte sie dann.

»Wer?«

»Das Jugendamt, die Bullen, die Scheißkapitalisten.«

Ein paar Feinde zu viel für eine kleine, angetrunkene Verrückte, dachte Mayfeld.

»Das musst du mir genauer erklären, Annika, mit so allgemeinen Anschuldigungen kann ich nichts anfangen.«

»Du glaubst mir nicht, stimmt's?« Sie schaute sich misstrauisch im Raum um. »Du hältst mich für eine kleine, versoffene Paranoikerin …«

Das ungefähr waren seine Gedanken wenige Sekunden zuvor gewesen.

»… die am besten in der Scheißpsychiatrie verrotten würde.«

»Ich glaube, dir wurde ziemlich schlimmes Unrecht zugefügt.«

»Hör auf mit dem gestelzten Psychogesülze. Woher willst ausgerechnet du das wissen?«, fragte Annika pampig.

»Du warst bei Dr. Holler in Behandlung.« In dem Moment, in dem er die Worte aussprach, wusste er, dass das ein Fehler gewesen war.

»Hast du meine Akte gelesen? Was ist das denn für ein Faschistenstaat, in dem die Bullen Patientenakten lesen?« Annika war vom Stuhl aufgesprungen.

»Wir wollen herausfinden, wer Dr. Holler ermordet hat.« Vielleicht konnte er den Schaden reparieren und sie wieder beruhigen.

»Wenn du meine Akte gelesen hast, dann müsstest du ja Bescheid wissen.«

»Nein.«

»Kannst du nicht lesen?«

Mayfeld hatte keine Ahnung, was sie meinte. So aufschlussreich waren ihre Äußerungen nicht gewesen. Dann hatte er eine Idee.

»Wie oft warst du bei Dr. Holler?«

»Bist du von der Krankenkasse?«

»Bitte!«

»Fünf oder sechs Mal.«

»Ich hab aber nur etwas über dein erstes Gespräch gelesen.«

»Wieso nur über das erste Gespräch?«

»Mehr stand da nicht.«

»Du gibst also zu, dass du in meiner Akte rumgeschnüffelt hast.«

»Ja. Aber du musst mir sagen, was du ihr erzählt hast. Sonst kapiere ich rein gar nichts.«

»Die ganze Scheiße noch mal von vorne?«

Annika setzte sich wieder und begann zu zittern. Ihr Blick wurde starr und schien plötzlich in weite Ferne gerichtet. Sie fing an zu wimmern, kauerte sich auf dem Stuhl zusammen und hob die Arme schützend vor ihr Gesicht. Mayfeld hatte den Eindruck, dass sie Theater spielte. Aber zugleich kam ihm die Sache ziemlich ernst vor.

Julia kam mit einem Teller voll dampfendem Essen herein. Sie stellte ihn vorsichtig ab und wollte sich zurückziehen. Mayfeld bat sie mit einem Wink zu bleiben.

»Kannst du mir helfen?«, fragte er seine Frau.

Julia blickte ihn skeptisch an, nickte dann aber zustimmend. Sie sprach mit ruhiger Stimme auf Annika ein, forderte sie auf, sich, ihren Körper und ihre Umwelt wahrzunehmen. Wahrscheinlich war es mehr die Art, wie sie sprach, als der Inhalt der Worte, was half.

Es dauerte eine Weile, dann hatte sie die junge Frau wieder zurück in die Realität geholt.

»Wer bist denn du?«, fragte Annika, als sie wieder im Schankraum der Straußwirtschaft angekommen war.

»Sie ist eine Gute, das kannst du mir glauben«, sagte Mayfelds Vater.

»Ich bin Julia. Seine Frau.« Sie deutete mit dem Kopf auf Mayfeld. »Ich bin eine Kollegin von Frau Holler. Und die Köchin in dem Laden hier.« Sie deutete auf die Lasagne. »Such dir was aus.«

Annika grinste. »Bullenfrau, Psychologin oder Köchin? Ich nehme die Lasagne.«

Sie stürzte sich über den Teller und verschlang das Essen in Rekordgeschwindigkeit.

Mayfeld berichtete seiner Frau in knappen Worten, was gerade vorgefallen war.

»Du solltest immer nur so viel sagen, wie du dir zumuten kannst«, sagte Julia zu Annika. Für eine Psychologin sagte sie wahrscheinlich genau das Richtige, als polizeiliche Vernehmungsstrategie fand Mayfeld katastrophal, was seine Frau vorschlug. Was war, wenn es Annika schlecht ging, weil sie nicht ertragen konnte, was sie getan hatte? Was, wenn sie nur Theater spielte, um ihn hinters Licht zu führen? Dann brachte es gar nichts, die junge Frau in Watte zu packen.

»Willst du es noch mal probieren?« Mayfeld versuchte, sich dem Ton seiner Frau anzupassen.

Annika wandte sich ihm zu. »Ich kann die ganze Scheiße, die ich Frau Holler erzählt habe, nicht noch mal breittreten. Dann sitzen wir morgen noch hier, und Julia kann mich am laufenden Band aus dem Nirgendwo zurückholen.«

»Dann fasse es knapp zusammen«, schlug Mayfeld vor, aber Annika kicherte nur.

Wahrscheinlich war das ein dummer Vorschlag. Wahrscheinlich

war es unmöglich, sich eine offensichtlich komplizierte Sache einfach zu machen. Aber vielleicht könnte Annika mit den einfachen Dingen anfangen.

»Du sagst, dass du fünf oder sechs Mal bei Frau Dr. Holler warst?«

»Immer dienstags, außer letztens bei einem Notfalltermin.« Annika machte eine Pause, trommelte mit ihren Fingern nervös auf dem Tisch herum.

»Was für ein Notfalltermin?«

»Sie sind hinter mir her«, sagte sie. »Das ist wirklich so. Ich bin vielleicht paranoid, aber sie sind hinter mir her. Die Scheiße ist, dass ich nicht weiß, wer genau hinter mir her ist. Aber das Arschloch ist dabei. Ist das klar?«

Sie machte wieder eine Pause. Annika hatte eine Vorliebe für Fäkalsprache. Das war das Einzige, was Mayfeld bislang klar geworden war.

»Das Arschloch und noch ein paar Mistkerle.«

»Das Arschloch ist wer?«

»Der Scheiß-Mertens.«

»Gestern wurde Annika aus dem Krankenhaus entlassen. Da wollte er sie abpassen. Es war gar nicht so leicht, ihn abzuschütteln«, fügte Herbert an.

Vielleicht wollte er bloß seine ehemalige Pflegetochter abholen, dachte Mayfeld. Ein fürsorglicher Zug, den er Mertens gar nicht zugetraut hätte. Aber genau das war der Punkt. So fürsorglich war Mertens vermutlich nicht.

»Und warum ist Mertens hinter dir her?«

»Er wollte mich vergiften. Er hat mir was in den Wodka getan. Ich wollte mich nicht umbringen. Das kann nur er gewesen sein.«

»Und warum wollte er dich vergiften?«

Wieder durchlief ein Zittern Annikas schmächtigen Körper.

Julia sprach begütigend und beruhigend auf sie ein. »Sag nur, was du aushalten kannst.«

Sag endlich die Wahrheit und lass das Theater, wollte Mayfeld dazwischenrufen, aber es war ihm klar, dass er das besser unterließ.

»Ich bin schuld an Hollers Tod«, sagte sie endlich schluchzend. »Ich habe sie umgebracht.«

»Wie hast du das gemacht?«, fragte Mayfeld kühl.

Zeitlich könnte es hinkommen. Erst hatte sie ihre Therapeutin getötet und dann, aus Schuldgefühlen heraus, versucht, ihrem eigenen Leben ein Ende zu setzen.

Annika beugte den Kopf, ihre schwarzen Locken fielen über das Gesicht. Sie weinte leise vor sich hin.

»Ich habe sie umgebracht, ich habe sie umgebracht.«

Mayfeld wartete ab.

Annika schaute wieder hoch. Jetzt hatte sie plötzlich wieder einen überlegenen und anmaßenden Gesichtsausdruck.

»Natürlich nicht direkt. Es war das Arschloch, nachdem ich mit ihm geredet habe.«

Der Pflegevater als Auftragskiller? Annikas Aussagen klangen in Mayfelds Ohren immer abstruser.

»Worüber hast du mit Mertens geredet?«

Wieder verbarg Annika das Gesicht hinter ihrer Mähne. »Dr. Holler ist tot. Kevin ist tot. Ich hätte gewettet, dass ihr nirgendwo einen Computer gefunden habt. Aber wenn du in meiner Akte rumgeschnüffelt hast, kann das nicht sein. Holler hat da nämlich nach den Stunden immer was hineingetippt.«

Für jemanden, der vorgab, verwirrt zu sein, dachte die junge Frau ziemlich klar. Und woher wusste Annika, dass die beiden Computer verschwunden waren? Das grenzte an Täterwissen.

»Wieso glaubst du, dass die Computer von Dr. Holler und Kevin verschwunden sind?«

Annikas Gesichtsausdruck bekam etwas Abwesendes. »Es ist so, dass sie hinter einem Video her sind, das Arschloch und die anderen. Sie haben Dr. Holler und Kevin getötet. Frau Holler wollte das Jugendamt vor Mertens warnen. Und jetzt sind sie hinter Marie und mir her. Weil sie nicht wissen, wer von uns beiden das Video hat.«

»Marie Lachner?«

Annika nickte. »Sie rettet mir das Leben, und ich bringe sie in Gefahr, indem ich ihr das verdammte Video zustecke. Was für eine scheißundankbare blöde Kuh ich doch bin.«

»Was ist auf dem Video drauf?«

Wieder begann Annika zu zittern und zu wimmern. Diesmal erreichte Julia sie nicht mehr. Annika sprang auf, wischte mit einer Handbewegung den Teller mit den Essensresten vom Tisch und stürmte nach draußen.

»Lass sie in Ruhe, ich kümmere mich um sie!«, brüllte sein Vater und stürzte ihr hinterher.

Als Mayfeld ihnen folgen wollte, legte Julia ihre Hand auf seinen Arm.

»Lass sie. Die erzählt dir heute nichts mehr. Und helfen kannst du ihr auch nicht. Ich glaube, Herbert kriegt das von uns allen noch am besten hin. Oder willst du sie etwa verhaften?«

Mayfeld schüttelte den Kopf. Für diese Frau würde er nie im Leben einen Haftbefehl bekommen, allenfalls eine Zwangseinweisung in die Psychiatrie.

Er ging in die Küche, holte Schaufel und Besen und kehrte die Scherben und die Reste der Wildschweinlasagne auf. Julia lachte und meinte, dass es nett sei, wenn er helfe, aber dass ein Besen nicht das richtige Werkzeug sei, um Lasagne vom Boden aufzunehmen. Sie nahm ihm Besen und Schippe aus der Hand.

»Was war da eigentlich gerade los, warum führt die sich so auf?«, fragte er, als sich Julia wieder zu ihm an den Tisch setzte.

»Was hat Frau Holler für Diagnosen bei ihr gestellt?«

»In der Akte stand etwas von Borderline und PTBS.«

»Genau das ist es. Die junge Frau hat vermutlich eine schwere Persönlichkeitsstörung, die auf massive Traumatisierungen zurückgeht. Eine Störung an der Grenze zur Psychose. Und eine posttraumatische Belastungsstörung. Sie ist gezeichnet fürs Leben.«

»Scheiße.«

»Du musst ihre Ausdrucksweise nicht übernehmen, aber inhaltlich hast du vollkommen recht.«

»Und dieses Wimmern und Zittern, das war doch Theater?«

»Das nennt man Dissoziation. Dass es auf dich so unecht wirkt, ist kein Zufall. Für die Betroffenen fühlt es sich wie etwas vollkommen Unwirkliches an. Aber sie können es nicht steuern, und deswegen ist es für sie gleichzeitig auch echt und wirklich.«

»Sie spielen Theater und fühlen sich dabei wie Marionetten?«

»Das trifft es nicht schlecht.«

»Und wie steht es um den Wahrheitsgehalt ihrer Anschuldigungen?«

»Annika scheint mir eine wirklich sehr schwer gestörte junge Frau zu sein. Das deutet oft auf eine schwere Traumatisierung hin. Im Kern sind die Aussagen von solchen Menschen häufig richtig, aber es kann im Einzelfall schwer sein, den wahren Kern von dem vielen Drumherum zu unterscheiden. Gerade Annika scheint sich kaum Mühe zu geben, ihre Behauptungen besonders plausibel erscheinen zu lassen.«

»Gerichtsverwertbar war so gut wie nichts von dem, was sie gesagt hat.«

»Sie wäre ein gefundenes Fressen für jeden Verteidiger und dessen Gutachter. Aber das heißt nicht, dass es falsch ist, was sie dir gesagt hat.«

»Ich muss nur erst herausbekommen, was der wahre Kern ihrer Anschuldigungen ist und was Resultat ihrer falsch verschalteten Synapsen.«

»Oder ihrer verwirrten Seele.«

»Sie hat Mertens beschuldigt, Holler getötet zu haben. Den habe ich auch in Verdacht, in den Fall irgendwie verwickelt zu sein. Scheißkapitalisten und Bullen hatte ich nicht auf meiner Rechnung, aber vermutlich muss hier die Unterscheidung zwischen wahrem Kern und Synapsenchaos beginnen. Das Problem ist, dass Mertens für die Tatzeiten ein Alibi hat. Wenn ich es allerdings genau bedenke, kein unerschütterbares.«

Für den Mord an Holler hatten sie es noch nicht einmal überprüft, Frau Mertens war dazu noch gar nicht befragt worden. Alibis von nahen Angehörigen waren außerdem oft etwas völlig anderes als die reine Wahrheit. Und Hochstätter hatte bestimmt nicht die ganze Nacht im Gästetrakt seines Anwesens über den Schlaf des Hausmeisters gewacht.

»Annika hat irgendetwas über ein Gespräch mit Mertens und über ein Video gesagt. Hast du eine Idee, was es mit dem Video auf sich haben könnte?«, fragte Julia.

»Möglicherweise enthält es Aufzeichnungen eines Verbrechens«, antwortete Mayfeld. »Heutzutage werden Videos meistens auf dem Computer gespeichert.«

»Was ist mit den Computern?«, fragte Julia.

»Die sind in beiden Fällen verschwunden.«

»Wer ist diese Marie, von der sie gesprochen hat?«

»Das Mädchen, das verschwunden ist, Marie Lachner.«

»Wenn das mit dem Video stimmt, dann ist das Mädchen in Gefahr.«

Daran hatte Mayfeld auch schon gedacht, und der Gedanke bereitete ihm großes Unbehagen.

»Und was hat dieser Autist mit der ganzen Sache zu tun?«

»Ich habe nicht die geringste Ahnung«, antwortete Mayfeld.

***

Der König aber ward zornig und sprach: »Wer dir geholfen hat, als du in der Not warst, den sollst du hernach nicht verachten.«

Basti war vom Kloster zurück zur Mapper Schanze gefahren und hatte das Quad hinter den Büschen versteckt. Die Farben des Walds wurden schwächer, die Schatten länger. Er ging zum Platz hinter dem Turm, dort, wo die schwarze Katze am Baum hing und *Hochzeit mit des Seilers Tochter* hielt.

Es war nicht schön von Marie gewesen, dass sie davongelaufen war. Sie hatte versprochen, das nicht zu tun. Versprochen und nicht gebrochen, hieß es doch. Dabei war es so ein schöner Rundgang durch das Kloster gewesen. Basti hatte sich alles gemerkt von den Kleidern von Jesus und den abgetragenen Stiefeln der Mönche. Er würde Zeichnungen von den Tumbendeckeln machen.

Aber jetzt hatte er anderes zu tun. Er musste die Königstochter wiederfinden. Und dafür musste er nachdenken. Er ging zu seiner Schatztruhe, holte Totenbeine und Totenköpfe heraus und kegelte eine Runde. Aber das half nicht beim Nachdenken. Wenn er nur wüsste, wie das ging, nachdenken. Er konnte sich zwar alles viel besser als andere Leute merken, aber das Nachdenken fiel ihm nicht so leicht. Deswegen konnte er sich oft nicht entscheiden, was er tun sollte. Wenn er ein passendes Märchen fand, war es leichter, dann machte er es wie im Märchen. Aber diesmal fand er kein passendes.

Der Jüngste aber war dumm, konnte nichts begreifen und lernen.

Warum war Marie davongelaufen? Hatte es ihr in der Schanze nicht gefallen? Den ganzen letzten Tag hatte sie geweint. Hatte sie Heimweh bekommen? War sie wieder zurück zu ihren Eltern? Aber sie hatte ihm doch erzählt, dass sie nie, nie, nie mehr dorthin wollte.

Mit dem Weinen kannte er sich nicht gut aus. Er hatte erst ein Mal in seinem Leben geweint. Damals hatte er mit Tante Sylvia darüber gesprochen, die wissen wollte, warum er weinte. Warum, warum, warum. Immer diese doofe Frage. Frau Holle hatte damals gesagt, wenn er herausbekommen wolle, woher das Weinen komme, müsse er sich erinnern, wann es angefangen habe. Das war gut. Denn erinnern konnte er sich ganz prima. Und es war ihm gleich eingefallen, dass er mit dem Weinen angefangen hatte, als ihn sein Vater mit dem Gürtel verhauen hatte.

Vielleicht ging es bei Marie ja auch so. Er musste sich erinnern, wann das bei ihr mit dem Weinen angefangen hatte. Es fiel ihm gleich wieder ein. Es war gar nicht den ganzen Tag so gegangen. Es hatte begonnen, als er mit Marie durch den Johannisberger Höllenweg gefahren war und sie den bösen Mann an der Bachmühle gesehen hatte.

Ich fürchte mich vor dem Teufel nicht, hatte Basti gesagt.

Er schlug sich gegen die Stirn, dreimal und ganz fest.

Der Teufel mit den drei goldenen Haaren, Märchen Nummer neunundzwanzig.

Warum war er nicht gleich darauf gekommen!

Wer meine Tochter haben will, der muss mir aus der Hölle drei goldene Haare von dem Haupte des Teufels holen; bringst du mir, was ich verlange, so sollst du meine Tochter behalten.

So musste es sein. Endlich hatte er das richtige Märchen gefunden. Er räumte Totenbeine und Totenköpfe wieder in die Schatztruhe, ging in die Schanze und packte seinen Rucksack.

***

Mayfeld hatte versucht, seinen Vater zu erreichen, aber der hatte sein Handy ausgeschaltet. Er hatte sich im Präsidium über den Stand der Fahndung nach Sebastian Fromm erkundigt, doch Meyer konnte ihm keine Neuigkeiten berichten. Mayfeld nannte seinem Kollegen die Mobilnummer von Kevin Möller und bat ihn, den Provider zu identifizieren und schnellstmöglich eine Gesprächsliste zu besorgen.

Damit hatte er alles getan, was er zum gegenwärtigen Zeitpunkt tun konnte. Mertens mit den Vorwürfen seiner ehemaligen Pflegetochter zu konfrontieren, hatte bei der gegenwärtigen Beweislage keinen Zweck. Daher setzte sich Mayfeld in die Küche und half Julia und Hilde beim Schnippeln des Gemüses. Später ging er in den Keller, um den jungen Wein in seinen Fässern zu kontrollieren.

Bei der Gärung ging alles seinen erwünschten Gang. Fass eins hatte im Vergleich zu gestern zwei Grad Oechsle verloren und gärte geordnet vor sich hin. Bei Fass zwei war die Temperatur um zwei Grad gestiegen, und die Oechslegrade waren um zwei Grad gefallen. Die Gärung war also wieder in Gang gekommen, Mayfeld konnte auf Zuchthefen und Gärsalze verzichten. Er klemmte den Warmwasserkreislauf ab, stieg die Leiter am Fass empor, entfernte die Wärmeschlange und verschloss das Loch an der oberen Wölbung des Fasses mit einem Spund. Bei Fass drei hatte sich im Vergleich zu gestern nichts mehr getan. Minus ein Grad Oechsle. So sollte es sein. Mayfeld beließ die Kühlschlange vorsichtshalber im Fass.

Als er wieder nach oben kam, waren die Plätze im Schankraum des Weinguts schon fast vollständig besetzt. Das Straußwirtschaftliche Quartett winkte ihm vom Stammtisch aus zu, aber Mayfeld hatte an diesem Abend keine Fragen an die Freunde und wollte sich seinerseits nicht ihrer Neugier aussetzen. Er war überrascht, als er Burkhard entdeckte, der gerade die Straußwirtschaft betrat, aber es war ihm sehr recht.

Er begrüßte den Kollegen und fragte, ob er privat oder dienstlich nach Kiedrich gekommen sei.

»Ein Schluck von deinem Rothenberg wäre nett«, antwortete Burkhard mit einem breiten Lächeln. »Und dann würde ich dich gern irgendwo ungestört sprechen.«

Mayfeld nahm eine Flasche Rothenberg aus dem Weinschrank und vom Regal daneben zwei Weingläser. Mit einem Kopfnicken wies er Burkhard den Weg. Sie verließen den Schankraum, gingen an der Küche vorbei durch den Flur des Weinguts in Richtung Büro.

Vor dem Bilderpanorama, das Mayfelds Schwiegermutter von ihrer Familie an die Wand gehängt hatte, blieb Burkhard eine Weile stehen und benannte die Mitglieder der Familie, die er kannte, mit ihren Namen: die Schwiegereltern Hilde und Jakob, den Schwager Franz und seine Frau Elly. Auf den Bildern der Kinder waren zum Teil auch deren Freunde zu sehen.

»Das ist Lisa zusammen mit Marie«, sagte Burkhard und deutete auf eines der Fotos von Lisa.

Mayfeld stutzte und sah sich das Foto genauer an. Es war acht Jahre alt und zeigte Lisa mit einem anderen Mädchen von der Seepferdchengruppe, nachdem sie ihr erstes Schwimmabzeichen bekommen hatten. Tatsächlich, Burkhard hatte recht: Das Mädchen neben Lisa Mayfeld war Marie Lachner.

»Das wäre mir gar nicht aufgefallen«, sagte er anerkennend zu dem Kollegen. »Ich kann mich gar nicht an sie erinnern. Sie wird keine enge Freundin von Lisa gewesen sein. Aber du bist bestimmt nicht gekommen, um dich mit mir über meine Familie zu unterhalten.«

Das letzte Mal war Burkhard vor einigen Jahren hier gewesen, als Mayfelds Schwager unter einen fürchterlichen Verdacht geraten war. Mayfeld selbst war damals von den Ermittlungen suspendiert worden, und etwas Ähnliches drohte jetzt wieder. Allerdings gestaltete sich die Beziehung zu Burkhard inzwischen wesentlich freundlicher.

Sie betraten das Büro des Weinguts, einen Raum mit dunklen Holzmöbeln, einem alten Schreibtisch und einer kleinen Sitzgruppe in der Ecke. Der Schreibtisch war wie immer unaufgeräumt und verstaubt, auf dem Tischchen und den Sesseln der Sitzgruppe türmten sich Weinzeitschriften, Prospekte und Weinlisten. Mayfeld räumte einige Zeitschriften beiseite, bot Burkhard einen Platz an und füllte die beiden Gläser.

Der Kollege machte plötzlich einen besorgten und missgelaunten Eindruck, so als ob er sich über irgendetwas ärgerte.

»Lackauf setzt dir ganz schön zu«, begann er. »Heute Morgen hat er mich gefragt, ob ich glaube, dass du der Leitung der Ermittlungen gewachsen bist. Ein intriganter Bursche.«

Dann machte er eine Pause, als wartete er auf einen Kommentar Mayfelds.

»Da kann ich dir nicht widersprechen«, sagte der. »Bist du deswegen so besorgt?«

»Besorgt?«, fragte Burkhard irritiert. »Kann man in so einer Situation schon sein«, fuhr er nach einer kleinen Pause fort. »Heute Mittag meinte der Staatsanwalt, ich solle mich darauf einstellen, die Ermittlungen ab nächster Woche zu leiten. Er will noch heute mit dem Polizeipräsidenten darüber sprechen. Ich finde, wir sollten uns keinesfalls gegeneinander ausspielen lassen.«

Das fand Mayfeld auch, aber er war sich nicht sicher, ob er Burkhard in dieser Hinsicht trauen konnte. Burkhard hatte in der letzten Zeit einen ziemlichen Ehrgeiz an den Tag gelegt, und dass er ihm gegenüber eine kollegiale Haltung an den Tag legte, war neu. Mayfeld war es erst nach seiner Rückkehr aus dem Urlaub aufgefallen.

»Warten wir ab, ob sich der Präsident von Lackauf über den Tisch ziehen lässt«, sagte er.

Es war ein Jammer, dass sein unmittelbarer Vorgesetzter, Kriminalrat Brandt, so lange krank war. Er hätte es am ehesten geschafft, ihm den Rücken freizuhalten.

»Aber ich bin noch wegen etwas anderem gekommen.«

»Weswegen?«

»Es gibt Neuigkeiten aus dem Labor. Das DNA-Muster von Mertens' Probe ist identisch mit dem der Spuren, die der Rechtsmediziner unter den Fingernägeln und am Nachthemd von Holler gefunden hat.«

Mayfeld war wie elektrisiert. Sein Gehirn arbeitete aus dem Stand heraus auf Hochtouren. Er hatte mit einem Schuss ins Blaue einen Volltreffer erzielt. Mertens hatte bestritten, Holler überhaupt zu kennen, und jetzt wusste Mayfeld, dass er am Tatort gewesen war, dass Holler ihn gekratzt hatte, vermutlich beim Versuch, sich zu wehren.

Die Frage war, was er mit diesem Wissen jetzt anfing. Wenn Lackauf davon Wind bekäme, wie er sich die Probe verschafft hatte, würde er ihm einen Strick daraus drehen. Solange es keine offizielle DNA-Probe gab, konnte man Mertens mit den Ergebnissen nicht konfrontieren. Vor Gericht würden sie nicht als Beweismittel zugelassen. Aber er wusste jetzt, dass an den Beschuldigungen von Annika mit hoher Wahrscheinlichkeit etwas dran war. Man musste die junge Frau zum Reden bringen. Dann gelang es vielleicht, den Richter von der Notwendigkeit einer DNA-Untersuchung zu überzeugen. Ansonsten musste er irgendeinen Vorwand finden, Mertens offiziell zum Test zu laden. Abgesehen davon, dass das nicht die rechtmäßige Vorgehensweise war, konnte es allerdings dauern, bis sich dafür eine passende Gelegenheit bot.

»Bist du noch da?«, fragte Burkhard.

»Ja. Ich bin am Nachdenken. Ich hatte heute Mittag Besuch von Annika Möller. Sie hat Klaus Mertens beschuldigt, Dr. Holler getötet zu haben. Es soll um irgendein Video gehen, das sich jetzt im Besitz von Marie Lachner befindet.«

»Das ist ja hochinteressant«, sagte Burkhard. »Was soll denn auf dem Video zu sehen sein?«

»Das hat sie nicht gesagt. Holler äußerte in den Akten den Verdacht, dass Annika und Marie schwer traumatisiert sind.«

»Das heißt?«

»Vielleicht sind diese Traumatisierungen auf dem Video zu sehen.«

»Ach du Scheiße.«

»Das kannst du laut sagen.«

»Sollten wir Mertens nicht einfach mit unseren Erkenntnissen konfrontieren?«, schlug Burkhard vor.

»Das bringt nichts, Paul.«

»Wieso vernimmst du Annika Möller nicht offiziell? Vielleicht bekommen wir dann einen Gerichtsbeschluss für einen Test.«

Mayfeld schüttelte bedauernd den Kopf. »Sie will nicht offiziell aussagen. Sie fühlt sich verfolgt. Sie wirkt auch nicht besonders glaubwürdig.«

»Der Typ kann doch nicht straffrei ausgehen«, protestierte Burkhard.

»Als Erstes fragen wir Frau Mertens nach seinem Alibi für die Tatnacht. Dann sehen wir weiter.«

»Das machen wir gleich«, schlug Burkhard vor, stellte sein Weinglas ab und erhob sich.

Mayfeld wollte den Tatendrang seines Kollegen nicht bremsen.

»Ich komme mit«, sagte er.

Sie fuhren nach Oestrich. Frau Mertens schien beunruhigt, dass ihr Mann noch nicht zu Hause war. Doch ihre Befragung brachte die beiden Kommissare nicht weiter. Sie bestätigte alle Angaben ihres Mannes.

»Nächste Woche überlegen wir uns eine Strategie, wie wir den Kerl zur Strecke bringen«, sagte Burkhard zu Mayfeld, als sie sich vor dem Haus in der Bornstraße voneinander verabschiedeten.

***

Sie arbeiteten den ganzen Nachmittag, nachdem Annika und Herbert zur Kisselmühle zurückgekommen waren. Marie war ziemlich überrascht gewesen, dass der alte Freund, von dem Annika am Telefon gesprochen hatte, der Alte aus dem Krankenhaus war. Aber der Typ schien ganz cool zu sein. Sie füllten im Stall Heu in die Raufen, gossen die Blumen vor der Lamaschule, fütterten die Meerschweinchen und die Papageien, gingen die Zäune ab, sammelten Lamakötel ein und fuhren sie auf den Misthaufen.

Marie war so froh über ihre Freiheit, dass sie es sogar genoss, Scheiße einzusammeln und auf einen Misthaufen zu bringen. Annika war anfangs ziemlich durch den Wind und wollte nicht mit ihr reden.

»Später«, sagte sie immer wieder, wenn Marie wissen wollte, was mit ihr los war. Herbert sagte ihnen, was zu tun war, und stellte keine Fragen.

Die ruhige Arbeit tat gut nach all dem Stress der vergangenen Tage. Annika verlor mit der Zeit ihren irren Blick, und Marie dachte immer öfter an die Tiere statt an die Gespenster der Vergangenheit. Als die Abenddämmerung hereinbrach, trieben sie die Lamas, die Alpakas, die Kamele und Dromedare in den Stall.

»Ich geh dann schon mal runter zum Haus«, sagte Herbert, als alle Arbeit getan war. »Ich koch uns was Leckeres. Ihr könnt noch bei den Tieren bleiben. Die mögen es, wenn man ihnen das Fell kämmt. Und es beruhigt die Nerven.«

Er warf einen Blick auf Annika. Herbert schien sich ziemliche Sorgen um sie zu machen.

Sie holten Bürsten aus dem Korb am Eingang und gingen in das Gatter, in dem die Lamas standen. Die Tiere wichen zurück, trippelten durch die offenen Seitentüren auf die Paddocks neben dem Stall. Aber bei einigen überwog die Neugier, sie kamen zurück. Ganz vorsichtig begannen Marie und Annika, mit den Bürsten durch das Fell der Tiere zu streichen.

Eine Viertelstunde sprachen sie kein Wort. Mittlerweile waren viele der Tiere wieder in den Stall gekommen und ließen sich das Heu schmecken.

»Ich wollte mich nicht umbringen«, sagte Annika schließlich. »Das Arschloch wollte mich vergiften.«

Annika meinte des Öfteren, dass irgendwer hinter ihr her war und ihr Böses wollte, aber diesmal glaubte ihr Marie.

»Wie hat er das denn versucht?«, fragte sie.

»Er muss mir irgendwas in den Wodka getan haben«, vermutete Annika. »Die Ärzte haben Beruhigungsmittel in meinem Blut gefunden, ich hab in letzter Zeit aber nichts eingeworfen.«

Marie ging zum nächsten Lama.

»Ich hab am letzten Samstag eine halb volle Flasche Wodka von dir mitgenommen«, sagte sie. »Ich hab etwas davon getrunken und hatte anschließend einen kompletten Filmriss. Wenn da irgend so ein Scheiß drin war, ist das kein Wunder.«

»Filmriss? Was haben denn deine Alten dazu gesagt?«

»Die waren stinksauer«, log Marie.

Als sie in der Kisselmühle eingetroffen war, hatte Herbert gefragt, was sie ihren Eltern gesagt habe, wo sie sei. Bei Annika, hatte sie geantwortet, und der Alte hatte sich damit zufriedengegeben. Offensichtlich ging Annika davon aus, dass sie nach ihrem Treffen am vergangenen Samstag noch mal zu Hause gewesen war. Das war gar nicht so schlecht, dachte Marie. Dann musste sie nichts von Basti erzählen. Annika mit ihrem übertriebenen Misstrauen wäre bestimmt sauer.

»Herbert hat in den letzten Tagen keine Zeitung gelesen«, sagte Annika. »Dem kannst du viel erzählen. Ich hingegen hatte im Krankenhaus Besuch von der Polizei. Deine Alten haben dich als vermisst gemeldet. Und ich hab am Donnerstag mal in die Zeitung geschaut. Was ist das für ein Typ, den die Polizei sucht?«

Marie erinnerte sich an das Telefonat mit Annika. Annika hatte gesagt, dass etwas von einem Quadfahrer in der Zeitung gestanden hatte. Das hatte sie total vergessen. Wie kam sie aus der Nummer jetzt wieder raus?

»Was für ein Typ? Ich hab keine Zeitung gelesen.«

»Der Quadfahrer.« Annikas Stimme klang nun sehr ungeduldig, ihr Blick bekam etwas Lauerndes.

Marie wurde heiß und kalt gleichzeitig. Warum hatte sie ihre Freundin angelogen? Warum hatte sie nicht die Wahrheit gesagt? Warum war es ihr peinlich, von Basti zu erzählen? Weil sie so lange gebraucht hatte, sich abzusetzen? Weil sie fast bei ihm geblieben wäre? Weil ihr der komische Typ irgendwie auch noch sympathisch war? Am besten sagte sie jetzt, wie es gewesen war. Hoffentlich rastete Annika nicht aus.

»Er heißt Basti. Nachdem ich bei dir war, bin ich zu Frau Dr. Holler gefahren«, beichtete sie der Freundin. »Das Nächste, an was ich mich erinnere, ist, dass ich in seinem Zimmer wach wurde.«

Annika drehte sich abrupt zu ihr um und warf die Bürste auf den Boden. Das Lama hoppelte erschrocken weg.

»Und das erzählst du mir erst jetzt?«, schrie sie.

»Wann hätte ich dir das denn sonst erzählen sollen?«, schrie Marie zurück.

Auch ihr Lama rannte davon.

»Zum Beispiel im Krankenhaus!«

Das hätte sie natürlich machen können. Aber dann hätte Annika sie zum Teufel geschickt, und sie wäre jetzt nicht hier, sondern längst schon wieder bei ihren Eltern.

»Ich wollte dich nicht aufregen«, sagte sie kleinlaut.

Annika sah sie giftig an. »Du bist so eine blöde Kuh«, schimpfte sie. »Ich vertraue dir, und du lügst mich an. Sie sind hinter mir her, und du ziehst mit einem Wildfremden durch die Gegend und bringst ihn vielleicht auf meine Spur.«

»Er hat mich nicht gehen lassen«, verteidigte sich Marie. Beruhigend klang das nicht gerade. Und irgendwie stimmte es auch nicht. Sie hatte nicht gehen wollen, zumindest später nicht, als sie es hätte tun können. Das war schwer zu erklären. Außerdem hatte sie keine Lust, sich zu rechtfertigen. »Und was ist mit dem alten Knacker? Den kennst du doch auch erst seit Kurzem.«

»Lass Herbert aus dem Spiel. Der hat mich vor Mertens gerettet. Vielleicht steckt dieser Basti mit dem Arschloch unter einer Decke? Was hatte er bei Holler zu suchen? Vielleicht hat er sie umgebracht?«

»Das glaube ich nicht«, antwortete Marie.

»Sie glaubt es nicht«, höhnte Annika. »Na dann! Ist dir der Typ am Ende hierher gefolgt?«

»Ich glaube nicht«, antwortete Marie und hätte sich im selben Moment am liebsten auf die Zunge gebissen.

Draußen war ein Geräusch zu hören, ein Rascheln oder Schlurfen. Annika hastete zum Eingang des Stalls.

»Da ist doch jemand«, fauchte sie.

Marie rannte zu ihr. Es war dunkel geworden. Sie spähte in die Düsternis.

»Ich sehe nichts«, sagte sie, aber sie war sich nicht sicher, ob sich auf der Weide nicht doch etwas bewegt hatte.

»Vielleicht hat er ja auch Kevin umgebracht«, flüsterte Annika.

Es war wie ein Schlag in die Magengrube. Marie wurde schwindelig.

»Kevin ist tot?«, stotterte sie.

»Er hat nach dir gesucht. Hat er dich gefunden? Gab es Stress mit deinem komischen Freund?«

Marie erinnerte sich an die Prügelei. Aber Basti war immer bei ihr gewesen. Er konnte Kevin gar nicht getötet haben.

»Heute stand in der Zeitung, dass er in der Nacht von Mittwoch auf Donnerstag umgebracht wurde«, ergänzte Annika.

Marie atmete auf. In der Nacht waren sie und Basti in der Mapper Schanze gewesen. Aber dann erinnerte sie sich daran, dass Basti für längere Zeit verschwunden gewesen war. Sie klammerte sich an ihre Freundin. Vielleicht hatte sie ganz, ganz großen Mist gebaut.

»Lass uns hier abhauen«, flüsterte sie.

In aller Eile schlossen sie den Stall. Der Wind hatte aufgefrischt. Irgendetwas bewegte sich auf der Weide. Vielleicht waren es ja nur die Äste eines Buschs oder ein Wildschwein.

»Nichts wie weg«, raunte Annika, und sie rannten los.

Sie rannten an den Meerschweinchen vorbei, an der Lamaschule, an dem Tipi aus Holz. Sie rannten über die Brücke, den Weg entlang des Baches Richtung Häuser. Im Unterholz knackte es, sie rannten immer schneller. Schließlich erreichten sie das Haus der Kupfers. Über der Tür brannte ein Licht. Sie schauten sich um. Weit und breit war niemand zu sehen. Sie lachten erleichtert auf und gingen ins Haus.

Drinnen roch es nach Knoblauch und Kräutern. Der Alte hatte Spaghetti mit Tomatensoße gekocht.

»Könnt ihr mal den Tisch decken?«, rief er aus der Küche.

Ein paar Minuten später saßen sie vor einer dampfenden Schüssel Pasta am Küchentisch und schlangen die Nudeln in sich hinein. Nachdem sie alles vertilgt und den Abwasch gemacht hatten, zündete Herbert sich und Annika Zigaretten an und stellte eine Flasche Rotwein, eine Flasche Traubensaft und drei Gläser auf den Tisch.

»Heute Mittag hattest du ziemlich üblen Stress«, begann er das Gespräch.

»Und soll das jetzt so weitergehen?«, fragte Annika giftig.

»Mit dem Stress wird es ewig so weitergehen, wenn du nicht für Klarheit sorgst, junge Frau. Leg die Karten auf den Tisch. Du weißt etwas, und deswegen wirst du bedroht und verfolgt. Niemand wird dir glauben, wenn du nicht sagst, worum es geht. Dann bleibst du für alle die kleine Paranoikerin.«

Wenn er was sagte, schien Herbert eine klare Ansprache zu bevorzugen, dachte Marie.

»Danke für das Verständnis«, schrie Annika und sprang von ihrem Stuhl auf.

»Du solltest einen neuen Anlauf nehmen und noch mal mit meinem Sohn reden.«

»Dem Bullen?«

»Wenn es überhaupt gute Bullen gibt, dann ist er einer.«

Was man so nebenbei alles erfährt, sagte sich Marie. Annika war mit dem Vater eines Bullen unterwegs, und ihr machte sie wegen Basti Vorwürfe.

»Du hast was von einem Video angedeutet. Du solltest es Robert geben, wenn du es wiederhast. Er kann dir nur helfen, wenn er weiß, worum es geht.«

Das Video hatte Marie fast vergessen gehabt.

»Bloß weil ich bei dir Unterschlupf bekommen habe, hast du noch lange kein Recht, mir in meine Angelegenheiten reinzuquatschen, ist das klar?«, zeterte Annika.

»Du wärst die Erste, die es schafft, mich davon abzuhalten, meine Meinung zu sagen«, erwiderte Herbert und trank einen Schluck Rotwein. »Ich wollte dich nur daran erinnern, dass du heute Mittag mit den Nerven völlig am Ende gewesen bist, Angst wegen dieses Videos hattest und dir Vorwürfe gemacht hast, dass du es Marie gegeben hast. Stimmt das alles nicht mehr?«

Annika setzte sich wieder. »Haste noch eine Flippe für mich?«

Herbert reichte Annika seine Packung und ein Feuerzeug über den Tisch.

»Mein bloß nicht, mir macht die Scheiße Spaß«, sagte Annika weinerlich. »Es ist einfach schwer, mit Typen über so was zu reden.«

»Dann rede mit Julia, seiner Frau.«

»Der Köchin?«

»Köchin, Psychologin, wie du willst. Oder rede mit einer Kollegin von Robert. Man merkt doch, dass du in Not bist. Das wächst dir alles über den Kopf.«

Annika wirkte nun ziemlich kleinlaut. »Ich bin müde und geh jetzt ins Bett. Kommst du mit, Marie?«

Marie hätte gern mehr von Herbert erfahren, aber sie konnte ihre Freundin jetzt nicht im Stich lassen. Sie stand auf und folgte Annika.

Als sie die Küche verließen, drehte sich Annika noch einmal um. »Ich überleg es mir«, rief sie Herbert zu.

»Gut so«, antwortete der Alte. »Noch was ganz anderes: Das Telefon hier ist tot. Wahrscheinlich ist mal wieder ein Ast auf die Telefonleitung gefallen. Hat eine von euch ein Handy mit D1-Netz?«

Marie hatte dieses Netz. Herbert stand auf und gab ihr einen Zettel mit einer Nummer.

»Das ist die Nummer der Störungsstelle. Ruf dort morgen an und sag denen Bescheid.«

Marie versprach, das zu erledigen.

Dann gingen sie die kurze Strecke zum Holzhaus im hinteren Teil des Gartens. Wieder raschelte und knackte es in der Dunkelheit. In dem Holzhaus befand sich ihr Zimmer, eingerichtet mit einem großen Bett, einem Schrank, einem Tisch und zwei Sesseln. Die Matratze war neu und vom Feinsten. Eine eindeutige Verbesserung zu den letzten Nächten, fand Marie.

Sie sprang aufs Bett, Annika fläzte sich in einen der Sessel und holte eine Flasche Schnaps aus der Innentasche ihrer Jacke.

»Tresterbrand«, sagte sie. »Das ist was Ähnliches wie Grappa. Hab ich im Wohnzimmer der Kupfers gefunden.«

»Findest du es gut, die Leute zu beklauen, bei denen wir hier wohnen dürfen?«, protestierte Marie.

Annika öffnete die Flasche und nahm einen Schluck. »Sei nicht so spießig. Ich arbeite umsonst für die. Ein kleines vorweggenommenes Dankeschön kann man doch nicht ›klauen‹ nennen.«

Sie hielt Marie die Flasche hin. Die schüttelte den Kopf.

Marie griff nach ihrem Rucksack und holte die Speicherkarte heraus. Sie warf sie Annika zu.

»Was hat es mit dem Video auf sich?«, fragte sie die Freundin.

»Das willst du gar nicht wissen«, sagte Annika und nahm einen weiteren Schluck aus der Pulle.

»Fang du jetzt nicht auch noch damit an, mich wie ein kleines Mädchen zu behandeln. Warum wollte Mertens dich vergiften?«

»Ich habe ihm gesagt, dass ich ihn fertigmache.«

»Das war vielleicht nicht sehr schlau.«

»Ich hatte was intus«, erklärte Annika.

Natürlich. »Wie wolltest du das denn anstellen, ihn fertigmachen?«

Annika zeigte mit dem Kinn auf die Speicherkarte, die sie vor sich auf den Tisch gelegt hatte.

»Damit. Das Video hat Kevin vom Rechner des Arschlochs. Er hat mir eine Kopie davon gemacht, weil ich ihm einen Tipp gegeben habe.«

»Einen Tipp?«

Annika begann zu zittern. Sie nahm einen weiteren Schluck aus der Flasche.

»Du kennst doch Alina und Janine. Mit denen fährt der Drecksack jeden Mittwoch weg. Anschließend sind die beiden völlig fertig. Das hab ich Kevin gesteckt, und der ist Mertens hinterhergefahren. Als ich ihn das nächste Mal gesprochen habe, wollte er das Video zurückhaben. Aber was ich mal habe, gebe ich nicht mehr her. Er meinte, damit könnte man Mertens fertigmachen, aber ich soll erst mal den Ball flach halten und mich von den Bullen fernhalten. Deswegen habe ich Holler auch verboten, zur Polizei zu gehen.«

Marie wurde heiß und kalt und schwindelig. »Frau Dr. Holler hat das Video gesehen?«

»Ich hab ihr bloß davon erzählt. Sie meinte, ich soll damit zu den Bullen gehen, und ich hab gesagt, ich überleg es mir. Ich hab ihr lediglich erlaubt, das Jugendamt vor Mertens zu warnen.«

»Erlaubt?«

»Klar doch. Es geht um Datenschutz, Arztgeheimnis und so was.«

»Wohin ist Kevin dem Drecksack gefolgt?«, fragte Marie und versuchte, den Kloß in ihrem Hals zu ignorieren.

»Johannisberg«, antwortete Annika, die ganz plötzlich einsilbig geworden war.

Das hatte sich Marie gedacht.

»Zeig mir das Video«, sagte sie. Sie hörte sich sprechen, als sei sie eine fremde Person. »Mit deinem Superhandy geht das doch bestimmt. Ich will es jetzt sehen.«

Annika kam zu ihr auf das Bett und schaltete ihr Smartphone an, schob die Speicherkarte in einen kleinen Schacht und öffnete einen Videoplayer.

***

Basti schaute enttäuscht auf den Mann. Dann probierte er es noch einmal. Er nahm ein Haarbüschel in die Hand und betrachtete jedes Haar einzeln, ganz genau sah er sie sich an. Aber es war kein einziges goldenes dabei. Dann nahm er noch ein Haarbüschel und untersuchte es. Und noch eins und noch eins und noch eins. Bis er alle Haare durchgesehen hatte. Nirgendwo ein goldenes Haar zu finden, und schon gar nicht drei. Und er war sich so sicher gewesen, das richtige Märchen gefunden zu haben. Der Teufel im Märchen war immer aufgewacht, wenn ihm die *Ellermutter* ein goldenes Haar ausgerissen hatte, der Mann hier rührte sich nicht. Aber das war leicht zu verstehen, Basti hatte ihm ja kein Haar ausgerissen.

Was sind das für gottlose Streiche, die muss dir der Böse eingegeben haben.

Er dachte angestrengt nach. Es war die dritte Nacht, seit er das Haus im Sülzbachtal verlassen hatte. In der ersten Nacht hatte er die schwarze Katze gefunden, die ihn an Findus erinnert hatte und die jetzt mit *des Seilers Tochter Hochzeit* hielt, in der zweiten Nacht hatte er mit dem greulichen Mann gekämpft und mit den Totenbeinen und Totenköpfen gekegelt.

Nicht weit davon stände ein verwünschtes Schloss, wo einer wohl lernen könnte, was Gruseln wäre, wenn er nur drei Nächte darin wachen wollte. Der König hätte dem, der's wagen sollte, seine Tochter zur Frau versprochen, und die wäre die schönste Jungfrau, welche die Sonne beschien.

Das war nicht Märchen Nummer neunundzwanzig, das war Märchen Nummer vier.

»Wart«, sprach er, »ich will dich ein bisschen wärmen«, ging ans Feuer, wärmte seine Hand und legte sie ihm aufs Gesicht, aber der Tote blieb kalt. Nun nahm er ihn heraus, setzte sich ans Feuer und legte ihn auf seinen Schoß, und rieb ihm die Arme, damit das Blut wieder in Bewegung kommen sollte.

Basti verließ die Mühle. An einer Seitenwand des Gebäudes hatte er einen Stapel Brennholz gesehen, als er angekommen war. Er nahm fünf Scheite davon und ein wenig Reisig, das in einem Korb neben dem Stapel lag, und trug alles in den Raum mit dem großen Kamin. Dort entfachte er ein Feuer. Nach einer Weile begann es, lustig zu prasseln. Dann machte er alles wie im Märchen beschrieben.

Erst wärmte er sich die Hände am Feuer und legte sie dem Mann aufs Gesicht, immer und immer wieder, denn Mama hatte gesagt, dass man nicht so schnell aufgeben dürfte. Aber nichts passierte.

Dann setzte er sich ans Feuer und zog den Mann auf seinen Schoß. Das war nicht leicht, denn der Mann war schon etwas steif, und Basti musste ihn zurechtbiegen, damit er in die richtige Position kam. Dann rieb er ihm die Arme immer und immer wieder. Aber nichts passierte.

Als auch das nichts helfen wollte, fiel ihm ein, »wenn zwei zusammen im Bett liegen, so wärmen sie sich«, brachte ihn ins Bett, deckte ihn zu und legte sich neben ihn.

In einer Ecke des Raumes lagen ein paar Wolldecken. Die legte er aufeinander und bettete den Mann bequem obendrauf. Eine Wolldecke hatte er zurückbehalten, und mit der deckte er den Mann zu, bevor er sich neben ihn legte. Jetzt musste er einfach warten.

Über ein Weilchen ward auch der Tote warm und fing an sich zu regen. Da sprach der Junge »siehst du, Vetterchen, hätt ich dich nicht gewärmt!« Der Tote aber hub an und rief »jetzt will ich dich erwürgen.« Da trat ein Mann herein, der war größer als alle anderen, und sah fürchterlich aus; er war aber alt und hatte einen langen weißen Bart. »O du Wicht«, rief er, »nun sollst du bald lernen, was Gruseln ist, denn du sollst sterben.« – »Nicht so schnell«, antwortete der Junge, »soll ich sterben, so muss ich auch dabei sein.«

Der Kampf zwischen Basti und dem Alten dauerte lange. Immer wieder *kamen aus allen Ecken und Enden schwarze Katzen und schwarze Hunde an glühenden Ketten* dem Alten zu Hilfe, einmal *kam mit lautem Geschrei ein halber Mensch den Schornstein herab und fiel vor ihm hin. Als es aber zwölf schlug, war alles vor seinen Augen verschwunden.*

Irgendwann wachte Basti frierend wieder auf. War alles nur ein

Traum gewesen? Im Kamin glimmte noch Glut, und der Mann neben ihm rührte sich nicht. Draußen wurde es hell, das erste Morgenlicht drang durch die Fenster in den Raum.

Er wartete noch eine Weile. Doch der König kam nicht. Enttäuscht stand er auf und brachte alles wieder an seinen Platz.

Samstag, 29. Oktober

Ein neuer Tag hatte begonnen, und wieder war es ein goldener Oktobertag. So als ob sich die Sonne für ihr spärliches Erscheinen während der Sommermonate entschuldigen wollte, schien sie nun schon seit Wochen und tauchte auch an diesem Morgen das Rheintal in ihr mildes Licht.

Julia und Mayfeld hatten sich nach dem Frühstück auf den Balkon gewagt, sich in wärmende Decken gehüllt und tranken einen Cappuccino in der Oktobersonne. Die Situation war perfekt. Es war eine innige Nacht gewesen und ein zärtlicher Morgen, und sie hatten noch eine Stunde Zeit, bis Julia wieder nach Kiedrich musste. Tobias und Lisa waren außer Haus. Dennoch fühlte sich Mayfeld beunruhigt und unwohl.

»Die Woche in der Straußwirtschaft war ein voller Erfolg.« Julia lehnte sich zufrieden auf ihrem Stuhl zurück. »Viele Gäste haben gefragt, warum wir nicht länger aufhaben. Und ich frage mich das auch.«

»Dein Beruf, die Vorschriften über Straußwirtschaften, das sind Antworten auf die Frage.«

»Mit einer Stundenreduktion im Krankenhaus und der Hilfe von Elly und Hilde müsste es zu schaffen sein. Es reicht, wenn ich die Hälfte der Woche in der Küche stehe.«

»Dann sehen wir uns noch seltener«, protestierte Mayfeld. »Koch doch stattdessen öfter für mich.«

Julia warf ihm einen Blick zu, als ob sie sich nicht zwischen Belustigung und Ärger entscheiden könnte.

»Egoist!«, schimpfte sie mit einem Lächeln.

»Oder du schreibst das Kochbuch, das dir schon lange vorschwebt. Wie soll das noch mal heißen?«

»›Kochen im Weingut – Landküche rund um den Wein‹. Das verkauft sich bestimmt besser, wenn ein Gutsausschank dahintersteht. Wenn die Weinberge von Onkel Theo im nächsten Jahr dazukommen, sind neue Vermarktungsideen nicht verkehrt.«

»Das wäre eher ein Argument dafür, sich weniger Arbeit aufzuhalsen. Franz ist jetzt schon oft in Lorch und Assmannshausen, wenn er dort noch mehr zu tun bekommt, muss Elly Arbeiten in Kiedrich übernehmen.«

»Dann musst du dich halt mehr engagieren. Füllt dich die Polizeiarbeit noch aus? Gefällt es dir im Weingut nicht besser?«

Seit er nahezu wöchentlich mit dem Staatsanwalt zusammenstieß, überlegte sich Mayfeld das immer öfter. Doch für Lackauf wäre sein Rückzug ein Triumph.

»Ich kann die Kollegen nicht im Stich lassen«, antwortete er, war sich aber unsicher, ob so viel heldenhafte Aufopferung tatsächlich angebracht war.

»Wie heldenhaft von dir«, bemerkte seine Frau.

Mayfeld dachte darüber nach, wie viele Jahre er mit Julia verheiratet war. Manchmal verstanden sie sich ohne Worte.

»Lackauf versucht, mir den Fall zu entziehen.« Er berichtete Julia, wie er mit dem Staatsanwalt am Tag zuvor aneinandergeraten war und was ihm Burkhard über Lackaufs Absichten gesagt hatte.

»Ich bin manchmal ganz schön unmöglich«, antwortete Julia. »Mach dir deinen Job madig. Erzähle dir, du sollst bei der Polizei kürzertreten, während du mitten in Mordermittlungen steckst. Als Nächstes erkläre ich dir noch, was für ein Idiot Lackauf ist, so als ob du das selbst nicht am besten wüsstest. Du hast jetzt wirklich andere Sorgen. Hast du deinen Vater erreicht? Was wirst du mit der kleinen Verrückten von gestern anfangen? Was wollte Burkhard sonst noch von dir?«

Mayfeld atmete erleichtert auf. Julias Rat hatte ihm schon oft weitergeholfen. Er berichtete von der DNA-Probe und dem Verdacht gegen Mertens.

»Das heißt, ihr sucht mit dem Behinderten den Falschen?«

»Im Licht der neuen Indizien: ja. Andererseits sind die Indizien gegen ihn ebenfalls überwältigend. Auf irgendeine Weise steckt er in der Sache mit drin. Vielleicht gibt es zwei Täter.«

»Ich hatte gleich den Eindruck, dass die Inszenierung der beiden Leichenfunde von verschiedenen Personen stammt. In Hollers Fall von einem detailverliebten Kenner der Grimm'schen Märchen, in Möllers Fall von jemandem, der nur etwas andeuten will und der auch nur über eine oberflächliche und fehlerhafte Kenntnis der

Märchen verfügt. Du erinnerst dich, er hat ein unpassendes Zitat gewählt.«

Natürlich erinnerte sich Mayfeld daran. »Gerade beim Mord an Kevin Möller sprechen die Indizien allerdings eindeutig gegen Sebastian Fromm. Und der ist der Märchenkenner.«

Julia lächelte ihn an. »Bin ich froh, dass ich Psychologin und nicht Polizistin bin.« Dann wurde sie wieder ernst. »Worum es wohl in dem Video geht?«

»Wahrscheinlich um ein Verbrechen. Möglicherweise sollte jemand damit erpresst werden.«

Julia seufzte. »Mir ist schon klar, dass es nicht um Urlaubserinnerungen geht. Zwei der Hauptpersonen in der Geschichte sind traumatisierte Mädchen, möglicherweise sexuell traumatisierte Mädchen. Was ist, wenn davon etwas auf den Videos zu sehen ist?«

»Du meinst Kinderpornografie?«

»Genau das meine ich.«

»Dazu würde passen, dass Annika gestern gesagt hat, Holler habe das Jugendamt vor Mertens warnen wollen. Ich hole uns noch einen Kaffee.«

Mayfeld ging in die Küche, drückte auf die entsprechenden Knöpfe des Espressoautomaten und sah zu, wie die schwarzbraune Flüssigkeit in die Tassen rann.

Kinderpornografie war eine Möglichkeit. War Mertens dann der einzige Täter? Wie passte Sebastian Fromm in diese Theorie? Er öffnete die Düse des Milchaufschäumers und jagte heißen Wasserdampf durch den Milchtopf, goss den Milchschaum auf den Espresso, streute etwas Kakaopulver darauf und kehrte zurück auf den Balkon.

»Wenn Mertens der Killer ist, dann ist Annika Möller in Gefahr«, überlegte Julia. »Warum sollte Mertens ausgerechnet sie schonen? Dann ist vielleicht auch dein Vater in Gefahr.«

Das war es, was ihn schon die ganze Zeit bedrückte. Mayfelds Unruhe nahm zu.

»Ich kann ihn nicht erreichen. Er ist nicht zu Hause, sein Handy ist ausgeschaltet, und ich habe keine Ahnung, wo er stecken könnte. Möglicherweise ist Marie Lachner in noch viel größerer Gefahr, sie trägt mittlerweile dieses Video mit sich herum. Du müsstest das Mädchen übrigens kennen. Sie ist auf einem der Bilder, das Hilde in Kiedrich aufgehängt hat.«

»Im Ernst?« Julia stand auf und ging in die Wohnung. Kurze Zeit später kam sie mit dem alten Fotoalbum, das die ganze Zeit auf dem Wohnzimmertisch gelegen hatte, zurück. Sie blätterte darin. »Du meinst dieses Bild? Davon habe ich meiner Mutter eine Kopie machen lassen.«

Sie zeigte Mayfeld die Fotografie. Der nickte. Julia betrachtete das Bild lange. Dann schüttelte sie den Kopf.

»Ich kann mich nicht erinnern. Sie ist keine enge Freundin von Lisa gewesen. Zeig doch mal ein aktuelles Foto von Marie.«

Mayfeld hatte ein Foto in seinem Jackett. Er holte es aus dem Wohnzimmer und gab es Julia. Die studierte es lange.

»Wäre ich nie drauf gekommen«, sagte sie, als sie es ihm zurückgab. »Die hat sich ja total verändert. Und dann noch die gefärbten Haare.«

Erstaunlich, dass Burkhard das Mädchen sofort erkannt hatte. Kannte er sie besser? Aber warum hatte er dann nichts gesagt? Er musste das den Kollegen in der nächsten Woche unbedingt fragen.

»Wieso meinst du, dass Marie in Gefahr ist? Dafür müsste Mertens wissen, dass sie im Besitz des Videos ist. Und ihm wird es Annika ja wohl kaum gesagt haben«, führte Julia ihre Überlegungen fort.

Mayfelds Handy klingelte. Er hörte die schniefende Stimme von Winkler.

»Der Irre mit dem Märchentick hat wieder angerufen, diesmal bei den Kollegen in Rüdesheim. ›Knusper knusper Knäuschen, wer knabbert an meinem Häuschen? Der Mertens ist tot‹, lautete heute Morgen die Botschaft. Soll ich irgendetwas veranlassen?«

Mayfeld informierte die Kollegin über die Ereignisse des vergangenen Tages.

»Schick Leute bei Mertens vorbei. Ich melde mich wieder. Ich hab eine Idee.«

Mayfeld fuhr nach Johannisberg, vorbei am Schloss und am Kloster in den Höllenweg. Er ließ die ersten Mühlen links liegen und folgte der Landstraße, die bald in den Wald hineinführte. Die Sonne ließ die Farben des Herbstes aufscheinen, ein rotes Glühen durchzog das Tal zwischen Johannisberg und Marienthal, als wollte sich die Natur gegen die nahende Kälte und den Verfall ein letztes Mal aufbäumen. Er nahm die Abzweigung ins Tal hinab, passierte eine geöffnete Schranke.

Schon vor zwei Tagen war ihm der Hohlweg bekannt vorgekommen, jetzt erinnerte er sich, woher. Es war der Weg, der auf dem Foto zu sehen war, das er in Sebastian Fromms Zimmer gefunden hatte, genau dieselbe Schranke war dort abgebildet. Die Mühle gehörte Hochstätter. Es war naheliegend, dass er hierhergefahren war, und überraschend, dass er den Weg auf dem Bild nicht erkannt hatte.

Er erreichte die Mühle. Vor dem Gebäude stand der Geländewagen des Hausmeisterservices, die Eingangstür des Hauses war angelehnt. Er betrat den Vorraum und rief nach Mertens, bekam aber keine Antwort. Mayfeld betrat das Zimmer, in dem er sich zwei Tage zuvor mit Mertens unterhalten hatte. Das Sonnenlicht fiel durch die Fenster auf den Dielenfußboden, auf ein paar zusammengelegte Wolldecken und auf den mit Bruchsteinen gemauerten, riesigen offenen Kamin an der Längsseite des Raumes.

Es roch nach verbranntem Fleisch.

Aus der Öffnung des Kamins ragten zwei Beine. Mayfeld stürzte darauf zu und zog an ihnen. Die Beine des Mannes waren steif, seine Arme verhakten sich mit den seitlichen Mauern der Kaminöffnung. Nach einer Weile hatte er es geschafft, den Körper zu befreien. Die Haare des Mannes und die Kopfhaut waren versengt, im Kamin fand Mayfeld Reste von Glut. Es war nicht mehr nötig, den Puls am verrußten Hals zu überprüfen.

Mertens war tot. Um seinen Hals schlängelte sich das violettfarbene Band, das Mayfeld nun schon zum dritten Mal innerhalb kurzer Zeit an einem Toten wahrnahm. Er warf einen Blick auf den Bauch der Leiche. Das weiße Hemd von Mertens war aschgrau geworden, dennoch hatte Mayfeld die beiden kleinen Brandmarken schnell entdeckt. Entgeistert setzte er sich neben den Toten auf die Holzdielen.

Einige Minuten später rief er den Bereitschaftsdienst im Wiesbadener Polizeipräsidium an und ließ sich mit Winkler verbinden.

»Mertens ist tatsächlich tot. Ich habe ihn in der Bachmühle in Johannisberg gefunden. Komm vorbei und bring das große Orchester mit.«

Mayfeld durchkämmte die Mühle vom Keller bis zum Dach. Das

war eine einfache Angelegenheit. Das Gebäude war komplett leer geräumt und gesäubert, die Arbeiter der Entrümpelungsfirma, die Mayfeld zwei Tage zuvor in der Mühle gesehen hatte, hatten ganze Arbeit geleistet. Man konnte erkennen, dass das Gebäude vor Jahren zu Wohnzwecken umgebaut worden war, aber alle Spuren der bisherigen Nutzung waren getilgt worden.

Er ging nach draußen und schaute sich in der Umgebung um. Die Mühle stand direkt am Bach, der durch das Tal zog. Mayfeld konnte die Reste eines Wasserrades erkennen, an einer Wand des Gebäudes war Brennholz gestapelt. Vor dem Haus lag ein gekiester Parkplatz, neben Mertens' Geländewagen schien ein weiteres Fahrzeug gestanden zu haben, aber auf dem Kies hatte es keine verwertbaren Reifenspuren zurückgelassen. Ansonsten umgab eine Wiese das Haus.

Mayfeld wusste, dass oberhalb und unterhalb der Bachmühle weitere Anwesen im Tal lagen. Von der Mühle aus waren sie allerdings genauso wenig zu sehen wie die Landstraße. Das Gebäude lag abgelegen und versteckt im Wald.

Eine halbe Stunde später traf Winkler zusammen mit drei uniformierten Kollegen und drei Mitarbeitern der Spurensicherung ein. Mayfeld schickte die Kriminaltechniker in den Raum, in dem Mertens' Leiche lag, und die uniformierten Kollegen in die Umgebung der Mühle. Sie sollten nach allem, was irgendwie auffällig war und nicht in einen herbstlichen Wald gehörte, Ausschau halten und anschließend die Nachbarn befragen, ob ihnen in den letzten Tagen etwas aufgefallen wäre.

Dann setzte er sich mit Winkler auf den steinernen Treppenaufgang.

»Warum lässt du dich denn nicht mal länger krankschreiben?«, fragte er die Kollegin, die heftig schniefte. »Konnte dir niemand den Bereitschaftsdienst am Wochenende abnehmen?«

»Früher hast du ganz gerne mit mir zusammengearbeitet«, frotzelte sie ihn an und gab ihm mit dem Ellenbogen einen kleinen Knuff zwischen die Rippen. »In letzter Zeit scheinst du den Kollegen Burkhard zu bevorzugen, der sich viel Mühe gibt, einen guten Eindruck zu machen.«

»Vermutest du irgendwelche Hintergedanken bei ihm?«

»Er verhält sich in letzter Zeit ungewöhnlich engagiert. Kommt am letzten Wochenende seines Urlaubs ins Präsidium, um sich auf den neuesten Stand zu bringen. Im Zusammenhang damit, dass Lackauf ganz offensichtlich an deinem Stuhl sägt, finde ich das recht bedenklich. Es würde mich nicht wundern, wenn der Staatsanwalt darauf hinarbeitet, Burkhard die Leitung der Ermittlungen zu übertragen. Und als Nächstes greift der liebe Kollege dann nach der Leitung des Kommissariats. Aber lassen wir das, wenden wir uns dem Fall zu. Wenn ich das richtig verstanden habe, ist dir hier in der Mühle dein Hauptverdächtiger abhandengekommen«, sagte Winkler.

»Er ist verstorben, aber er ist nicht unbedingt als Hauptverdächtiger abhandengekommen. Mertens kannte Holler angeblich nicht. Er hat behauptet, nie mit ihr Kontakt gehabt zu haben. Aber wir wissen, dass die Hautpartikel unter ihren Fingernägeln von ihm stammen. Ich weiß nicht, wie die da hingekommen sein sollen, wenn nicht bei einem Kampf. Ich glaube, dass wir es mit zwei Tätern zu tun haben. Mertens hat mit großer Wahrscheinlichkeit Holler ermordet, und irgendjemand hat Mertens ermordet. Bleibt die Frage, wer Kevin getötet hat, Mertens oder Mertens' Mörder.«

»Und es bleibt die Frage, wieso wir immer diese merkwürdigen Nachrichten bekommen. Ich befürchte, dass Sebastian Fromm unser zweiter Mann ist. Du hattest immer Zweifel, dass er Holler getötet hat, aber im Fall Kevins läuft alles auf ihn hinaus. Ich denke, wir werden auch hier Spuren finden, die auf ihn hinweisen.«

»Du vermutest einen Rachefeldzug?«

»Das könnte doch sein. Neben Geldgier und verschmähter Liebe ist Rache das dritte bedeutende Motiv für Mord.«

Daran hatte Mayfeld auch schon gedacht. Es blieb nur eine Ungereimtheit. »Wie hat Fromm die Vorgehensweise vom ersten Mord kopieren können? Hat er die Tat beobachtet? Warum ist er dann nicht zu Hilfe geeilt? Und wie ist er so schnell an einen Elektroschocker herangekommen?«

Darauf hatten weder Winkler noch Mayfeld eine plausible Antwort.

»Welche konkreten Ermittlungsansätze können wir jetzt verfolgen?«, fragte Mayfeld seine Kollegin.

»Möglichst schnell Sebastian Fromm finden. Ansonsten hab ich da noch was für dich.« Winkler holte eine Mappe aus ihrem Rucksack. »Das ist die Liste der Gespräche, die Kevin Möller in den Tagen vor seinem Tod geführt hat. Meyer hat sie mir auf den Schreibtisch gelegt. Mit der Nummer, die du in Erfahrung gebracht hast, konnte er den Provider identifizieren, und der war mit der Gesprächsliste schnell bei der Hand.«

Mayfeld nahm die Liste. Am 26. Oktober hatte Kevin Möller eine Vielzahl von Gesprächen geführt. Die meisten mit Dr. Markus Hochstätter.

»Hochstätter muss ich sowieso darüber informieren, was auf seinem Grundstück passiert ist«, sagte Mayfeld. Er deutete auf die Liste. »Bin mal gespannt, wie er das da erklärt.«

***

Basti war am Morgen zur Mapper Schanze gefahren. Beim Kegeln mit den Totenbeinen und Totenköpfen war ihm eine Idee gekommen. Es hatte eine Weile gedauert, aber dann war es ihm eingefallen. Marie hatte am Tag, bevor sie weggelaufen war, telefoniert und von Lamas gesprochen. Hier im Wald kannte sich Basti aus, hier fand er alles, was er suchte. Lamas, die gab es in der Kisselmühle.

Er hatte Proviant eingepackt, sein Fernglas und das Nachtsichtgerät, das ihm Mama zum letzten Geburtstag geschenkt hatte.

Damit kannst du sehen, was auf Erden und am Himmel vorgeht, und kann dir nichts verborgen bleiben.

Dann war er losgefahren. Er hatte Nebenwege genommen, er wollte Marie überraschen. Nun lag er oberhalb der Weiden, auf denen die Lamas grasten, in einer Felsenkuhle, die von Büschen verdeckt war. Er schaute durch das Fernglas, das ihm Mama vor drei Jahren zu seinem Geburtstag geschenkt hatte.

Basti hatte viel Zeit. Er konnte sich an alles ganz genau erinnern. Vor einer Woche hatte er im Baumhaus gesessen und Frau Holles Haus beobachtet. Er hatte darauf gewartet, dass die Polizei käme. Er hatte sie nämlich angerufen, nachdem er Frau Holle so schön hergerichtet hatte. Aber die Polizei war nicht gekommen, den ganzen Tag nicht.

Das war auch gut so gewesen, sonst hätte er abends nicht die Königstochter gefunden, die im Anbau von Frau Holles Haus eingeschlafen war. Vielleicht könnte er sich das Mädchen heute Abend wieder holen, überlegte er. Er würde schön aufpassen, dass dem Vögelchen nichts passierte. Er erinnerte sich an den Streit mit Kevin, an den Streit mit Fromm und an den bösen Mann in der Bachmühle.

Immer wieder kamen Wanderer vorbei, Familien mit Kindern, die die Lamas bestaunten. Basti aß seinen Proviant: Nussbrot, Presskopf und Hollersaft.

Es schmeckt nichts besser, als was man selber isst.

Da kam sie. Marie betrat den Platz vor dem Stall. Basti knirschte mit den Zähnen. Sie war nicht allein. Eine junge Frau und ein alter Mann liefen neben ihr und redeten auf sie ein. Basti ballte die Fäuste.

Siehst du, so geht's in der Welt.

Die drei machten sich im Stall und auf den Weiden zu schaffen. Bastis Fernglas hatte eine starke Vergrößerung. Mit ihm konnte er Marie ganz aus der Nähe betrachten. Er erkannte sogar ihre Sommersprossen. Natürlich nicht alle hundertsiebenundvierzig, aber einige davon. Erst lief sie mit ihrem Handy durch die Gegend und telefonierte, oder versuchte zu telefonieren. Dann ging sie auf die Weide und bürstete einige Lamas. Anschließend ging sie zurück zu den Ställen und redete mit dem anderen Mädchen.

Stunden später, die Schatten wurden schon länger, bemerkte Basti, dass er nicht der Einzige war, der die Kisselmühle beobachtete. Ein Mann kam durch das Unterholz, ein paar hundert Meter weiter talwärts. Er hatte Basti nicht bemerkt, denn Basti kannte sich aus mit dem Verstecken im Wald. In seiner Felskuhle war er so gut wie unsichtbar. Der Mann hatte auch ein Fernglas dabei, und er suchte sich einen Platz, von dem aus er die Häuser und die Ställe beobachten konnte.

Er stand da … wie einer, der Böses im Sinne hat.

***

Auf der Rückfahrt von Johannisberg hatte Mayfeld in der Bornstraße in Oestrich haltgemacht und Irene Mertens über den Tod ihres Mannes informiert, sein Beileid ausgesprochen und die Witwe gebeten, den Leichnam ihres Mannes am nächsten Tag im Südfriedhof in Wiesbaden zu identifizieren. Auf die Frage, ob es jemanden gebe, der jetzt bei ihr sein könnte, war Frau Mertens kollabiert, und Mayfeld musste den Notarzt rufen. Der war wenige Minuten später vor Ort.

Während sich der Arzt und zwei Sanitäter um die Patientin kümmerten, begab sich Mayfeld auf die Suche nach Alina und Janine. Er fand sie verschüchtert in ihrem abgedunkelten Kinderzimmer. Der Notarzt wollte Irene Mertens am liebsten zur Beobachtung ins Krankenhaus mitnehmen, aber nachdem sie wieder auf den Beinen und halbwegs bei Kräften war, lehnte sie dies rundweg ab. Sie ging zu ihren Kindern und bedachte Mayfeld mit einem Blick, als ob er gerade versucht habe, ihr diese zu rauben, verbat sich jede weitere Hilfe oder Einmischung und komplimentierte Arzt, Sanitäter und Polizeikommissar nach draußen.

Mayfeld fuhr weiter nach Eltville. Seinen Volvo stellte er vor dem eigenen Zuhause ab und ging die kurze Strecke zu Hochstätters Villa zu Fuß.

Hochstätter öffnete selbst die Eingangstür. Er trug robuste Kleidung, so als ob er eine Wanderung vorhätte oder von einer solchen gerade nach Hause gekommen wäre. Er führte Mayfeld in den Besprechungsraum mit den kastanienbraunen Ledersesseln und dem traumhaften Blick über den Rhein. Wie beim letzten Besuch stellte er Gläser und eine Flasche Mineralwasser auf den Tisch.

»Ich bin überrascht, Sie so schnell wiederzusehen, und das auch noch am Wochenende«, sagte er zu Mayfeld.

Mayfeld berichtete, was in der Johannisberger Mühle geschehen war.

»Das ist ja fürchterlich«, sagte Hochstätter mit tonloser Stimme. Er schien aufrichtig entsetzt zu sein. Oder er war ein überzeugender Schauspieler. Mayfeld war unsicher, wofür er sich entscheiden sollte.

»Was hatte Mertens dort zu tun?«, fragte der Kommissar.

»Mertens hatte die Aufgabe, dafür zu sorgen, dass das Haus komplett leer geräumt wird. Das Anwesen ist eine der Immobilien, die mein Vater erworben hat, ohne sich genau zu überlegen, welche Rendite bei der Investition abfällt. Die Mühle soll verkauft werden.«

»Gibt es schon einen Käufer?«

Hochstätter schaute Mayfeld irritiert an.

»Interessieren Sie sich für das Objekt?«

»In Mordermittlungen interessiert sich die Polizei für alles«, antwortete Mayfeld und versuchte, möglichst verbindlich zu klingen.

Hochstätter lächelte ebenso verbindlich. »Nein, einen Käufer gibt es noch nicht.«

»Und dennoch lassen Sie das Haus leer räumen?«

»Verkaufspsychologie, Herr Kommissar. Ich werde es auch noch renovieren lassen, wo das nötig ist. Häuser, die einen aufgeräumten und gefälligen Eindruck machen, verkaufen sich besser.«

Davon verstand Mayfeld nichts. Aber es klang plausibel, was Hochstätter da sagte.

»Wie wurde die Mühle zuletzt genutzt?«

»Ich habe sie gelegentlich für Feiern benutzt. Aber ich habe hier auch schöne Räumlichkeiten. Genau genommen steht die Mühle seit Jahren leer. Deswegen will ich sie ja verkaufen.«

»Wer wusste, dass Mertens dort zu tun hatte?«

»Eine ganze Menge Leute. Ich, meine Sekretärin, die Leute von der Entrümpelungsfirma, seine Frau und alle, denen es einer von denen oder er selbst erzählt hat.«

Das führte vermutlich nicht weiter. Wer Mertens hatte töten wollen, hatte herausfinden können, wo er sich aufhielt. Kurz überlegte Mayfeld, wie das wohl Sebastian Fromm gelungen sein sollte.

»Wer kümmert sich jetzt um Frau Mertens?«, fragte Hochstätter.

Mayfeld zuckte mit den Schultern. »Sie wollte keine Hilfe.«

Hochstätter schüttelte den Kopf. »Und das glauben Sie?«

Mayfeld hatte den Eindruck, dass Hochstätter ihn ablenken wollte. »Wo waren Sie gestern Nachmittag und Abend?«, fragte er.

»Ist Mertens zu der Zeit gestorben?«

Wenn Mayfeld sich richtig an das erinnerte, was er über die Entwicklung der Leichenstarre gelernt hatte, musste das der Zeitraum sein.

»Versuchen Sie bitte ohne Gegenfrage zu antworten, Herr Dr. Hochstätter«, antwortete er.

»Ich war ab dem Nachmittag in Frankfurt und bin erst spät in der Nacht zurückgekommen. Brauchen Sie Zeugen, die das bestätigen können?«

Mayfeld bat um ein paar Namen und Telefonnummern. »Kennen Sie Kevin Möller?«, fragte er sein Gegenüber dann.

Hochstätter überlegte, er machte den Eindruck, wirklich nachzudenken. »Ist das der ehemalige Pflegesohn von Mertens?«

Mayfeld nickte.

Hochstätter dachte wieder eine Weile nach. »Der hat mich vor ein paar Tagen angerufen. Meine Mobilnummer hatte er von Mertens. Er wollte einen Job als Fahrer. Ich fahre aber ganz gerne selbst.«

»Er hat Sie am Mittwoch siebenmal auf Ihrem Handy angerufen«, präzisierte Mayfeld.

»Ihre Informationen scheinen genauer zu sein als meine Erinnerungen«, erwiderte Hochstätter kühl.

»Sie haben doch nicht sieben Telefonate gebraucht, um ihm klarzumachen, dass Sie keinen Job für ihn haben.«

»Er war hartnäckig und letztlich auch erfolgreich. Ich brauche ab und zu einen Fahrer für Besucher und Geschäftsfreunde oder als Boten für geschäftliche Unterlagen. Ich habe dem jungen Mann Mertens zuliebe einen Job als Mädchen für alles angeboten, probeweise für ein halbes Jahr.«

Mayfeld glaubte Hochstätter kein Wort. »Und damit beschäftigen Sie sich abends, weit nach Büroschluss? Mit der Einstellung von Dienstboten?«

Ein Kälteeinbruch erreichte Hochstätters Gesicht und Stimme. »Ich beantworte Ihre Fragen wahrheitsgemäß. Wenn Sie daran Zweifel haben, dürfte unser Gespräch keinen Sinn mehr machen. Ich frage mich allerdings, womit ich diese Zweifel verdient habe.«

»Das kann ich Ihnen sagen, Herr Dr. Hochstätter. Ich habe Sie am Donnerstag nach Kevin Möller gefragt. Sie behaupteten, der Name sage Ihnen nichts, obwohl sie nur einen Tag zuvor siebenmal mit dem Mann telefoniert haben. Was soll ich denn da anderes tun, als ins Zweifeln zu kommen?«

»Sie haben mir vier oder fünf Namen genannt. Ich habe mir nur den von Frau Holler gemerkt. Bei den anderen habe ich wohl nicht richtig zugehört. Das tut mir aufrichtig leid.«

Er schenkte Mayfeld ein eisiges Lächeln.

Es war spät am Tag geworden. Die Sonne schickte sich an, irgendwo hinter Bingen, vielleicht unterhalb der Loreley, im Rhein zu versinken. Die Schatten wurden länger und blasser, und der Himmel färbte sich rot. Mayfeld war allein zu Hause. Er saß auf dem Balkon seiner Wohnung und hatte sich gerade eine zweite Wolldecke geholt. Im Schatten wurde es empfindlich kalt.

Der Kommissar ließ den Tag und die Woche vor seinem inneren Auge vorbeiziehen. Er erinnerte sich an die Unruhe, die ihn am Vormittag befallen hatte, als er mit Julia hier auf dem Balkon gesessen hatte. Er war davon ausgegangen, dass Mertens hinter einem Video her war, das ihn belastete, und dass er deswegen Annika und Marie gefährlich werden könnte. Diese Gefahr war nun gebannt.

Aber wer war der zweite Täter?

Vermutlich war Holler von den beiden Mädchen ins Vertrauen gezogen worden und hatte Belastendes über Mertens erfahren. Annika zufolge wollte Holler das Jugendamt vor Mertens warnen. Doch das, was er in Hollers Akten gefunden hatte, reichte als Motiv für einen Mord bei Weitem nicht aus. Und es war nur Wissen vom Hörensagen. Ob Holler im Besitz des ominösen Videos gewesen war? Aber wäre sie damit nicht zur Polizei gegangen? Oder hatte sie sich der ärztlichen Schweigepflicht verpflichtet gefühlt?

Die zweite Decke reichte nicht mehr, um ihn zu wärmen. Mayfeld beschloss, nach drinnen zu gehen. Er legte eine CD in den Player seiner Musikanlage, die »Kreisleriana« von Schumann, gespielt von Martha Argerich.

Ein Stück mit fast wahnwitzigen Anforderungen an die Technik der Pianistin, das die Zerrissenheit Schumanns zum Ausdruck brachte, seine zwei Gesichter. Es hatte vor einigen Jahren bei der Aufklärung einer seiner verzwicktesten Fälle eine wichtige Rolle gespielt. Er überlegte, ob er sich einen ersten Schluck Wein gönnen sollte, entschied sich dann aber doch für einen weiteren Kaffee. Schließlich musste er noch nach Kiedrich fahren, um die Gärung in seinen Fässern zu kontrollieren.

Er holte sein Notebook, setzte sich mit Kaffeetasse und Computer an den Esstisch, öffnete die Dateien, die er auf dem USB-Stick gespeichert hatte, und ging die Unterlagen zu den Ermittlungen noch einmal durch.

Die Merkwürdigkeiten in diesem Fall hatten damit begonnen, dass es kaum Patientenunterlagen in der Praxis gegeben hatte. Der Täter, also vermutlich Mertens, hatte den Computer und die Speichermedien entwendet und zur Tarnung noch ein paar andere Sachen gestohlen. Glücklicherweise hatte er einen USB-Stick und eine Speicher-DVD übersehen. Der USB-Stick hatte ihnen zunächst nicht weitergeholfen, weil auf dem nur die Akten der Patienten gespeichert waren, die im Oktober bei Frau Dr. Holler gewesen waren.

Bei diesem Gedanken blieb Mayfeld hängen. Irgendetwas stimmte hier nicht. Mayfeld öffnete einen Kalender in seinem Notebook. Marie hatte ihre Termine bei Dr. Holler montags. Sie war wegen der Ferien und des Feiertags im Oktober wahrscheinlich nicht bei Dr. Holler gewesen. Aber Annika hatte ihren Termin dienstags, also war sie am 4. Oktober vermutlich in der Praxis gewesen. Und sie hatte gestern von einem Notfalltermin, den sie »letztens« wahrgenommen hatte, gesprochen. Ihr Besuch hätte also sehr wohl auf dem USB-Stick dokumentiert sein müssen.

Das würde bedeuten, dass die Datei mit Annikas Krankenakte auf dem Datenträger gelöscht worden war. Wenn der Täter den Stick gefunden hätte, hätte er ihn wie alle anderen Speichermedien, derer er habhaft geworden war, verschwinden lassen. Aber Mayfeld hatte ihn in der Praxis gefunden, und dennoch waren keine Aufzeichnungen von Annikas Besuch darauf gewesen. Jedenfalls nicht mehr am folgenden Tag. Vor ihm hatte Burkhard den Stick durchgesehen. Aber warum hätte der eine Datei löschen sollen?

Mayfeld stöberte weiter in den Unterlagen. Adler hatte die auf Hollers Festnetz und Handy ein- und ausgehenden Telefongespräche in einer übersichtlichen Liste zusammengefasst. Am Tag vor ihrem Tod hatte Holler um zwölf Uhr einen Anruf vom Festnetzanschluss der Fromms auf ihr Handy bekommen und um zwanzig Uhr zurückgerufen. Um fünfzehn Uhr hatte sie von ihrem Festnetztelefon aus mit dem Jugendamt in Bad Schwalbach gesprochen. Ein beruflich bedingter Anruf, hatte Sandor Weisz vermutet; um einen Auftritt bei der Weihnachtsfeier der Kreisverwaltung zuzusagen, hatte Oliver Grewe behauptet. Einen Auftritt, um den er sie ein paar Tage zuvor gebeten hatte. Mayfeld scrollte die Liste zurück, aber er fand weder eine Nummer der Kreisverwaltung noch die Privatnummer von Grewe.

Er rieb sich die Schläfen. Ärgerlich, dass er Grewes Behauptung nicht früher überprüft hatte. Möglicherweise hatte er die Anfrage ja anders an Holler gerichtet, per E-Mail zum Beispiel, aber warum hatte er das dann nicht erwähnt? Verschwieg Grewe etwas? Annika hatte gesagt, dass Holler das Jugendamt vor Mertens warnen wollte. Grewe hatte aber nichts auf Klaus Mertens kommen lassen. Vielleicht war Grewe Mertens' Komplize gewesen. Oder Hochstätter, der ihm aus irgendeinem Grund zunächst seine Bekanntschaft mit Kevin Möller verschwiegen hatte.

Er musste endlich seinen Vater erreichen. Möglicherweise war die Gefahr für Annika mit Mertens' Tod noch nicht vorbei. Und wenn Annika in Gefahr war, dann war vielleicht auch Herbert bedroht. Er rief auf dem Festnetz bei ihm zu Hause an, nicht einmal ein Anrufbeantworter meldete sich. Er versuchte es auf dem Handy, aber auch dort war er nicht erreichbar.

Er hatte die Ansage der freundlichen Sprecherin gerade weggedrückt, als sich Winkler meldete.

»Ich bin auf dem Weg zurück ins Präsidium, kurz vor der Auffahrt auf die Schnellstraße. Dein Kaffee ist viel besser als der im Präsidium, ist es okay, wenn ich kurz vorbeikomme?«

Zehn Minuten später saß Winkler mit einem großen, dampfenden Milchkaffee mit Mayfeld am Esstisch.

»Die Nachbarn von Hochstätter haben alle nichts bemerkt«, berichtete die Kollegin. »Bei dem Abstand, den die Häuser voneinander haben, ist das kein Wunder. Verwertbare Spuren vor dem Haus und um das Haus herum haben wir auch keine gefunden. In dem Zimmer, in dem die Leiche von Mertens lag, ist die Spurensicherung dafür gleich mehrfach fündig geworden.«

»Wie du vermutet hast«, unterbrach sie Mayfeld.

Winkler lächelte geschmeichelt. »Sie haben Haare gefunden und etwas, das nach Hautpartikeln aussieht.«

Mayfeld holte das Foto von Marie und Lisa aus dem Album, das neben seinem Notebook lag. Das aktuelle Foto von Marie Lachner legte er daneben.

»Fällt dir etwas auf?«

Winkler schaute Mayfeld ratlos an, so als wartete sie auf eine Erklärung für seine rätselhafte Frage. Dann studierte sie die beiden Fotografien sorgfältig. Schließlich sagte sie: »Könnte sein, dass das Mädchen neben deiner Tochter Marie Lachner ist.«

Mayfeld nickte.

»Was sollte die Frage?«

Bislang war Burkhard der Einzige gewesen, der Marie Lachner auf dem Foto sofort erkannt hatte. Und gestern hatte Mayfeld den Eindruck gehabt, als hätte sich Burkhard über seine spontane Äußerung im Nachhinein ziemlich geärgert. Aber dann hatte er die Verärgerung auf die Intrigen von Lackauf zurückgeführt. Das konnte Mayfeld der Kollegin unmöglich sagen.

»Gib mir etwas Zeit«, bat er sie.

Winkler akzeptierte das ohne weiteres Nachfragen oder Murren, aber kurze Zeit später bedankte sie sich für den Kaffee und stand auf. Im Hinausgehen fiel ihr noch etwas ein.

»Marie Lachners Handy ist heute Vormittag kurzfristig im Bereich des Sendemastes von Kloster Eberbach geortet worden. Dann war es wieder verschwunden.«

Mayfeld bedankte sich für die Information und begleitete Winkler zur Tür. Ihm war ein monströser Verdacht gekommen, ein Verdacht, den er niemandem mitteilen konnte, mit Ausnahme seiner Frau. Vielleicht sollte er jetzt nach Kiedrich fahren und mit ihr sprechen.

In diesem Moment zeigte sein Handy den Empfang einer SMS an: »Hab gerade mit Mum telefoniert. Sie meint, du suchst Opa. Opa ist seit gestern in der Kisselmühle Lamas hüten. Hdgdl Lisa«

Mayfeld änderte sofort seine Pläne.

***

Es war dunkel geworden, und Basti holte sein Nachtsichtgerät aus dem Rucksack. Der Mann, der außer ihm die Kisselmühle beobachtete, war immer noch da. Der Alte und die Mädchen hatten am Abend die Lamas zurückgetrieben und waren zusammen mit den Tieren im Stall verschwunden.

Der Mann *war ihnen nachgeschlichen, heimlich, wie die Hexen schleichen. Wie einer, der Böses im Sinne hat.* Er war ebenfalls im Stall verschwunden.

Basti versuchte, etwas im Inneren des Gebäudes zu erkennen. Aber der fremde Mann hatte die Schiebetür zugezogen und nur einen kleinen Spalt offen gelassen. Da half kein Nachtsichtgerät.

Hinter dem Stall bewegte sich etwas. Ein weiterer Mann kam

den Weg von den Häusern entlanggelaufen, ging über die Brücke, an dem Tipi und der Esche vorbei zum Stall und betrat ihn durch den offenen Spalt.

Basti verließ sein Versteck.

***

Nicht mehr lange und die Dämmerung war der Nacht gewichen. Wo noch vor Kurzem buntes Herbstlaub die letzten Sonnenstunden gefeiert hatte, ragten jetzt dunkle Baumwipfel in einen sich verfinsternden Himmel. Mayfeld bog bei der zweiten Ausfahrt Richtung Kloster Eberbach von der Landstraße ab, am Parkplatz nahm er den Waldweg, der oberhalb des Klosters an der Klostermauer entlang in den Wald hineinführte. Er fuhr am aufgelassenen Friedhof der ehemaligen Irrenanstalt vorbei und passierte einige Minuten später die Ferienhaussiedlung Gaisgarten.

Schließlich hatte er sein Ziel erreicht. In der Düsternis der hereinbrechenden Nacht erkannte er drei eng zusammenstehende Häuser, die auf Mayfeld wirkten, als suchten sie Schutz beieinander. »Waldhaus Kisselmühle seit 1174«, entzifferte er das Schild vor einem Fachwerkhaus.

Er klingelte, niemand meldete sich. Beim Nachbarhaus hatte er genauso wenig Glück. Er ging durch den mit Buchsbäumen bestandenen Vorgarten zu dem Holzhaus im Hintergrund. Auch dort reagierte niemand auf sein Klingeln und Klopfen. Er kehrte zu seinem Wagen zurück. Direkt neben dem Volvo entdeckte er ein Schild: »Zu den Lamas 300 Meter nach oben und links halten«.

Er beschloss, die Strecke zu Fuß zu gehen. Nach ein paar Minuten schien es ihm, als ob er unten im Tal, zwischen den Bäumen, ein Gebäude sehen würde. Der Waldweg stieg sacht den Hügel aufwärts, um dann in einem Bogen Richtung Talgrund zu führen.

Alles war still. Die Konturen des Gebäudes wurden deutlicher. Es handelte sich um einen Stall mit den Ausmaßen einer Reithalle. Der Weg führte abwärts zu einer Brücke über den Kisselbach. Links des Weges ließ Mayfeld ein windschiefes Gebäude liegen, das aus Bruchsteinen und gebrannten Ziegeln zusammengestoppelt war, rechts einen Totempfahl und ein Tipi.

Der Weg bog um die Ecke und führte nun direkt auf den Stall

zu. Eine Lampe an dem windschiefen Gebäude beschien das Gelände vor dem Stall, das von einem großen alten Baum beherrscht wurde, um dessen Stamm die Schatten kleiner, flinker Nagetiere huschten.

Als er in die Nähe des Stalls kam, hörte er schwache Geräusche aus dessen Inneren kommen. Die Türen an der Längsseite des Gebäudes waren geöffnet und führten auf Paddocks. Fast lautlos erschienen in den schwach beleuchteten Türen die wuscheligen Köpfe und wolligen Körper von Lamas und Alpakas, Dromedaren und Trampeltieren. Die Tiere starrten ihn neugierig an.

Mayfeld ging zum Eingang des Stalls, betrat ihn durch den schmalen Spalt, den eine Schiebetür offen gelassen hatte. Der Raum war mit Baugittern in unterschiedliche Abteilungen unterteilt, die Lamas und Alpakas, die Mayfeld im schwachen Licht erkennen konnte, drängten sich ängstlich an die Außenwände des Stalls. Hinten, gegenüber dem Eingang, türmten sich Heuballen. Davor lagen drei reglose Gestalten.

Er hörte ein Geräusch hinter sich. Im selben Moment traf ihn ein heftiger, stechender Schmerz zwischen den Schulterblättern. Er hatte vorher nicht geahnt, dass es solche Schmerzen überhaupt gab. Er fiel nach vorn, ohne jegliche Gegenwehr schlug sein Kopf auf dem Betonfußboden auf.

Als er wieder zu sich kam, spürte er etwas Süßes im Mund, aus seiner Nase rann eine warme Flüssigkeit. Er versuchte aufzustehen. Kein einziger seiner Muskeln gehorchte ihm. Überall im Körper herrschte eine fiebrige und nervöse Gelähmtheit, eine Art feurigen Kribbelns, das jegliche Bewegung unmöglich machte.

»Ich habe eine extra hohe Stromstärke eingestellt, Robert. Die nächsten Minuten bist du gelähmt. Du kannst dir die Anstrengung also sparen.«

Der Mann mit dem Elektroschocker, das immerhin fiel Mayfeld sofort ein. Die Stimme des Mannes kannte er, er kannte sie sogar sehr gut. Gleich musste ihm der Name des Mannes einfallen.

Der Mann packte seine Hände und umwickelte sie mit etwas, dasselbe machte er mit seinen Füßen. Dann drehte er ihn um wie einen Sack Kartoffeln und grinste ihm ins Gesicht.

»Kennst du ein Märchen, in dem ein großes Feuer vorkommt, in dem Mensch und Tier verbrennen?«, fragte Burkhard. »Ich weiß noch gar nicht, was ich den Kollegen morgen am Telefon sagen soll. Ach so!« Burkhard hielt sich die Hand vor den Mund, als ob ihm plötzlich etwas einfiele. »Du kannst ja gar nicht reden. Die Wirkung der hunderttausend Volt dieses Zauberstabs.«

Er hielt Mayfeld den Elektroschocker unter die Nase. »Wenn du später anfangen solltest herumzuschreien, bekommst du den noch mal zu spüren.«

Erinnerungsfetzen jagten durch Mayfelds Hirn: die Überraschung, als er Burkhard am Sonntag in der Praxis von Holler angetroffen hatte, obwohl er ihn noch im Urlaub wähnte; Burkhard, der am Montag in der Morgenbesprechung den USB-Stick in der Hand hielt, auf dem alle interessanten Daten verschwunden waren; Burkhard, der die Lachners mit keinem Wort nach Holler gefragt hatte und der am darauffolgenden Tag überraschenderweise vor Kevins Wohnung aufgetaucht war, der die Vernehmung Kevins dazu genutzt hatte, dessen Wohnung auszukundschaften. Der den Verdacht gegen Sebastian Fromm immer wieder geschürt hatte.

Burkhard zog sich einen Schemel heran und setzte sich so, dass er Mayfeld genau im Blick hatte.

»Du warst so leicht zu täuschen«, sagte er. »Kaum dachtest du, einen neuen Verbündeten gegen diesen Streber von Staatsanwalt auf deiner Seite zu haben, hat dein Verstand ausgesetzt.« Ein selbstgefälliges Grinsen huschte über sein Gesicht.

Mayfeld bemerkte, dass er seine Hände wieder rühren konnte. Langsam und vorsichtig bewegte er die gefesselten Handgelenke gegeneinander. Es war zum Glück kein Klebeband, mit dem Burkhard ihn gefesselt hatte, sondern irgendeine Art Kordel. Hoffentlich redete der Mistkerl noch eine Weile weiter.

»Du willst bestimmt wissen, warum das alles passiert ist«, fuhr Burkhard fort.

Am besten antwortete er jetzt nicht. Sein Gegner sollte nicht merken, dass er seine Bewegungsfähigkeit allmählich wieder zurückgewann.

»Alles begann damit, dass Mertens die Nerven verloren hat. Nein, falsch. Alles begann damit, dass Mertens uns vor zehn Jahren gefilmt hat, als wir es den kleinen Ludern besorgt haben, Annika und Marie. Der Idiot hat das Video auf seinem Computer gespeichert, ohne unsere Gesichter zu verpixeln, und Kevin, die Ratte, hat den PC seines Alten Jahre später gehackt und das Video runtergeladen.«

Mayfeld drehte die Handgelenke hin und her. Die Kordel schnitt ihm ins Fleisch, aber sie lockerte sich allmählich. Burkhard war zu sehr damit beschäftigt, seinen Triumph auszukosten, als dass er Mayfelds Bewegungen bemerkt hätte.

»Dann kam die kleine Irre auf die Idee, zu einer Therapeutin zu gehen. Die hat Annika wohl eingeredet, sie sei in ihrer Kindheit sexuell missbraucht worden.« Das Schwein lachte hämisch. »Na gut, eingeredet trifft es vielleicht nicht ganz. Beim weiteren Fortgang der Dinge muss ich ein bisschen improvisieren und Vermutungen anstellen, aber dafür hast du ja Verständnis, Robert.«

Mayfeld bog die Finger nach innen und bekam den Knoten der Kordel zu fassen. Erst mit den Fingern der einen Hand, dann mit beiden Händen. Aber durch die Bewegungen, mit denen er die Fesselung gelockert hatte, hatte er den Knoten umso fester zugezogen.

»Annika muss Kevin gefragt haben, ob er eine Ahnung hat, was damals passiert ist. Kevin hat ihr vermutlich eine Kopie des Videos gegeben und sie ihm den Tipp, dass wir Ähnliches mit ihren Nachfolgerinnen Alina und Janine veranstalten. Es wäre die Aufgabe von Mertens gewesen, so etwas zu verhindern.«

Mayfeld hatte die Schlingen des Knotens mit den Fingerspitzen zu fassen bekommen. Behutsam begann er, den Knoten zu lockern.

»Zum Glück ist sie ein ziemlich versoffenes Stück Scheiße und kann ihr Maul nicht halten. Sie hat Mertens von dem Video erzählt. Sie hat gedroht, ihn fertigzumachen, und mit ihrer Therapeutin, die über alles Bescheid wisse und eine Kopie des Videos habe, geprahlt. Sie dachte, Mertens wüsste nicht, wer die Therapeutin ist, und hielt sich selbst dadurch für unverwundbar. Einmal vergisst die Schlampe ihre Paranoia, und schon bricht es ihr das Genick.«

Burkhard lachte heiser.

Der Knoten war auf. Mayfeld zog an der Kordel und streifte sie von seinen Handgelenken ab.

»Doch dann kam mein Freund Oliver ins Spiel. Frau Dr. Holler hat ihn angerufen, weil sie besorgt um das Schicksal der kleinen Janine und der kleinen Alina war. Oliver hat Mertens angerufen, und der konnte sich nun ausrechnen, wer die Therapeutin von Annika war. Mertens wollte die Probleme beseitigen, die er sich und uns eingebrockt hatte. Er wusste, dass er sonst Ärger mit mir bekommen würde. Der Idiot hatte Angst vor mir und hat deswegen auf eigene Faust gehandelt. Er hat versucht, Annika zu vergiften. Sogar das hat er vermasselt. Weil irgendwelche blöden Freunde zu Besuch kamen, hat er auf die Schlampe nicht richtig aufgepasst und konnte so nicht verhindern, dass Marie Annika gerettet hat. Immerhin hat er zuvor Holler zum Schweigen gebracht.«

Mayfelds Problem waren seine Füße. Sie waren immer noch gefesselt, und er kam an sie nicht heran, ohne dass Burkhard das bemerkt hätte. Wenn es zum Kampf käme, wären die gefesselten Füße der entscheidende Nachteil.

Burkhard stand von seinem Schemel auf.

»Sag mal, Robert, hältst du mich eigentlich für blöd? Ich weiß sehr wohl, dass du nicht mehr gelähmt bist. Die Wirkung lässt spätestens nach ein paar Minuten nach.«

Er trat Mayfeld in die Rippen. »Liegst du tatsächlich nur hier rum, oder hast du deine Handfesseln schon gelöst?«

Er fuchtelte mit dem Elektroschocker unter Mayfelds Nase. »Rede mit mir«, befahl er.

»Wie kamst du ins Spiel?«, fragte Mayfeld.

Er konnte nur hoffen, mit Reden Zeit zu gewinnen, bis ihm eine schlagkräftigere Antwort einfiel.

»Geht doch«, bemerkte Burkhard zufrieden. »Wie kam ich ins Spiel? Mertens hat kalte Füße bekommen. Deswegen hat er mich gebeten, bei den Ermittlungen darauf zu achten, dass nichts anbrennt. Das hab ich getan, ungern, aber was blieb mir anderes übrig? Ich konnte meinen Kumpel doch nicht auffliegen lassen. Aber letztendlich hat mich Kevin, die Ratte, ins Spiel gebracht. Er muss uns gefolgt sein, als wir die beiden Kleinen zu unserer wöchentlichen Mittwochabendparty in die Johannisberger Mühle gebracht haben. Er kann nicht mitbekommen haben, was wir dort getrieben haben, aber er hat es geahnt. Vor allem aber hat er Hochstätters Gesicht auf dem alten Video wiedererkannt. Damit war aus dem kleinen Porno ein Mittel für die Erpressung eines reichen Mannes geworden. Die Gelegenheit hat sich die Ratte nicht entgehen lassen. Markus hat mich sofort informiert. Und ich habe Mertens dazu gebracht, dass er mir die ganze Wahrheit erzählte, nicht nur die Halbwahrheiten, die er mir vorher aufgetischt hatte. Und dann hat Mertens Kevin nach meiner Anleitung beseitigt. Und ganz zum Schluss musste ich Mertens zum Schweigen bringen, als klar wurde, dass du ihn über kurz oder lang des Mordes an Holler überführen würdest. Das Arschloch hat gedroht, wenn er auffliege, würde ich mit auffliegen. Der war doch tatsächlich der Meinung, es sei für ihn eine Art Lebensversicherung, dass ein Bulle in der Sache mit drinhing. Das Gegenteil war der Fall.«

Burkhard legte den Elektroschocker neben Mayfeld auf den Betonboden. Er setzte sich auf Mayfelds Bauch.

»Jetzt weißt du alles und könntest den Fall lösen«, sagte er. »Wenn du das hier überleben würdest. Wenn ich mit dir fertig bin, werde ich Feuer legen. Ich kann keine Zeugen gebrauchen. Ich will nicht erpressbar sein, schließlich werde ich dein Nachfolger werden. Ich werde Sebastian Fromm des Mordes an Sylvia Holler, Kevin Möller, Klaus Mertens, Annika Möller, Marie Lachner und Herbert und Robert Mayfeld überführen. Es war ein Geschenk des Himmels, dass dieser Spinner seine tote Tante gefunden und so skurril aufgebahrt hat. Und dann noch dieser idiotische Anruf bei der Polizei! Nachher verteile ich noch ein paar Spuren von ihm auf dem Gelände. Er ist der ideale Täter und wird in irgendeinem Psychoknast verfaulen.«

Er holte einen Stahldraht aus seiner Jackentasche.

»Oder soll ich es dir lieber mit den Händen machen?«, fragte er höhnisch.

***

Basti huschte über den Hof, an der Esche vorbei. Fast wäre er über die Eisenstange gestolpert, die unter dem Baum lag. Er nahm sie mit und näherte sich dem Eingangstor des Stallgebäudes. Vorsichtig lugte er durch den Spalt, den die Schiebetür offen ließ.

Hinten im Stall, bei den Heuballen, sah er Marie, ihre Freundin und den alten Mann liegen. Sie waren gefesselt. Vorn lag der Mann, der zuletzt gekommen war, auf dem Rücken. Über ihm saß, den Rücken zu Basti gewandt, der Mann, *der Böses im Sinne hat.*

Der Mann, *der Böses im Sinne hat*, sagte, dass er ihn, Basti, einsperren würde, weil er die Frau Holle totgemacht habe. Dabei hatte er die gar nicht totgemacht, die war schon tot gewesen. Er hatte sie nur schön hingesetzt, so wie es für Frau Holle passte. Und er war ganz vorsichtig gewesen, damit sie nicht noch mehr kaputtging. Und auch sonst hatte er niemanden totgemacht. Der Mann war ein Lügner, und lügen durfte man nicht. Und man durfte Basti auch nicht einsperren, das hatte Frau Holle immer gesagt.

Jetzt nahm der Mann einen Stahldraht in die Hände. Er wollte den Mann, der auf dem Boden lag, totmachen.

»Nun hab ich dich«, sprach der Junge, »jetzt ist das Sterben an dir.« Dann fasste er eine Eisenstange und schlug auf den Alten los.

Basti rannte los. Aber der Mann mit dem Stahldraht hatte etwas gehört, drehte sich um, warf die Drahtschlinge weg, griff nach einem Stab, der neben ihm lag, und sprang auf. Basti ließ die Eisenstange niedersausen, aber der Mann konnte ausweichen, das Rohr streifte seinen Kopf nur. Der Mann taumelte, schaffte es jedoch, sich auf den Beinen zu halten. Immer wieder versuchte er, Basti mit dem Stab zu stechen.

»Knüppel, aus dem Sack«, schrie Basti, aber der Mann wich seinen Schlägen immer wieder aus.

Schließlich berührte er Basti doch mit seinem Stab. Ein Schmerz, wie ihn Basti noch nie gespürt hatte, durchfuhr seinen Körper, er fiel nach hinten auf den harten Boden und blieb regungslos liegen.

Der Mann, *der Böses im Sinn hat*, stand über ihm und grinste. Basti sah, wie der andere Mann, den der böse Mann hatte totmachen wollen, sich hinter ihm aufrappelte. Er hatte sich das Eisenrohr gegriffen. Und schlug zu.

Knüppel, aus dem Sack.

Der Mann, *der Böses im Sinne hat*, fiel wie ein gefällter Baum auf Basti und röchelte. Basti sah das Weiße in seinen Augen. Eine klebrige rote Flüssigkeit floss aus seinem Mund und seiner Nase in Bastis Gesicht, über seine Lippen. Er leckte daran. Sie schmeckte süß.

Ja, nun weiß ich, was Gruseln ist.

Epilog

Mayfeld und Sebastian Fromm hatten sich von den Stromschlägen schnell erholt. Gemeinsam befreiten sie Marie, Annika und Herbert, die gefesselt und geknebelt im hinteren Teil des Stalls lagen. Es dauerte eine Weile, bis Mayfeld eine Stelle fand, wo sein Handy Empfang hatte, und er seine Kollegen anrufen konnte. Eine Stunde nach der Überwältigung von Burkhard trafen Polizei und Notarzt in der Kisselmühle ein.

Paul Burkhard verstarb auf dem Weg von der Kisselmühle ins Krankenhaus an den Folgen seiner Verletzungen.

Der Polizeipräsident lehnte es in der folgenden Woche ab, Mayfeld die Leitung der polizeilichen Ermittlungen zu entziehen. Mertens' Computer wurde in der Wohnung von Burkhard gefunden. Wann Burkhard ihn sich angeeignet hatte, konnte nicht rekonstruiert werden. Die Sichtung der Dateien wurde zu einer der schwersten seelischen Belastungen, denen Mayfeld in seinem beruflichen Leben bislang ausgesetzt war.

Mertens hatte in einer Tauschbörse Hunderte von kinderpornografischen Videos heruntergeladen und Dutzende eigener Videos dort eingestellt. Die Videos von Mertens waren in der Bachmühle aufgenommen worden, mit versteckter Kamera und ohne Wissen der anderen Beteiligten. Auf den Rohfassungen der Videos konnten mehrere Täter identifiziert werden, neben Markus Hochstätter und Oliver Grewe wurden drei weitere Männer aus Wiesbaden und dem Rheingau verhaftet.

Irene Mertens konnte eine Beteiligung an den Straftaten ihres Mannes nicht nachgewiesen werden. Ihre Pflegekinder wurden in anderen Familien untergebracht. Wenige Wochen nach der Entscheidung des Jugendamtes warf sich Irene Mertens vor einen Zug und erlag noch vor Ort ihren schweren Verletzungen.

Annika Möller ging freiwillig in eine psychiatrische Klinik und wurde später in eine Langzeiteinrichtung für chronisch psychisch Kranke überwiesen.

Marie Lachner musste zurück in ihre Familie. Sie versuchte mehrfach, von zu Hause auszureißen, kam jedoch nie sehr weit, bis sie schließlich von ihren Eltern in einem Internat in der Schweiz untergebracht wurde.

Der Verdacht gegen Sebastian Fromm, an den Mordfällen beteiligt gewesen zu sein, konnte vollständig entkräftet werden. In Burkhards Wohnung wurde eine Haarbürste von Sebastian Fromm sichergestellt, die diesem möglicherweise als Quelle für falsch gelegte DNA-Spuren gedient hatte. Sebastian gab zu, seine Tante tot aufgefunden und »aufgebahrt« zu haben. Er gab auch zu, den toten Klaus Mertens in der Bachmühle nach drei goldenen Haaren durchsucht zu haben. Ein Verfahren wegen Störung der Totenruhe, das Lackauf zunächst angestrengt hatte, wurde wieder eingestellt. Ein Verfahren wegen Freiheitsberaubung wurde ebenfalls eingestellt, da sich Marie Lachner hartnäckig weigerte, gegen Sebastian Fromm auszusagen.

Georg Fromm scheiterte vor dem Vormundschaftsgericht mit dem Antrag, als Betreuer seines Sohnes eingesetzt zu werden. Waltraud Fromm erholte sich gesundheitlich und zog mit ihrem Sohn zurück in das Haus im Sülzbachtal.

Herbert Mayfeld zog in die Kisselmühle und hütet seither Lamas und Kamele.

Sandor Weisz verkaufte Hollers Haus in Martinsthal und wanderte nach Neuseeland aus.

Anhang

Märchen

Die im Text kursiv gedruckten Passagen sind zum allergrößten Teil Zitate aus den Grimm'schen Märchen, ebenso etliche von Sebastian Fromms Äußerungen. Die Zitate folgen der Ausgabe letzter Hand: Grimm, Jacob und Wilhelm: Kinder- und Hausmärchen 1–2. 7. Aufl. Berlin: Franz Duncker, 1857, zitiert nach Digitale Bibliothek Sonderband: Die digitale Bibliothek der deutschen Märchen und Sagen.

Folgende Märchen kommen, in der Reihenfolge ihres Erscheinens, zu Wort:

4. Märchen von einem, der auszog das Fürchten zu lernen.
24. Frau Holle.
15. Hänsel und Gretel.
53. Sneewittchen.
50. Dornröschen.
55. Rumpelstilzchen.
1. Der Froschkönig oder der eiserne Heinrich.
65. Allerleirauh.
69. Jorinde und Joringel.
36. Tischchen deck dich, Goldesel und Knüppel aus dem Sack.
26. Rotkäppchen.
12. Rapunzel.
54. Der Ranzen, das Hütlein und das Hörnlein.
5. Der Wolf und die sieben jungen Geißlein.
9. Die zwölf Brüder.
27. Die Bremer Stadtmusikanten.
19. Von dem Fischer und syner Frau.
11. Brüderchen und Schwesterchen.
25. Die sieben Raben.
29. Der Teufel mit den drei goldenen Haaren.
129. Die vier kunstreichen Brüder.
2. Katze und Maus in Gesellschaft.

Einiges Wissenswertes über den Rheingau

Martinsthal

Im 13. Jahrhundert ließ der Mainzer Erzbischof das Gebück (s. u.) zum Schutz des Rheingaus anlegen. Erzbischof Gerlach lockte die östlich des Wallufbachs lebenden Menschen auf die Kurmainzer Seite der Grenze, indem er ihnen Freiheit von Steuern, Fron und Leibeigenschaft versprach. Alte Dörfer wurden aufgelöst, ein neuer Ort entstand, der den Namen »Neudorf« erhielt und dessen Bewohner die Aufgabe hatten, das Gebück zu beschützen. 1935 wurde der Ort in Martinsthal umbenannt, nach dem Schutzpatron des Bistums Mainz. Seit der Gebietsreform von 1977 ist Martinsthal einer der fünf Ortsteile von Eltville. Sehenswert ist die gotische Pfarrkirche. Die bekannteste Weinlage ist die Martinsthaler Wildsau, an die auch eine Skulptur in der Ortsmitte von Martinsthal erinnert.

Kiedrich

Die kleinste eigenständige Ortschaft im Rheingau wird erstmals im 10. Jahrhundert erwähnt. Im 12. Jahrhundert bauten die Mainzer Erzbischöfe die Burg Scharfenstein zur Bewachung der Straße zwischen Eltville und Hausen. Sie diente in den folgenden Jahrhunderten den Bischöfen als Sommerresidenz und Fluchtburg. In der Folge siedelten sich mehrere Adelsfamilien in der Nähe der Burg an, wovon die vielen prächtigen Adelshöfe Kiedrichs noch heute Zeugnis ablegen. Der Ort erlebte einen wirtschaftlichen Aufschwung, als die Mönche des nahe gelegenen Klosters Eberbach der Kiedricher Pfarrkirche die Reliquien des Heiligen Valentinus, des Schutzpatrons der Fallsüchtigen, vermachten, was Kiedrich zu einem bedeutenden Wallfahrtsort werden ließ. Damals wurde die gotische St.-Valentinus-Kirche erbaut, die eine der ältesten Orgeln Deutschlands beherbergt. Bekannte Weinlagen sind Gräfenberg, Klosterberg, Wasseros und Sandgrub. Weitere Informationen kann man in den Anmerkungen zu »Tod im Klostergarten« nachlesen.

Federweißer und Weingärung

Federweißer nennt man den in Gärung befindlichen Wein, der von den Gärungshefen seine Farbe »weiß wie eine Feder« hat. Die Weingärung findet in Holzfässern oder Stahltanks statt, häufig auch im Wechsel. Im Rheingau geläufige Holzfassgrößen sind das Stückfass (1.200 Liter) und das Halbstück (600 Liter). Im Verlauf der Gärung wird der Zucker des Traubenmostes durch Gärungshefen in Alkohol verwandelt. Die Hefen stammen entweder aus dem Weinberg, wo sie natürlicherweise an den Trauben haften (Spontangärung), oder sie werden dem Most nach der Lese als Zuchthefen zugesetzt. Während der Gärung überprüfen die Winzer täglich Geschmack, Geruch und Oechslegrad, aus dem man den Restzuckergehalt des Weins errechnen kann. Gesteuert wird die Gärung vor allem über die Temperatur, hohe Temperaturen beschleunigen die Gärung, tiefe Temperaturen bringen sie zum Stillstand.

Straußwirtschaft

Im Jahr 791 n. Chr. hat Karl der Große in seinem Erlass »Capitulare de villis vel curtis imperii« Winzern den Ausschank von Wein in Schänken gestattet, die durch einen Kranz aus Efeu oder Weinlaub gekennzeichnet waren. »Wo's Sträußche hängt, wird ausgeschenkt«, heißt es seither in den Strauß- oder Heckenwirtschaften Deutschlands. Wie es sich gehört, ist auch heute alles durch eine Verordnung geregelt. Straußwirtschaften sind Familienunternehmungen, die maximal für vier Monate im Jahr geöffnet sein dürfen. Es dürfen keine Räumlichkeiten für den Betrieb angemietet werden, häufig werden Kelterhallen oder auch Wohnzimmer in einen Gastraum umgewandelt. In Straußwirtschaften darf nur eigener Wein vermarktet werden. Eine Verordnung schreibt vor, dass nur kalte oder »einfache« warme Speisen angeboten werden dürfen. Zum Glück regelt die Verordnung nicht auch noch, was unter einfachen Speisen zu verstehen ist.

Aulhausen

Der Luftkurort liegt am Rande des Niederwalds im Eichbachtal und ist seit der Gebietsreform 1977 ein Stadtteil von Rüdesheim. Er wird urkundlich erstmals im 12. Jahrhundert erwähnt und hieß früher Ulenhausen. Hier siedelten im Mittelalter viele Ulner, das heißt Töpfer, am Rande der örtlichen Lehmgrube. Das Benediktinerinnenkloster Marienhausen bestimmte über viele Jahrhunderte die Geschicke des Dorfes. Nach der Säkularisation 1806 wurde es in ein Jugendheim umgewandelt. Das heutige Sankt Vincenzstift ist der größte Arbeitgeber des Ortes.

Rüdesheim

Ursprünglich eine alte Keltensiedlung, dann ein Brückenkopf des römischen Kastells in Bingen auf dem Weg zum Limes. Im Mittelalter stand *Rudensheim* unter der Lehnsherrschaft der Mainzer Bischöfe, die Waldrodungen zur Förderung des Weinbaus gestatteten. Weil die Handelswege wegen der Verengung des Rheintals in Rüdesheim endeten und die Waren auf Schiffe umgeladen werden mussten, siedelten sich in Rüdesheim viele Schiffer, Flößer und Lotsen an. 1165 gründete Hildegard von Bingen hier das Benediktinerinnenkloster Eibingen. Es wurde 1803 säkularisiert und 1904 neu erbaut. 1941 vertrieb die Gestapo die Nonnen im Zuge des Klostersturms aus dem neuen Kloster, 1945 kehrten sie zurück.

Heute ist Rüdesheim das Fremdenverkehrszentrum des Rheingaus. Ein Drittel aller Übernachtungen der Region (jährlich knapp vierhunderttausend) werden in der etwa neuntausendsechshundert Einwohner zählenden Gemeinde registriert. Zu den touristischen Highlights zählen die Drosselgasse, das Niederwalddenkmal, die Seilbahn von Rüdesheim zum Niederwald, die Brömserburg, Kloster Eibingen, die Pfarrkirche St. Jakobus, Burg Ehrenfels, das Weinmuseum, das Mechanische Musikkabinett, das Spielzeugmuseum und das Mittelalterliche Foltermuseum.

Bis 1977 war Rüdesheim Kreisstadt des Rheingaukreises, noch heute ist es Standort für einige Kreisbehörden des Rheingau-Taunus-Kreises. Das St.-Josefs-Hospital der Scivias GmbH, die sich im Besitz des Bistums Limburg befindet, ist das für den Rheingau zuständige Krankenhaus.

Bedeutende Weinlagen sind (u. a.) Rüdesheimer Berg Rottland, Berg Roseneck, Klosterlay, Magdalenenkreuz, Assmannshäuser Hölle.

Germania

1883 weihte Kaiser Wilhelm I. im Gedenken an den Sieg über Frankreich das Niederwalddenkmal ein, die Germania, ein achtunddreißig Meter hohes und zweiunddreißig Tonnen schweres Monument aus Stein und Bronze. »Lieb Vaterland, magst ruhig sein, fest steht und treu die Wacht am Rhein«, heißt es in dem Lied von Max Schneckenburger, das dort in Stein gemeißelt zu lesen ist. Das Denkmal beflügelte den Tourismus ungemein. Waren es im 19. Jahrhundert vor allem Romantiker aus allen Ländern Europas, die das Rheintal als eine der schönsten Landschaften des Kontinents aufsuchten, so waren es nach der Errichtung des Denkmals überwiegend stolze Deutsche, die dem deutschen Rhein huldigten. Heute kommen die jährlich anderthalb Millionen Besucher aus aller Welt, und das nationale Pathos vergangener Tage hat sich verflüchtigt.

Bad Schwalbach

Die zehntausend Einwohner zählende Kurstadt ist Sitz der Kreisverwaltung des 1977 gegründeten Rheingau-Taunus-Kreises. Die Mineralwasserquellen sind seit dem 16. Jahrhundert bekannt, Bad Schwalbacher Heilwasser wurde in ganz Europa verkauft. Im 19. Jahrhundert zogen das Schwalbacher Heilwasser und die Moorbäder Europas Adel und etliche gekrönte Häupter in den Taunus. Nach dem Ersten Weltkrieg begann der schwierige Umbau des einstigen Luxusbades in einen Badeort mit medizinischen Rehabilitationseinrichtungen. Sehenswert sind der Kurpark, das Moorbadehaus, das Apothekenmuseum und der von Kaiserin Sissi gestiftete Elisabethentempel.

Künstlerkreis Johannisberg

Die 1987 gegründete Vereinigung von professionellen Künstlern und Amateuren veranstaltet im Kreuzgang des Klosters Johannisberg ihre jährlichen Ausstellungen. Daneben finden Sonderausstellungen an unterschiedlichen Orten statt. Eine Ausstellung im Kreishaus Bad Schwalbach wurde tatsächlich unter ähnlichen wie im Roman geschilderten Umständen abgebrochen.

Rauenthal

Das Weindorf gehört seit 1977 zu Eltville und ist dessen höchstgelegener Stadtteil. Rauenthal liegt auf einem Bergrücken, der sich vom Hansenkopf zur Bubenhäuser Höhe zwischen den Tälern des Sülzbachs und des Wallufbachs hinzieht. Von der Bubenhäuser Höhe hat man einen herrlichen Blick über das Rheintal.

Vom 16. bis ins 18. Jahrhundert fand in Rauenthal ein europaweit bekannter Weinmarkt statt. 1867 wurde der Rauenthaler Wein auf der Pariser Weltausstellung zum besten Wein der Welt gewählt. Weinlagen wie Rauenthaler Baiken, Wülfen oder Gehrn zählen zu den besten und bekanntesten des Rheingaus.

Das Kultur- und Tagungshaus Rauenthal besteht seit 1990, es wird getragen von einer Wohngemeinschaft und einem Verein. Dort finden Seminare aus dem Bereich der Jugend- und Erwachsenenbildung und interessante Kulturveranstaltungen statt.

Rauenthaler Rothenberg
In der unmittelbaren Nachbarschaft der Weinlagen Baiken und Wülfen liegt der Rothenberg. In der Halbhöhenlage wird seit dem 12. Jahrhundert Wein angebaut. Der Phylittschiefer verleiht dem Boden einen rötlichen Ton und dem Wein dessen charakteristische mineralische Note. Ein großartiger Riesling dieser Lage wird vom Weingut August Eser aus Oestrich erzeugt.

Frauenstein
Westlichster Stadtteil von Wiesbaden, der von Wein- und Obstbau geprägt wird. Goethe betrieb hier 1815 geologische Studien, woran heute ein Denkmal, der Goethestein, erinnert. Sehenswert ist die Burg aus dem Jahr 1200 in der Ortsmitte. Die schönsten Spaziergänge durch die Frauensteiner Felder kann man zur Zeit der Kirschblüte machen.

Eltville
Neben den Ortsteilen Martinsthal und Rauenthal, in denen wichtige Teile der Handlung dieses Buchs spielen, gehören noch Erbach, Hattenheim und die Kernstadt zu Eltville. Die Sekt-, Wein-, Rosen- und Gutenbergstadt ist mit sechzehntausend Einwohnern die größte Stadt im Rheingau. Der Name leitet sich von Alta Villa, Hohe Stadt, ab. Eltville liegt etwas höher als andere Orte am Rhein und wird deswegen etwas seltener von Hochwassern heimgesucht. Die liebevoll restaurierte Altstadt von Eltville gehört zu den Kleinodien des Rheingaus. Sehenswert ist die Eltviller Burg, eine im 14. Jahrhundert erbaute Residenz der Mainzer Erzbischöfe. Die südländisch anmutende Uferpromenade geht flussaufwärts in den ehemaligen Treidelpfad über, von dem aus in früheren, motorlosen Zeiten die Lastkähne den Rhein entlanggezogen (getrei-

delt) wurden. Oberhalb des Treidelpfades liegen eine ganze Reihe mondäner Villen aus dem 19. und beginnenden 20. Jahrhundert, die diesem Uferabschnitt den Namen »Rheingauer Riviera« eingebracht haben.

Bekannte Weinlagen sind neben den unter Martinsthal und Rauenthal erwähnten u. a. Steinberg, Hattenheimer Nussbrunnen und Wisselbrunnen, Erbacher Marcobrunn und Steinmorgen, Eltviller Lagenstück und Rheinberg.

Lorch

Das malerische Städtchen liegt im äußersten Westen des Rheingaus an der Mündung der Wisper in den Rhein. Hier weitet sich das enge Mittelrheintal vorübergehend, ausgedehnte Wälder und Steillagenweinbau prägen das landschaftliche Bild. Urkundlich erwähnt wird Lorch erstmals im 11. Jahrhundert, seit dem 13. Jahrhundert endete hier das Rheingauer Gebück. Das Hilchenhaus aus dem 16. Jahrhundert, das Wohnhaus einer Adelsfamilie, gilt als der schönste Renaissancebau am Mittelrhein und war nach dem gescheiterten Bau eines Hotels viele Jahre lang eine hässliche Ruine. Im Herbst 2011 begannen endlich Renovierungsarbeiten. Bekannte Lorcher Weinlagen sind Kapellenberg und Pfaffenwies.

Geisenheim

Die knapp zwölftausend Einwohner zählende Stadt besteht aus der Kernstadt und den eingemeindeten Ortsteilen Johannisberg, Marienthal und Stephanshausen. Hier befinden sich die Forschungsanstalt für Obst- und Weinbau sowie mehrere weiterführende Schulen. Die Stadt wurde erstmals im 9. Jahrhundert urkundlich erwähnt. Sehenswürdigkeiten sind der Rheingauer Dom und das Schloss Schönborn. Bekannte Weinlagen sind Schlossgarten und Kläuserweg.

Johannisberg

»Wenn ich (…) Berge versetzen könnte, der Johannisberg wäre just derjenige Berg, den ich mir überall nachkommen ließe«, schrieb Heinrich Heine. Der knapp dreitausend Einwohner zählende Ortsteil von Geisenheim wird geprägt durch das Schloss Johannisberg und seine Weine. Das ehemalige Benediktinerkloster wurde Anfang des 18. Jahrhunderts von der Fürstabtei Fulda gekauft und zum heutigen Schloss umgebaut. 1802 wurde es von Napoleon säkularisiert, nach dem Wiener Kongress schenkte es Kaiser Franz I. von Österreich seinem Kanzler, dem Fürsten von Metternich. 1775 wurde hier die Spätlese »erfunden«, als sich der Bote des Fürstabtes aus Fulda zwei Wochen verspätete, um den Mönchen die Erlaubnis zur Weinlese zu erteilen, und die Mönche nur noch die (edel)faulen Trauben ernten konnten, die zu ihrer Verblüffung einen besonders hochwertigen Wein ergaben. Schloss Johannisberg ist heute ein bekanntes Weingut.

Neben dem Schloss findet sich in Johannisberg noch das Kloster Johannisberg, eine Neugründung der Benediktinerinnen aus dem Jahr 1956, das nach einigen Jahren wieder aufgelöst wurde und heute als Hotel und Tagungshaus dient.

Von Kloster Johannisberg zum Kloster Marienthal führt das Johannisberger Mühlental, in dem sich zahlreiche alte Wassermühlen finden. Die Bachmühle, die in dem Roman eine wichtige Rolle spielt, ist die einzige der erwähnten Mühlen, die nur der Phantasie des Autors entsprungen ist.

Bekannte Weinlagen sind Schloss Johannisberg, Johannisberger Klaus und Hölle (abgeleitet von Halde, d. h. Hang).

Oestrich-Winkel

Die größte Weinbaugemeinde des Rheingaus besteht aus den Ortsteilen Oestrich, Mittelheim, Winkel und Hallgarten. Der Ort hieß früher Vincella (Weinkeller) und bildete im Mittelalter wie heute eine Einheit. Nach der Trennung in einzelne Ortschaften wurde der östliche Teil Oestrich benannt. Sehenswert sind das Graue Haus, Schloss Vollrads, der Marktplatz von Oestrich und die Mittelheimer Basilika sowie der historische Weinverladekran. Weitere Informationen finden sich in den Anmerkungen zu »Tod in zwei Tonarten«.

Bekannte Weinlagen sind Winkler Hasensprung und Dachsberg, Mittelheimer St. Nikolaus, Oestricher Lenchen und Doosberg.

Schloss Freudenberg

Die 1904 gebaute repräsentative Villa liegt in einem Park in Wiesbaden-Dotzheim und hat eine wechselvolle Geschichte. In den zwanziger Jahren diente das Schloss der Stadt und dem Landkreis

Essen als Kinderheim, ab 1933 dem nationalsozialistischen Lebensborn als Mütterheim, ab 1939 war hier die Heeresverwaltung Wiesbaden untergebracht und ab 1945 ein amerikanisches Offizierskasino. In den achtziger Jahren stand das Gebäude leer und verfiel, 1993 übernahm es die Gesellschaft »Natur und Kunst«. Seither wird es restauriert, ein Erfahrungsfeld der Sinne wurde installiert.

Mapper Schanze und Gebück

Das Gebück ist die im 12. Jahrhundert errichtete Grenzbefestigung des Rheingaus. Auf einem etwa sechzig Meter breiten Waldstreifen wurden Buchen, Eichen und Hainbuchen angepflanzt, die Stämme in unterschiedlicher Höhe abgeschlagen und die nachsprießenden Zweige zur Erde »gebückt« und miteinander verflochten. Das so entstehende Gestrüpp verlief an der Westseite des Wallufbachs von Unter- und Oberwalluf über Martinsthal nach Schlangenbad, dann in westlicher Richtung entlang des Taunushauptkamms über Hausen und Hof Mappen zu den Sieben Wegweisern, von dort nordwestlich über den Weißen Turm zur Kammerburg an der Wisper, um in westlicher Richtung über Sauerthal zum Rhein zurückzukehren und bei Lorchhausen zu enden. Im 18. Jahrhundert wurde das Gebück weitgehend gerodet, heute ist es nur noch an wenigen Stellen, zum Beispiel an der Mapper Schanze, zu sehen.

Das Gebück wurde von befestigten Toren unterbrochen, die die Wege, die in den Rheingau hineinführten oder entlang der Grenze verliefen, bewachten. Das einzige heute noch erhaltene Tor ist die 1494 erbaute Mapper Schanze. Deren Aussehen habe ich für die Zwecke des Romans etwas verändert, eine Tür und einen bewohnbaren Innenraum gibt es in der Ruine nicht.

Rheinhöhenweg

Der rechtsrheinische Rheinhöhenweg führt über zweihundertzweiundsiebzig Kilometer von Bonn-Beuel nach Wiesbaden. Zwischen Lorch und Wiesbaden, also im Bereich des Rheingaus, verläuft er zum größten Teil auf dem Taunushauptkamm.

Kloster Eberbach

Das ehemalige Kloster ist das bedeutendste Baudenkmal im Rheingau und eines der ältesten Weingüter Europas. Das Zisterzienserkloster wurde 1136 von Bernhard von Clairvaux gegründet und 1803 säkularisiert. Im Mittelalter war es das größte und eines der bekanntesten Weingüter Europas. Nach der Säkularisierung diente es als Irrenanstalt, Gefängnis und Stallung, heute sind dort die Verwaltung der hessischen Staatsweingüter, eine Vinothek, ein Museum und Veranstaltungsräume, die u. a. vom Rheingau Musikfestival genutzt werden, untergebracht. Weitere Informationen finden sich in den Anmerkungen zu »Tod im Klostergarten«.

Kisselmühle

Die Kisselmühle entstand im 12. Jahrhundert als Außenhof des Klosters Eberbach im Tal des Kisselbachs. Seit den neunziger Jahren werden hier Lamas und Alpakas, seit einigen Jahren auch Dromedare und Trampeltiere gezüchtet. In der Kisselmühle kann man bei Familie Messing Zimmer mieten, Wollprodukte kaufen, Feiern veranstalten, mit Lamas Trekkingtouren durch den Taunus machen oder auf Trampeltieren reiten.

Weinschänke Schloss Groenesteyn

Die Weinschänke ist eine der besten Adressen im Rheingau für Liebhaber einer regionalen und feinen Küche. Im urigen Gastraum oder auf der sonnigen Terrasse kann man darüber hinaus eine große Zahl exquisiter Rheingauer Weine genießen. Der Chef der Schänke, Eric Elbert, stellt sich die Rezepte von Julia Leberlein-Mayfeld und Sebastian Fromm folgendermaßen vor (wenn nicht anders vermerkt, beziehen sich die Mengenangaben auf vier Personen):

Rezepte

Kürbiscremesuppe
¼ eines kleinen Muskatkürbisses
1 Zwiebel
das Weiße von 1 Stange Lauch
1 kleines Stück Sellerie
250 ml Riesling
250 ml Orangensaft
Saft von 1 Zitrone
250 ml Gemüsebrühe
0,4 l Sahne
200 g Crème fraîche
Curry, Chili, Salz, Pfeffer
50 g klein gehackter oder geriebener Ingwer
Olivenöl und Butter

Alle Gemüse würfeln, Muskatkürbis mit Zwiebel, dem Weißen vom Lauch und Sellerie in Olivenöl und Butter anschwitzen, Tomatenmark mitrösten, mit Curry, Chili, Salz, Pfeffer und Ingwer würzen, Riesling, Orangensaft, Zitronensaft und Gemüsebrühe hinzugeben, 2 Stunden köcheln lassen, pürieren, Sahne und Crème fraîche dazugeben, noch etwas weiter köcheln lassen.

Apfel-Sellerie-Suppe
½ Knolle Sellerie
3 säuerliche Äpfel
1 Zwiebel
0,2 l Riesling
Saft von 1 Zitrone
0,3 l Brühe
0,4 l süße Sahne
Salz, Pfeffer, Muskatnuss

Sellerie, Äpfel und Zwiebel würfeln, in Olivenöl und Butter anschwitzen, mit Riesling, Zitronensaft und Brühe auffüllen, in 30 Minuten weich kochen, mit Sahne verfeinern, pürieren, mit Salz, Pfeffer und Muskatnuss würzen.

Pilzessenz mit Walnussflädle

Pilzessenz

750 g Pilzreste (oder 100 g getrocknete Pilze)
1 l Brühe
Salz, Pfeffer, Zucker
Lorbeer, Knoblauch, Thymian, Rosmarin

Pilzreste in Brühe mit den Gewürzen und Kräutern einmal aufkochen, bei kleiner Flamme den ganzen Tag ziehen lassen, wenn die Flüssigkeit zu stark reduziert, etwas Wasser nachfüllen.

Walnussflädle

150 g Mehl
100 g gemahlene Walnusskerne
0,2 l Milch
2 EL Walnussöl
2 Eier, Salz, Pfeffer, Salbei, Majoran

Mehl und fein gemahlene Walnüsse mit Milch, Eiern, Walnussöl, Salz, Pfeffer und Kräutern mischen, den Teig eine halbe Stunde ruhen lassen und ausbacken. In Streifen schneiden und in die Pilzessenz geben.

Rote-Bete-Carpaccio mit Verjus-Vinaigrette und Forellentatar

Vinaigrette

0,1 l Verjus
2 EL Gemüsebrühe
0,1 l Traubenkernöl
Salz, Pfeffer, 1 TL Senf, 1 Prise Zucker

Carpaccio

4 kleine Rote Bete

Tatar

2 geräucherte Forellenfilets
Fleur de Sel
1 EL Olivenöl
2 Spritzer Zitronensaft

1 kleine Schalotte
3 bis 4 Blättchen Koriandergrün oder glatte Petersilie
1 kleines Stück Gurke
1 kleine Minipaprika
1 EL Crème fraîche

Für die Vinaigrette Verjus, Traubenkernöl, Brühe, Salz, Pfeffer, Zucker und Senf mit dem Schneebesen aufschlagen.
Rote Bete kochen, fein schneiden, mit der Vinaigrette beträufeln. Forellen klein würfeln, mit schwarzem Pfeffer, Fleur de Sel, Olivenöl und Zitronensaft würzen. Gurke schälen und entkernen, Zwiebeln, Koriandergrün oder Petersilie, Gurke und Paprika fein hacken, unter die Forellenstückchen mischen und mit Crème fraîche verfeinern.

Kartoffelcarpaccio und Hasenrücken
4 bis 6 Marabelkartoffeln
0,1 l Olivenöl
0,1 l weißer Balsamicoessig
Salz, Pfeffer
2 TL Trüffelpüree
etwas Rote Bete und Feldsalat
4 kleine Hasenrückenfilets

Marabelkartoffeln kochen, fein schneiden, salzen, pfeffern.
Für die Trüffelmarinade Olivenöl, weißen Balsamicoessig, Salz, Pfeffer und Trüffelpüree verrühren, Marinade über die Kartoffelscheiben geben.
Mit Rote-Bete-Streifen und Feldsalat garnieren.
Hasenrücken in 3 bis 4 Minuten rosa braten.

Gebratene Blutwurst mit Kartoffel-Apfel-Gemüse
6 mehlige Kartoffeln (z. B. Agria)
1 Zwiebel
4 Äpfel
Brühe
0,2 l süße Sahne
150 g Butter

Majoran
600 bis 800 g Blutwurst

Kartoffelwürfel mit Zwiebeln anschwitzen, salzen, pfeffern, mit Brühe bedecken, zu drei Vierteln gar kochen, Apfelwürfel dazugeben, mit Rahm einkochen, Butter zur Bindung hinzufügen, mit frischem Majoran würzen.
Boudin noir ohne Konservierung oder eine Blutwurst ohne Grieben kross braten.

Wildschweinlasagne mit Maronen-Trauben-Soße
1 Packung Lasagneplatten (ohne Vorkochen)
8 EL Parmesan

Wildschweinbolognese
1 kg Hackfleisch vom Wildschwein
1 Zwiebel
2 EL Tomatenmark
0,2 l Portwein
0,2 l Rotwein
1 kleine Dose gehackte Tomaten
Salz, Pfeffer
Wildgewürz, Muskat
Saft von ½ Zitrone
4 EL Balsamicoessig
3 EL Preiselbeeren

Béchamelsoße
50 g Mehl
50 g Butter
0,15 l Sahne
0,15 l Brühe

Maronensoße
250 g geschälte Maronen
80 g Zucker
0,1 l Portwein
0,2 l Wildjus
250 g Trauben

Für die Wildschweinbolognese Fleisch mit Zwiebeln anbraten, Tomatenmark hinzufügen und mitrösten, Portwein und Rotwein hinzufügen und einkochen lassen, Dosentomaten hinzufügen, mit Salz, Pfeffer, Wildgewürz, Muskat, Zitronensaft, Balsamicoessig und Preiselbeeren würzen, 3 Stunden köcheln lassen.
Für die Béchamelsoße eine Mehlschwitze herstellen und Sahne und Brühe einrühren.
Lasagneplatten, Bolognese, Béchamelsoße und Parmesan in 4 Lagen schichten, mit Parmesan abschließen, bei 150 Grad 40 Minuten im Ofen backen.
Für die Maronen-Trauben-Soße geschälte Maronen in Zucker karamellisieren, mit Portwein ablöschen, mit Wildjus köcheln lassen, kernlose Trauben dazugeben.

Wildragout
1 kg Schulter oder Nacken vom Rotwild
1 Ecke Sellerie
2 Karotten
2 Zwiebeln
3 EL Tomatenmark
0,3 l Rotwein
0,5 l Brühe
Salz, Pfeffer
4 Wacholderbeeren
3 Lorbeerblätter
1 Zweig Thymian
1 Zweig Rosmarin
Wildgewürz
4 EL Preiselbeeren

Fleisch von der Schulter oder dem Nacken in 3 cm große Würfel schneiden, anbraten, Schmorgemüse mit anbraten, Tomatenmark mitrösten, mit Rotwein ablöschen, etwas einkochen lassen, mit Brühe bedecken, Gewürze hinzufügen, bei kleiner Flamme mit geschlossenem Deckel lange (Nacken 1½, Schulter 2½ Stunden) schmoren, mit Preiselbeeren abschmecken.

Kalt gerührte Preiselbeeren
1 Teil Gelierzucker
2 Teile Preiselbeeren

Frische Preiselbeeren waschen, Blättchen und Stiele entfernen, trocknen lassen, mit dem Gelierzucker 2 Stunden mit der Küchenmaschine (Knethaken) rühren.

Wildbuletten mit Kartoffelstampf und sautierten Steinpilzen
Wildbulette
1 kg gemischtes Wildhackfleisch (mindestens die Hälfte davon Wildschwein)
4 Eier
2 altbackene Brötchen
0,1 l Milch
Salbei, Majoran
1 EL Senf
Muskatnuss
Salz, Pfeffer
1 Spritzer Zitronensaft
1 EL roter Balsamicoessig
1 EL Walnussöl
1 Spritzer Worcestersoße
1 Prise Zucker oder etwas Honig
Kürbiskerne

Brötchen in Milch einweichen, ausdrücken, alle Zutaten gut vermengen, abschmecken, 12 Buletten formen (Probebulette nicht vergessen!), ausbacken, mit Kürbiskernen bestreuen.

Kartoffelstampf
500 g mehlige Kartoffeln (Agria)
0,2 l Milch
100 g Butter
Salz, Pfeffer, Muskat

Kartoffeln weich kochen, abschütten, ausdampfen lassen, Milch mit Butter, Salz, Pfeffer, Muskat aufkochen, Kartoffeln grob zerstampfen, langsam das Milch-Butter-Gemisch bis zur gewünschten Konsistenz unterrühren.

Steinpilze
4 bis 8 mittelgroße Steinpilze
1 klein gewürfelte Zwiebel
Salz, Pfeffer, Petersilie
2 Spritzer Zitronensaft
Knoblauch nach Belieben

Pilze putzen, in kleine Stücke schneiden, Pfanne erhitzen, in Olivenöl sautieren, klein gewürfelte Zwiebeln dazugeben, mit Salz, Pfeffer, evtl. etwas Knoblauch abschmecken, Petersilie und 2 Spritzer Zitronensaft hinzufügen.

Gewürzcreme
0,2 l Milch
0,2 l Sahne
2 Pimentbeeren
1 Lorbeerblatt
¼ einer aufgeschnittenen Vanillestange
1 Stange Zimt
1 Tonkabohne
10 Kaffeebohnen
3 Eigelb
2 Eier
80 g Zucker
4 TL Rohrzucker

Milch und Sahne mit Gewürzen aufkochen, Eier und Eigelb mit Zucker in einem Wasserbad warm und schaumig aufschlagen, die warme, gewürzte Milch aufgießen. Die Masse eine halbe Stunde stehen lassen, passieren und in Förmchen füllen. Für das Wasserbad einen Bräter mit Wasser füllen, die Förmchen hineinstellen und bei 140 Grad im Backofen (Umluft nicht empfehlenswert) 20 Minuten pochieren (oder im Dampfgarer bei 75 Grad). Mit Rohrzucker karamellisieren. Dafür einen Bunsenbrenner verwenden oder den Backofengrill benutzen, dann aber unbedingt dabeibleiben.

Quittensorbet
3 Quitten
0,1 l Wasser
100 g Zucker
3 Spritzer Zitronensaft
2 EL Quittengelee

Quitten waschen, mit Kerngehäuse und Schale klein schneiden, mit Wasser bedecken, 3 Stunden bei kleiner Flamme kochen, durch ein Sieb passieren, Zucker in Wasser auflösen, 0,1 l des Läuterzuckers in den Quittensaft einrühren, mit Zitronensaft und Quittengelee abschmecken, in der Eismaschine kühlen.

Halbflüssiger Schokoladenkuchen (6 Personen)
3 Eier
75 g Butter
75 g Schokolade (70 % Kakaoanteil)
75 g Zucker
30 g Mehl
30 g Kakaopulver

Butter, Zucker und Schokolade im Wasserbad auflösen, Mehl unter die Masse sieben, gut verrühren, Kakao hinzugeben. Masse kühl werden lassen, Eier unterrühren. Förmchen mit Butter einpinseln und mehlieren, abgekühlte Masse einfüllen, 24 Stunden an einen kühlen Ort oder 8 Stunden ins Gefrierfach stellen, bei 180 Grad (Umluft) 9 Minuten backen, 2 Minuten ruhen lassen, aus den Förmchen stürzen. Der Kuchen ist dann außen warm und fest, innen warm und flüssig.

Haselnussbrot
500 g Haselnussmehl
0,1 l Milch
0,1 l Olivenöl
2 Eier
2 Eigelb
1 Päckchen Backpulver

1 Prise Salz
20 g Johannisbrotkernmehl

Haselnussmehl, Milch, Olivenöl, Eier, Backpulver, Salz, Johannisbrotkernmehl zu einem Teig vermischen, bei 170 Grad 30 Minuten backen.

Wildterrine (12 Personen)

Terrinenmasse
500 g gemischtes Wildfleisch
250 g Schweinefleisch
250 g grüner (unbehandelter, d. h. nicht geräucherter oder gepökelter) Speck
20 g Pökelsalz
Pfeffer aus der Mühle
0,15 l Portwein
0,05 l Weinbrand
abgeriebene Schale von 1 Orange, Saft von 1 Orange
1 EL Honig
gezupfte Blättchen von 2 Zweigen Thymian
abgezupfte Nadeln von 2 Zweigen Rosmarin

Einlage
1 Rehrückenfilet
50 g grüner Speck
20 g gehackte Pistazien
1 Karotte
1 kleines Stück Sellerie

Abdeckung
200 g grüner Speck
1 Zweig Rosmarin
1 Zweig Thymian
3 Orangenscheiben

Das Fleisch und den Speck in 3 cm lange und ½ cm dünne Streifen schneiden, mit den Zutaten für die Terrinenmasse vermischen und 2 bis 4 Tage marinieren lassen.
Das Fleisch abtropfen lassen, die Marinade auffangen. Das Fleisch

durch den Fleischwolf drehen, anschließend mit der Moulinex o. Ä. feincuttern, dabei je nach Konsistenz etwas Marinade zufügen. Speck würfeln, Karotte und Sellerie würfeln und blanchieren und alles unter die Terrinenmasse mischen.
Terrinenform mit Speckscheiben auslegen, die Hälfte der Masse einfüllen, das Rehrückenfilet leicht salzen und pfeffern, auf die Masse legen, den Rest der Masse darübergeben, mehrfach auf dem Tisch aufschlagen, damit alles fest gefügt in der Terrinenform liegt, mit Speckscheiben, Kräuterzweigen und Orangenscheiben abschließen, Form mit Alufolie umwickeln, 1 Stunde im Wasserbad bei 140 Grad im Backofen (Umluft nicht empfehlenswert) oder bei 75 Grad im Dampfgarer pochieren.

Hollersaft
Holunderbeeren mit einer Gabel vom Stiel entfernen, mit Wasser bedecken, kurz aufkochen, 2 Stunden ziehen lassen, durchmixen, durch ein Sieb passieren und mit Zucker und Zitronensaft nach Geschmack würzen.

Kommissar Mayfeld kommt wieder in »Lärmtod«.

Danksagung

Ich danke Urs Mergard für seine Beratung in kriminalistischen Fragen, Désirée Eser für ihre Informationen über die Arbeit im Weinkeller und Eric Elbert von der Weinschänke Schloss Groenesteyn für die Kochrezepte.
Meiner Lektorin Marion Heister danke ich für die gute Zusammenarbeit, Christel Steinmetz und dem Emons-Verlag für die freundliche Unterstützung.
Vor allem möchte ich meiner Frau Ingrid danken, die mich auch bei diesem Roman ganz uneigennützig mit konstruktiver Kritik und kreativen Einfällen unterstützt hat.

Eltville, im Herbst 2012